Claire Douglas

Schönes Mädchen

Alle Lügen führen zu dir

Thriller

Aus dem Englischen
von Ivana Marinović

PENGUIN VERLAG

Die englische Originalausgabe erschien 2020 unter dem Titel
Just like the other Girls bei Penguin UK, London.

MIX
Papier | Fördert
gute Waldnutzung
FSC® C014496

Penguin Random House Verlagsgruppe FSC® N001967

1. Auflage 2023

Redaktion: Christine Neumann
Umschlaggestaltung: Favoritbuero
Umschlagmotiv: © Rekha Garton / Trevillion Images;
© David Lichtneker / Arcangel
© Shutterstock (Evgeny Murtola, Ewelina W, Evannovostro,
Helen Hotson, Simona Dibitonto)
Satz: Buch-Werkstatt GmbH, Bad Aibling
Druck und Bindung: GGP Media GmbH, Pößneck
Printed in Germany
ISBN 978-3-328-11014-9
www.penguin-verlag.de

Für Juliet

Prolog

Der aufsteigende Nebel vermischt sich mit der Dunkelheit, macht die Nacht dicht und undurchschaubar. Ich kann kaum etwas sehen, und doch weiß ich, dass ich nicht allein auf der Hängebrücke bin.

Ich kann jemanden atmen hören.

Wie dumm ich doch gewesen bin.

Niemand wird kommen und mich retten. Es ist viel zu spät – selbst der Autoverkehr über die Brücke ist wegen des Wetters zum Erliegen gekommen. Fest umklammere ich mit meinen Handschuhen das Geländer, um mir Halt zu verleihen.

Jemand ruft meinen Namen. Desorientiert drehe ich mich um, kann aber nicht ausmachen, aus welcher Richtung die Stimme kommt. Ich weiß nur, dass ich hierhergelockt worden bin. Ich muss irgendwie von dieser Brücke wegkommen. Ich lasse das Geländer los, stolpere panisch, mein Atem beschleunigt.

Dreh jetzt bloß nicht durch. Ich muss Ruhe bewahren. Ich muss lebend aus dieser Sache herauskommen.

Selbstmord. Sie werden sagen, dass es Selbstmord war. Genau wie bei den anderen Mädchen.

Ich höre ein Lachen. Es klingt manisch. Höhnisch.

Und da löst sich eine Gestalt aus dem Nebel, presst mir die Hand über den Mund, noch bevor ich dazu komme zu schreien.

BRISTOL DAILY NEWS

Betreuerin/Gesellschafterin für betagte Dame in Clifton gesucht * junge Bewerberinnen bevorzugt * Unterkunft in Haushalt verpflichtend * angemessene Vergütung * freie Kost und Logis * Kontakt ausschließlich telefonisch bei Mrs. Elspeth McKenzie.

Oktober 2018

Es ist sogar noch umwerfender, noch perfekter, als ich es in Erinnerung hatte. Einen Augenblick lang stehe ich einfach nur da und starre diese Villa an, die ich schon bald mein Zuhause nennen werde.

Die Kulisse vor mir gleicht einem Foto aus einem Hochglanzmagazin – oder der Eröffnungsszene eines romantischen Spielfilms. Ich kann beinahe schon das Anschwellen der Musik im Hintergrund hören, während ich die Reihe georgianischer, in unterschiedlichen Pastelltönen gestrichener Stadthäuser auf mich wirken lasse, ihre filigranen schmiedeeisernen Balkone samt den schwarz-weiß gestreiften Markisen sowie die stattlichen Fassaden, die sich in den wolkenlosen blauen Himmel recken. Ausladende alte Bäume, deren Kronen gerade dabei sind, sich rot, braun und orange zu färben, säumen den Bürgersteig, und eine weitläufige Rasenfläche trennt die Straße von der Clifton-Hängebrücke, die sich mit ihren zwei imposanten Türmen über die tiefe Schlucht mit dem Fluss Avon spannt. Eine Handvoll Leute sitzt plaudernd und lachend im Gras, genießt den für Mitte Oktober seltenen Sonnenschein. Neben mir hockt ein älteres Ehepaar mit einer Thermoskanne auf einer Holzbank mit Blick auf die historische Brücke. Ein Stück dahinter hilft ein junger Vater seinem Sohn einen viel zu großen Drachen steigen zu lassen.

In der Luft liegt eine geradezu elektrisierende Spannung, die mich zu dem Gedanken verführt, dass alles möglich sei. Ich lächle in mich hinein, während ich mich bücke, um meinen kleinen Rollkoffer mit dem kaputten Rädchen anzuheben. Das Flackern von Nervosität in meiner Magengrube ignorierend tasten meine Finger wie von selbst nach der herausgerissenen Zeitungsannonce, die sich immer noch in der Tasche meiner Jeansjacke befindet. Ich kann mich nicht dazu durchringen, sie wegzuwerfen. Sie ist mein Talisman.

Das ist es also. Mein neuer Job. Mein neues Leben.

So lange habe ich auf das hier gewartet.

Ich drehe den Ring an meinem kleinen Finger, wie ich es immer tue, wenn ich aufgeregt oder ängstlich bin. Das hier ist ganz anders als alles, was ich je getan habe. Zum ersten Mal in meinem Leben werde ich mit fremden Menschen zusammenwohnen. Ich werde mich außerhalb meiner Komfortzone bewegen.

Ich atme tief durch und schlucke meine Bedenken hinunter, während ich festen Schrittes auf das Haus der McKenzies zugehe. Dieser Job wird alle meine Probleme lösen. Was könnte schon schiefgehen?

ERSTER TEIL

1

Drei Monate später, Januar 2019, Una

Das Eis knirscht unter meinen Sohlen. Ich muss vorsichtig auftreten in meinen Stiefeln, die für modische Zwecke gedacht sind, nicht für arktische Verhältnisse. Trotzdem rutsche ich aus und kann gerade noch verhindern, auf dem Hintern zu landen, indem ich mich verzweifelt an dem eisernen Geländer festhalte und die Beine grätsche, um mich unbeholfen wieder hochzustemmen. Zwei Teenager latschen vorbei, einer von ihnen lacht laut auf. Ich widerstehe dem Drang, ihnen den Mittelfinger zu zeigen, nur für den Fall, dass meine potenzielle Arbeitgeberin mich gerade beobachtet und beschließt, dass meine Manieren nicht den Jobanforderungen entsprechen. Stattdessen versuche ich, die Kontrolle über meine Beine wiederzuerlangen, und stakse vornübergebeugt wie eine alte Oma den Bürgersteig entlang, bis ich das Haus von Mrs. McKenzie erreiche. Ich bleibe stehen – meine Hände umklammern immer noch das Geländer, das Eis durchnässt die Wollhandschuhe – und starre ehrfürchtig an dem Gebäude empor.

Es hat die Farbe eines Erdbeer-Milchshakes, mit nach vorne gewölbter Fassade, die sich über vier Etagen hochzieht, samt altmodischen Schiebefenstern, die alle auf die Hängebrücke hinausblicken. Im ersten Stock befindet sich außerdem ein Balkon mit einer schwarz-weiß gestreiften Markise, die zurückgezogen wurde. Ganz kurz überlege ich, auf der Stelle umzudrehen und die Biege zu machen – was angesichts des Schnees und Eises eher knifflig wäre. Was hat mich bloß geritten zu glauben, ich könnte einen Job wie diesen hier bekommen? Ich werde bis ans Ende meiner Tage mit Rammel-Roger und Miesepeter-Cynthia im Altersheim arbeiten.

Ich klopfe die Schneeflocken von der Vorderseite meines besten – meines einzigen – Mantels. Er ist bordeauxrot und hat einen schwarzen Samtkragen. Ich sehe in ihm jünger aus als meine zweiundzwanzig Jahre, aber er war der ganze Stolz meiner Mutter. Sie hatte ihn mir zu meinem achtzehnten Geburtstag in einem Vintage-Lädchen in London gekauft. Wir liebten unsere Ausflüge zum dort ansässigen Camden Market und machten ein alljährliches Ritual daraus, wobei wir erst spätabends in Mums klapprigem Alfa zurückfuhren, weil das billiger war, als den Zug zu nehmen. Dieser Mantel hatte sie fast ein ganzes Wochengehalt gekostet. Ich kann mich noch gut daran erinnern, wie ihre Augen leuchteten, als ich ihn auspackte.

Ich schlucke den Kloß in meinem Hals runter. Heute kann ich es mir nicht erlauben, sentimental zu werden. Wozu soll das schon führen? Mum hätte sich das hier für mich gewünscht. Ich muss mein Bestes geben. Ich hatte bisher nur ein einziges Vorstellungsgespräch in meinem Leben, und das war direkt nach meinem College-Abschluss.

Das Gartentor quietscht und bleibt im Schnee stecken; ich muss ihm einen kräftigen Stoß verpassen, um es aufzukriegen. Der Pfad, der zum Haus führt, wurde zwar gestreut, doch verschreckt von meinem vorherigen Ausrutscher setze ich nur behutsam einen Fuß vor den anderen. Ich bemerke eine Bewegung hinter dem riesigen Sprossenfenster und muss erneut schlucken, mein Hals ist ganz trocken.

An dem Haus ist eine Schiefertafel angebracht, die teilweise mit Schnee bedeckt ist. Ich wische den Schnee mit meiner behandschuhten Hand weg und lese darauf: *Das Kuckucksnest*. Ein seltsamer Name für ein Haus wie dieses. Irgendwie unheimlich. Ich klopfe laut gegen die Haustür (die ungefähr viermal so groß ist wie meine Wohnungstür) und fühle mich dabei, als hätte ich Liliput verlassen und Gullivers Welt betreten. Sie ist glänzend schwarz lackiert und hat eine hübsche eingelassene Buntglasscheibe. Dann trete ich gespannt einen Schritt zurück.

Zu meiner Überraschung öffnet mir eine Frau Ende vierzig. Ich habe mit einer wesentlich älteren Dame gerechnet. Sie sieht, um es mit den Worten meiner Mutter zu sagen, »trutschig« aus, in einem unvorteilhaften formlosen Rock, einer hochgeschlossenen Bluse und einer übergroßen Strickjacke. Aber dazu muss man auch sagen, dass meine Mutter mit Ende vierzig immer noch ziemlich cool war mit ihrem blondierten Kurzhaarschnitt und ihrer ledernen Bikerjacke. Und wieder werde ich sentimental. Ich verdränge die Gedanken an sie aus meinem Kopf, um mich auf die Frau vor mir zu konzentrieren.

»Hallo. Mrs. McKenzie? Ich komme wegen des Vorstellungsgesprächs.« Ich ziehe meine Handschuhe aus und strecke ihr überschwänglich meine Hand hin. »Mein Name ist Una Richardson.«

Die Frau starrt meine Hand an, als würde Hundekacke dran kleben. »Ich bin nicht Mrs. McKenzie. Ich bin ihre Tochter, Kathryn.«

Angesichts meines Patzers laufe ich knallrot an und ziehe meine Hand wieder zurück. Sie muss mich jetzt bestimmt sowohl für dumm als auch unverschämt halten. Kein besonders toller erster Eindruck. Sie schürzt ihre dünnen Lippen, während sie mich mustert; die Missbilligung steht ihr ins Gesicht geschrieben, als sie meinen für das Wetter viel zu dünnen Mantel und den billigen Rock von New Look registriert. Dann tritt sie, ohne weiteren Kommentar, beiseite, um mich ins Haus zu lassen.

Ich trete ein und muss mir echt Mühe geben, damit mir die Kinnlade nicht runterklappt. Ich war noch nie in einem so … so *herrschaftlichen* Haus. Ich komme mir vor, als wäre ich versehentlich in ein riesiges Puppenhaus gestolpert. Der Boden ist mit kunstvollen braunen und blauen viktorianischen Fliesen bedeckt, begrenzt von einer bogenförmigen Wand, die zu beiden Seiten von Säulen flankiert wird, und als wäre das nicht genug, erhebt sich vor mir noch eine geschwungene Treppe mit einem blau und cremefarben gestreiften Läufer. An einer anderen Wand steht stolz aufgerichtet eine antike Standuhr. Alles ist in geschmackvollen neutralen Farbtönen gehalten. Der Flur ist größer als meine komplette Wohnung.

»Es freut mich zu sehen, dass der jüngste Schneefall Sie nicht von Ihrem Kommen abhalten konnte«, bemerkt sie steif, ja fast schon bedauernd, als hätte sie gehofft, dass ich nicht zum Vorstellungsgespräch erscheine.

Ich muss mich praktisch schon davon abhalten, mich für mein Auftauchen zu entschuldigen. »Die Hauptstraßen sind frei. Und zum Glück fuhr mein Bus.«

»Ja. Was für ein Glück.« Sie dreht sich auf ihren flachen

Absätzen um und steuert eine geschlossene Tür zu ihrer Linken an. Ich stopfe meine durchnässten Handschuhe in die Manteltaschen, dann folge ich ihr. Bei der Vorstellung, gleich Mrs. McKenzie zu treffen, steigt meine Nervosität noch ein Stück, vor allem falls sie ihrer Tochter ähneln sollte.

»Sie können eintreten.« Kathryn versucht erst gar nicht, die Genervtheit in ihrer Stimme zu verbergen. So aus der Nähe betrachtet, kann ich sehen, dass sie eigentlich attraktiv ist. Die Augen hinter den großen Brillengläsern sind haselnussbraun, und sie hat diese Art von Haut, die aussieht, als würde sie schnell braun werden. Ihr volles Haar glänzt in einem satten Kastanienbraun. Doch sie trägt eine derart verkniffene Miene zur Schau, dass ich mich nicht für sie erwärmen kann.

Als ich keine Anstalten mache, mich zu rühren, schnaubt sie kaum hörbar und beugt sich dicht an mir vorbei nach vorne, um die Tür zu öffnen, wobei sie mich in eine Moschuswolke aus Parfüm hüllt.

Komm schon, reiß dich zusammen. Das ist meine Chance, ganz neu anzufangen und von diesem schrecklichen Altersheim wegzukommen, auch wenn ich seine Bewohner vermissen werde.

Zögernd betrete ich das Zimmer. Es hat hohe Decken, und in seinem Inneren stehen mehrere unterschiedliche Lehnsessel sowie ein dunkelblaues Samtsofa mit Knopfpolster. In der Ecke neben dem hölzernen Schiebefenster befindet sich ein Mahagonischreibtisch. Eine elegant gekleidete Dame in einem Bleistiftrock aus Tweed und einem hellblauen Pullover samt Perlenkette um den Hals sitzt mit adrett übereinandergeschlagenen Beinen in einem Sessel neben dem großen marmornen Kamin. Ihr Haar ist schlohweiß und zu einer eleganten Frisur hochgesteckt. Auf ihren Knien hat sie ein Klemmbrett liegen, auf dem irgendwelche Notizzettel befestigt scheinen, die sie gerade durchgeht.

Als ich mich nähere, hebt sie die Augen. Sie sind klein und von einem strahlenden Blau, wie die nach Minze schmeckenden Eisbonbons, die meine beste Freundin Courtney immer aß, als wir noch klein waren. Obwohl sie sitzt, kann ich erkennen, dass sie groß ist – auf jeden Fall größer als ich – und schlank. Für eine Frau Ende siebzig macht sie einen robusten und kräftigen Eindruck.

»Hallo«, sagt sie, ohne sich zu erheben. Sie wendet ihren Blick nicht ab von mir, selbst dann nicht, als sich Kathryn in dem Sessel neben ihr niederlässt. »Sie müssen Una sein. Ein ungewöhnlicher Name.«

Ich lächle und nicke, als sie mir bedeutet, auf dem Sofa gegenüber Platz zu nehmen. »Meine Mutter war ein großer Fan der Schauspielerin Una Stubbs. Sie wissen schon, die die Tante Sally in *Die Vogelscheuche* gespielt hat?« Ich hocke mich auf die Sofakante, schlage meine Beine nach ihrem Vorbild übereinander und zupfe den Saum meines Rocks zurecht, der mir in Gegenwart dieser beiden Frauen auf einmal unanständig kurz vorkommt. »Also, ich selbst kenne sie ja am besten aus *Sherlock* ...« Halt, ich gerate ins Plappern.

Mrs. McKenzie kräuselt die Stirn. »Das sagt mir nun zwar nichts, aber ich weiß, wen Sie meinen. Ich habe sie bei mehreren Aufführungen im West End gesehen«, sagt sie, ohne zu lächeln. Mein Blick huscht durchs Zimmer. Es gibt keinen Fernseher. Sie räuspert sich, und ich setze mich etwas aufrechter hin. »Nun, erzählen Sie uns doch ein wenig von sich.« Sie hat einen gepflegten Akzent, und ich bemühe mich um eine korrekte Aussprache, die Mum immer als »Telefonstimme« bezeichnete.

»Na ja … ich …« Ich schlucke. *Komm schon, Una, vermassle das jetzt bloß nicht. Lass dich nicht von diesen Leuten einschüchtern, nur weil sie reich sind.* Mir entgeht nicht, wie Mrs. McKenzies Blick zu meinen Beinen wandert und dann wieder zurück zu meinem Gesicht. Vielleicht wirke ich nicht erwachsen genug. Ich weiß, dass ich für mein Alter jung aussehe. Ich werde ständig nach meinem Ausweis gefragt. »Ich arbeite seit viereinhalb Jahren in einem Altersheim, nachdem ich mit achtzehn die weiterführende Schule abgeschlossen habe. Zudem habe ich regelmäßig Freigang bekommen, um Zusatzqualifikationen am College zu erwerben …«

»Klingt wie im Gefängnis«, wirft Elspeth McKenzie ein, ohne zu lächeln.

Ich kichere nervös, da ich mir unsicher bin, ob sie nur einen Witz macht. »So haben wir es genannt, wenn der Arbeitgeber uns freigegeben hat, um uns nebenher weiterzubilden.«

»Verstehe.« Sie wirft einen Blick in die Notizen auf ihrem Schoß, und mir wird klar, dass es sich um meinen Lebenslauf handelt.

»Ich bin examinierte Pflegekraft … und kann auch Erste Hilfe.«

Sie schaut wieder auf. »Das sehe ich hier. Fahren Sie fort.«

»Und … ähm … ich bin auf der Suche nach einer neuen Herausforderung.«

»Ihnen ist bewusst, dass es sich hierbei um eine Stelle mit Unterkunft vor Ort handelt?«, erwidert sie. »Sie hätten Ihr eigenes Schlafzimmer. Samstags würde ich Sie zwar benötigen, aber mittwochs und sonntags hätten Sie frei. Wir hätten dabei sehr gerne jemanden ohne … Verpflichtungen.«

»Verpflichtungen?«

»Ehemann. Kinder. Und dergleichen.«

»Nein. Ich habe keine Verpflichtungen.«

»Familie in der Gegend? Einen Freund?«

Ich schaue zu Kathryn, die den Blick auf ihre im Schoß verschränkten Hände gerichtet hat, doch etwas, das ich nicht ganz entziffern kann, huscht über ihr Gesicht. Haben sie etwa Angst, dass ich Männer mit auf mein Zimmer bringen könnte?

»Nein. Weder Freund noch Familie. Es gab nur mich und meine Mum, aber sie … sie ist gestorben. Letzten November.« Ich spüre, wie mir die Hitze in die Wangen steigt. Ich wollte Mum nicht erwähnen. Wenn ich Leuten von ihr erzähle, ändert sich schlagartig ihre Miene, ihre Stimme wird behutsamer, und sie sehen mich mitleidig an, ohne zu wissen, was sie sagen sollen.

Allerdings ist das bei Mrs. McKenzie nicht der Fall. »Es tut mir leid, das zu hören«, erwidert sie knapp, wobei sie nicht sonderlich mitleidsvoll klingt. »Also gut«, fährt sie nach einem kurzen Moment betretenen Schweigens fort, »dann ein wenig zu mir.« Sie setzt sich aufrechter hin. »Nächstes Jahr werde ich achtzig …« Sie legt eine Pause ein, vermutlich damit ich ihr versichere, dass sie für ihr Alter fit aussieht, was ich natürlich auch tue. »… aber seit einem unglücklichen Sturz vor zwei Jahren leidet meine Gesundheit.« Auf mich macht sie einen überaus gesunden Eindruck. »Ich bin nicht mehr so agil wie früher«, fährt sie fort, woraufhin Kathryn neben ihr ein leises Schnauben ausstößt. Elspeth ignoriert sie geflissentlich. »Daher benötige ich jemanden, der mir beim Ankleiden, Baden etc. behilflich ist. Mich zu Veranstaltungen begleitet – ich besuche jede Menge Veranstaltungen und möchte das auch weiterhin tun. Außerdem Theaterbesuche, Shoppingausflüge. Im Grunde alles.«

Aufregung macht sich in mir breit. Das klingt so viel interessanter als mein aktueller Job, bei dem der Höhepunkt des Tages darin besteht, einen der Bewohner, so es denn das Wetter erlaubt, in den kleinen Garten hinauszubegleiten.

»Hört sich das für Sie annehmbar an?«

Ich nicke. »Es klingt perfekt. Wie … ähm, wie ist es denn mit dem Kochen? Ich bin eine schreckliche Köchin … Mir brennt sogar noch der Käse auf dem Toast an.« Ich laufe knallrot an, als mir klar wird, dass ich das gerade laut gesagt habe.

Sie lacht. Dieses Mal ein richtiges Lachen. »Oh, darum müssen Sie sich keine Sorgen machen. Ich habe eine Köchin. Und eine Zugehfrau. Nein, ich benötige einfach nur Gesellschaft. Wahrscheinlich denken Sie jetzt, dass ich dafür ja eine Tochter habe. Mein einziges Kind.« Sie wirft einen raschen Blick zu Kathryn, die stumm in ihrem Sessel sitzt, bevor sie ihn wieder auf mich richtet. Reichlich seltsam, so etwas zu sagen. »Aber Kathryn hat einen Ehemann und zwei überaus fordernde Jungen. Sie hat nicht die Zeit.«

»Du weißt, dass ich Zeit habe«, murmelt Kathryn, die immer noch ihre Hände anstarrt, und ich kann die Spannung zwischen den beiden spüren.

»Papperlapapp.« Sie wendet sich wieder mir zu. »Ich bin gerne von jungen Menschen umgeben. Es hält mich selbst jung.«

Ich meine zu hören, wie Kathryn spöttisch die Luft durch die Nase ausstößt, aber entweder hört Mrs. McKenzie es nicht, oder sie hat für sich beschlossen, es zu ignorieren. »Ich denke, Sie werden feststellen, dass die Vergütung mehr als angemessen ist.« Sie nennt mir eine Summe, die doppelt so hoch ist wie mein aktuelles Gehalt – was natürlich nicht schwer ist, da es gerade so über dem Mindestlohn liegt. Ohne Miete und Nebenkosten, um die ich mich kümmern muss, kann ich anfangen, meine Kreditkartenschulden abzuzahlen, deren Rahmen dank meines Ex, Vince, völlig ausgeschöpft ist. Mein Traum, irgendwann die Welt zu bereisen, rückt damit tatsächlich in greifbare Nähe. Mrs. McKenzie erhebt sich, und ich und Kathryn tun es ihr gleich.

»Ich melde mich bei Ihnen. Kathryn wird Sie hinausbegleiten.«

»Vielen Dank, Mrs. McKenzie. Es hat mich gefreut, Sie kennenzulernen.« Ich strecke eine Hand aus, und sie drückt sie mit einem Anflug von Überraschung, ganz so, als hätte sie erwartet, dass es mir an jedweden Manieren mangeln würde. Trotz Kathryns bedrückender Anwesenheit möchte ich diesen Job unbedingt.

»Bitte«, fordert sie mich, immer noch meine Hand haltend, auf, »nennen Sie mich doch Elspeth.«

Bis ich nach Hause komme, ist es bereits dunkel. Ich musste zwei Busse von Clifton nach Horfield nehmen, wo ich wohne. Zum Glück sind die Hauptstraßen jetzt größtenteils schneefrei, aber auch so dauert die Fahrt noch immer über eine Stunde.

Die Wohnung, die ich mir mit Courtney teile, befindet sich über einer Apotheke und besteht aus einem beengten Wohn- und Esszimmer samt Kochnische, zwei kleinen Schlafzimmern und einem Bad. Ich habe nicht übertrieben, als ich sagte, dass die komplette Wohnung in Elspeth McKenzies Hausflur passen würde. Aber es ist alles, was wir uns mit unserem Gehalt leisten können. Courtney erzählt den Leuten gerne, dass sie als Stylistin arbeitet, aber im Grunde ist sie bloß frei angestellte Friseurin in einem Salon in der Gloucester Road. Ich weiß jetzt schon, dass sie noch nicht zu Hause sein wird. Jeden zweiten Freitag hat sie Schicht bis spätabends.

Die Gasse, die hinter der Apotheke zu unserer Wohnung führt, ist dunkel und vereist, und einen flüchtigen Moment lang denke ich an Vince. Wenn wir noch zusammen wären, hätte er für uns den Schnee geschippt. Aber seit unserem großen Streit an Silvester – vor achtzehn Tagen, nicht, dass ich zählen würde – haben wir nicht mehr miteinander gesprochen. Und ich will nicht missverstanden werden: Ich möchte ihn nicht zurück. Nicht nach dem, was er abgezogen hat.

Niedergeschlagen steige ich die Betonstufen zum Eingang hoch, die immer nach Pisse stinken. Normalerweise würde ich nach einem Tag wie dem heute meine Mutter anrufen. Ich würde ihr alle Einzelheiten über Elspeth McKenzie, ihr piekfeines Haus und ihre verklemmte Tochter erzählen. Oder wir würden uns gleich treffen und bei Tee und Keksen darüber lachen – Mum liebte ihren Tee, sie trank Minimum zehn Tassen am Tag. Dann würde sie mir sanft raten, mich nicht von Äußerlichkeiten blenden zu lassen, da es womöglich gar nicht so sei, wie es auf den ersten Blick erschien. Wie so oft überkommt mich die Trauer, dass sie nicht mehr nur ein paar Straßen oder einen Anruf entfernt ist – sondern für immer fort. Ich muss einen dicken Kloß runterwürgen. Es ist noch keine drei Monate her. Seit ihrem Tod habe ich erst ein Weihnachten und ein Silvester durchgestanden, dabei ist das Ganze immer noch so frisch und so roh, und für mich zeichnet sich auch kein Ende ab. Ich weiß, dass ich immer so empfinden werde. Ich werde sie den Rest meines Lebens vermissen.

Ich schließe die Wohnungstür auf, betrete den winzigen Flur und schalte das Licht an, das allerdings nur die Tristesse der Wohnung noch deutlicher zum Vorschein bringt: den braunen kratzigen Teppich, die beigefarbene Melamin-Einbauküche, die blassgrauen Wände. Courtney und ich haben versucht, die Bude mit kunterbunten Decken aufzupeppen, die ich selbst gehäkelt und über das alte, abgenutzte Sofa geworfen habe, mit knalligen Drucken und lustigen Fotos von uns, die wir an zahlreichen feuchtfröhlichen Abenden gemacht haben, um die Raufasertapete zu bedecken, aber es hat nicht wirklich viel gebracht. Nach Elspeths prachtvollem Haus wirkt die Wohnung nur noch trostloser, beengter und schäbiger.

Ich lasse meine Tasche auf den Kiefernholztisch plumpsen, den wir gegen die Wand geschoben haben, um Platz für das Sofa zu schaffen, ziehe meinen feuchten Mantel aus und hänge ihn über die Stuhllehne. Wenn Courtney da ist, gebe ich mir wie abgemacht Mühe, ordentlich zu sein. Was das angeht, sind wir komplett verschieden. Als ich noch zu Hause wohnte, haben Mum und ich uns ständig wegen des

Chaos in meinem Zimmer gezofft, aber Courtney ist so dermaßen ordentlich, dass es schon fast an eine Neurose grenzt.

In der Wohnung ist es eisig, also drehe ich die Speicherheizung ein wenig auf und puste mir in die Hände, die vor Kälte schon aussehen wie zwei Scheiben roher Schinken. Sie fangen an zu kribbeln und zu beißen, und ich klemme sie zum Aufwärmen unter meine Achselhöhlen – ein Tipp, den Mum mir vor Jahren mal gegeben hat. Ich schmeiße den Wasserkocher an und nehme mir ein Co-op-Fertiggericht aus dem Gefrierfach. Während es in der Mikrowelle rotiert, sitze ich am Tisch und starre ins Leere. Ich muss mein Leben ändern. Ein neues Jahr, ein neuer Anfang. Die Dinge können nicht so weitergehen wie bisher. Selbst Courtney kriege ich nicht mehr so häufig zu Gesicht, da sie ganz andere Arbeitsschichten hat und immer mehr Zeit mit ihrem Freund Kris – Kris mit K – verbringt.

Mein Handy vibriert, und ich schrecke auf. Da ich davon ausgehe, dass es Courtney ist, bin ich überrascht, als eine mir unbekannte Nummer auf dem Display aufleuchtet.

»Una?«, fragt eine Stimme knapp, als ich rangehe. »Hier spricht Elspeth McKenzie. Ich denke, du wärst ganz wunderbar für die Stelle geeignet. Wann kannst du anfangen?«

Elspeth legt auf, und ich starre verdutzt mein Handy an. Ich kann nicht glauben, dass ich den Job bekommen habe. Nun endlich also doch ein bisschen Glück.

Ein Klappern von draußen lässt mich zusammenzucken, und ich ziehe die superhässlichen Lamellenvorhänge beiseite, die unser Vermieter unbedingt an jedem Fenster anbringen musste. Unsere Mülltonne ist umgekippt und liegt wie ein Besoffener im Schnee. Ich werde warten, bis Courtney da ist, um das anzugehen. Ich will gerade die Lammellenvorhänge wieder zuziehen, als ich eine Gestalt am Ende der Gasse stehen sehe. Ich kann nicht erkennen, ob es sich um einen Mann oder eine Frau handelt, da das Gesicht im Schatten liegt und die Person dunkle Kleidung trägt. Aber irgendwas an der Art, wie sie dasteht – mir zugewandt, reglos in ihrer Haltung verharrend, die Hände in den Hosentaschen und die Schultern gestrafft –, verunsichert mich. Ich ziehe die Lamellen zu, entschlossen, mich nicht davon irritieren zu lassen. Vermutlich wartet die Person nur auf jemanden, obwohl die Apotheke schon zu ist. Ein paar Sekunden stehe ich da und denke nach. Ich hatte nie Angst, alleine in der Wohnung zu sein, und ich werde auch jetzt nicht damit anfangen, nur weil ich Vince aus meinem Leben gestrichen habe.

Da kommt mir ein Gedanke. Könnte es vielleicht doch Vince sein? Abermals schiebe ich die Lamellen ein Stück beiseite und drücke die Nase gegen die Fensterscheibe, aber wer auch immer es war, ist fort.

Du bist also die Neue. Die Auserwählte. Ich verstehe, warum sie sich für dich entschieden hat. Das gleiche frische Gesicht, die gleiche unverbrauchte Schönheit, das gleiche seidige blonde Haar. Augen, die ein kleines bisschen zu groß sind, ein Rosenknospenmund, zierlich und schlank, aber dennoch vollbusig. Ein wandelndes Klischee. Dabei heißt es doch, so etwas gefalle den Männern. Wie es scheint, den Frauen auch.

Ich bin dir nach Hause gefolgt. Ich habe dich beobachtet, in deinem weinroten Wollmantel und deinen billigen Stiefeln, wie du versucht hast, dir, ohne zu stürzen, den Weg durch den Schnee zu bahnen. Dir ist wichtig, was andere Leute über dich denken. Ich habe gesehen, wie du mit dem Busfahrer gesprochen hast – scheues Lächeln, mit den Wimpern klimpernd. Hast du gehofft, er würde dich attraktiv finden? Ich habe auch gesehen, wie du deinen Platz für die Alte mit den Krautstampfern frei gemacht hast, sodass du selbst im Gang stehen und dich an der Stange über deinem Kopf festhalten musstest. Weißt du eigentlich, dass dein Mantel ein kleines Loch unter der Achselhöhle hat? Bist du wirklich so nett? Oder geht es doch nur um den Schein? Du bist jemand, der es immer allen recht machen will.

Du wohnst in einer Bruchbude. Aber das war ja klar. Deshalb bist du auch so von ihren Allüren beeindruckt, von ihrem unverschämt teuren Haus und ihrem Geld. All das Geld. Dabei ist sie eine gnadenlos spießige Despotin. Das wirst du schon bald feststellen. O ja, du wirst es schon bald bereuen, diese Stelle angenommen zu haben.

2

Kathryn

Elspeth sitzt mit kerzengeradem Rücken auf dem Rand ihres Lieblingssessels und plappert munter in den Hörer. Ihre Augen versprühen eine Begeisterung, die Kathryn seit Wochen nicht mehr bei ihr gesehen hat.

Sie bricht in ein perlendes Lachen aus, das Kathryn durch und durch geht. »Oh, du bist aber lieb«, gurrt sie. »Nun, ich freue mich ebenfalls, dich bald wiederzusehen. Danke, dass du mir Bescheid gegeben hast. Wir sehen uns Samstag. Bis dahin, auf Wiederhören.«

Bis dahin, auf Wiederhören. Meine Güte. Kathryn verspürt Übelkeit.

Elspeth legt den Hörer auf der Gabel ab – sie ist der einzige Mensch, den Kathryn kennt, der noch immer über einen Festnetzanschluss verfügt und sich weigert, ein Handy zu besitzen – und blickt mit geröteten Wangen zu ihrer Tochter auf. »Das war Una. Sie hat es geschafft, alles so einzurichten, dass sie in drei Tagen anfangen kann.«

»Natürlich hat sie das«, murmelt Kathryn kaum hörbar, als Elspeth ihr den Rücken zuwendet. Zweifelsohne ist Una Richardson beeindruckt von dem herrschaftlichen Haus und seiner Lage in Clifton, ganz so, wie es die anderen auch gewesen waren.

Fünf Tage sind seit dem Vorstellungsgespräch vergangen, und an jedem der darauffolgenden Tage hat Kathryn versucht, ihre Mutter doch noch davon abzubringen, Una einzustellen – überhaupt irgendwen einzustellen –, aber Elspeth McKenzie ist schon immer eine sturköpfige Frau gewesen, die noch nie einen Ratschlag von Kathryn angenommen hat. Warum also sollte sie jetzt damit anfangen?

Sobald Kathryn vergangene Woche Una Richardson die Tür geöffnet und das elfenhafte Gesicht, die großen grauen Augen und ihr langes, feminines blondes Haar gesehen hat, war ihr klar, dass sie den Job bekommen würde. Ihre Mutter hat etwas von einer Elster, wenn sie sich derart auf schöne Dinge stürzt: ein Kleid, ein Schmuckstück, ein Gemälde, ein hübsches Gesicht.

Kathryn hat sich oft gefragt, wie sich ihr Leben wohl entwickelt hätte, wenn sie ihrer Mutter zwei grazile blonde Enkeltöchter anstelle von zwei grobschlächtigen, ungestümen Enkelsöhnen geschenkt hätte. Sie wären wohl ungleich öfter zum Sonntagsessen eingeladen worden. Vielleicht hätte sie dann das Gefühl gehabt, wirklich zu dieser Familie zu gehören. Sie hätte voller Stolz dabei zugesehen, wie ihre Mutter ganz vernarrt um sie herumscharwenzelte und sie verwöhnte, anstelle jenes höflichen Desinteresses, das sie ihren Enkeln zukommen lässt.

Kathryn tritt noch einmal in den Salon, während sie sich den Mantel überzieht. Sie muss nach Hause, zu Ed und den Jungs. Es ist längst Zeit fürs Abendessen, und sie bezweifelt, dass ihr Mann darüber nachgedacht hat, was er kochen könnte, obwohl sie ihm heute Morgen klare Anweisungen gegeben hat, was sich noch im Tiefkühlfach befindet. »Wie wirst du die nächsten drei Tage zurechtkommen, bevor Una anfängt?«

Sie weiß nur zu gut, dass es ihrer Mutter an nichts mangeln wird. Denn die Wahrheit ist, dass sie eigentlich niemanden braucht, der sich um sie kümmert. Sie hat Aggie, die Köchin, Carole, die Zugehfrau, und eine stetig wechselnde Batterie an Gärtnern und Handwerkern, die auf Abruf bereitstehen. Sie ist bestens dazu in der Lage, für sich selbst zu sorgen, da sie über mehr als genug Mittel verfügt, um sich jede Marotte zu finanzieren. Nein, das Problem mit ihrer Mutter ist, dass sie es nicht erträgt, allein zu sein, noch nicht einmal für ein paar Stunden. Im Unterschied zu Kathryn hat sie sich in ihrer eigenen Gesellschaft nie wohlgefühlt. Schon als junge Frau musste Elspeth ihre Tage mit Terminen und Erledigungen aller Art füllen, sodass für jede Stunde des Tages gesorgt war. Es schien gerade so, als würde sie unter der allgemeinen Hektik und Geschäftigkeit ihres Lebens aufblühen, als gäbe es ihr Aufwind, die Kunstgalerien abzugrasen, quer durchs Land zu reisen, um Antiquitäten zu erstehen, oder sich in einem fort um Huw zu kümmern – indem sie beispielsweise nach London fuhr, um maßgeschneiderte Anzüge oder sein Lieblingsaftershave zu kaufen, das nur im Harrods zu finden war. Früher wünschte sie sich, dass ihre Mutter hier und da innehalten und etwas mehr Zeit mit ihrer Familie verbringen würde. Und nun, da sie in die Jahre gekommen ist, bleibt ihr nichts anderes übrig, als kürzerzutreten, doch Kathryn kann sehen, dass sie das in den Wahnsinn treibt.

Elspeth nimmt ein Buch vom Beistelltisch. Es ist die Erstausgabe eines hochkarätigen Autors, dessen Name Kathryn noch nie aussprechen konnte. Sie fragt sich, ob ihre Mutter es jemals gelesen hat. Es wirkte immer eher wie eine Requisite. In ihrer Kindheit und Jugend durfte Kathryn nie fernsehen: »Liebling, das ist nicht kultiviert genug. Es ist so viel besser, ins Theater zu gehen oder ein gutes Buch zu lesen« – nicht dass ihre Mutter jemals lange genug still gesessen hätte, um zu lesen. Und Elspeth duldet nach wie vor kein Fernsehgerät in ihren Räumlichkeiten. Huw schlich sich früher immer in den Garten, um sich auf einem tragbaren Modell, das er im Schuppen aufgestellt hatte, heimlich Cricketspiele anzuschauen.

Elspeth räuspert sich und blättert gemächlich um, ohne auch nur ein Wort zu lesen. »Nun, ich habe ja dich, nicht wahr, Liebling? Du warst jeden Tag hier, um nach mir zu sehen«, erwidert sie, ohne aufzuschauen.

»Natürlich hast du mich. Ich verstehe nicht, warum du dir den Umstand machst, jemand anderen dafür zu bezahlen.« Kathryn geht zum Fenster und zieht die schweren Vorhänge zu, wobei sie erschauert, als ihr Blick auf die Hängebrücke fällt – selbst nach all der Zeit flößt sie ihr nachts immer noch Angst ein. »Ich kann jeden Tag vorbeikommen. Warum also dein Geld verschwenden?«

»Das haben wir doch schon besprochen«, erwidert ihre Mutter in gelangweiltem Tonfall. »Ich habe mehr als genug Geld übrig. Mir ist es lieber, die Gewissheit zu haben, dass jemand den ganzen Tag bei mir ist. Was, wenn ich wieder stürze? Du hast eine Familie und einen Job. Ich kann mich nicht allein auf dich verlassen.«

Kathryn unterdrückt einen Seufzer. Vor zwei Jahren ist ihre Mutter ausgerutscht, als sie die Treppe runterging. Sie besteht heute noch darauf, dass sie dabei das Bewusstsein verloren und stundenlang am Fuß der Treppe gelegen habe –

bis Aggie sie fand. Aggie rief natürlich einen Krankenwagen, doch abgesehen von einem verstauchten Handgelenk hatte sie sich nichts getan. Danach jedoch setzte Elspeth sich urplötzlich in den Kopf, dass sie eine Gesellschafterin brauche – ganz so, als wäre sie eine dieser Aristokratinnen des ausgehenden 19. Jahrhunderts –, und wie es schien, kam dafür nur ein junges blondes Ding infrage. Wenige Wochen nach ihrem Sturz hatte sie schon die Erste eingestellt, ein attraktives, quirliges Mädchen namens Matilde – wohlgemerkt ohne auch nur mit Kathryn darüber zu reden.

»Du weißt, dass ich jederzeit die Arbeit aufgeben würde, falls du Sorge hast, allein zu sein und wieder zu stürzen. Es wäre doch sicher besser für dich, wenn sich jemand aus der Familie um dich kümmert und nicht so eine … eine Fremde.«

»Und wer würde dann die Galerie deines Vaters leiten?«, fragt Elspeth, ohne von dem Buch aufzuschauen, das sie zu lesen vorgibt.

»Ich könnte es nebenher tun. Daisy kommt auch ohne mich zurecht. Sie ist äußerst kompetent und …«

»Nein, ich brauche jemanden, der rund um die Uhr bei mir ist. Und ich bezahle dir in der Galerie mehr, als du als meine Gesellschafterin verdienen würdest.«

»Du bist meine Mutter! Du weißt, dass ich es auch ohne Geld tun würde!«

»Sei nicht albern. Das könntest du dir gar nicht leisten. Nicht bei dem Gehalt deines Mannes.« Und da ist er wieder: der kleine beiläufige Seitenhieb, den sie sich nie verkneifen kann, wenn die Sprache auf Ed kommt. Die schlichte Tatsache, dass Kathryn es vorgezogen hat, aus Liebe und nicht des Geldes wegen zu heiraten, stellt für Elspeth einen persönlichen Affront dar. Ihre Mutter klappt das Buch zu und legt es wieder auf den Beistelltisch. Sie mustert Kathryn mit ihrem hellen, durchdringenden Blick. Kathryn muss sich alle Mühe geben, nicht die Augen zu verdrehen. Sie weiß, dass Elspeth Ed nie gebilligt hat, da er kein schnieker Anwalt oder Chirurg aus gutem Hause ist. Stattdessen war er auf einer staatlichen Schule und hat heute einen normalen Job in der IT-Branche. Doch was ihre Mutter nie verstehen wollte, war, dass Kathryn sich Hals über Kopf in Ed verliebt hatte, weil sie sich bei ihm sicher und geborgen fühlte. Er vermittelte ihr das Gefühl, dass er sie niemals verlassen oder verletzen würde. Als sie sich damals an der Uni kennenlernten, war er der erste Mensch gewesen, bei dem sie das Gefühl hatte, dass sie ganz sie selbst sein konnte.

»Aber uns geht es doch gut«, log sie. »Die Hypothek ist fast abbezahlt …« Sie verrät nicht, dass sie sich weiter verschuldet haben, da sie darauf hofft, dass sie eines Tages genug von ihrer Mutter erben wird, um alles zurückzahlen zu können.

»Ich möchte nicht weiter darüber reden«, unterbricht Elspeth sie scharf. »Una wird meine Gesellschafterin, und damit hat sich das Thema erledigt.«

Frustriert beißt sich Kathryn auf die Lippe. *Na schön*, denkt sie sich. *Aber dann erwarte ja nicht, dass ich in der Zwischenzeit einspringe*. Doch sie weiß, dass sie das nicht laut aussprechen wird. Natürlich nicht. Das tut sie nie.

»Ich glaube, es ist das Beste, wenn du jetzt nach Hause gehst«, verkündet Elspeth kühl. »Aggie ist da, um mir mein Abendessen zuzubereiten. Ich bin sicher, dass es ihr nichts ausmachen wird, mir heute Abend zu Bett zu helfen.«

Du bist bestens dazu in der Lage, ganz allein zu Bett zu gehen, denkt Kathryn mit vor Wut hämmerndem Herzen. Sie wagt es nicht, den Mund noch mal zu öffnen, ohne dass ihr doch etwas herausrutscht, daher verlässt sie schweigend das Zimmer. Ihre flachen Absätze klackern hohl über die Fliesen, als sie den Flur durchquert, um ihre Tasche aus dem Garderobenschrank zu holen.

»Gute Nacht!«, ruft Elspeth heiter, als Kathryn schon halb zur Tür hinaus ist.

Sie knallt sie hinter sich zu.

Das ist es, was Kathryn am meisten an ihrer Mutter ärgert. Immer muss sie das letzte Wort haben, während Kathryn nichts anderes übrig bleibt, als ihre runterzuschlucken – um bloß nichts zu sagen, was sie bitter bereuen könnte.

Von ihrer Mutter zu Kathryns eigenem Haus auf der anderen Seite der Bristol Downs, der weitläufigen Grünanlagen nördlich von Clifton, sind es normalerweise keine fünf Minuten Fahrzeit, doch wegen des Berufsverkehrs und auch weil die Nebenstraßen teilweise immer noch von Eis und Schnee bedeckt sind, benötigt sie heute Abend deutlich länger. Außerdem muss sie sich immer noch an dieses riesige Auto gewöhnen, das sich wie ein Panzer anfühlt, trotzdem sie es doch schon seit fünf Monaten besitzt.

Behutsam lenkt sie den SUV in die Einfahrt. An den Rändern häuft sich noch immer der Schnee, obwohl Ed heute früh gestreut hat. Ein paar Minuten sitzt sie einfach nur so da und betrachtet das Haus, das sie mit ihm und den Jungs bewohnt: eine geräumige Doppelhaushälfte aus den 1930er-Jahren, mit Garage zwar, aber ohne den Charme des eleganten Stadthauses ihrer Mutter und auch nur einen Bruchteil so groß. Obwohl die Vorhänge zugezogen sind, weiß Kathryn, dass Ed im Wohnzimmer sein wird, vor dem Fernseher fläzend, vielleicht sogar dösend, den Mund weit geöffnet, die Hände auf dem Bauch ruhend. Bei den Jungs geht sie davon aus (ja, bei Jacob hofft sie es sogar), dass sie vor irgendeinem elektronischen Gerät kleben und ihre Hausaufgaben vernachlässigen. Sie seufzt und wappnet sich innerlich für die bevorstehenden Kämpfe. Am liebsten wäre ihr, wenn sie keine Verpflichtungen hätte. Keine anstrengende, störrische Mutter, keinen faulen Ehemann und auch keine eigensinnigen Kinder. Sie könnte einfach nach Hause kommen, ihre Schuhe abstreifen, eine Flasche Wein öffnen und sich vor Netflix entspannen. Noch während sie sich das vorstellt, plagt sie schon das schlechte Gewissen. Sie liebt ihre Familie, natürlich tut sie das. Ohne sie wäre sie ganz verloren.

Und obwohl ihre Mutter sie verrückt macht, weiß Kathryn, wie viel sie ihr zu verdanken hat.

Als sie den Flur betritt, wird Kathryn von der näselnden Stimme eines Fußballkommentators und dem Jubeln der Menge im Hintergrund begrüßt. Ob es wohl eine nervigere Geräuschkulisse nach einem langen Tag gibt? Schon hört sie die Jungs oben streiten und Harry, der aus Leibeskräften »*Muuuuuuum!*« brüllt. Ja, offensichtlich gibt es das. Sie versucht, ihre Schultern zu entspannen, die sie unwillkürlich angezogen hatte, und schluckt ihren Ärger runter.

Sie lächelt duldsam, als ihr Elfjähriger mit erboster Miene die Treppe runtergestürmt kommt. »Jacob macht mich bei *Minecraft* die ganze Zeit fertig«, jammert er.

Jacob, der vier Jahre älter ist und mit fünfzehn bereits

aussieht wie ein Mann, erscheint oben auf der Treppe. »Ich möchte dieses Scheißspiel sowieso nicht mit dir spielen. Das ist doch kindisch!«

»Das ist nicht kindisch!«, erwidert Harry, stampft mit dem Fuß auf und schiebt schmollend seine Unterlippe vor. »Stimmts, Mum? Nur weil *er* immer seine blöden Ballerspiele zocken will.«

Kathryn verschränkt die Arme vor der Brust. »Du solltest *überhaupt* nichts spielen. Hast du deine Hausaufgaben schon gemacht?«

Bei der Erwähnung der Hausaufgaben zieht Jacob sich unauffällig zurück, während Harry rot anläuft und an dem dichten dunklen Haar in seinem Nacken zupft. »Äh. Ich hab keine auf. Was gibts zum Abendessen?«

»Ich weiß es noch nicht. Aber wir essen in einer Stunde. Wo ist dein …?« Doch Harry ist nach oben geflitzt, ehe sie ihre Frage zu Ende bringen kann.

Genauso, wie sie es vorhergesehen hatte, sitzt Ed vor der Mattscheibe, allerdings schenkt er dem Fußballspiel keine Beachtung, sondern scheint ganz gebannt von dem, was er gerade auf seinem Laptop liest. Sobald sie das Zimmer betritt, schaut er auf, und bei ihrem Anblick breitet sich ein Lächeln über sein Gesicht. »Oh, hallo, Schatz. Du bist aber früh zu Hause.«

»Es ist schon halb sieben durch, Ed.«

Verlegen setzt er sich aufrechter hin. »Ach so. Ich habe ganz die Zeit vergessen.«

»Hatten die Jungs schon ihr Abendessen?« Sie kennt die Antwort bereits, will aber dennoch hören, was er zu sagen hat.

»Ähm, nein, nicht wirklich. Ich wusste nicht, was ich kochen soll.«

»Im Gefrierschrank ist Lasagne. Das habe ich dir heute früh gesagt.« Sie schüttelt den Kopf. »Egal. Ich mach schon.«

Er folgt ihr in die Küche und bleibt unsicher hinter ihr stehen. Mit kritischem Blick mustert sie die Echtholzarbeitsflächen und weißen Ikea-Elemente. An einem Ende stehen eine offene Milchpackung und zwei Teller mit Toastresten, welche die Jungs sich gemacht haben müssen, als sie von der Schule kamen. Die Kühlschranktür ist halb offen und piept, an einem der Schränke zieht sich ein Fleck hinab. Sie schließt die Kühlschranktür und legt hektisch los, wobei sie das schmutzige Geschirr wegräumt und die Küchenfronten abwischt. Ed drückt sich in der Tür herum und wirkt, als wäre er lieber woanders. »Wie geht es deiner Mutter?«, fragt er schließlich.

»So charmant wie eh und je«, antwortet sie, wirft den Lappen in die Spüle und holt die Lasagne aus dem Gefrierschrank. Sie weiß nicht, was sie ohne Aggies Kochkünste machen würde. Ihre Mutter wäre ganz sicher nicht einverstanden, wenn sie herausfinden würde, dass ihre Köchin Extraportionen für Kathryn und ihre Familie abzweigt.

Sie schaltet den Backofen an und dreht sich dann zu ihrem Mann um. Er trägt noch immer seine Arbeitsklamotten, seine Krawatte ist verrutscht, und sein Hemd hängt aus der Hose. Obwohl er beinahe fünfzig ist, erinnert sie irgendwas an Ed an einen zu groß geratenen Schuljungen. Er hat sein volles goldbraunes Haar immer noch nicht eingebüßt, da ist bloß eine Spur von Grau an den Schläfen, und oben auf dem Scheitel wird es etwas lichter. Ob sie ihn noch attraktiv findet? Sie glaubt schon – aber, herrje, er kann sie manchmal nerven! So wie jetzt zum Beispiel.

»Du tust zu viel für sie«, sagt er sanft. »Du siehst fertig aus. Ich setze mal Teewasser auf.«

»Sie hat eine neue Gesellschafterin eingestellt. Blutjung, unglaublich hübsch …«

Er schaltet den Wasserkocher ein und greift nach den Teebeuteln. »Ach? Was ist denn mit Jemima passiert?«

Wie oft denn noch? Er hat ein Gedächtnis wie ein verdammtes Sieb. Trotzdem hat sein schlechtes Gedächtnis auch seine guten Seiten, denkt sie, während sie ihm dabei zusieht, wie er heißes Wasser auf der Arbeitsfläche verschüttet, als er die Becher füllt. »Ed, würdest du das wegwischen? Das Holz quillt sonst auf.«

Er schnappt sich ein frisches weißes Geschirrtuch, und Kathryn schließt die Augen und kneift sich in die Nasenwurzel. Es ist besser, nicht hinzusehen. Sie wird sich darum kümmern, wenn er aus der Küche verschwunden ist.

»Alles in Ordnung, Schatz? Schon wieder Kopfschmerzen?«

Ja, wegen dir, will sie sagen, *du machst mir Kopfschmerzen*, aber sie schweigt. Sie weiß, dass sie wegen ihrer Mutter gereizt ist und dass sie es an Ed auslassen würde, was nicht fair ist. Sie schnappt sich den Lappen und wischt hinter ihm her, während er ihr mit leicht verdutzter Miene zusieht.

»Geh schon und setz dich«, fordert er sie auf, als sie fertig ist. Er reicht ihr einen Becher Tee. Er hat zu viel Milch hineingegeben, aber sie nimmt ihn dennoch, hockt sich an den Küchentisch und entledigt sich ihrer Schuhe. Sie hat eine Blase an ihrem kleinen Zeh. »Jemima ist gegangen. Weißt du nicht mehr? Vor Weihnachten. Dabei hatte sie erst seit Oktober für Mutter gearbeitet. Keine drei Monate hat sie es ausgehalten.«

Ed zieht ebenfalls einen Stuhl unter dem Küchentisch hervor und lässt sich schwerfällig darauf nieder. Sie lächelt in sich hinein. Ed ist wie der sprichwörtliche Elefant im Porzellanladen. Der Duft nach Lasagne macht sich allmählich in der Küche breit und lässt Kathryns Magen knurren. Sie hat seit Stunden nichts mehr gegessen. »Tja, deine Mutter ist ja auch nicht gerade einfach.«

Das weiß sie selbst. Warum also muss er das gerade sagen? Er greift über den Tisch und drückt ihre Hand. Er will nur nett sein, ruft sie sich in Erinnerung. Das ist das Schöne an Ed. Er ist immer auf ihrer Seite. Komme, was wolle.

Doch da meldet sich die leise Stimme in ihrem Kopf, die sie stets zu unterdrücken versucht.

Wäre er auch dann noch so loyal, wenn er wüsste, was du getan hast?

3
Una

Meine Hand liegt auf dem schmiedeeisernen Tor, der Koffer steht zu meinen Füßen, und ich blicke zum Haus empor, während ich innerlich zwischen Vorfreude und Angst hin und her schwanke. Der Schnee und das Eis sind geschmolzen, und das Haus sieht noch schöner, noch majestätischer aus als beim ersten Mal, wie es sich vor dem Hintergrund der winterlichen Sonne und des wolkenlosen Himmels abzeichnet. Es ist nach wie vor kalt, genau genommen frostig, und ich bin dick in meinen Schal und meine Handschuhe eingemummelt, aber in diesem Moment kann ich mir fast schon vorstellen, dass Frühling ist.

»Kommst du nun rein, oder nicht?«

Eine Männerstimme schreckt mich aus meinen Gedanken. Und dann sehe ich ihn. Er wird beinahe vollständig von dem großen immergrünen Busch im Vorgarten verborgen, nur sein Kopf ist über der Spitze zu sehen. Mit dem olivfarbenen Teint und den hellen Augen sieht er gut aus, auf diese wilde naturverbundene Art. Er trägt eine graue Wollmütze und hat dunkle Locken, die seitlich darunter hervorlugen. Ein Grinsen erscheint auf seinem Gesicht. »Hast du gerade Selbstgespräche geführt?«

»Äh …« O mein Gott, habe ich gerade laut gedacht? Courtney lacht mich deswegen immer aus. Mein ganzes Gesicht brennt vor Scham. »Ist mein erster Tag heute. Ich bin ein bisschen nervös.«

Er steigt von seiner Leiter herunter. Er ist wirklich groß, hat breite Schultern und sieht ein paar Jahr älter aus als ich. »Tja, dann beeil dich mal besser, die alte Dame mag keine Drückeberger.«

»Ich bin kein Drückeberger, ich bin …« Seine Augen funkeln, er zieht mich bloß auf. Ich schiebe das Tor auf, und er kommt herüber, um mir den Koffer abzunehmen.

Als wir an der Haustür angelangt sind, streckt er mir eine behandschuhte Hand hin. »Ich bin übrigens Lewis.«

»Hi, Übrigens Lewis. Ich bin Una.«

Ein amüsiertes Grinsen breitet sich über sein Gesicht. »Ich hoffe, wir sehen uns bald. *Una*.«

In dem Moment öffnet sich die Tür, und Kathryn bedenkt mich mit einem missbilligenden Blick, als hätte sie uns in einer kompromittierenden Situation erwischt.

»Sie sind zu spät«, bemerkt sie spitz, obwohl es Punkt neun ist, also genau die Uhrzeit, für die Elspeth mich bestellt hat. »Und Sie, haben Sie keine Arbeit zu erledigen?«, fragt sie ungehalten an Lewis gewandt. »Das Gewächshaus muss ausgeräumt werden.« Er antwortet mit einem entschuldigenden Lächeln und zieht ab.

Ich betrete das Haus. Ich hatte gehofft, dass Kathryn heute nicht da sein würde. Hat sie keinen Job oder was Besseres zu tun? Ich frage mich, ob das Arbeiten für Elspeth immer so sein wird, dass mir ihre mürrische, missbilligende Tochter den lieben langen Tag über die Schulter schaut. Das wäre ja noch schlimmer als mit Miesepeter-Cynthia – und ich hätte nicht gedacht, dass irgendwer *so* schlimm sein könnte. Selbst

Rammel-Roger mit seinen anzüglichen Blicken und zweideutigen Kommentaren konnte da nicht mithalten. Plötzlich sehne ich mich nach meinem alten Leben: meiner WG mit Courtney, dem Job, den ich die letzten vier Jahre gemacht habe. Allem, was mir vertraut war. Ich fühle mich wie damals in der sechsten Klasse, während des verregneten Schullandheimaufenthalts in Wales, als ich einfach nur noch zu Hause bei Mum sein wollte, um mich vor der Glotze an sie zu kuscheln und Kekse in den Tee zu tunken, statt durch die Pampa zu wandern und mir mit fünf anderen von Heimweh geplagten Mädchen ein Zimmer zu teilen.

Kathryns Miene wird sanfter, ganz so, als ob sie meinen Kummer spüren könnte. »Ich zeige Ihnen Ihr Zimmer und gebe Ihnen dann eine halbe Stunde, damit Sie sich einrichten können. Danach können Sie runterkommen und sich mit Mutter zusammensetzen. Ich muss um zehn zur Arbeit. Ist das in Ordnung?«

Mutter. Das klingt so förmlich.

»Ich … Ja, das ist super.« Ich schleppe meinen Koffer die zwei Stockwerke hoch ins Dachgeschoss, wo sich bestimmt einmal die Dienstbotenquartiere befunden haben. Als wir oben an der Treppe ankommen, ist da ein schmaler Flur und eine Tür. Kathryn öffnet sie und verkündet: »Das ist Ihr Zimmer.«

Als ich hineingehe, klappt mir die Kinnlade runter. Es ist eher eine kleine Wohnung als ein Zimmer. Vom eigentlichen Schlafzimmer mit einem angeschlossenen Bad geht ein zweiter, kleinerer Raum ab, der zu einer Art Sitzecke umfunktioniert wurde.

»Damit Sie etwas Privatsphäre haben, wenn Sie mal nicht

mit meiner Mutter im Salon sitzen wollen«, erklärt Kathryn, während ich mich völlig baff umschaue. »Glauben Sie mir, es wird Momente geben, da werden Sie froh sein, sich zurückziehen zu können.« Daraufhin bricht sie zu meiner Überraschung in ein lautes, kehliges Lachen aus. Es ist das erste Mal, dass ich sie lachen höre. Sie überreicht mir einen Schlüssel. »Die Tür können Sie außerdem auch abschließen«, merkt sie an.

Warum sollte ich das wollen?

Kathryn sieht sich mit einem wehmütigen Ausdruck im Raum um. Dann scheint sie sich plötzlich wieder an meine Gegenwart zu erinnern und fasst sich. »Nun gut, ich lasse Sie in Ruhe auspacken.«

Als sie das Zimmer verlässt, hocke ich mich auf die Kante des Schlittenbetts, das unter den zwei Schiebefenstern steht und von dem aus man einen Blick auf die Hängebrücke hat, und schwöre mir, hier immer Ordnung zu halten. Der Bettbezug ist weiß, mit winzigen zarten Rosenknöspchen drauf, die Wände wurden in einem weichen Pastellgrau gestrichen, und die Holzdielen sind geschliffen und lackiert. Es ist um Längen hübscher als mein WG-Zimmer. Ich stehe wieder auf, streiche das Bettzeug an der Stelle glatt, auf der ich gerade gesessen habe, und gehe in mein kleines Wohnzimmer rüber. Ein hölzerner Schreibtisch steht unter einem weiteren großen Sprossenfenster, außerdem sind da noch ein graues Leinensofa mit rosa Zierkissen sowie eine hübsche Lampe, die neben einem kleinen Fernseher steht.

Von diesem Fenster aus hat man einen Blick auf den Garten hinterm Haus: Er ist riesengroß, samt Schuppen und einem Gewächshaus. Ich kann Lewis sehen, der mit gebeugtem Rücken Gerümpel in eine Schubkarre stapelt, wobei sein Atem Wolken bildet. Ganz hinten im Garten, durch die Baumkronen hindurchlugend, befindet sich eine hässliche Holzkonstruktion, die früher mal ein Baumhaus gewesen sein könnte. Ich versuche mir vorzustellen, wie Kathryn als Kind dort spielte. Ich frage mich, ob sie einsam war in diesem großen Haus mit seinem riesigen Garten, ganz ohne Geschwister als Spielkameraden. Ich bin zwar ein Einzelkind, aber ich war nie einsam. Andererseits gab es schon immer nur meine Mum und mich. Wir waren ein Team, eine Einheit. Unabhängig, ganz für uns und darum umso glücklicher.

Ich kehre in das große Schlafzimmer zurück, packe meine Klamotten aus und verstaue sie in dem elfenbeinfarbenen verschnörkelten Kleiderschrank sowie der dazu passenden zierlichen Kommode. Ich widerstehe dem Drang, alles in eine Schublade zu stopfen, wie ich es in der WG getan hätte. Hier muss ich mich ernsthaft mal um Ordnung bemühen. Ich krame ein gerahmtes Foto von mir und Mum heraus, das vor einem Jahr am Strand aufgenommen wurde. Vor der Krebsdiagnose. Ich halte es eine Weile in meinen Händen, während ich mich an unseren Urlaub in Devon erinnere und mir wünsche, ich könnte zurück in diese Zeit, als alles noch einfacher war; dann stelle ich es auf meinem Nachttisch auf.

Die unterste Schublade fülle ich mit Knabbereien, die ich vor der Herfahrt noch schnell gekauft habe. Alle meine Lieblingssnacks: Käsecracker mit Cheddar-Geschmack, Oreos, eine Packung Penguin-Kekse und zwei Dosen Sprite. Ich weiß schon, dass ich hier Verpflegung bekomme, aber ich nasche einfach gerne zwischendurch. Außerdem ist mir die

Vorstellung unangenehm, mich an Elspeths Vorräten zu bedienen, was auch immer sie in ihren Schränken gebunkert hat.

Ich bringe meinen Kulturbeutel ins Bad. Es ist klein, aber gut ausgestattet, trotzdem verspüre ich einen kleinen Stich der Enttäuschung, weil es nur eine ebenerdige Dusche und keine Badewanne hat. Ein heißes Bad ist meine Art zu entspannen, auch wenn ich als Teenagerin Mum damit in den Wahnsinn getrieben habe, weil meine Badekugeln ständig einen farbigen Rand in der Wanne hinterließen. Trotzdem ist eine Dusche natürlich eine feine Sache, und was viel wichtiger ist, ich werde sie mit niemandem teilen müssen. Courtney konnte morgens Stunden mit ihren Haarextensions, falschen Wimpern und Selbstbräunercremes zubringen. Ich betaste eines der flauschigen grauen Handtücher. Es wurde an alles gedacht, bis hin zu dem Raumspray, das ordentlich auf dem Spülkasten parat steht.

Ich öffne den Schrank unter dem Waschbecken und schiebe meine Kosmetiktasche in das unterste Fach. Ich will ihn gerade wieder schließen, als etwas Glitzerndes in der Ecke aufblitzt. Es sieht aus wie eine zusammengerollte Halskette. Ich greife danach. Sie ist alt, angelaufen, die Kette selbst verknotet, aber an ihrem Ende befindet sich ein ovales Medaillon. Ich will es öffnen, aber es lag wohl so lange da, dass es zusammengeklebt ist. Ich breche mir fast einen Fingernagel ab bei dem Versuch, es aufzukriegen. Anstatt mich weiter damit abzumühen, lege ich die Kette auf meinen Nachttisch. Ich werde Kathryn später danach fragen. Sie muss dem Mädchen gehört haben, das vor mir hier wohnte.

Ich höre Schritte vor meinem Zimmer und dann Kathryns Stimme durch die Tür. »Sind Sie bereit? Mutter verlangt nach Ihnen.«

»Das Zimmer ist wunderschön, vielen Dank«, sage ich, nachdem ich die Tür geöffnet habe und ihr über den Flur folge.

»Das ist Mutters Werk. Sie mag es, wenn alles ganz nach ihren Vorstellungen ist. Das werden Sie selbst noch feststellen.«

»Ach so.«

»Sie haben das Stockwerk für sich allein, was zumindest ein gewisses Maß an Privatsphäre garantiert«, fährt sie fort, während sie die Treppe hinabgeht. Sie redet schon wieder über Privatsphäre, so, als würde das Haus vor Menschen nur so wimmeln, aber soweit ich weiß, werden zumindest abends und nachts nur ich und Elspeth da sein. Wir erreichen den ersten Stock, wo sich vermutlich die anderen Schlafzimmer befinden. Es sieht so aus, als würden vier Türen von dem geräumigen Flur abgehen, doch meine Neugier hat keine Chance, da ich schon die nächste Treppe hinabgeführt werde.

Elspeth sitzt aufrecht in einem Sessel in dem Raum, den Kathryn den »Salon« nennt, ich hingegen nur als Wohnzimmer bezeichnen würde. Als sie mich sieht, erhebt sie sich, eilt herbei und umarmt mich wie eine lang verloren geglaubte Tochter. Dabei muss sie sich ein gutes Stück bücken, denn sie ist mindestens zehn Zentimeter größer als ich. »Una! Es ist so schön, dich zu sehen! Ich hoffe, du hast dich in deinen Räumlichkeiten gut eingerichtet.«

Räumlichkeiten. Ich muss mir ein Kichern verkneifen. Ich fühle mich wie in *Downtown Abbey*.

Dann wendet sie sich an Kathryn, als würde sie sie zum ersten Mal bemerken, und ihr Gesichtsausdruck verdunkelt sich. »Was machst du noch hier? Du kannst jetzt gehen.«

Unwillkürlich zucke ich bei ihrem schneidenden Tonfall zusammen. Mir entgeht Kathryns gekränkter Ausdruck nicht, auch wenn sie ihr Bestes tut, sich nichts anmerken zu lassen. Sie hat die Schultern gestrafft, ihr Kinn ist gereckt, wie um weitere unfreundliche Worte abzuwehren. Ohne sich von einer von uns zu verabschieden, stakst sie davon und schließt geräuschvoll die Tür hinter sich.

»Gott sei Dank ist sie weg. Sie ist so eine Spaßbremse«, sagt Elspeth, ohne eine Miene zu verziehen, doch da ist ein Funkeln in ihren strahlend blauen Augen. Ich will lachen über ihre unverblümte Art, bin gleichzeitig aber auch ein wenig entsetzt darüber, dass sie so über ihre Tochter spricht. Meine Mum hätte nie so hinter meinem Rücken über mich geredet. »Na schön, dann komm mal mit, damit ich dir alles zeigen kann.« Sie nimmt meinen Arm und führt mich durch das Haus. Sie ist erstaunlich rüstig für eine ältere Dame, die eine Betreuerin und Gesellschafterin benötigt, und ich frage mich erneut, warum sie mich eingestellt hat. Ist sie einfach nur einsam? Aber wie kann sie einsam sein, wenn Kathryn sich ständig hier rumtreibt?

Sie zeigt mir die Bibliothek im hinteren Teil des Hauses, mit maßgefertigten deckenhohen Regalen voller Bücher – die meisten davon Klassiker, weit und breit keine Danielle Steele oder ein John Grisham zu sehen – sowie gläsernen Außentüren samt einer Terrasse, deren steile Stufen in den Garten hinabführen; dann das Aufenthaltszimmer: ein kleiner quadratischer Raum mit weichen Sofas, wo anscheinend ihre Enkel die Zeit verbringen, wenn sie zu Besuch sind; und zuletzt die Küche, die noch mal eine Treppe tiefer gelegen ist und den Großteil des Souterrains einnimmt, abgesehen von einem kleinen Raum, den Elspeth als ihr »Arbeitszimmer« bezeichnet. Mir fällt auf, dass keiner der Räume über einen Fernseher verfügt, daher bin ich umso dankbarer für das Gerät in meinem Schlafzimmer.

»Die Küche ist neu hinzugekommen«, erzählt Elspeth, wobei sie die Schränke und Arbeitsplatten mit liebevollem Blick betrachtet. Sie ist wirklich wunderschön, in Taubengrau und sanften Cremetönen gehalten und laut Elspeth handgeschreinert. Der Boden ist mit naturbelassenen Kalksteinplatten gefliest, und auch hier führen Terrassentüren in den Garten hinaus.

Ich wünschte, meine Mutter könnte das alles sehen. Sie hätte es kaum glauben können. Das Einzige, was mir ein wenig seltsam vorkommt, ist, dass es keine Fotos gibt. Das Haus, in dem ich aufgewachsen bin, war voller Familienfotos: von mir, Mum und Oma gemeinsam; von mir in allen Phasen meiner Kindheit und Jugend; von Mum und ihren engsten Freunden; und natürlich Schnappschüsse aus den Urlauben. Selbst in der Bude, die ich mir mit Courtney geteilt habe, hatten wir Fotos an den Wänden, Bilderrahmen auf der Anrichte und Streifen alberner Automatenfotos, die an der Kühlschranktür klebten. Hier dagegen ziert Kunst die Wände: Landschaftsgemälde und ein paar skizzenhafte Zeichnungen, von denen mir eine irgendwie bekannt vorkommt, aber nichts, worauf die Familie zu sehen wäre. Noch nicht einmal ihre Enkel.

Wir wollen gerade die Küche verlassen, als wir ein fröhliches »Hallo!« hinter uns hören. Eine stämmige Frau Ende sechzig mit eng anliegenden grauen Löckchen und dem größten Busen, den ich je gesehen habe, kommt auf uns zugewatschelt. »Ich musste nur schnell ein paar Eier holen«, lässt sie uns wissen. »Möchtest du nach wie vor Quiche zum Mittagessen, Elspeth?« Sie wartet die Antwort nicht ab, während ihr Blick über mich hinwegschweift. »Du musst das neue Mädchen sein! Ich bin Agatha. Alle nennen mich Aggie. Ich bin die Köchin.« Ich habe gerade einmal genug Zeit, um mich vorzustellen, bevor sie fortfährt. »Jetzt aber husch, raus aus meiner Küche. Ich muss schließlich das Mittagessen zubereiten.« Sie wendet sich ab und macht sich daran, ihre Hände über dem großen Keramikspülbecken zu waschen.

Elspeth hakt sich erneut bei mir unter. »Lass uns unsere Mäntel holen und den Garten erkunden«, schlägt sie vergnügt vor, als hätte sie gerade angekündigt, dass wir uns auf eine Kreuzfahrt begeben.

»Seid aber pünktlich bis Mittag wieder zurück«, ermahnt uns Aggie über die Schulter wie zwei kleine Kinder.

Wir gehen nach oben, um unsere Mäntel zu holen, dann folge ich Elspeth durch die Bibliothek – wobei ich angesichts der Bücherregale abermals ins Staunen gerate: Meine Mutter, eine begeisterte Leserin, hätte sie geliebt – und von dort hinaus in den Garten. Der Rasen ist feucht vom Tau, unser Atem steigt in Wolken vor uns auf, und Elspeth schmiegt sich enger an mich.

»Die Mädchen haben es früher geliebt, hier draußen zu spielen«, sagt sie, während wir über den Rasen schlendern. Der Wind zerrt an unseren Haaren und am Saum meines

Mantels. »Mein verstorbener Mann, Gott sei seiner Seele gnädig, hat dieses Baumhaus gebaut.«

»Haben Sie denn außer Kathryn noch andere Kinder?«, will ich wissen.

Sofort spüre ich, dass ich die falsche Frage gestellt habe: Ihr Arm versteift sich merklich, und einige Sekunden schweigt sie. Schließlich antwortet sie: »Nein, nur Kathryn.«

Ich bin verwirrt. Von wem hat sie dann gesprochen? Welche Mädchen hat sie gemeint?

Sie klammert sich immer noch an meinem Arm fest, während wir im Garten unsere Runden drehen, doch nun ist sie still geworden. Ich warte ab, da ich nicht abermals in ein Fettnäpfchen treten möchte. Trotzdem kann ich nicht anders, als im Garten nach Lewis Ausschau zu halten. Doch von ihm ist weit und breit nichts zu sehen, obwohl neben der Seitenpforte eine Schubkarre voller Farnkraut steht.

Elspeth beginnt erst wieder zu sprechen, als wir zurück im Haus sind. »Wärst du so lieb, mir eine Tasse Tee zu machen?«, fragt sie, während sie es sich in ihrem Lieblingssessel im Wohnzimmer bequem macht und ein Buch vom Beistelltisch nimmt. Die Vorhänge sind aufgezogen und umrahmen die Sicht auf die Hängebrücke. Von hier aus kann ich ein Pärchen auf der Bank mit Blick auf die Avon-Schlucht erkennen. Sie müssen doch frieren, denke ich. »Und mach dir doch bitte auch gleich einen. Du musst dieses Haus fortan wie dein eigenes Zuhause behandeln.«

Ich schenke ihr ein Lächeln und verlasse den Raum, froh, von ihr und ihrer schweigsamen Laune fortzukommen, sei es auch nur kurz. Vielleicht ist das ja doch nicht die richtige Arbeit für mich. Aber dann denke ich an das Geld – es ist der bestbezahlte Job, den ich in nächster Zukunft ergattern könnte. Und ich brauche ihn, falls ich wirklich auf Reisen gehen möchte. Denn es ist genau das, was ich Mum vor ihrem Tod versprochen habe: dass ich mir meinen Traum erfüllen würde, die Welt zu sehen. Das war auch ihr Traum gewesen, doch sie bekam nie die Gelegenheit dazu. Als sie die Chemotherapie durchmachte, saßen wir oft dort nebeneinander auf diesen schrecklichen Plastiksesseln, während die Medikamente in ihre Adern hineingepumpt wurden, und unterhielten uns über all die Länder, die wir besuchen würden, das Essen, das wir essen würden, die Kleidung, die wir tragen würden, die Playlists, die wir erstellen würden. Wir malten uns den Geruch der Strände aus – nach Kokosnuss-Sonnencreme und Sand – und versuchten, uns so vom Gestank der Desinfektionsmittel, welcher die Station erfüllte, abzulenken. Wir planten unsere Route für Südostasien: erst Thailand, gefolgt von Laos und Vietnam. Und dann, als sie sicher wusste, dass sie sterben würde, nahm sie mir das Versprechen ab, dass ich alles für uns beide bereisen würde. Als ich diese Stelle annahm, sagte ich mir, dass ich höchstens bis Ende des Jahres bleiben wolle – nicht dass ich Elspeth gegenüber zugeben würde, dass ich diesen Job lediglich als Übergangslösung betrachtete, als Möglichkeit, mir meinen Traum zu finanzieren.

Ich schlucke den dicken Kloß in meinem Hals hinunter. Es wird wohl eine Weile brauchen, bis ich mich an diesen Job gewöhnt habe, aber es ist ja auch mein erster Tag. Ich schaffe das schon.

Als ich die Küche betrete, schlägt mir der Duft von Gebäck entgegen. Aggie sitzt auf einem der Barhocker, wobei ihr korpulenter Körper über die Sitzfläche quillt, und blättert offenbar Rezepte durch. Sie schaut auf, als ich hereinkomme. »Sie wird wohl ihren Vormittagstee wollen.« Sie rutscht vom Hocker und geht zu dem Aga-Herd rüber.

»Soll ich das machen?«, frage ich.

»Nein. Alles gut. Setz dich doch und unterhalte dich mit mir. Ich weiß, dass du erst ein paar Stunden hier bist, aber wie läuft dein erster Tag bisher?« Ihre prallen roten Wangen erinnern mich an glänzende Äpfel. Sie hat etwas an sich, das dafür sorgt, dass ich mich sofort rundum wohl bei ihr fühle. Sie ist irgendwie gemütlich. Warmherzig. Das Gegenteil von Kathryn und Elspeth. Sie erinnert mich an Oma, die Mutter meiner Mutter.

»Es läuft super«, erwidere ich und höre selbst, dass meine Stimme etwas zu hoch ist, wie immer, wenn ich nicht ganz ehrlich bin.

Sie fixiert mich mit ihren haselnussbraunen Augen. »Schätze mal, dass es am Anfang ein wenig gewöhnungsbedürftig sein wird«, sagt sie freundlich. »An ein und demselben Ort zu wohnen und zu arbeiten. Da kann man sich schon ein bisschen … isoliert fühlen.«

Ich beiße mir auf die Lippe und frage mich, ob ich wohl ganz offen sein kann. »Es ist schon ein bisschen komisch«, gestehe ich, während ich mich auf einen der hölzernen Hocker hieve. Sie sind hoch, und meine Füße baumeln herab wie bei einem Kleinkind. Mum und ich haben immer Witze darüber gemacht, dass man sich auf solchen Hockern wie ein Dreikäsehoch vorkommt, wobei wir übertrieben mit unseren Beinen schaukelten. Das ist eben das Problem, wenn man kaum über ein Meter fünfzig groß ist. »Im Vergleich zu dem Altersheim, wo ich davor war, ist es hier sehr ruhig.« Ich möchte nicht zugeben, dass ich fast ein bisschen Heimweh habe. »Und normalerweise habe ich samstags frei«, füge ich stattdessen hinzu. Dann erröte ich und frage mich, ob ich zu viel preisgegeben habe. Was, wenn Elspeth zu Ohren kommt, dass ich schon herumgejammert habe? Ich bin für mein vorlautes Mundwerk bekannt. Courtney zieht mich ständig damit auf.

Aggie macht ein lustiges glucksendes Geräusch. »Tja, ich hoffe, du hältst länger durch als Jemima. Sie war nur drei Monate hier. Eigentlich ein echter Jammer, sie war so ein nettes Mädchen.«

»Wann ist sie denn gegangen?«

Der Wasserkessel fängt an zu pfeifen. Aggie steht auf und schiebt ihn in eine andere Ecke des Kochfelds. Dann macht sie sich mit Tassen und Teebeuteln zu schaffen und plaudert mit mir zugewandtem Rücken weiter. »Kurz vor Weihnachten. Es war alles ein bisschen seltsam. Sie ging ohne Vorwarnung. Sie hat nicht gekündigt oder so. Ich glaube ja, sie war ein kleiner Freigeist. Es gab Gerüchte, dass sie auf Weltreise gehen wollte. Einige behaupten auch, dass sie davongelaufen sei. Dass sie irgendwelche Probleme hatte. Nicht dass ich gerne tratschen würde wohlgemerkt.«

Ich lächle in mich hinein. Aggie erinnert mich an die jüngere Version einer der Bewohnerinnen des Altersheims. Esme heißt sie. Sie liebt es zu tratschen.

Ich hoffe ja, ich halte länger durch als drei Monate. Courtney hat bereits Kris, ihren Freund, bei sich einziehen lassen, daher kann ich, falls es hier nicht klappt, nicht mehr dorthin zurück. Nein, sage ich mir. Das hier wird klappen. Das muss es einfach.

»Gab es ein Mädchen vor ihr?«

Sie dreht sich zu mir um und überreicht mir ein Tablett, auf dem sie Porzellantassen und eine Teekanne angerichtet hat. »Hier, bitte.« Ich nehme es mit einem Dankeschön entgegen, obwohl ich lieber in der Küche bleiben und plaudern würde, als wieder hoch zu Elspeth zu gehen. »Ach ja, die liebe kleine Matilde.« Ihr Gesicht nimmt einen betrübten Ausdruck an. »Sie war zwei Jahre hier. Wirklich traurig, was mit ihr passiert ist.«

Ich spüre ein prickelndes Unbehagen. »Was ist denn mit ihr passiert?«

Sie zögert, als würde sie überlegen, ob sie es mir erzählen soll. Sie senkt die Stimme, und ihr Blick huscht Richtung Tür. »Sie ist umgekommen. Ein Unfall mit Fahrerflucht, letzten August. Oh, es war einfach schrecklich. Es war ihr freier Abend, und sie befand sich im Dunkeln auf dem Heimweg, ein bisschen beschwipst, wie ich mir gut vorstellen kann – Matilde feierte recht gerne. Sie war davor in einer Bar in der Park Street gewesen. Passierte direkt vor dem Eingang draußen. Ich erinnere mich noch, dass es in jener Nacht stark geregnet hat. Sie muss auf die Straße gelaufen sein, ohne das Auto kommen zu sehen.«

Es ist mir zu peinlich, Aggie gegenüber zuzugeben, dass ich nie die Zeitung lese. Außerdem war ich letzten August vollauf damit beschäftigt, mich um meine Mum zu kümmern, wenn ich nicht gerade im Altersheim arbeitete. »Oh, Aggie, das klingt ja schrecklich. Tut mir leid.«

Ihre Augen nehmen einen sanften Ausdruck an. »Ich

mochte Matilde sehr gerne. Ein reizendes, hübsches Mädchen. Immer gut gelaunt. Sie hat frischen Wind ins Haus gebracht.«

»Haben sie den Fahrer denn erwischt?«

Sie schüttelt den Kopf, wobei ihr Kinn leicht schwabbelt. »Leider nein.«

Ich will gerade weiterfragen, als ich von der Tür her Elspeth höre. »Was um alles in der Welt tust du denn so lange? In der Zeit hätte ich mir meinen Tee auch selbst holen können.« Sie macht auf dem Absatz kehrt, und ganz vorsichtig, um ja nicht das Tablett fallen zu lassen, folge ich ihr die Treppe hinauf.

Wenn das in diesem Ton so weitergeht, werde ich nicht einmal meinen ersten Vormittag hier überstehen. Dann werde ich diejenige sein, über die Aggie bei meiner Nachfolgerin ins Tratschen geraten wird. Ich werde das Mädchen sein, das nicht einen Tag durchgehalten hat.

Ich habe dich beobachtet. Ich bin wie eine Katze, verstohlen und leichtfüßig. Es ist ein lustiges Spiel, und du bist nicht schwer auszumachen mit deinem langen Haar, das sich schimmernd über deinen Rücken ergießt. Es hebt sich richtig vom tristen Januarhimmel ab. Manchmal trägst du eine große pelzige Mütze und bist dann sogar noch leichter zu erkennen. Du hast deinen eigenen Stil. Du folgst nicht der breiten Masse. Du denkst gerne, dass du anders bist als die anderen.

Ich beobachte dich, wie du in dem großen Haus ein und aus gehst, als ob es dir gehören würde, und ich wette, du wünschst dir, dass dem so wäre. Ich wette, dass du dir gerne vorstellst, die Hausherrin zu sein, reich zu sein, nicht wahr? Manchmal führst du die alte Schachtel an deinem Arm herum, und manchmal bist du allein. Tja, genau genommen bist du nie allein. Weil ich immer bei dir bin. Du weißt es nur nicht. Und dann, wenn du es am allerwenigsten erwartest, werde ich zuschlagen.

4
Una

Glücklicherweise überstehe ich den Vormittag. Ja, ich schaffe es sogar bis Mittwoch – meinem freien Tag.

Ich weiß, es sind nur ein paar Tage, aber ich kann nicht lügen. Es gibt Momente bei diesem Job, da langweile ich mich zu Tode. In dem Altersheim war ich permanent eingespannt – es gab ständig etwas zu erledigen, und da es so viele Bewohner waren, hatte ich Abwechslung in meinem Arbeitsalltag. Wenn meine Schicht zu Ende war, eilte ich nach Hause, um Mum zu besuchen. Aber hier, mit Elspeth, verbringe ich einen Großteil der Zeit damit, neben ihr auf dem Sofa zu sitzen, während sie liest – obwohl ich tatsächlich noch nie gesehen habe, dass sie eine Seite umblättert – und dabei eindöst. Gestern habe ich den Fehler gemacht, aufzustehen und das Haus zu erkunden, während sie ein Nickerchen hielt, in der Hoffnung, Aggie oder Lewis über den Weg zu laufen – einfach irgendwem, mit dem ich ein bisschen plaudern könnte –, aber als Elspeth aufwachte und feststellte, dass ich nicht da war, rief sie mit einer solchen Panik in der Stimme nach mir, als hätte ich sie allein zum Sterben zurückgelassen oder so etwas in der Art. Ich musste so tun, als wäre ich kurz aufs Klo gegangen.

Die einzige Verschnaufpause, die ich habe, ist, wenn sie mich bittet, in die Küche zu gehen, um ihr einen Tee zu bringen. Dann kann ich ein Schwätzchen mit Aggie halten, aber auch nicht allzu lange, denn sonst kommt sie mich holen. Ich hatte daher keine Gelegenheit, noch einmal nach Jemima oder Matilde zu fragen.

Zum Glück geht Elspeth um halb zehn ins Bett, sodass ich mich dann in mein Zimmer flüchten kann, um fernzusehen, Junkfood in mich reinzustopfen und das »Dauergrinsen« abzulegen, wie Mum es ausgedrückt hätte. Mir war einfach nicht klar, wie emotional anstrengend es sein würde, im selben Haus zu wohnen und zu arbeiten. Es ist, als ob ich nie freihätte.

Elspeth ist Frühaufsteherin, weshalb sie auch von mir erwartet, sie täglich um 6:30 Uhr zu wecken. Sie mag es, jeden Morgen mit meiner Hilfe zu duschen. Es macht ihr nichts aus, nackt vor mir dazustehen, nicht so wie einigen der Heimbewohner, die sich anfangs hinter einem Handtuch zu verstecken versuchten. Nein, Elspeth scheint absolut zufrieden damit, splitterfasernackt herumzulaufen. Ich kann mir gut vorstellen, dass sie schon als junge Frau so war und sich nie groß Gedanken um ihre Blöße gemacht hat. Ich bin nicht so aufgewachsen. Mum und ich waren da wesentlich prüder, obwohl wir nur zu zweit daheim waren. Außerdem wird von mir erwartet, dass ich ständig an Elspeths Seite bleibe. Nur wenn sie im Bett liegt, kann ich wirklich entspannen. So muss es vor ungefähr hundert Jahren als Kammerzofe einer adligen Herrin gewesen sein.

Heute Morgen bleibe ich, da ich freihabe, bis neun Uhr liegen. Obwohl das hölzerne Schlittenbett breit und komfortabel ist, schaffe ich es nicht, zu entspannen, während ich zu den Lichtflecken emporblicke, welche die schwache

Wintersonne durch die cremefarbenen Vorhänge sickern und über die Dachschräge tanzen lässt. Ich kann das Rauschen der Autos hören, das Kreischen eines Kindes, das ferne Heulen einer Polizeisirene. Was soll ich bloß den ganzen Tag machen? Ich kann nicht nur in meinem Zimmer herumhocken und fernsehen, aber wenn ich nach unten gehe, dann habe ich das Gefühl zu arbeiten. Halb erwarte ich schon, dass Elspeth gleich in ihrem näselnden, verkniffenen Tonfall nach mir ruft.

Ich setze mich auf und spähe durch den Spalt zwischen den Vorhängen. Das Sonnenlicht bricht sich schimmernd an der Hängebrücke, doch der dahinterliegende Himmel ist weiß, als ob jemand eine Blende über die Sonne gezogen hätte. Trotz aller Vorbehalte gegenüber diesem Job, verspüre ich in meinem Inneren ein überschäumendes Gefühl von Aufregung darüber, dass ich an so einem unglaublichen Ort leben kann. Und ja, meine Rolle mag vielleicht noch nicht ganz so aufregend sein – obwohl Elspeth mir für Freitagabend einen Ausflug ins Theater versprochen und auch davon geredet hat, die Vernissage eines von ihr finanzierten Künstlers zu besuchen (okay, ich musste erst recherchieren, was eine Vernissage ist, so was gab es in meiner Jugend eben nicht), sodass ich mich zumindest darauf freuen kann. Doch jetzt bin ich erst mal hier, in dieser schnieken Bristoler Gegend, die Mum als »Bonzenviertel« bezeichnet hätte, und das in einem Haus, das ich mir kaum hätte erträumen können. Ich kann mich glücklich schätzen, diese Stelle ergattert zu haben. Es ist bloß eine Frage der Gewöhnung, nichts weiter.

Ich greife nach meinem Handy und schreibe Courtney. Es wäre toll, sie zu sehen. Es ist seltsam, nicht mehr mit ihr zusammenzuwohnen. Sie antwortet auf der Stelle, und wir verabreden uns zum Mittagessen in der Gloucester Road, in der Nähe, wo sie arbeitet. Ich dusche ausgiebig und bin nun, da ich einen Plan habe, schon viel energiegeladener als zuvor, dann ziehe ich meine Jeans und einen Pullover an, und das in meinem Badezimmer – meinem *eigenen* Badezimmer. Ich kann es noch immer nicht fassen!

Als ich die Treppe runtergehe, fühle ich mich unbehaglich. *Das ist mein freier Tag*, rufe ich mir in Erinnerung. *Du sollst heute gar nicht arbeiten.* Warum also komme ich mir vor, als ob ich blaumachen würde? Elspeth sagt mir immer wieder, dass ich mich ganz wie zu Hause fühlen soll, dass ich mich auch an meinem freien Tag in der Küche bedienen dürfe und Aggie für mich kocht, wenn ich es wünsche. Aber mir ist es trotzdem unangenehm, da ich mir nicht sicher bin, ob sie das nicht nur aus reiner Höflichkeit sagt. Manchmal habe ich den Eindruck, dass ich bei Elspeth zwischen den Zeilen lesen muss. Gestern zum Beispiel habe ich einen Schal und eine zerlesene Taschenbuchausgabe von Agatha Christies *Die Schattenhand* auf dem Sofatisch im Wohnzimmer liegen lassen (Elspeth korrigiert mich immer, wenn ich es so nenne – »Das nennt sich Salon, Liebes«), woraufhin sie mich knapp darauf hinwies, dass meine Sachen in meinem Zimmer zu bleiben hätten.

Am Sonntag, dem ersten Morgen, an dem ich im Haus aufwachte, half ich Elspeth beim Anziehen, gemäß den Anweisungen, die sie mir am Vortag gegeben hatte (ich war schockiert, als ich sah, dass ihr Kleiderschrank mit identischen Twinsets gefüllt war, die sich nur der Farbe nach unterschieden, dafür weit und breit keine Hose in Sicht). Im Anschluss gingen wir zum Frühstück nach unten in die Küche. Elspeth musste sich an meinem Arm festhalten, weil sie Sorge hatte, auf der Treppe auszurutschen (obwohl das kein Problem zu sein scheint, wenn sie mich mal wieder suchen geht). Sonntags, so wurde ich informiert, gibt es stets Würstchen, Speck und Rührei. Heute ist Avocado-Lachs-Tag.

Während ich die Treppe runtergehe, herrscht im Haus eine unheimliche Stille. Wo ist Elspeth? Gestern hat sie mir gesagt, dass Kathryn kommen und sich um sie kümmern würde, doch von beiden keine Spur. Ich gehe weiter zur Küche runter und hoffe, dort Aggie anzutreffen. Aber sie ist auch nicht da. Dafür finde ich ein mit einem geblümten Geschirrtuch bedecktes Tablett vor. Als ich näher komme, sehe ich eine Notiz mit der Aufschrift: *Für Una*. Mir wird warm ums Herz. Wie lieb von Aggie, daran zu denken, ein Frühstück für mich hinzustellen. Wie eine Zauberin, die ein Objekt enthüllt, reiße ich das Geschirrtuch weg, wobei ich davon ausgehe, mit Avocado belegten Toast zu sehen. Doch da ist gar nichts. Nur ein großer leerer Teller, auf dem ein paar Stückchen Tomate liegen. Verdutzt starre ich den Teller an. Ich kann nicht glauben, dass jemand das für mich gedachte Frühstück weggegessen hat. Wer bitte würde so etwas tun? Dann zucke ich die Schultern, es muss sich um ein Missverständnis handeln. Dennoch bräuchte ich ganz dringend einen Kaffee.

Hilflos betrachte ich den Aga-Herd. Ich habe keine Ahnung, wie er funktioniert. Bei dem Wasserkessel handelt es sich um eines dieser schweren orangenen Dinger, die man nicht an eine Steckdose anzuschließen braucht. So einen habe ich auch noch nie benutzt. Plötzlich komme ich mir wie ein Neandertaler vor. Ich lege vorsichtig eine Hand an den Wasserkocher und stelle erleichtert fest, dass er noch warm ist. Dann öffne ich einen Hängeschrank nach dem anderen und versuche, mich daran zu erinnern, wo Aggie die Becher aufbewahrt. Endlich finde ich einen samt einer Dose Instantkaffee. Mit meinem frisch aufgebrühten Kaffee setze ich mich an den Küchentisch, wobei ich mir Mühe gebe, mir nicht wie ein Eindringling vorzukommen.

»Ich sehe schon, Sie haben sich hier häuslich eingerichtet.«

Ich schrecke hoch. Kathryn kommt in die Küche marschiert. Sie erinnert mich an die schreckliche Direktorin an unserer Schule früher. Sie hat einen dunkelblauen Wollmantel an und trägt ansonsten den altbackenen Rock und die flachen Schuhe, die sie zu bevorzugen scheint. Unwillkürlich schaue ich an meinem Pulli und meiner Jeans runter und fühle mich underdressed. Sofort fangen meine Wangen an zu glühen, und ich ärgere mich über meinen verräterischen Körper. »Ich … habe nur Kaffee gemacht.«

»Beim Frühstück haben Sie sich also auch bedient.« Sie schaut zu dem leeren Teller auf der Kücheninsel und dem Geschirrtuch, das ich beiseitegeworfen hatte.

Das trifft mich nun doch. Hat ihre Mutter ihr nicht erzählt, wie das mit dem Essen läuft? »Eigentlich … Nein, ich habe das nicht gegessen. Da stand zwar mein Name drauf, aber …« Ich weiß nicht, wie ich das erklären soll. Womöglich würde sie glauben, dass ich sie bezichtige, es weggegessen zu haben.

Sie verschränkt die Arme vor der Brust und reckt das Kinn. »Es besteht kein Grund, diesbezüglich zu lügen.«

Ich blinzle sie ungläubig an. Ist das ihr Ernst? Warum ist

sie so feindselig? »Ich lüge nicht«, platze ich heraus. »Ich würde niemals lügen.«

Sie rückt ihre Brille auf der Nase zurecht und mustert mich eine Weile schweigend. »In Ordnung. Ich möchte nur nicht sehen müssen, dass meine Mutter ausgenutzt wird, das ist alles.«

»Ich würde sie niemals ausnutzen«, murmle ich und wundere mich, woher diese Feindseligkeit kommt.

»Nun«, sie presst ihre Lippen aufeinander, »einige der Mädchen waren nicht ganz so ehrlich.«

Ich frage mich, von wem sie spricht. Ist das der Grund, warum Jemima so plötzlich gegangen ist? Mir fällt die Kette ein, die ich oben gefunden habe. Ich hatte ganz vergessen, sie Kathryn zu geben. Was, wenn sie sie bei mir sieht und denkt, dass ich sie stehlen wollte? Sie kann nicht viel wert sein – ich bezweifle, dass es sich überhaupt um echtes Silber handelt –, aber ich möchte wirklich ungern, dass sie mich auf irgendeine Weise für unaufrichtig hält.

Ich schiebe den Kaffeebecher von mir. Ich bin Instantkaffee zwar gewohnt, aber dieser schmeckt scheußlich. »Ähm, apropos andere Mädchen, ich habe eine Halskette in meinem Zimmer gefunden.«

Sie nimmt eine aufrechtere Haltung ein. »Eine Halskette?«

»Ja. Sie liegt auf meinem Nachttisch. Ich schätze, sie muss dem letzten Mädchen gehört haben … Jemima, ja?«

Sie scheint erstaunt, dass ich den Namen meiner Vorgängerin kenne. Ich hätte ihn nicht nennen sollen. Jetzt sieht es so aus, als hätte ich getratscht, und ich habe Bammel, dass Aggie wegen mir Ärger bekommt.

»Würde es Ihnen etwas ausmachen, sie mir zu bringen?

Ich kann sie ihr dann per Post zukommen lassen.« Sie versucht, sich ungezwungen zu geben, aber an der Art, wie sie sich am Handgelenk kratzt, kann ich sehen, dass ihr irgendetwas zu schaffen macht. Bertha, eine der Bewohnerinnen im Altersheim, hat das auch immer getan, wenn sie gestresst war. Ihre Arme waren voller Kratzer, so, als wäre sie von einer Katze angefallen worden.

Ich stehe auf. »Überhaupt nicht. Ich gehe sie gleich holen.«

Kathryns schiere Anwesenheit scheint alle Luft aus dem Raum gesaugt zu haben, weshalb ich die Küche eilig verlasse, froh darüber, dieser beklemmenden Atmosphäre zu entkommen. *Warum interessiert sie sich überhaupt so sehr für eine olle Halskette?,* frage ich mich, während ich die Treppen hinaufgehe. Aggie hat erwähnt, dass Jemima eines Abends überstürzt aufgebrochen sei. Das klang nicht so, als hätte sie eine Nachsendeadresse hinterlassen. Aber egal, mich geht das ja nichts an. Kathryn ist die Tochter meiner Chefin, sie will die Halskette, Ende der Geschichte. Ich habe schon im Altersheim gelernt, nicht zu viele Fragen zu stellen, wenn meine Vorgesetzten etwas von mir verlangten.

Die Kette liegt als Häufchen in der Ecke der obersten Schublade meines Nachttischs, und ich brauche ein bisschen, bis ich es schaffe, die winzigen Knoten zu entwirren. Dann wende ich das Medaillon zwischen meinen Fingern hin und her und versuche, etwas Besonderes daran auszumachen, doch es ist ziemlich einfach gehalten. Das Medaillon sieht alt aus – vielleicht ist es sogar eine Antiquität. Mir ist bewusst, dass Kathryn unten auf mich wartet, doch ich bin neugierig genug, mich noch einmal daran zu versuchen. Zu meiner Überraschung gelingt es mir diesmal, das Medaillon aufzudrücken, und der kleine Deckel springt hoch.

In seinem Inneren befindet sich ein Farbfoto, nicht viel größer als ein Daumennagel. Es scheint eine neuere Aufnahme zu sein, von einem Mädchen in meinem Alter, obwohl das nicht so leicht festzustellen ist, da man nur den Kopf und die Schultern sieht. Ihr Haar ist lang und aschblond so wie meins, und auch ihr Gesicht hat etwas Vertrautes an sich. Ich brauche ein bisschen, bis ich erkenne, warum. Dann trifft es mich wie ein Schlag.

Das Mädchen auf dem Foto sieht mir geradezu unheimlich ähnlich.

5

Kathryn

Kathryn beobachtet vom Schlafzimmerfenster im ersten Stock, wie Una in ihrem bordeauxroten Mantel die Straße entlangspaziert, den schwarzen Samtkragen gegen die Kälte aufgestellt. Sie trägt eine dieser russischen Pelzmützen, ebenfalls in Schwarz. Sie erinnert Kathryn an die junge Julie Christie in ihrer Rolle in *Doktor Schiwago*.

Sie gibt es zwar nur äußerst ungern zu, aber Una macht einen anständigen Eindruck. Nicht so wie Jemima. Und ganz gewiss nicht wie diese Schlange Matilde. Nein, Una scheint ehrlich zu sein. Ziemlich naiv sogar. Und für ihre zweiundzwanzig auf gewisse Weise noch recht jung, weltfremd und unschuldig, trotz allem, was sie mit dem Tod ihrer Mutter ganz offensichtlich hat durchmachen müssen. Aber andererseits, was weiß sie schon über dieses Mädchen? Una könnte genauso gut eine erstklassige Manipulantin sein. Immerhin hat Kathryn sich schon zuvor getäuscht. Und selbst wenn Una ein guter Mensch sein sollte, kann sie dennoch nicht zulassen, dass sie bleibt. Matilde blieb zu lange, und es war doch unübersehbar, wohin das führte.

Ihre Mutter muss dem ein Ende setzen. Kathryn hatte gehofft, dass die Botschaft nach den beiden anderen Mädchen bei Elspeth ankommen würde, aber offensichtlich ist dem nicht so. Was nun wirklich typisch für sie ist. Sosehr sie Elspeth liebt, so weiß sie doch, dass ihre Mutter zu Arroganz und Starrköpfigkeit neigt.

Kathryn inspiziert die Halskette in ihrer Handfläche. Sobald Una von ihrem Fund berichtet hatte, war Kathryn klar, wem sie gehörte. Wie hat sie die Kette nur übersehen können? Sie lässt sie in ihre Manteltasche gleiten und entfernt sich vom Fenster. Ihre Mutter wird bald beim Friseur fertig sein und erwartet, abgeholt zu werden. Seit ihrem Sturz geht Elspeth nur ungern allein irgendwohin. Kathryn musste sie heute früh zum Salon begleiten und ihr dann versprechen, sie in einer Stunde wieder abzuholen. Dabei war ihre Mutter früher so aktiv, so unabhängig: Sie leitete die Galerie, rief die Stiftung für verarmte Künstler ins Leben und wurde gerne von der Bristoler Presse in der Funktion einer lokalen Wohltäterin und Mäzenin interviewt. Es ist ihr wichtig, dass andere Leute gut von ihr denken, obgleich sie ihr wahres Ich gekonnt unter ihrer Twinset-Oberschichtfassade verbirgt. Kathryn weiß darum. Und Kathryn hat stets Stillschweigen bewahrt. Ganz egal, wie sehr ihre Mutter sie in den Wahnsinn treiben kann, sie liebt sie dennoch und wird niemals vergessen, wie viel sie ihr zu verdanken hat. Und in vielerlei Hinsicht tut sie ihr auch leid.

Es ist mehr als nur Pflichtgefühl. Auch wenn Kathryn versucht, sich das Gegenteil einzureden, so ist sie sich doch nur allzu sehr bewusst, dass sie die Marionette ihrer Mutter ist – unfähig, irgendwas zu tun, wenn sie nicht die Fäden zieht. Zu viel hängt daran. Und sollten die Fäden je gekappt werden, wird Kathryn abstürzen, und das Leben, das sie sich aufgebaut hat, wird vorbei sein.

Sie wirft einen Blick auf ihre Armbanduhr. Wenn sie auch

nur eine Minute zu spät kommt, wird Elspeth verärgert sein und von ihr wissen wollen, wo sie gesteckt hat. Zu Elspeths bevorzugtem Salon ist es nur ein kurzer Fußweg, und Kathryn weiß ganz genau, dass ihre Mutter diese Strecke auch allein zurücklegen könnte – insbesondere mithilfe des Spazierstocks. Aber sie weigert sich, den zu verwenden, obwohl sie dem Salon jede Woche einen Besuch abstattet, und das solange Kathryn denken kann. Obwohl Elspeth beinahe achtzig ist, ist sie keinesfalls besonders gebrechlich, aber Kathryn hat Verständnis dafür, dass der Sturz vor zwei Jahren ihr Selbstvertrauen erschüttert hat. Sie hatte versucht, sie davon zu überzeugen, den Gehstock zu benutzen, einfach nur, damit sie sich nicht so wacklig auf den Beinen fühlt, aber Elspeth bleibt stur. Sie bevorzugt lieber ein hübsches junges Ding als Stütze.

Es ist frisch, als sie mit der Handtasche über der Schulter aus der Haustür tritt, der Himmel grau und bedrohlich. Sie hat vorsichtshalber den Regenschirm eingepackt. Sie bleibt ein paar Sekunden auf der Schwelle stehen, während sie die Schlüssel in ihre Tasche fallen lässt und sich die Lederhandschuhe überzieht. Die Halskette, die Una ihr gegeben hat, befindet sich griffbereit in ihrer Manteltasche.

»Guten Morgen.«

Sie hebt den Blick und sieht den Gärtner am Eingangstor stehen. Sein Name fällt ihr nicht ein. Sie ist überrascht, ihn so bald wieder hier zu sehen. Im Winter benötigen sie ihn höchstens einmal im Monat. »Hallo … äh …« Sie bedenkt ihn mit einem schmallippigen Lächeln, da sie sich nicht mit einem Schwätzchen aufhalten will, auch wenn sein Gesichtsausdruck verrät, dass er etwas zu sagen hat.

»Lewis.« Er grinst sie an und pustet sich in seine bloßen Hände. Er klingt nicht so, als käme er aus Bristol, allerdings kann sie seinen Akzent nicht einordnen. Er ist durchaus attraktiv, mit sonnengebräuntem Teint, und sie fragt sich, ob er kürzlich wohl im Urlaub war. Sie bedauert, selbst nicht gereist zu sein, als sie noch jünger war. Heutzutage scheint das jeder zu tun. Als sie jung war, dachte sie nur daran, zum Studieren wegzuziehen. Irgendwohin, wo sie alles Schlechte hinter sich lassen und sich neu erfinden könnte. Edinburgh war dieser Ort, wo sie auch Ed kennenlernte und sich verliebte. Aber Bristol und insbesondere ihre Mutter hatten sie wie ein Magnet hierher zurückgezogen. »Ich weiß, wir haben uns noch nicht richtig vorgestellt.«

Das stimmt. Kathryn bemüht sich nie um ein allzu freundliches Verhältnis zu den Gärtnern. Es macht keinen Sinn, da ohnehin keiner von ihnen länger als ein paar Monate bleibt. Elspeth hat immer etwas an ihnen auszusetzen.

»Ich bin Kathryn, Mrs. McKenzies Tochter, aber ich nehme an, das wissen Sie bereits.«

Er hebt zur Bestätigung seine Augenbrauen. »Ich komme von der Agentur«, sagt er. »Zu dieser Jahreszeit gibt es für einen Gärtner nicht viel zu tun.« Er hat ein freundliches Gesicht, mit einem Mund, der schnell zum Lächeln zu neigen scheint, und auffallende Augen. Er erinnert sie an irgendjemanden. »Also habe ich mich gefragt, ob Sie vielleicht noch andere Arbeit zu erledigen hätten? Vielleicht auch bei Ihnen zu Hause. Ich kann so einiges und bin gut mit meinen Händen.«

Kathryn möchte ihm am liebsten ins Gesicht lachen, diesem Jungen, der ihr Sohn sein könnte. Er hat den gleichen

Fehler gemacht wie schon zahlreiche vor ihm. Die Mutter ist reich, also muss es die Tochter auch sein. »Tut mir leid, Sie enttäuschen zu müssen, aber ich kann mir keinen Gärtner leisten, obwohl ich liebend gerne einen hätte«, verkündet sie steif und rückt den Riemen ihrer Tasche auf der Schulter zurecht. »Wenn Sie mich jetzt bitte entschuldigen würden, ich muss los. Meine Mutter erwartet mich.«

Er sieht geknickt aus, versucht aber, es zu verbergen, indem er das Kinn senkt und auf seine Füße hinabstarrt. Ohne ein weiteres Wort tritt er beiseite, und sofort fühlt sie sich schlecht ob ihres brüsken Verhaltens. Es ist ja nicht wirklich seine Schuld. Er versucht nur, über die Runden zu kommen. Als sie rasch an ihm vorbeigeht, schenkt sie ihm ein entschuldigendes Lächeln. Dann bleibt sie doch noch einmal stehen und dreht sich zu ihm um. »Aber ich habe Freunde, die vielleicht jemanden brauchen könnten. Ich werde mich umhören.«

Erleichterung macht sich auf seinem Gesicht breit, und er bedankt sich überschwänglich, bevor er das Haus ansteuert. Sie fühlt sich viel wohler nach ihrer netten Geste, auch wenn sie nicht glaubt, dass einer ihrer Freunde einen Gärtner benötigen wird. Sie wünschte, sie könnte es sich leisten, Lewis einzustellen. Im Gästezimmer gibt es ein paar Regale, die Ed schon seit Monaten aufbauen wollte. Sie weiß jetzt schon, dass er sich niemals dazu durchringen wird.

Sie spaziert zum Salon los, bleibt jedoch stehen, als sie an einem Mülleimer vorbeikommt. Sie holt die Halskette aus ihrer Manteltasche und dann, nachdem sie sich vergewissert hat, dass niemand hinschaut, entsorgt sie sie im Mülleimer und setzt rasch ihren Weg fort.

Als Kathryn im Salon eintrifft, ist ihre Mutter bereits fertig. Ihr Haar wurde zu ihrem klassischen Chignon frisiert und mit so viel Lack eingesprüht, dass selbst bei einer Orkanbö keine Strähne von ihrem Platz weichen würde. Sie sitzt in ihrem lila Lieblingsmantel von Chanel im Wartebereich und unterhält sich mit einer anderen Kundin, einer attraktiven Frau Mitte dreißig mit rotblondem Haar. »Ah, da ist sie ja«, sagt Elspeth zu der Frau, als Kathryn hereinkommt und einen Schwall kalter Luft mit sich bringt. »Das ist Beatrice. Sie ist Schmuckdesignerin. Ich habe ihr gerade von der Kunststiftung erzählt.« Sie wendet ihre Aufmerksamkeit wieder der Frau zu. »Ich habe ein Geschäft, falls Sie je einen Ort suchen sollten, Ihre Arbeiten auszustellen«, offeriert sie in ihrer Tasche herumkramend, um schließlich eine Visitenkarte hervorzuziehen. »Wir sind immer auf der Suche nach neuen Talenten.«

Kathryn widersteht dem Impuls, die Augen zu verdrehen. Kann ihre Mutter nirgendwo hingehen, ohne einem hübschen jungen Ding das Blaue vom Himmel zu versprechen?

Beatrice nimmt die Karte dankend entgegen. Eine Friseurin mit schwarzem strengem Bob kommt herübergeeilt und geleitet sie zum Waschplatz, bevor sie noch etwas sagen kann.

»Ist sie nicht ein bisschen zu alt für dich?«, murmelt Kathryn, als sie außer Hörweite sind.

»Wie meinst du, Liebes?«, fragt Elspeth, ihre Sachen zusammensammelnd. »Du bist übrigens zu spät.«

»Nein, nicht wirklich. Du bist bloß früher fertig geworden.«

Elspeth erhebt sich und mustert Kathryn kritisch aus zusammengekniffenen Augen. »Möchtest du denn keinen Termin für dich ausmachen? Du könntest einen neuen Haarschnitt vertragen.«

Verlegen berührt Kathryn ihr Haar. Ed mag es lieber, wenn es lang ist, und jetzt reicht es ihr schon bis knapp über die Schultern. »Ich mag die Länge.«

Elspeth schürzt die Lippen, verkneift sich jedoch einen Kommentar. Stattdessen streckt sie Kathryn den Arm entgegen, um sich unterzuhaken. »Können wir jetzt bitte nach Hause gehen? Ich habe heute noch einiges zu erledigen.«

Kathryn fragt ihre Mutter nicht, was genau sie zu erledigen hat. Eigentlich hat sie genug Leute, die sich um alle erdenklichen Aspekte ihrer Geschäfte kümmern, sodass sie sich um nichts zu sorgen braucht. Elspeth nimmt ihre monatlichen Gewinne entgegen, wirft alle Jubeljahre mal einen flüchtigen Blick auf die Konten und in die Geschäftsbücher und überlässt Kathryn die Leitung der Kunstgalerie. Sie hat Gärtner, eine Reinigungskraft und eine Köchin. Und jetzt auch noch Una. Ihre Mutter wird in allen Bereichen ihres Lebens umhegt und wurde es auch schon immer. Die Menschen scheinen einfach zu tun, was immer sie von ihnen verlangt. Auch lügen.

Als sie heimkommen, steht vor dem Haus ein Polizeiwagen. Erst denkt sich Kathryn nichts dabei. Schließlich ist das hier Bristol. Erst letzte Woche kam es vor einem nahe gelegenen Pub zu einem größeren Vorfall, und die Polizei musste gerufen werden. Ihre Mutter mochte zwar in einer der begehrtesten Straßen der Stadt wohnen, aber frei von Kriminalität war sie deswegen noch lange nicht.

Die Wolken am Himmel haben sich weiter zugezogen,

und gerade hat ein leichter Nieselregen eingesetzt. Kathryn möchte einfach nur ihre Mutter ins Haus bringen und einen Tee aufsetzen. Sie hofft, dass Aggie ihnen etwas Warmes und Nahrhaftes fürs Mittagessen bereitgestellt hat. Elspeth bewegt sich unnötig und geradezu quälend langsam vorwärts, wobei sie die ganze Zeit von Patricia, ihrer Freundin, erzählt, die eine Straße weiter wohnt und deren Ehemann jüngst verstorben ist, und darüber, dass sie dieses Wetter nicht mehr erträgt und sich auf den Frühling freut.

Als sie das Gartentor öffnet, schwatzt Elspeth weiter vor sich hin, doch Kathryn hört nicht zu. Ihre Aufmerksamkeit gilt den beiden Polizeibeamten in Zivil, die aus dem Wagen steigen – ein junger Mann und eine Frau mittleren Alters. Ihr Herzschlag beschleunigt, als die beiden auf sie zukommen und die Frau ihre Polizeimarke zückt. Trotz der Kälte bricht ihr unter den Achseln der Schweiß aus.

»Sind Sie Elspeth McKenzie?«, will die Frau wissen, wobei sie Kathryn ignoriert und die Frage direkt an ihre Mutter richtet.

Elspeth, der bis jetzt die Anwesenheit der Beamten völlig entgangen war, bleibt stehen, die behandschuhte Hand auf dem Gartentor liegend. »Ja. Wie kann ich Ihnen behilflich sein?«

»Ich bin Detective Sergeant Christine Holdsworth, und das ist Detective Constable Joe Phillips«, stellt die Frau sich und ihren Kollegen vor, während sie die Marke wieder im Inneren ihrer Jacke verstaut. Sie hat rot gelocktes Haar, das so kurz ist wie das eines Jungen und sich bei Nässe kräuselt. »Dürften wir hereinkommen und Ihnen ein paar Fragen stellen?«

»Worum geht es denn?«, fragt Kathryn, wobei die Furcht ihre Stimme abgehackter klingen lässt als beabsichtigt.

»Wir möchten Ihnen nur ein paar Fragen zu einem Mädchen stellen, das Sie Ende letzten Jahres hier beschäftigt haben.«

Elspeth runzelt die Stirn. »Meinen Sie Jemima Freeman?«

»Ja«, erwidert DS Holdsworth.

Elspeth richtet sich etwas auf. »Was ist mit ihr?«

Zwei Mädchen im Teenageralter schlendern lachend die Straße entlang und überbieten sich gegenseitig mit ihrem lauten Geschnatter. Sie wirken so unbekümmert, denkt Kathryn, keine Sorgen und nichts als Shopping und Jungs im Kopf. Gerade im Moment wünscht sie sich, eine von ihnen zu sein.

»Wenn es Ihnen recht wäre, würden wir das lieber nicht hier draußen auf der Straße besprechen«, erklärt DC Phillips, der andere Beamte. Er sieht kaum älter aus als Jacob. Er ist groß und dünn, mit einem blonden Wuschelkopf und ausgeprägtem Adamsapfel.

Elspeth schiebt das Tor weiter auf. Kathryn und die Polizisten folgen ihr. Plötzlich hat ihre Mutter ganz vergessen, dass sie langsam gehen muss, und hastet über den Pfad auf die Haustür zu. Niemand sagt ein Wort, während Elspeth aufschließt und sie gemeinsam durch den Flur die Treppe hinab in die Küche gehen.

Aggie steht am Spülbecken, die Arme bis zum Ellbogen im Wasser, und wäscht Gemüse. Als sie Kathryn und Elspeth sieht, öffnet sie den Mund, um etwas zu sagen, schließt ihn allerdings wieder, als sie bemerkt, dass sie nicht allein sind. Sie tritt vom Spülbecken zurück und trocknet sich mit fragender Miene die Hände an der Schürze ab.

»Das ist Aggie«, sagt Elspeth. »Und das ist die Polizei.« Kathryn bemerkt, wie der jüngere Beamte die Augenbrauen hochzieht, als ihre Mutter Aggie als ihre Köchin vorstellt.

»Die Polizei«, sagt Aggie, ihre Hände wringend. »Was wollen sie denn hier?«

»Es geht um Jemima«, flüstert Elspeth, als stünden die Beamten nicht daneben.

»Bitte, nehmen Sie doch Platz«, bietet Kathryn an, und die beiden setzen sich nebeneinander an den Eichentisch. In der schönen Küche ihrer Mutter wirken sie unbeholfen und fehl am Platz. »Aggie, wärst du so nett, uns einen Tee aufzusetzen?«

Die Beamtin holt ihr Notizbuch hervor und beginnt darin zu blättern. Kathryn hätte am liebsten ein Glas Wein. Sie hat schon eine Weile mit diesem Besuch gerechnet. »Mutter, du solltest dich besser auch hinsetzen.« Sie zieht einen Stuhl am Kopfende des Tisches hervor, und ihre Mutter lässt sich auf ihm nieder.

Kathryn nimmt neben ihr Platz. Ihre Beine fühlen sich schwach an. Was weiß die Polizei?

»Nun, worum geht es denn?«, fragt Elspeth gestelzt, während sie gemächlich ihre Fellhandschuhe abstreift.

»Wann haben Sie Jemima Freeman das letzte Mal gesehen?«, erwidert DS Holdsworth.

Elspeth runzelt die Stirn und legt die Handschuhe vor sich auf dem Tisch ab; sie sehen aus wie zwei tote Nagetiere. »Im Dezember. Etwa eine Woche vor Weihnachten. Sie hat hier gearbeitet, doch dann, eines Abends, hat sie einfach ihre Sachen gepackt und ist auf und davon. Warum?«

Detective Sergeant Holdsworth schaut grimmig drein,

den Mund zu einem dünnen Strich zusammengepresst. »Haben Sie sich nie gefragt, was mit ihr passiert ist?«

Elspeth schüttelt den Kopf. Ihr Haar rührt sich dabei kein bisschen. »Aber natürlich. Sie war ein braves Mädchen. Sie war nur ein paar wenige Monaten bei uns. Sie reiste gerne und war ein rechter Wildfang. Ich nahm an, dass es ihr einfach langweilig wurde, den lieben langen Tag einer alten Dame wie mir Gesellschaft zu leisten.«

»Und Sie haben nie wieder von ihr gehört?«, will DS Holdsworth wissen.

Die nachgemalten Augenbrauen ihrer Mutter ziehen sich kräuselnd zusammen. »Nein. Nichts.«

DS Holdsworth setzt sich aufrechter hin. »Es tut mir leid, Ihnen das mitteilen zu müssen«, sagt die Beamtin, wobei sie eine nach der anderen anblickt, selbst Aggie, die an dem Aga-Herd stehen geblieben ist und darauf wartet, dass das Wasser aufkocht, »aber Jemima Freeman wurde tot aufgefunden.«

Es herrscht eine tödliche Stille, bis Elspeth das Wort ergreift. »Es macht mich außerordentlich traurig, das zu hören. Ich mochte sie. Sehr sogar. Aber was hat das mit uns zu tun? Sie hat doch sicherlich eine Familie. Sie hat ihre Stellung hier vor über einem Monat aufgegeben. Ich weiß nicht, was sie in der Zwischenzeit getrieben hat.«

Kathryn zuckt innerlich zusammen. Warum muss ihre Mutter eine so unsensible Tonart anschlagen?

»Nun, genau darum geht es«, erwidert DS Holdsworth, die erneut mit demselben ernsten Gesichtsausdruck in die Runde blickt. »Jemima starb am neunzehnten Dezember.«

Elspeth legt die Stirn in Falten, und Kathryn kann sehen,

wie sie versucht, eine Verbindung herzustellen. »Aber ... das ist ja der Tag ... das ist der Tag, an dem sie hier fort ist.«

»Ich weiß«, sagt Holdsworth. »Wie es scheint, Mrs. McKenzie, waren Sie und Ihre Familie die letzten Menschen, die Jemima lebend gesehen haben.«

6

Una

Courtney sitzt hinter dem Fenster eines Cafés in der Gloucester Road, ganz in der Nähe, wo sie arbeitet. Ich liebe diese Straße mit ihren kleinen Lädchen, Feinkostgeschäften und den bunten Graffiti an den Wänden. Hier ist immer etwas los, selbst an einem nieseligen grauen Tag wie heute. Ich betrachte sie einen Moment, wie sie mit gesenktem Kopf dasitzt und mit einem kleinen heiteren Lächeln etwas auf ihrem Handy liest. Wahrscheinlich ist sie auf Instagram und postet ein weiteres sorgfältig in Szene gesetztes Foto. Durch Courtneys Augen sieht jede noch so banale Sache gut aus: eine Frisur, die sie gerade gemacht hat, eine mit Regentropfen bedeckte Blume, ein glitzerndes Spinnennetz, ihre Schuhe vor dem Hintergrund einer Backsteinmauer, die Retrosüßigkeiten, nach denen sie süchtig ist. Ihr glänzendes kupferrotes Haar ist zu einem hochsitzenden Pferdeschwanz zusammengebunden, dazu trägt sie die übliche Kombi aus weißem T-Shirt und schwarzem Rock – ihre Arbeitsuniform in dem Salon, in dem sie arbeitet.

Ich bin erst am Samstagmorgen ausgezogen, das ist keine vier Tage her – als ich mit Vince zusammen war, waren wir auch schon mal länger getrennt –, und doch fühlt es sich an, als hätte ich sie seit Jahren nicht mehr gesehen. Mir wird warm ums Herz bei ihrem Anblick. Sie ist meine älteste

Freundin und nunmehr der Mensch, der für mich so etwas wie einer Familie am nächsten kommt.

Wir sind zusammen in der gleichen ruhigen Wohnstraße in einer 50er-Jahre-Siedlung in Filton, ganz im Norden von Bristol, aufgewachsen. Unsere Mütter verstanden sich gut, weshalb wir als Kinder immer im Haus der anderen ein und aus gingen. Seit wir mit vier in die Vorschule kamen, sind wir beste Freundinnen.

Als ich eintrete, bimmelt das Glöckchen über der Tür, und sie schaut von ihrer heißen Schokolade auf – sie mag kein Koffein, daher ist es ein Running Gag zwischen uns, dass wir immer sagen, dass wir uns auf einen Kaffee treffen, obwohl sie gar keinen trinkt. Ein breites Grinsen erstrahlt auf ihrem Gesicht, als sie mich erblickt. Sie springt von ihrem Stuhl auf und umarmt mich. »Ich hab dich vermisst«, sagt sie und führt mich zum Tisch. »Gott, es fühlt sich echt schräg an in der Wohnung ohne dich.«

Ich ziehe den Mantel aus und lege meine Pelzmütze auf dem Platz neben mir ab – sie sieht aus wie eine auf dem Stuhl zusammengerollte Katze.

»Ich meine, du bist nicht einfach nur unterwegs oder auf Arbeit oder übernachtest bei deinem Freund. Du bist ausgezogen. So richtig.« Sie wirft die Hände in die Luft, um ihren Worten Nachdruck zu verleihen. Courtney gestikuliert ständig, und wenn wir zusammen sind, quasseln wir beide meist so schnell, dass uns kein Mensch folgen kann. »Dein ganzes Zeug ist weg. Die Bude kommt mir irgendwie leerer und muffeliger vor, seit ich sie mit einem Typen teile. Obwohl«, kichert sie, »eigentlich ist er ja stubenreiner als du. Ach ja, und einen Wasserschaden haben wir auch.« Sie verzieht das Gesicht. »Zum Glück kümmert sich der Vermieter. Und danke, dass du die ganzen Überwürfe und Kissen dagelassen hast, die wir zusammen ausgesucht haben. Kris findet sie zwar zu mädchenmäßig, aber sie bleiben.«

»Wie läuft das Zusammenwohnen mit ihm?«

Sie macht ein entnervtes Gesicht, bevor sie einer Kellnerin ein Zeichen gibt, um mir einen Cappuccino zu bestellen. Courtney und ich, wir sind beide Gewohnheitstiere, daher ist sie überrascht, als ich zusätzlich noch um ein Croissant bitte. Aufgrund des Vorfalls mit dem gestohlenen Frühstück bin ich am Verhungern. Als die Kellnerin wieder weg ist, gesteht sie: »Ich bereue schon, dass ich ihn habe einziehen lassen.«

»Wirklich?«

»Er lässt überall seine Klamotten liegen. Nasse Handtücher auf dem Boden, Hosen auf dem Teppich. Es ist, als würde er mich für seine Mutter halten. Er ist sechsundzwanzig, und das ist das erste Mal, dass er nicht bei seinen Eltern wohnt.«

Ich lache. »Ich dachte, du hättest gesagt, er wäre ordentlicher als ich.« Ich bin kein großer Fan von Kris, nicht, dass ich es Courtney gegenüber jemals zugegeben hätte. Ich finde nur, dass sie jemand Besseres verdient hat. Doch wenn sie erst einmal beschlossen hat, dass sie jemanden mag, dann ist sie extrem treu. Obwohl sie, wie sie selbst sagt, oft ungewollt wie eine Oberzicke rüberkommen kann. Kris spielt Schlagzeug in Vince' Band, und als er Courtney das erste Mal traf, meinte er Vince gegenüber, dass er sie nicht leiden könne, weil »sie den Kopf nicht aus dem eigenen Hintern kriegt«. Sie schließt nicht so schnell Freundschaft. Im Gegensatz zu mir. Ich weiß, dass ich in dieser Hinsicht ziemlich locker bin. Bei mir braucht es schon viel, um mich richtig zu verärgern, aber Courtney ist da weniger tolerant. Irgendwann hat Kris erkannt, wie unverfälscht und nett Courtney ist – und hat sie rumgekriegt. Sie sagt, er bringe sie zum Lachen. Ich schätze mal, dass er auf diese unreife Art lustig sein kann wie die Jungs früher in der Schule, aber er hat eine Seite an sich, die mir nicht gefällt. Er nimmt seine Mitmenschen für selbstverständlich und nutzt sie dementsprechend aus. Ich habe schon gesehen, wie er das bei Vince getan hat, und jetzt sehe ich es auch bei Courtney. Er ist so ein Typ, der niemals eine Runde ausgibt, der immer erwartet, dass andere fahren, und sich nie ein Bein ausreißen würde, um jemandem zu helfen. Alles muss zu seinen Bedingungen laufen. Ich hatte immer das Gefühl, dass Kris für Courtney so eine Art Übergangslösung ist. Aber jetzt, da er bei ihr eingezogen ist, befürchte ich, dass sie an ihm kleben bleiben wird.

Sie grinst. »Ist er auch! Obwohl ich dich gut erzogen habe. Und du hast ja auch nicht erwartet, dass ich hinter dir herräume.«

»Das stimmt. Arbeitet er heute?«

Sie schüttelt den Kopf, wobei sie sich fast den langen Pferdeschwanz ins Gesicht peitscht. »Das ist auch so eine Sache. Er weigert sich immer noch, über einen ernsthaften Job nachzudenken, obwohl es mit der Band nicht vorangeht.«

Das ist ein Thema, das wir schon öfter lang und breit diskutiert haben. Kris und Vince gehen voll in ihrer Band auf. Alles, auch eine mögliche Ausbildung, muss hintanstehen, nur für den Fall, dass sie groß rauskommen.

»Sie glauben ernsthaft, dass sie die nächsten Arctic Monkeys sind.« Sie lacht.

Ich rolle mit den Augen. Die Sache ist ja nicht, dass die Jungs schlecht wären. Eigentlich sind sie sogar ziemlich gut. Der Leadsänger, Dexter, hat eine tolle raue Stimme und auch das richtige Aussehen. Vince ist ein exzellenter Bassist, ihre Songs sind clever arrangiert und eingängig, und Kris ist ein begeisterter Schlagzeuger. Aber sie sind dennoch nur eine weitere Band der Bristoler Musikszene, die bei lokalen Veranstaltungen auftritt und darauf hofft, das nächste große Ding zu werden. Und alles andere muss zurückstecken, bis sie »es geschafft haben«.

Die Kellnerin bringt unsere Bestellungen und stellt sie vor uns auf dem Tisch ab. Courtney wird einen Moment nachdenklich, während sie an ihrer heißen Schokolade nippt. »Ich habe ihm gesagt, dass er einen Plan B braucht. Nebenher studieren oder eine Ausbildung machen. So wie ich.« Courtney möchte eines Tages einen eigenen Friseursalon haben. »Aber egal, genug von mir. Wie läuft es mit deinem Job?«

»Es läuft gut …«, lüge ich, während ich Butter auf mein Croissant schmiere. Aber Courtney kennt mich zu gut. Ich kann sehen, dass sie es mir nicht abnimmt.

»Ich dachte, du hättest das Glückslos gezogen.«

»Es ist toll. Versteh mich nicht falsch, allemal besser als das Altersheim. Es ist nur …« Ich nehme einen Bissen von meinem Croissant, darauf bedacht, es nicht gleich zu verschlingen.

Sie beugt sich erwartungsvoll vor. »Was?«

Ich schlucke runter und erzähle ihr dann von der Langeweile und von Kathryn. »Sie beobachtet mich ständig, als hätte sie Angst, dass ich das Familiensilber stehle oder so was.«

Courtney lacht. »Du bist der ehrlichste Mensch, den ich kenne. Weißt du noch, als wir das Portemonnaie voller Geld im Castle Park gefunden haben?«

Aber ja. Wir waren gerade auf dem Weg zu einem Einkaufsbummel, als wir auf dem Boden einen Geldbeutel entdeckten, prall gefüllt mit Zwanzigpfundscheinen. Es müssen mindestens dreihundert Pfund gewesen sein. Courtney wollte das Geld behalten – immerhin waren wir erst siebzehn und total pleite –, aber ich hatte darauf bestanden, es direkt aufs Polizeirevier zu bringen.

Ich zucke mit den Schultern. »Ich wünschte, Kathryn wäre sich da auch so sicher. Ich fühle mich einfach unwohl mit ihr.«

»Aber sie ist nicht die ganze Zeit da, oder?«

»Nein, Gott sei Dank nicht. Aber heute war sie da.« Ich berichte ihr von dem heutigen Morgen einschließlich meines fehlenden Frühstücks.

Sie hebt vielsagend ihre dichten Augenbrauen. Sie braucht morgens ewig dafür, diese beiden Prachtexemplare zu bürsten und nachzumalen, und versucht immer, mich zu überreden, meine ebenfalls machen zu lassen, obwohl ich ja glaube, dass ich mit dunklen Brauen und blondem Haar komisch aussehen würde. »Denkst du, sie hat dein Frühstück gegessen?«

»Das wäre echt schräg. Warum sollte sie das tun?«

»Einfach nur, damit sie einen Grund hat, dich anzupflaumen?«

Ich schüttle den Kopf. »Ich kann mir nicht vorstellen, dass sie so zickig ist. Ich meine, sie ist alt. Beinahe fünfzig. Und eher spießig. Ein bisschen altbacken, du weißt schon.

So wie Mrs. Bird von gegenüber. Sie hat zwei Kinder und ist verheiratet. Ich kann mir nicht vorstellen, dass sie so was tut. Aber es ist nicht alles eine Vollkatastrophe. Es gibt auch einen echt heißen Gärtner.«

Ihr Gesicht leuchtet auf. »Erzähl mir mehr!«

Ich wische mir den Mund mit der Serviette ab und bin halb versucht, noch ein Croissant zu bestellen. »Er sieht extrem gut aus. Richtig hammermäßig. Ein bisschen wie dieser Schauspieler aus *Poldark*, aber mit knallblauen Augen.«

Sie stößt einen anerkennenden Laut aus.

»Allein der ist es wert, zur Arbeit zu erscheinen.« Ich lache.

»Was ist mit Vince? Ist da definitiv Schluss?«

Ich umschließe die Tasse mit meinen Händen. »Ich habe nichts von ihm gehört. Keinen Ton. Seit wir uns getrennt haben.«

Sie streckt die Hand aus und berührt mein Handgelenk. »Das tut mir leid.«

»Hat Kris was dazu gesagt?«

»Nur dass er glaubt, dass Vince dich immer noch liebt.«

»Hat er … hat er schon eine andere kennengelernt?«

»Nee. Kris meint, dass er daran kein Interesse zu haben scheint und dass er immer noch dir hinterherschmachtet.« Mein Herz macht einen Satz bei der Vorstellung, dass Vince noch nicht über mich hinweg sein könnte, obwohl ich weiß, dass es niemals zwischen uns funktionieren könnte. Ich muss nach vorne blicken. »Und? Denkst du, dass du bei dem Job bleiben wirst?«

»Ja. Natürlich.« Die Vorstellung, ins Altersheim zurückzukehren, ist unerträglich. »Eigentlich ist es eine echt entspannte Arbeit. Ich werde mich einfach nur daran gewöhnen müssen, das ist alles. Und es ist gutes Geld. Vor allem wenn wir noch immer vorhaben, Ende des Jahres auf Reisen zu gehen …« Ich mustere sie vorsichtig. Seit Vince und ich Schluss gemacht haben, war das praktisch unser einziges Thema. »Es sei denn, du möchtest Kris nicht allein lassen?«

»Soll das ein Witz sein? Ich kann es kaum erwarten, mir ein paar Monate freizunehmen und die Welt zu sehen. Das weißt du doch.«

Courtney ist als freie Mitarbeiterin in dem Salon beschäftigt, aber ihr Chef hat ihr schon zugesichert, dass sie dort weitermachen kann, wenn sie zurückkommt. Ich bezweifle, dass es mir mit Elspeth genauso gehen wird. Aber bis dahin sind es noch neun oder zehn Monate. In der Zeit kann noch alles Mögliche passieren. Ich habe sowieso nur einen Monat Kündigungsfrist.

Ich senke meine Stimme. »Vorhin ist übrigens etwas Seltsames passiert.«

»O ja?«

Ich erzähle ihr von der Halskette, die ich gefunden habe. »Ich glaube, sie hat dem Mädchen gehört, das vor mir dort war. Angeblich hieß sie Jemima. Aber das Seltsame daran ist, dass sie mir total ähnlich sah.«

Nachdenklich rührt sie in ihrer heißen Schokolade. »Das ist schon ein bisschen schräg. Wenn es Jemimas Kette war, warum sollte sie dann ein Foto von sich in dem Medaillon tragen?«

Daran hatte ich noch gar nicht gedacht. Courtney ist von uns beiden immer schon die mit der analytischen Denke gewesen. »Du glaubst also nicht, dass sie meiner Vorgängerin gehört hat?«

Sie zuckt mit den Schultern. »Es sei denn, sie war sehr von sich selbst eingenommen.«

»Warum sollte Kathryn mir dann sagen, dass es Jemimas Kette war?« Ich rufe mir unser Gespräch in Erinnerung. Hat Kathryn tatsächlich gesagt, dass die Kette Jemima gehörte? Oder bin ich einfach nur davon ausgegangen?

Courtney bückt sich nach ihrer Tasche. »Ich muss los. Meine Schicht beginnt in zehn Minuten. Aber bevor ich gehe …« Sie kramt ihr Handy aus der Tasche und macht ein Selfie von uns beiden. Ich verdrehe die Augen.

»Komm schon! Du bist so fotogen.«

»Nur dieses eine Mal.« Sie weiß, dass ich Instagram kaum benutze. Ich habe ganze zwei Fotos auf meinem Profil, beide von flauschigen Hunden.

Sie zwinkert mir zu, während sie ihren Mantel zuknöpft. Er ist taubenblau und reicht ihr beinahe bis zu den Knöcheln, und er sieht wesentlich teurer aus, als er war. Courtney hat ein Händchen dafür, alles stilvoll wirken zu lassen.

»Was hast du dir für den Rest des Tages vorgenommen?«, erkundigt sie sich, während ich meinen Stuhl nach hinten schiebe.

»Ich weiß nicht so recht. Ich bin ehrlich gesagt etwas planlos.«

Ich muss wohl etwas geknickt wirken bei dem Gedanken, den Rest des Tages allein zu verbringen, denn sie schlägt vor, uns später zu treffen. »Warum kommst du nachher nicht in den Pub? Kris und die Jungs spielen dort heute Abend. Ich weiß, dass du Vince nicht sehen willst, aber die ganze Truppe wird da sein. Sie sind schließlich auch deine Freunde. Und irgendwann musst du dich Vince sowieso stellen.«

Sie hat recht. Seit Weihnachten war ich nicht besonders gesellig. Heute Abend auszugehen, wäre sicher lustig. Sonst läuft es doch bloß auf einen weiteren Abend mit Elspeth hinaus, was sich wie Arbeit anfühlen wird, obwohl ich heute freihabe.

»Okay«, stimme ich zu. »Spielen sie im Pig & Calf?«

Sie verdreht die Augen. »Tun sie das nicht immer?« Der Pub liegt in der Whiteladies Road, die nur zwanzig Minuten zu Fuß von Elspeths Haus entfernt ist. Wieder einmal wird mir bewusst, was für ein Glück ich habe, so zentral zu wohnen, wo ich doch bisher noch den Bus von Horfield nehmen musste.

Trotzdem muss ich bis heute Abend ein paar Stunden totschlagen. Wir gehen an den Tresen, um zu bezahlen, dann verlassen wir das Café. Es hat angefangen, richtig zu regnen, und wir kuscheln uns kurz ein paar Minuten unter die Tür, während Courtney profimäßig Lippenstift aufträgt, ohne in den Spiegel zu schauen. »Hab ich was an den Zähnen?« Sie bleckt die Zähne, und ich schüttle den Kopf. »Also gut. Ich schreibe dir später. Hab dich lieb.« Sie umarmt mich, wobei sie mich in eine Wolke ihres Lieblingsparfüms von Marc Jacobs einhüllt, und schwebt dann davon. Ich schaue ihr nach, als sie die Straße entlanggeht, wobei der pelzige Bommel an ihrer Umhängetasche bei jedem ihrer Schritte hin und her schwingt und ihr ausladender Regenschirm einem Passanten beinahe ein Auge aussticht. Ich stülpe mir meine Mütze fest über den Kopf und schlage dann die entgegengesetzte Richtung ein. Ich frage mich, was ich bloß mit der verbleibenden Zeit anstellen soll.

Es ist Langeweile, die mich dazu bringt, es zu tun. Es gibt schließlich nicht gerade viele Klamottengeschäfte, denen man einen Besuch abstatten kann, wenn man kein Geld zum Ausgeben hat. Und nachdem ich das Medaillon gefunden und durch Aggie von Jemimas plötzlichem Verschwinden sowie ihrer Vorgängerin gehört habe, die bei einem Unfall mit Fahrerflucht getötet wurde, möchte ich doch mehr erfahren. Einer der liebsten Sprüche meiner Mutter lautete: »Neugierige Katzen verbrennen sich die Tatzen« – was für gewöhnlich an mich gerichtet war, weil ich meine Nase gern überall hineinstecke. Also unternehme ich einen langen gemächlichen Spaziergang zur Zentralbibliothek und bezahle, um einen der Computer dort nutzen zu können. Ich besitze keinen Laptop, und das WLAN bei Elspeth ist nicht so toll. Die meisten meiner Freundinnen sind Social-Media-Queens, aber ich bin kein großer Fan. Mich nicht in den sozialen Medien rumzutreiben, gibt mir irgendwie ein Gefühl von Sicherheit, als wäre ich in meiner eigenen kleinen Welt – obwohl ich in letzter Zeit ein bisschen süchtig nach Instagram geworden bin –, und zwar aus einem Grund: Es hat etwas ungemein Faszinierendes, durch die Bilder anderer Menschen zu scrollen. Die Voyeurin in mir freut sich.

Ich mache es mir vor einem der Computer bequem und rufe Google auf. Es braucht eine Weile, bis ich etwas gefunden habe, da ich Matildes Nachnamen nicht kenne. Stattdessen tippe ich einfach: *Matilde + Elspeth McKenzie + Clifton*, und schon bald ploppt ein Zeitungsartikel auf dem Bildschirm auf, der erst letzte Woche in der *Bristol and Somerset Herald* erschienen ist.

13. Januar 2019

Bei der Suche nach dem Fahrer, der letzten Sommer in Clifton eine junge Frau mit seinem Auto tötete und danach Fahrerflucht beging, ist die Polizei noch keinen Schritt weitergekommen und wendet sich daher noch einmal an die Bevölkerung.

Matilde Hansen (23) wurde am Mittwoch, den 21. August, beim Überqueren der Straße von einem Auto erfasst, nachdem sie abends mit Freunden aus gewesen war. Sie befand sich zum Zeitpunkt des Unfalls allein auf dem Heimweg nach Sion Hill, wo sie sowohl arbeitete als auch lebte.

In jenem Straßenabschnitt, wo Matilde überfahren wurde, befinden sich keine Überwachungskameras, und es konnten bisher auch keine Augenzeugen ermittelt werden.

Alexandra Stein (23), eine Freundin des Unfallopfers, die in besagter Nacht mit ihr unterwegs war, berichtete damals: »Wir hatten was getrunken und den Pub kurz nach 23:30 Uhr verlassen. Es regnete in Strömen. Ich begleitete sie noch ein Stück, bevor ich abbog, um zur Bushaltestelle zu gehen. Matilde war keine fünf Minuten von zu Hause entfernt. Auf den Straßen war wegen des schlechten Wetters so gut wie kein Verkehr. Es war Mittwochabend, aber Matilde ging gerne mittwochs aus, da es ihr freier Tag war. Ich kann einfach nicht fassen, dass das passiert ist. Sie war immer so ein lustiges, quirliges Mädchen.«

Ihre Arbeitgeberin, die in Bristol bekannte Mäzenin Elspeth McKenzie, äußerte sich ebenfalls: »Meine Familie und ich stehen unter Schock. Matilde arbeitete die letzten zwei Jahre als meine Betreuerin und Gesellschafterin und half mir nach einem unglücklichen Sturz wieder auf die Beine. Sie war stets fürsorglich, freundlich und rücksichtsvoll. Sie wird hier schmerzlich vermisst werden, und der Verlust, den ihre Familie erleiden musste, tut mir zutiefst leid.«

Matilde, die ursprünglich aus Dänemark stammte, hatte keine Familie in Bristol. Ihre Mutter starb, als sie noch ein Kind war, ihr Vater lebt nach wie vor in ihrer ehemaligen Heimat.

Die Polizei bittet mögliche Zeugen, sich zu melden.

Ich lehne mich auf meinem Stuhl zurück und verdaue, was ich gerade gelesen habe. Arme Matilde. Wie schrecklich auch, dass das so nah bei ihrem Zuhause passiert ist, das jetzt auch mein Zuhause ist. Wie kann ein Mensch bloß jemanden überfahren und dann einfach abhauen? Es muss die Panik gewesen sein. Die Angst. Ich habe zwar kein Auto, aber ich weiß, dass ich anhalten und helfen würde, wenn ich jemals in so eine Situation käme. Ich könnte jemanden nicht einfach so auf der Straße liegen und sterben lassen. Allein bei der Vorstellung wird mir übel.

In dem Artikel ist kein Foto von Matilde abgedruckt, aber ich google rasch ihren Namen, woraufhin ihr Facebook-Profil angezeigt wird – *Gedenkseite für Matilde Hansen* – sowie ein Foto von ihrem schönen Gesicht mit langem blondem Haar und lachenden hellblauen Augen.

Auf einmal habe ich das Gefühl, keine Luft mehr zu bekommen. Ich sinke auf meinem Stuhl zurück, da ich nicht fassen kann, was ich da sehe.

Matilde sieht Jemima auffallend ähnlich.

Und mir.

Vielleicht hat Elspeth ja ein Faible für junge blonde Mädchen. Vielleicht erinnern wir sie an jemanden, obwohl ich mir nicht vorstellen kann, an wen. An ihre Tochter jedenfalls sicher nicht. Kathryn ist groß und dunkelhaarig. Trotzdem muss es einen Grund dafür geben. Sei er auch unbewusst. Denn ich glaube nicht an Zufälle.

Ich scrolle durch die anderen Links, die in Verbindung mit Matildes Namen angezeigt werden, bis ich etwas lese, das mich laut nach Luft schnappen lässt. Ein Abschnitt aus einem heute veröffentlichten Zeitungsartikel.

Jemima Freeman (24) wurde vor zwei Tagen tot aufgefunden. Sie war bis vor Kurzem bei der stadtbekannten Wohltäterin Elspeth McKenzie angestellt. Ihre Vorgängerin, Matilde Hansen, starb erst letztes Jahr bei einem Unfall mit Fahrerflucht. Die Polizei geht von Selbstmord aus

Nein. Ich glaube nicht an Zufälle.

Na, hast du schon gemerkt, dass du genauso aussiehst wie die anderen Mädchen? Die beiden, die vor dir da waren? Ist dir bewusst, dass du genauso enden wirst wie sie? Ich habe dich beobachtet. Aber du wirst mich nicht bemerkt haben – wie gesagt, ich bin gut darin. Ich habe eine Menge Übung. Einmal bin ich direkt an dir vorbeigegangen. So nah, dass ich dein Parfüm riechen konnte und das Kokosnuss-Shampoo in deinem Haar, aber du hast mich nicht bemerkt.

Ich fantasiere davon. Von dir. Wie es wird, wenn die Zeit kommt. Und das wird sie. Ich stelle mir vor, wie deine Atmung sich verändern wird, wie deine großen grauen Augen sich mit Schrecken füllen werden, die Angst in deinem Gesicht. Dann wirst du nicht mehr so arrogant und selbstgefällig sein, nicht wahr? Du wirst nie Herrin des Hauses werden. Nicht, nachdem ich mit dir fertig bin.

7
Kathryn

Jemima lag, als man sie fand, schon über einen Monat tot in der Avon-Schlucht – zunächst größtenteils vom Schnee verborgen und dann, als dieser geschmolzen war, von der Erde und dem Geröll des Flussbetts verdeckt. Obwohl es keine Zeugen gibt, vermutet die Polizei, dass sie von der Clifton-Hängebrücke gesprungen ist.

Benommen lauscht Kathryn, während DS Holdsworth ihnen diese Informationen mit ausdrucksloser Stimme mitteilt. Als sie geendet hat, herrscht am Tisch bestürztes Schweigen. Sogar Aggie fällt nichts ein, was sie sagen könnte, sie steht nur stumm und mit blassem Gesicht am Herd.

Kathryn atmet ein paarmal tief durch, in dem Versuch, die Übelkeit niederzuringen. *Was hat sie nur getan?*

Elspeth ergreift als Erste das Wort. »Nun …«, beginnt sie, wobei sie die Perlen um ihren Hals befingert, »… ich bin … also, ich bin schockiert.« Ihr Gesicht scheint zitternd in sich zusammenzufallen, und Kathryn hat den Eindruck, dass ihre Mutter gerade älter aussieht, als sie eigentlich ist. Sie ist eine gute Schauspielerin, das muss Kathryn ihr lassen.

»Was genau ist am letzten Tag Ihrer Anstellung bei Ihnen passiert?«, will Holdsworth wissen. »Gab es einen Streit? Ist sie bei Ihnen in Misskredit geraten?«

Elspeth erhascht Kathryns Blick, dann richtet sie den

Blick auf die Tischplatte und studiert eingehend die feine Maserung des Eichenholzes. »Nein«, antwortet sie. »Wie ich schon sagte, sie nahm ihre Sachen und ging. Sie hat mich nicht darüber unterrichtet, dass sie gehen würde.«

Holdsworth runzelt die Stirn und konsultiert ihre Notizen. »Aber Sie sagten, sie habe hier nicht nur gearbeitet, sondern auch gewohnt. Hätten Sie nicht mitbekommen, wie sie mit all ihren Sachen das Haus verlässt?«

»Sie besaß nicht viel«, erklärt Elspeth, wobei sie immer noch den Blickkontakt vermeidet. »Nicht mehr als in einen Rucksack passt. Ich war bei einer Besprechung – wegen der Galerie, die ich leite –, und normalerweise hätte sie mich dorthin begleitet, aber sie sagte ... sie sagte, sie habe Kopfschmerzen und fühle sich nicht gut, also blieb sie zu Hause. Sie rief mir noch ein Taxi. Ich war keine paar Stunden weg. Als ich zurückkam, war sie nicht mehr da. Ich dachte, sie wäre vielleicht nur kurz rausgegangen, sie hatte keine Nachricht hinterlassen. Als sie nicht zurückkehrte, ging ich hinauf in ihr Zimmer und sah, dass sie all ihre Sachen mitgenommen hatte.«

»Und das haben Sie nicht der Polizei gemeldet?«

»Warum hätte ich das tun sollen?«, erwidert Elspeth schnippisch. Ihr Kopf schnellt empor, und sie weicht nicht länger Holdsworths Blick aus. »Sie war schließlich alt genug, ihre Entscheidungen zu treffen. Bevor sie zu uns kam, war sie zwei Jahre mit dem Rucksack durch Südostasien gereist. Sie war ein Freigeist, das konnte ich sofort sehen. Mir war von Anfang an klar, dass sie nicht lange bleiben würde. Aber sie war mir sympathisch, darum war ich bereit, es darauf ankommen zu lassen.« Sie beugt sich auf ihre Ellbogen gestützt nach vorne, ihre strahlend blauen Augen blitzen auf. In diesem Moment wird Kathryn wieder einmal bewusst, wie Respekt einflößend ihre Mutter tatsächlich ist, und Holdsworth schrumpft unwillkürlich ein wenig auf ihrem Platz zusammen. »Man muss die Person schon mögen, die man einstellt, wenn diese bei einem wohnt, bei einem arbeitet, einen ständig begleitet. Verstehen Sie das, Detective? Ich hätte sie schlicht nicht eingestellt, wenn ich sie *nicht* gemocht hätte.«

Sie werden von Aggie unterbrochen, die mit einem Tablett an den Tisch kommt. Sie stellt es vor Elspeth ab.

»Bitte bedienen Sie sich«, fordert Elspeth die beiden Beamten auf, ganz so, als ob sie selbst sich die Mühe gemacht hätte, den Tee aufzusetzen.

Aggie schleicht von dannen, um sich wieder ums Mittagessen zu kümmern, aber Kathryn entgeht nicht, dass sie weiterhin zuhört. Sie weiß, dass Aggie das hier voll auskosten wird. Es ist zweifelsohne etwas, das sie brühwarm ihrem Mann erzählen kann, wenn sie heute Abend nach Hause kommt.

Holdsworth schenkt sich und DC Phillips Tee ein. Sie bietet Kathryn eine Tasse an, aber sie wird gerade keinen Schluck runterkriegen und schüttelt daher den Kopf. Ihre Mutter nimmt sich zwar eine Tasse, doch Kathryn bemerkt, dass sie nicht trinkt.

Holdsworth nippt an ihrem Tee und stellt dann die Tasse auf dem Tisch ab. »Hat Jemima jemals Anzeichen einer Depression gezeigt?«

»Nein«, erwidert Elspeth vehement. »Ganz und gar nicht. Sie hatte ein sonniges Gemüt. Sie brachte frischen Wind ins Haus. Nach Matilde …«

»Ach ja, Matilde Hansen. Sie starb nach einem Unfall mit

Fahrerflucht … Wann war das gleich noch mal? Zwei Monate bevor Sie Jemima einstellten?«

Elspeth nickt. »Ja, das ist richtig. Ich mochte Matilde ausgesprochen gerne. Ich hing sehr an ihr. Sie war meine erste Gesellschafterin, und sie wurde für mich so etwas wie ein Teil der Familie. Wie eine Tochter.«

Wie eine Tochter. Die Worte treffen Kathryn mitten ins Herz.

Nichts ahnend fährt Elspeth fort. »Sie müssen wissen, ihre Familie lebte in Dänemark, also hatte sie hier sonst niemanden.«

Kathryn ballt die Fäuste unter dem Tisch. O ja, ihre Mutter hatte definitiv einen Narren an Matilde gefressen. Es gab Zeiten, in denen Kathryn sich angstvoll fragte, ob ihre Mutter Matilde mehr liebte als sie. Elspeth überschüttete Matilde mit Geschenken – wie ein liebeskranker, wenn auch sehr reicher Teenager: Designerschuhe, schöne Kleider, die neuesten Handtaschen. Es war geradezu widerwärtig gewesen, Matilde dabei zuzusehen, wie sie ganz unverfroren die alte Frau ausnutzte. Nicht zuletzt auch deswegen, weil die einzigen Geschenke, die ihre Mutter Kathryn je zuteilwerden ließ, an ihrem Geburtstag oder zu Weihnachten überreicht wurden und es sich normalerweise um so etwas Praktisches wie ein Bügeleisen handelte. Es schien, als würde Kathryn in den Augen ihrer Mutter keine schönen Dinge verdienen.

»Verstehe. Wenn ich recht informiert bin, hatte Jemima ebenfalls keine Familie. Ist das zutreffend?«

»Mit ihrer Mutter hatte sie sich entzweit, ihren Vater hat sie nie erwähnt. Und soweit ich weiß, hatte sie keine Geschwister«, antwortet Elspeth, die Tasse noch immer mit ihren Händen umfassend.

Holdsworth klopft sich mit dem Stift gegen die Zähne, was Kathryn sofort rasend macht. Sie reagiert auf jedwedes Geräusch überempfindlich, als wären sämtliche Nerven aufs Äußerste gespannt. »Leider ist ihre Mutter einige Monate vor Jemima verstorben. Sie war Alkoholikerin.«

Elspeth greift sich ans Herz. »Das ist ja furchtbar. Davon wusste ich gar nichts.«

»Aber sie hat einen Bruder. Er besteht auf einer weiteren Untersuchung ihres Todes. Er glaubt nicht, dass sie sich das Leben genommen hat.«

Elspeth setzt sich aufrechter hin, die Überraschung steht ihr ins Gesicht geschrieben. »Das hätte ich auch gesagt, aber man weiß ja nie, was wirklich in jemandes Kopf vorgeht, nicht wahr, Detective?«

Holdsworth murmelt zustimmend. Sie nimmt einen letzten kräftigen Schluck von ihrem Tee und sammelt ihre Sachen zusammen, sehr zur Enttäuschung ihres Kollegen, der den seinen nicht mehr leeren kann. »Na dann, lass uns gehen«, fordert sie den jüngeren Beamten auf, erhebt sich und nimmt ihre regenfeuchte Jacke von der Stuhllehne. Phillips folgt widerwillig ihrem Beispiel. »Nun denn«, fügt sie hinzu, »wir lassen Sie jetzt in Ruhe. Bitte entschuldigen Sie die Störung und dass wir so schlechte Nachrichten überbringen mussten.«

Elspeth setzt ihre Tasse ab und erhebt sich ebenfalls, obwohl sie etwas wackelig auf den Füßen scheint und Halt suchend zur Tischkante greift. »Danke, dass Sie uns in Kenntnis gesetzt haben.«

»Setz dich doch, Mutter. Ich werde die Beamten zur Tür bringen«, sagt Kathryn. Sie kann es kaum erwarten, sie aus dem Haus zu haben. »Zögern Sie nicht, uns zu kontaktieren, falls Sie weitere Informationen benötigen«, bietet sie heuchelnd an, während sie die Polizisten zur Haustür geleitet. Der Regen hat stark zugenommen, und beide Beamte klappen den Jackenkragen hoch, bevor sie sich hinauswagen, um den Elementen zu trotzen. »Auch wenn wir Jemima im Grunde kaum kannten.«

Sie schließt die Tür, noch bevor die beiden etwas darauf erwidern können.

Nachdem die Polizei fort ist und Elspeth etwas in dem von Aggie zubereiteten Ploughman's Lunch herumgestochert hat – Kathryn selbst kriegt nichts runter, da der Besuch der Polizei ihr den Appetit gründlich verdorben hat –, bittet sie Kathryn, sie nach oben zu bringen.

»Ich muss mich nur hinlegen und etwas ausruhen«, sagt sie, während sie sich am Arm ihrer Tochter festklammert und jede Stufe ganz langsam und behutsam erklimmt. Ausnahmsweise macht sie tatsächlich einen gebrechlichen Eindruck, ihr Körper fühlt sich ganz mager an unter der Strickjacke. Wann hat sie angefangen, so viel Gewicht zu verlieren? Sie hält sich an Kathryn fest, während sie über den Flur zu ihrem Schlafzimmer schlurfen und Kathryn ihr ins Himmelbett hilft. Es ist, als hätte man sie all ihrer Energie beraubt, sie sieht eingefallen aus, gleich einer welken Blume. »Ich bin erschöpft«, sagt sie, als sie sich ausstreckt und den Kopf auf das pralle Kissen bettet. Ihr Gesicht ist kalkweiß.

Kathryn zieht ihr sanft die Hausschuhe aus und stellt sicher, dass sie bequem liegt und gut zugedeckt ist wie ein Kind.

Gerade als Kathryn gehen will, greift Elspeth nach ihrer Hand. »Schickst du Una hoch, wenn sie nach Hause kommt?«

»Heute ist ihr freier Tag, weißt du nicht mehr?«

»Doch, ich weiß.« Mit geschlossenen Augen drückt sie Kathryns Hand, ihr Griff ist erstaunlich kräftig. »Du bist ein braves Mädchen.«

Die Worte überraschen Kathryn. Ihre Mutter ist keine, die gerne lobt – zumindest sie nicht. Sie muss unwillkürlich daran denken, wie sie damals mit elf Jahren alles getan hätte, damit Elspeth sie bei sich behielt. Wenn sie nur brav wäre, wenn sie ruhig, respektvoll und zuvorkommend wäre, wenn sie alles täte, was Elspeth von ihr verlangte, dann würde sie Kathryn nicht wegschicken. Diese so banalen kleinen Worte – *Du bist ein braves Mädchen, Kathryn* – waren Musik in ihren Ohren. Sie besagten, dass sie sich auf dem richtigen Weg befand, die perfekte Tochter zu sein.

Die perfekte Tochter. Würde sie jemals aufhören, diese Rolle zu spielen? Es ist ein Vollzeitjob.

Sie küsst die papierene, runzlige Stirn ihrer Mutter, bevor sie um das große Bett herumgeht, um die Vorhänge vor den Schiebefenstern zuzuziehen, die auf die Hängebrücke hinausblicken. Es regnet ununterbrochen, und die Tropfen klopfen in einem prasselnden Rhythmus, den Kathryn schon immer beruhigend fand, gegen die Scheibe. Dann verlässt sie, begleitet von Elspeths leisem Atem, das Zimmer.

Sie konnte sich nicht dazu überwinden, ihre Mutter zu fragen, warum sie die Polizei bezüglich Jemimas letztem Tag im Haus belogen hat. Und ob sie damit versucht hat, Kathryn zu beschützen oder sich selbst.

8
Una

Während ich zum Kuckucksnest zurücklaufe, kann ich nicht aufhören, an Matilde und Jemima zu denken. Meine Vorgängerinnen sind beide tot. Ich kann es einfach nicht fassen.

Es ist noch nicht einmal siebzehn Uhr, aber bereits dunkel, als ich die Haustür aufsperre. Ich ziehe meine Stiefel aus und will schon weitergehen, doch dann fällt mir ein, sie wie abgemacht ordentlich in den Schuhschrank zu stellen. Ich tapse über die kalten Fliesen zu der geschwungenen Treppe. Die Tür zum Wohnzimmer ist angelehnt, und ich kann Elspeth sehen, die es sich in ihrem Lieblingssessel neben dem Kamin bequem gemacht hat. In seinem Inneren prasselt ein Feuer, und sie starrt wehmütig in die Flammen. Ich entferne mich, da ich nicht möchte, dass sie mich bemerkt. Sowohl meine Jeans als auch mein Mantel sind klamm, und ich friere bis auf die Knochen. Ich möchte nur hinauf in mein Zimmer, duschen und mich vor meinem anstehenden Abend mit Courtney ausruhen.

Fehlanzeige. Kathryn kommt die Treppe von der Küche hoch. Sie erschrickt bei meinem Anblick, als wäre ich ein Gespenst. Sie legt die Stirn in Falten und greift nach dem Geländer. Sie sieht blass aus. »Oh«, macht sie, als sie sich wieder gefangen hat. »Sie sind zurück.«

»Ich wurde vom Regen überrascht. Ich wollte nach oben,

um zu duschen.« Ich fühle mich latent unwohl, und ich bin sicher, das liegt an der Aussicht, heute Abend Vince wiederzusehen. Ich habe es viel zu lange vor mir hergeschoben, aber ich muss mit ihm reden.

»Okay.« Sie wirkt erschöpft. Ich würde sie liebend gerne nach Jemima fragen, aber jetzt ist nicht der richtige Zeitpunkt. Und dann kommt mir ein Gedanke: Vielleicht weiß sie ja gar nichts davon. Sie hat mir vorhin die Halskette abgenommen und gemeint, dass sie ihr diese nachsenden würde. Warum aber sollte sie das tun, falls sie wusste, dass sie tot ist?

Obwohl heute mein freier Tag ist, erkundige ich mich höflichkeitshalber, ob ich irgendwas tun könne, um zu helfen.

Sie lächelt, und ausnahmsweise scheint es echt. »Nein. Vielen Dank. Ed kümmert sich um die Jungs, also bleibe ich heute Nacht. Nur für den Fall, dass Mutter mich braucht. Das tue ich jeden Mittwoch und Samstag. Sie mag es nicht, nachts allein in dem riesigen Haus zu sein.«

»Aber ich bin doch da.«

»Ich weiß. Aber so haben Sie die Möglichkeit, woanders zu übernachten, falls Ihnen danach ist.«

Ich runzle die Stirn. Das klingt ein bisschen komisch. Wo sonst sollte ich denn übernachten? Sie wissen doch, dass ich Single bin. Ich bin mir fast sicher, dass Kathryn bei Elspeth damit den Eindruck erwecken möchte, dass sie unentbehrlich ist.

Dann senkt sie die Stimme, obwohl Elspeth sich in dem anderen Zimmer befindet. »Sie hat den Nachmittag im Bett verbracht. Sie fühlt sich nicht besonders.«

»Oh, tut mir leid, das zu hören.«

Sie fährt fort, als hätte ich nichts gesagt. »Mutter sollte dieses Haus wirklich verkaufen. Sich etwas Kleineres besorgen.«

»Wie lange wohnt sie denn schon hier?«

»Seit ich elf war«, sagt sie, ohne zu zögern. Etwas Dunkles zieht wie eine Sonnenfinsternis über ihr Gesicht hinweg. Ich spüre, dass sie nicht will, dass ich weitere Fragen stelle. Sie versteift sich, und ihre Hände umklammern das Geländer fester.

»Okay, gut, dann gehe ich jetzt mal besser duschen«, sage ich, wobei ich eine nasse Haarsträhne hochhalte, um mein Vorhaben zu unterstreichen. Ich frage mich, warum Kathryn gerade so komisch ist.

Sie nickt knapp, und ich setze den Weg zu meinem Zimmer fort, froh darüber, von ihr wegzukommen. Wie bitte kann eine so nichtssagende Frage eine derartige Stimmungsänderung bewirken? Das war auch schon bei Elspeth so, als ich sie nach dem Baumhaus gefragt habe. Vielleicht ist das bei vornehmen Leuten üblich. Vielleicht gehört es sich einfach nicht, Fragen zu stellen.

Langsam dämmert mir, dass dieses Haus und seine Familie voller Geheimnisse stecken.

Beim Duschen fühle ich mich immer noch unwohl. Während ich eine Jeans und ein enges langärmeliges Oberteil anziehe, muss ich an die Mädchen denken, die vor mir in diesem Zimmer gewohnt haben und nun tot sind. Ich setze mich auf die Bettkante und rubble mein Haar mit einem Handtuch trocken. Was würde Mum wohl zu der ganzen Sache meinen? Was würde sie mir sagen, wenn ich sie jetzt anrufen und ihr gestehen könnte, dass ich Angst habe, weil zwei Mädchen, die vor mir hier gelebt haben, gestorben sind? Mädchen, die aussahen wie ich. Sie würde mir raten, meine Fantasie nicht mit mir durchgehen zu lassen. Sie würde mir erklären, dass ich einen guten Job habe. Dass Kathryn und Elspeth harmlos sind. Dass diese Matilde einen unglücklichen Unfall hatte und Jemima an Depressionen gelitten haben muss. Dass zwischen den beiden kein Zusammenhang besteht und es sich um völlig verschiedene Umstände handelt.

Ich krame mein Handy hervor und logge mich bei Instagram ein. Es braucht ein bisschen, um zu laden, doch als es dann so weit ist, beginne ich, nach Jemima Freeman zu suchen. Möglicherweise hat sie gar keinen Account gehabt. Ich scrolle mich durch ein paar Jemimas, bis ich bei dem Foto eines mir bekannt vorkommenden Mädchens innehalte. Sie hat Meersalz im Haar, eine gesunde Bräune im Gesicht und steht lächelnd an einem Strand unter dem blauesten Himmel, den ich je gesehen habe. Mir wird flau im Magen. Ist das das Mädchen von dem Medaillon? Ich scrolle mich durch weitere Fotos: noch mehr Strandszenen, dann Marktstände und die exotischen Straßen fremder Länder, von deren Besuch ich nur träume. Sie sieht dem Medaillonmädchen ähnlich – genauso, wie sie auch mir und Matilde ähnelt –, aber ich kann nicht mit Sicherheit sagen, ob es sich um ein und dieselbe Person handelt. Das Mädchen im Medaillon sah jünger aus, irgendwas zwischen fünfzehn und siebzehn, und sie hatte dünnere Augenbrauen.

Geschrei aus dem Garten reißt mich aus meinen Überlegungen. Ich lasse das Handy aufs Bett fallen und haste zum

Fenster in meinem kleinen Nebenzimmer, wo ich die Hände seitlich an mein Gesicht lege, um das Licht aus dem Zimmer abzuschirmen. Draußen ist es dunkel, aber die Terrassenbeleuchtung ist eingeschaltet und lässt zwei Gestalten erkennen. Ein Mann und eine Frau. Ich blinzle angestrengt und recke den Hals, um besser sehen zu können. Ich befinde mich zwei Stockwerke über ihnen, daher ist es schwer zu sagen, aber der Mann sieht aus wie Lewis. Er hat die Strickmütze tief über den Kopf gezogen und gestikuliert aufgebracht. Die Frau hat ihre Hände in die Hüften gestemmt, und ihr Haar ist zu dem wohlbekannten Chignon geknotet. Es ist Elspeth. Was tut sie da draußen in der Kälte und dem Regen? Kathryn wird außer sich sein.

Ich schiebe das Sprossenfenster ein Stück weit hoch, um zuhören zu können, und zucke zusammen, als die Scharniere quietschen. Ich hoffe nur, sie haben mich nicht gehört und können mich nicht sehen.

»Ich möchte das nicht weiter diskutieren.« Elspeths zornige Worte werden zu mir emporgeweht.

Lewis erwidert etwas, doch seine Stimme ist zu tief und unverständlich.

»Ich denke, Sie sollten besser gehen. Ich habe zu dieser Sache nichts mehr zu sagen. Ich bin nicht interessiert.«

Jetzt klingt es, als würde Lewis sie inständig anflehen. Was geht da vor sich? Entlässt sie ihn etwa?

»Ich habe Nein gesagt«, blafft sie, macht auf dem Absatz kehrt und stolziert in die Küche. Ich höre die Terrassentüren hinter ihr zuknallen. Lewis steht ein paar Sekunden einfach nur da. Ich wünschte, ich könnte seine Miene sehen, doch sein Gesicht liegt in der Dunkelheit. Dann stößt er die

Hände in die Jackentaschen und geht um das Haus herum. Ich flitze ins Schlafzimmer zurück und um mein Bett herum, um aus dem anderen Fenster zu schauen, das Richtung Hängebrücke hinausgeht. Ich spähe hindurch und warte, bis Lewis dann auch wirklich vor dem Haus auftaucht und mit einer brennenden Kippe im Mundwinkel durch den Vorgarten trottet. Am beleuchteten Tor hält er inne, dreht sich um und blickt, ohne zu lächeln, am Haus empor. Ich werde nicht ganz schlau aus seinem Gesichtsausdruck – nicht unbedingt wütend, eher vielleicht resigniert. Ich weiß nicht, ob er mich sehen kann, deshalb winke ich, aber ich glaube nicht, dass er mich bemerkt, da er den Kopf hängen lässt und durch das Tor hinaustritt. Ich schaue ihm nach, als er die Straße hinabgeht, bis er außer Sicht ist. Ich stelle fest, dass ich eine tiefe Enttäuschung verspüre bei dem Gedanken, ihn womöglich nie wiederzusehen.

Obwohl es Mittwochabend ist, ist der Pub bereits gerammelt voll, als ich dort eintreffe. Die Band hat noch nicht angefangen zu spielen, und kaum dass ich den Laden betrete, erblicke ich Vince zusammen mit Kris und Dexter an der Bar. Bei seinem Anblick macht mein Magen einen Satz. Ich hatte gehofft, dass die einmonatige Trennung seine Anziehungskraft auf mich geschwächt hätte, aber sie ist noch stärker geworden. Er trägt eine schwarze Lederjacke, und sein dunkelblondes Haar reicht ihm bis zum Kragen. Ich kann sein Gesicht nur im Profil sehen, seinen fein gemeißelten Kiefer. Das flaue Gefühl meldet sich zurück. Ich bin noch nicht bereit, ihn wiederzusehen. Es bringt alles wieder hoch. Den Tod meiner Mutter, den Schmerz danach, dieses schreckliche

Weihnachten und dann unser Streit an Silvester. Plötzlich ist mir viel zu heiß in meinem Mantel. Gerade als ich mich umdrehen und wieder gehen will, schlängelt sich Courtney mit einem Glas Bier in der Hand zu mir durch. »Da bist du ja!«, begrüßt sie mich und schließt mich in die Arme, wobei sie Bier auf den Boden verschüttet.

Ich verziehe das Gesicht. »Ich wollte schon die Biege machen.«

Sie hakt sich bei mir unter und führt mich tiefer in den Laden. »Komm schon, ihr müsst das Eis mal brechen.«

»Er schuldet mir fünf Riesen«, presse ich hervor. Ganz zu schweigen von der anderen Sache, die er mir angetan hat. Das, was ich bisher noch keiner Menschenseele anvertrauen konnte, noch nicht mal Courtney.

»Ich weiß. Er meint, er hätte etwas Kohle, die er dir geben kann.«

Wird auch Zeit. Es hat ja auch nur einen Monat gebraucht.

Sie führt mich zu Vince. Als er mich bemerkt, verhaken sich unsere Blicke ineinander, und seine Wangen erröten. Er tritt mit ernstem Gesicht auf mich zu. »Hallo.«

»Hey«, sage ich, um einen lässigen Tonfall bemüht.

In der Bar geht es hoch her. Mit dem lauten Durcheinander von Stimmen, dem dumpfen Dröhnen der Hintergrundmusik und dem Klirren anstoßender Gläser ist es schwer, sich überhaupt zu unterhalten. Er beugt sich zu mir vor, und ich bekomme einen Schwall seines mit Tabak vermischten Dufts ab. »Willst du rausgehen? Wir müssen reden.«

»Wir haben nichts zu reden«, erwidere ich. »Lass uns nicht alles wieder aufwärmen.«

In seinen Augen glimmt Enttäuschung auf. »Du bist echt eine harte Nuss.« Kurz erscheint ein Lächeln auf seinem Gesicht, aber es hat etwas Trauriges an sich.

Ich muss standhaft bleiben. Ich kann nicht zulassen, dass er sich Süßholz raspelnd aus dem herausredet, was er getan hat. Ich werde ihm niemals verzeihen können. »Du schuldest mir noch fünf Riesen.«

»Ich weiß.« Er greift in seine Lederjacke und reicht mir einen Scheck. »Das sind nur fünfhundert Pfund. Aber ich werde es dir zurückzahlen. Die ganze Summe.«

Ich nehme den Scheck. »Dann hoffe ich mal, dass er nicht platzt.«

»Wird er nicht.« Er zögert. »Wie geht es dir sonst?«

»Gut«, lüge ich.

»Ich habe viel an dich gedacht. Ich denke auch immer noch an deine Mum …«

Ich versteife mich. Ich möchte mit ihm nicht über sie sprechen. Dafür ist es zu früh. Sonst werde ich noch hier in der Kneipe losheulen, umgeben von Menschen, die ich seit über einem Monat nicht mehr gesehen habe.

»Ich hätte für dich da sein sollen.« Als ich nicht darauf reagiere, fügt er hinzu: »Wir hatten zwei so tolle Jahre, aber als deine Mum im Sterben lag … na ja, das war eine echte Belastung für unsere Beziehung … und was ich getan habe …«

Wie kann er es wagen? Plötzlich überkommt mich die Wut. »Nein. Es lag nicht daran, dass meine Mutter gestorben ist. Sondern daran, dass du gelogen hast. Daran, dass du mich um fünftausend Pfund betrogen hast, du Scheißkerl. Deshalb ist zwischen uns Schluss.« Ich verpasse ihm einen festen Stoß gegen die Brust. Ich reiche ihm zwar gerade mal bis zur Schulter, aber er stolpert dennoch zurück.

Mit geschocktem Gesichtsausdruck fängt er sich wieder. Ich verliere so gut wie nie die Beherrschung. Die sanfte, friedliche Una. Mit ihr hat man leichtes Spiel. Aber nicht mehr länger. Ein paar Leute an der Bar drehen sich um und glotzen uns an. »Herrje, Una, beruhige dich doch«, sagt er beschwörend.

»Was willst du sonst tun? Mich am Hals packen?« Ich senke die Stimme zu einem Fauchen. »Wie schon einmal?«

Sein Gesicht wird fahl, und als er antwortet, ist es mehr ein Flüstern. »Es … Das werde ich mir nie verzeihen.«

Ich hole tief Luft. Er soll nicht wissen, was für eine Heidenangst er mir an jenem Tag eingejagt hat. Dass ich wirklich geglaubt habe, dass er mir wehtun würde. Nie hätte ich gedacht, dass er zu einem derartigen Wutanfall fähig wäre. »Hör zu«, beginne ich, um einen gleichmütigen Tonfall bemüht, »es spielt keine Rolle. Nicht mehr. Ich will einfach nur mein Geld zurück.«

»Und ich habe versprochen, dass ich es dir zurückgeben werde.«

Ich schaue ihn unverwandt an. Es gibt so vieles, was ich sagen möchte. Aber wozu? Welchen Sinn hätte es? Ich wende mich ab und lasse ihn stehen, um nach Courtney zu suchen.

»Schön zu sehen, dass du und Vince wieder miteinander klarkommt!«, ruft mir Courtney etwas später ins Ohr, während die Band spielt. Wir stehen seitlich bei den Toiletten, tanzen ein bisschen zur Musik herum und nippen an unserem Bier.

Ich habe mir nur eins geholt – ich möchte morgen bei der Arbeit nicht verkatert sein. Irgendwie glaube ich nicht, dass das bei Elspeth und Kathryn gut ankommen würde.

Jedes Mal wenn sich die Tür zu den Toiletten öffnet, bekomme ich einen Schwall Klogestank nach Bleichmittel und Urin ab. Aber an der Bar ist es gerammelt voll, also bleiben wir, wo wir sind.

»Tun wir gar nicht.«

»Ihr habt euch doch lange unterhalten.«

»Nicht lange. Ich kann ihm nicht vergeben«, schreie ich, um die Musik zu übertönen.

Courtney nippt an ihrem Bier. »Wegen der Kohle?«, brüllt sie zurück.

Nicht nur deswegen, denke ich, spreche es aber nicht aus. Courtney und Vince sind befreundet, und das möchte ich nicht ruinieren, indem ich ihr die ganze Wahrheit erzähle. Sie hat ihn, nachdem wir Schluss gemacht hatten, bereits dadurch bestraft, dass sie wochenlang nicht mit ihm gesprochen hat. Wenn sie von seinem Aussetzer erfahren würde, würde sie ihm das nie und nimmer verzeihen. »Wegen allem. Aber vor allem, weil er nicht für mich da war, als ich ihn am dringendsten gebraucht habe.«

Sie nickt verständnisvoll. »Jetzt könnt ihr aber wenigstens wieder reden, und du musst es dir nicht länger klemmen, mit uns rauszugehen.«

»Wahrscheinlich.«

Sie legt ihren Arm um meinen Hals. »Die Jungs haben dich vermisst.«

Ich betrachte sie dort auf der Bühne. Sie sind nicht übel, aber ich möchte nicht, dass dies meine Zukunft ist. Ich weiß einfach, dass ich mehr will als das. Der Tod meiner Mutter hat eine Kluft zwischen mir und meinen Freunden aufgetan – von Courtney abgesehen. Ich fühle mich anders als davor. Irgendwie wissender. Es hat mich reifer gemacht. Es hat mir gezeigt, dass es im Leben mehr gibt, als sich in einem aussichtslosen Job zu verausgaben, an den Wochenenden durch die Kneipen zu ziehen und genau an dem Ort zu bleiben, wo man zur Welt gekommen ist. Das Leben ist kurz. Sobald ich genug gespart habe und Vince mir das Geld, das er mir schuldet, zurückgegeben hat, bin ich weg. Es gibt nun nichts mehr, was mich hier noch hält.

Mir fällt ein Mädchen vorne in der Nähe der Bühne auf, das sich mit Dexters Freundin unterhält. »Wer ist das da bei Hannah?«, will ich von Courtney wissen. Das Mädchen kichert und tanzt provokativ. Ich sehe sie zwar nur im Profil, kann aber erkennen, dass sie hübsch und zierlich ist. Sie trägt ein Spaghettiträgertop, das ihre (ich schätze mal künstliche) Bräune zeigt, und mir ist sofort klar, dass sie genau Vince' Typ ist. Ein komisches Gefühl macht sich in meiner Magengrube breit. Falls sie wegen Vince hier ist, steht es mir nicht mehr zu, ihr ins Gehege zu kommen. Ich möchte ihn nicht zurück. Ich berühre meine Kehle und erinnere mich an seine Hände, die sich um meinen Hals schlossen. Es war nur ein winziger Moment, bevor er zurückwich, sichtlich erschrocken und schockiert von seinem eigenen Verhalten. Aber es hatte gereicht. Es war das erste und einzige Mal, dass er auf mich losgegangen ist. Das mit dem Geld war schlimm genug, aber dieser Sekundenbruchteil auflodernder Gewalt hat meine Entscheidung vollends gefestigt.

»Oh, das ist …« Sie stockt und runzelt die Stirn. »Ich kann mich nicht an ihren Namen erinnern. Velma oder so was. Sie ist ein Groupie, glaube ich. Ich habe sie hier schon öfter gesehen.«

Ich lache. Courtney hat ein schreckliches Namensgedächtnis. »Velma? Ist sie hier auf der Suche nach ihrem Scooby Doo?«

Sie knufft mich spielerisch in den Arm. »Du bist doof.«

Trotz meiner Bedenken, heute auszugehen, vergeht der Abend wie im Flug, und ich bleibe, bis der Pub schließt. Ich versuche, Courtney allein zu erwischen, um ihr von Matilde und Jemima und allem, was ich in der Bibliothek herausgefunden habe, zu erzählen, aber ich komme nicht dazu. Irgendwie fühlt es sich auch falsch an, in einer Bar darüber zu reden, wo ich gegen die Musik und das Geplapper der anderen ankämpfen muss.

Nachdem die Band fertig gespielt hat, wende ich mich zum Gehen, doch Courtney hält mich fest. »Lass dich doch von Kris und mir nach Hause begleiten.«

Ich schüttle den Kopf. »Es ist nicht weit.«

»Doch, ist es. Und es ist schon spät und viel zu dunkel, um allein nach Hause zu laufen.«

»Mir wird schon nichts passieren. Es sind nur ein paar Straßen von hier.«

Sie wirkt nicht überzeugt, aber Kris zieht sie, einen Arm um ihren Hals gelegt, von mir fort, und sie gibt nach. Kris' weißblondes Haar klebt verschwitzt an seinem Kopf, und sein Pullover ist voller Löcher. Er trägt zu enge Jeans, was seine Beine wie Presswürste aussehen lässt. Ich weiß echt nicht, was sie an ihm findet. Sie reißt sich noch mal von ihm los, um mich an sich zu drücken, dann spazieren sie, die Arme umeinander geschlungenen, davon.

Ich verabschiede mich nicht von Vince, und er verlässt auch nicht den Pub mit den anderen. Ich frage mich, ob er mit Velma nach Hause gegangen ist. Ich grinse in mich hinein. Vince und Velma. Hört sich bescheuert an. Ich schiebe meine Hände in die Manteltaschen und mache mich auf den Weg zurück nach Sion Hill.

Ich gehe schnell, mein Atem bildet Wolken vor meinem Gesicht. Es regnet nach wie vor, und ein paar Leute sind noch unterwegs, doch als ich um die Ecke biege, zerstreuen auch die sich, und es wird still. Mir ist ein bisschen mulmig zumute, während ich den Bürgersteig entlanglaufe. Vielleicht ist es ja doch leichtsinnig von mir, allein nach Hause zu gehen, aber es ist gerade mal dreiundzwanzig Uhr.

Plötzlich höre ich Schritte, und eine Hand umschließt meine Schulter. Ich stoße einen Schrei aus.

»Ich bins«, sagt eine vertraute Stimme. Ich drehe mich mit hämmerndem Herzen um.

»Vince, verdammt noch mal! Du hast mich zu Tode erschreckt.«

Wenigstens hat er den Anstand, reumütig dreinzuschauen. »Entschuldige. Ich habe nach dir gerufen.«

»Tja, ich hab dich aber nicht gehört.« Ich setze meinen Weg fort, und er läuft neben mir her. Es ist albern, sage ich mir, Angst vor Vince zu haben. Das ist der Mann, mit dem ich fast zwei Jahre mein Bett und mein Leben geteilt habe. Und in all der Zeit ist er mir gegenüber nur ein einziges Mal gewalttätig geworden. Trotzdem hat es gezeigt, wozu er fähig ist. Aber sind wir das nicht alle, wenn wir entsprechend unter Druck gesetzt werden?

»Courtney hat mir von deinem neuen Job erzählt. Schick«, sagt er.

»Ja, ist es. Das Haus ist unglaublich.« Ich möchte ihn nicht gegen mich aufbringen, also spiele ich mit.

»Vielleicht könnte ich ja irgendwann mal vorbeischauen.«

Ich verziehe das Gesicht. Auf welchem Planeten lebt er? »Ich glaube nicht, dass meine Chefin davon angetan wäre«, erwidere ich möglichst ruhig.

Er zuckt die Schultern und zündet sich eine Zigarette an. Mir bietet er keine an. Ich habe sofort damit aufgehört, als Mum die Diagnose bekam. Nachdem ich mit ansehen musste, wie sie im Alter von neunundvierzig Jahren an Lungenkrebs gestorben ist, schwor ich mir, nie wieder eine Kippe anzufassen.

Er sagt nichts darauf, und wir gehen schweigend unseres Weges. Der regennasse Bürgersteig ist glatt, und das Licht der Straßenlaternen spiegelt sich in den Pfützen.

»Du solltest so spätabends nicht allein nach Hause gehen«, unterbricht er plötzlich das Schweigen.

»Ich bin nicht allein. Du bist ja da.«

»Du weißt, was ich meine. Es ist nicht sicher.«

Ich verdrehe die Augen. »Vince, was willst du? Warum läufst du hier mit mir?«

Er schnippt seine Kippe über den Bordstein. »Ich liebe dich immer noch.«

»Vince …«

»Ich weiß. Ich weiß. Wir können nicht mehr zurück. Aber … na ja, ich wollte nur, dass du das weißt.«

Ich seufze. Wie kann ich ihm begreiflich machen, dass ich ihm niemals vergeben oder wieder vertrauen werde? Was, wenn er wieder auf mich losgeht, so wie in der Nacht, als wir Schluss machten?

»Liebe ist manchmal aber nicht genug, oder?«, erwidere ich, als wir in die Sion Hill abbiegen. In der Ferne zeichnet sich die beleuchtete Hängebrücke ab, und der feine Nieselregen wird im Schein der altmodischen Straßenlaternen sichtbar. »Hier wohne ich«, sage ich und bleibe vor Elspeths Haus stehen.

»Wow. Die alte Dame muss steinreich sein.«

Ich zucke mit den Schultern. »Keine Ahnung. Ich glaube, sie hat das Haus schon ewig.«

»Trotzdem. Das ist definitiv ein paar Millionen wert.«

Ich schließe kurz gequält die Augen. Vince ist von Geld besessen. Ich drehe mich zu ihm um, während er das Haus anstarrt und sich zweifelsohne ausmalt, dass das die Art von Palast ist, den er sich leisten wird, wenn er »es geschafft hat«. Doch dann überkommt mich eine Mischung aus schlechtem Gewissen und Mitleid. Warum sollte man auch nicht solche Träume haben? Wer bin ich, um jemanden dafür zu verurteilen? Schließlich habe ich ebenfalls meine Träume. Vince hat eine beschissene Jugend hinter sich: einen Vater, der ihn verprügelte, und eine Mutter, die sich blind stellte. Die Musik war für ihn etwas, in das er sich flüchten konnte. Er muss meinen musternden Blick bemerken, denn auf einmal beugt er sich vor und berührt meine Wange. Ich zucke zusammen, und in seinen Augen flackert die Kränkung auf. »Ich wünschte, ich könnte alles ungeschehen machen. Und der Mann sein, den du brauchst. Ich würde dir niemals wehtun. Ich bin nicht mein Vater.«

»Es ist vorbei …«

Seine Augen glänzen, und er sieht aus, als würde er gleich weinen. »Aber das ist es nicht wirklich, oder?«

Zur Antwort lasse ich meinen Kopf hängen.

Er zündet sich eine weitere Zigarette an. Dann beugt er sich vor, und seine Lippen streifen meine. »Es tut mir leid«, flüstert er.

Ich sehe ihm nach, während er in dem vertrauten schwerfälligen Gang die Straße hinabgeht, den Jackenkragen gegen die Kälte hochgeschlagen, die Zigarettenspitze bernsteinfarben in der Dunkelheit glimmend.

Als ich das Tor aufschiebe, schaue ich zum Haus empor und erstarre. Jemand steht an meinem Schlafzimmerfenster und beobachtet mich.

9
Kathryn

Hat sie mich gesehen? Kathryn zieht sich eilig vom Fenster zurück. Was hat sie sich bloß dabei gedacht? Dumm. So dumm. Sie muss vorsichtiger sein. Der Besuch der Polizei heute hat sie verunsichert und ein wenig ins Schlingern gebracht. Als Una vorhin ausging, konnte sie nicht widerstehen, hier raufzukommen, in dieses Schlafzimmer, das einst ihr Reich gewesen war – lange bevor es das von Matilde, Jemima oder Una wurde. Lange bevor all diese Mädchen kamen und ihr die Aufmerksamkeit ihrer Mutter entwanden. Damals war das Zimmer natürlich noch in einem anderen Zustand gewesen, nicht so edel eingerichtet wie heute; es gab noch kein privates Bad oder geschliffene Dielen oder geschmackvoll gestrichene Wände. Nur zwei miteinander verbundene Zimmer, die einst all das beherbergt hatten, was niemand mehr wollte und das eilig entsorgt wurde, als sie hier oben einziehen musste. Schon komisch, dass sie ebenfalls in diesen Räumen gelandet war – noch etwas, das niemand sonst haben wollte. Sie erinnert sich noch, wie aufgeregt sie war, als Elspeth ihr sagte, sie dürfte es ganz nach ihrem Geschmack einrichten. Elspeth hatte sie zum Einkaufen mitgenommen, hatte es genossen, ihr all die schönen teuren Tapeten zu zeigen, wobei sie gegen alles Einspruch erhob, was ihrer Meinung nach billig und abgeschmackt wirkte, sodass die türkisfarbene, mit kleinen rosa Kolibris verzierte Tapete – die nun abgerissen und durch ein geschmackvolles Taubengrau ersetzt wurde – letzten Endes nicht Kathryns Wahl war. Dennoch war es eine gewaltige Verbesserung gegenüber dem, was sie zuvor gehabt hatte, daher war sie damals mehr als dankbar.

Das Geräusch der ins Schloss fallenden Haustür hallt durchs Haus. Una scheint es offenbar unmöglich, irgendwas leise zu machen. Kathryn sollte besser hier raus, bevor Una sie erwischt. Wie sollte sie ihr das andernfalls erklären?

Sie schlüpft durch die Tür, angelt dann den Schlüssel aus der Tasche ihrer Strickjacke und schließt das Zimmer hinter sich ab, so, wie Una es verlassen hat. Dann schleicht sie die Treppe runter zum nächsten Flur, auf dem das Gästezimmer liegt, in dem sie zweimal pro Woche übernachtet. Jenes Zimmer, das sie als Kind nicht haben durfte. Es ist sehr geräumig, wie auch die anderen drei Schlafzimmer auf dieser Etage, und verfügt über hölzerne Schiebefenster mit Blick auf den Garten sowie hübsche Rosenrankentapeten, außerdem ein Himmelbett und Nachtschränkchen aus Mahagoni. Jedes Zimmer hier ist in einem floralen Stil gehalten und mit üppigen Chintzstoffen dekoriert. Kathryns Haus ist das genaue Gegenteil davon, überall klare Linien und minimalistische Möbel.

Sie hört Unas Schritte auf der Treppe. Sie hofft, dass sie ihre Schuhe ausgezogen hat. Kathryn wird in einer Minute nach unten gehen und überprüfen müssen, ob Una die Haustür richtig abgeschlossen hat – sie wird keinen Schlaf finden können, bis sie sich versichert hat. Sie wirft einen Blick auf die Uhr auf ihrem Nachttisch. Es ist fast Mitternacht. Wer war der Mann, mit dem Una heute Abend aus war? Bei dem Vorstellungsgespräch hatte sie behauptet, sie habe keinen Freund. Sie kann sich unmöglich vorstellen, dass ihre Mutter davon angetan sein wird. Elspeth will, dass ihre Mädchen für sie auf Abruf bereitstehen, ohne familiäre Bindungen oder private Verpflichtungen. Als Matilde sich einen festen Freund zugelegt hatte, war hier die Hölle los gewesen. Zum Glück war er nicht lange geblieben. Dafür hatte Elspeth schon gesorgt.

Sie fragt sich, wie es Ed und den Jungs geht. Obwohl sie schon lange jede Woche zwei Nächte bei Elspeth verbringt (sehr zu Eds Leidwesen – hauptsächlich weil das bedeutet, dass er den Hintern hochkriegen und seinen elterlichen Pflichten nachkommen muss), vermisst sie ihre Familie nach wie vor, wenn sie nicht bei ihr ist. Ihre so echte, so unvollkommene, so nervige Familie. In diesem Haus zu sein, wühlt Erinnerungen auf, die sie lieber vergesse möchte – selbst nach all der Zeit und obwohl Elspeth mehr oder weniger alle Spuren der Vergangenheit beseitigt hat. Doch Kathryn wird nach wie vor von ihr heimgesucht. Genauso wie von Matilde und Jemima. Sie kann noch immer ihren Abdruck an den Wänden und den Teppichen sehen, noch immer ihre Energie in jedem Raum spüren. Sie sind wie Geister, die sich weigern, vertrieben zu werden.

Kathryn setzt sich auf die Bettkante und sammelt ihre Gedanken. Sie sprengen in alle Richtungen davon wie eigensinnige Kinder. Sie versucht, sie in eine vernünftige Reihenfolge zu bringen: ihre Mutter, Jemima, Una und der Junge, mit dem sie zusammen war, und Lewis. Lewis. Ihre Gedanken verharren bei dem Gärtner. Worüber hat ihre Mutter sich mit ihm im Garten gestritten? Sie war gerade in die Küche runtergegangen, um sich mit Aggie zu unterhalten, als sie ihre Mutter und Lewis in eine hitzige Diskussion vertieft auf der Terrasse sah, und das trotz des Regens, der auf ihr Haar und ihre Schultern nieselte. Was hat Lewis denn jetzt falsch gemacht? Zweifellos ein weiterer Gärtner, der drauf und dran war, den Kürzeren zu ziehen.

Als Kathryn sich sicher sein kann, dass Una im Bett liegt, schleicht sie die Treppe hinunter, um die Haustür zu überprüfen. Una hat vergessen, sie zweifach abzusperren – genau wie Kathryn vermutet hat. Sie wird morgen mit ihr darüber sprechen müssen. Kathryn dreht den Riegel im Uhrzeigersinn, bis er einrastet. Dann bleibt sie mit dem Rücken zur Tür stehen und lässt den Blick über den großen Flur und die Türen der angrenzenden Räume schweifen: die Bibliothek, der Aufenthaltsraum, der Salon, das Esszimmer, das niemand benutzt, sowie die Treppe, die zur Küche im Souterrain hinabführt. Das einzige Licht kommt aus dem Flur des oberen Stockwerks. Ihre Mutter schläft tief und fest – sie hat ungefähr vor einer Stunde nach ihr gesehen. Sie hat einen gesunden Schlaf, daher bezweifelt Kathryn, dass sie gehört hat, wie Una heimkam – oder Kathryn im Haus umherging.

Das Kuckucksnest. Sie erinnert sich noch, wie ihre Mutter das Haus getauft hatte. Die McKenzies waren vor nicht langer Zeit dort eingezogen. Es war typisch für Elspeths düsteren, sadistischen Sinn für Humor. »Der Kuckuck«, hatte sie verkündet, während sie mit dem Zeigefinger über die seidige Wange der elfjährigen Kathryn strich. »Das passt perfekt, mein Schatz, denn genau das ist es, was du bist.«

Als sie nach oben in ihr Zimmer zurückkehrt, lässt Kathryn ihre Hand über das glänzende Teakholzgeländer gleiten. Dieses Haus wird eines Tages ihr gehören. Sie hat hart dafür gearbeitet, hat all die Jahre das schlechte Benehmen ihrer Mutter ertragen, ihre Launen, ihre Herabsetzungen, ihre Forderungen. Ja, Kathryn verdient es. Und sie hat lange darauf gewartet. Nichts und niemand wird sich dem in den Weg stellen. Nein, es wird ihr gehören und nur ihr allein. Der Kuckuck. Und sein Kuckucksnest.

10
Una

Das in meinem Zimmer muss Kathryn gewesen sein. Ich kann mir nicht vorstellen, dass es Elspeth war. Meistens liegt sie um halb zehn schon im Bett, außerdem findet sie die schmale Treppe hier herauf knifflig. Kathryn muss einen Ersatzschlüssel besitzen. Ich bin etwas entsetzt, dass sie sich ernsthaft die Mühe gemacht hat, die Tür aufzuschließen und sich in mein Zimmer zu schleichen, solange ich aus war. Warum? Warum ist sie in meinen privaten Raum eingedrungen und hat mich vom Fenster aus beobachtet? Wollte sie mich ausspionieren? Bei dem Gedanken schaudere ich.

Ich schaue mich im Zimmer um. Hat sie etwas angefasst? Vielleicht hat sie nach etwas gesucht. Ich hebe die Klamotten auf, die ich auf dem Bett habe liegen lassen, und da mir mein Ordnungsgelübde wieder einfällt, falte ich sie zusammen und verstaue sie in einer Schublade. Alles scheint an seinem Platz zu sein.

Kathryn muss mich mit Vince gesehen und einen falschen Eindruck von uns bekommen haben. Morgen werde ich einen Weg finden müssen, die Dinge richtigzustellen – auch wenn ich dabei taktvoll vorgehen muss, weil ich nicht möchte, dass sie glaubt, ich würde sie zugleich beschuldigen, in meinem Zimmer gewesen zu sein. Obwohl ich weiß, dass sie es war, kann ich es nicht beweisen. Und immerhin ist es das Haus ihrer Mutter.

Es will mir nicht gelingen einzuschlafen. Ich wälze mich hin und her, während Vince und der Abend im Pub, Kathryn und Elspeth mir durch den Kopf schwirren. Als ich dann doch wegdöse, träume ich, dass ich mich in Matilde verwandle, dann in Jemima und dass mich jemand jagt, aber ich nicht sehen kann, wer. Schwitzend und mit rasendem Herzen wache ich auf. Als mein Handywecker um sechs Uhr losgeht, bin ich zwar erschöpft, aber dennoch bereit für einen weiteren Tag.

Elspeths Augen leuchten auf, als ich in ihr Schlafzimmer komme. Ich helfe ihr unter die Dusche und stelle das Wasser für sie an. Ihr privates Badezimmer wurde umgebaut, um eine ebenerdige Dusche mit Sitzgelegenheit unterzubringen, damit sie nicht stürzt. Ich drehe mich um und tue so, als würde ich die Handtücher auf der Schiene zurechtrücken, während sie sich auszieht. Solange sie duscht, warte ich im Schlafzimmer auf sie und mache mich daran, ihr Bett zu richten und die Vorhänge aufzuziehen. Normalerweise kommt sie in ein Handtuch gewickelt heraus. Aber heute ruft sie nach mir. »Una! Ich brauche Hilfe beim Aufstehen.« Ich haste ins Bad, da ich davon ausgehe, dass sie gestürzt ist, aber sie hockt nur auf dem Rand ihres Duschhockers und hält den Handlauf umklammert; sie rührt sich nicht, und ihre Arme sind ganz steif, so als habe sie einen Krampfanfall erlitten.

»Geht es Ihnen gut?«, erkundige ich mich, wobei ich versuche, die Panik in meiner Stimme zu unterdrücken. Ich strecke einen Arm in die Kabine und mache die Dusche aus.

Das Wasser spritzt meinen Arm und meine Schulter nass und durchtränkt mein Oberteil.

Sie schüttelt den Kopf. Sie zittert. Eine Gänsehaut hat ihren gesamten Körper überzogen, schlaff und faltig wie die Haut einer abgestandenen Hühnerbrust. Ich schnappe mir ein Handtuch und versuche, sie darin einzuhüllen, aber sie schiebt es ungehalten von sich. »Hilf mir einfach hoch«, fährt sie mich an.

Ich tue, was sie verlangt, etwas unsicher, wo ich sie anpacken soll, da ihre Haut feucht und glitschig ist. Sie klammert sich an mich, während wir unbeholfen ins Schlafzimmer rübergehen. Sie setzt sich auf die Bettkante, immer noch nackt und kein bisschen befangen deswegen, während ich mit einem Handtuch bewaffnet dastehe und versuche, mir nicht anmerken zu lassen, dass mir ihre Blöße unangenehm ist. Sie reißt es mir aus der Hand. Noch immer bedeckt sie sich nicht, sondern tupft sich nur damit trocken. Sie muss frieren, aber sie braucht eine halbe Ewigkeit dafür. Ich bringe ihr das Outfit, das sie tragen möchte – ein weiteres Twinset. Normalerweise zieht sie sich gerne selbst an, und ich muss ihr nur bei den Knöpfen helfen, aber diesmal sitzt sie da wie ein Kind, während ich ihr dabei helfe, in ihre Unterwäsche zu schlüpfen. Bei all dem spricht sie kein Wort, und ich frage mich, ob ich sie irgendwie verärgert habe.

Nachdem sie ihre Zähne geputzt und ihren Chignon geglättet hat – seit ihrem gestrigen Friseurbesuch sitzt er an Ort und Stelle –, dreht sie sich zu mir um. »Du solltest besser dein Oberteil wechseln. Du bist ganz durchnässt.« Unverblümt beäugt sie mein nunmehr durchsichtiges T-Shirt. »Oder zieh es besser gleich aus und lass es hier. Carole kann es trocknen. Sie kommt später vorbei.« Ich zögere. »Oh, Una«, seufzt sie, »für ein so junges Mädchen bist du furchtbar prüde. Wir sind doch hier unter uns.«

Eigentlich hat sie recht. Ich verhalte mich albern. Ich ziehe mein T-Shirt aus und reiche es ihr. Es ist mein Lieblings-T-Shirt. Es ist zwar uralt, aber ich liebe den Rosaton und den glänzenden Metallicstern vorne drauf.

»Danke«, murmle ich steif, als sie es entgegennimmt.

»Na dann los«, sagt sie, als ich wie angewurzelt auf dem plüschigen Teppich herumstehe. »Ich warte hier auf dich, bis du dich umgezogen hast.«

»In Ordnung. Okay.« Verwirrt eile ich aus dem Zimmer. Was sollte das alles gerade? Elspeth wäre ganz hervorragend in der Lage gewesen, selbst aus der Dusche zu kommen. Ich schnappe mir einen Pulli und kehre zu ihr zurück, um mit ihr zum Frühstück zu gehen. Sie wartet geduldig auf ihrem Bett. Mein T-Shirt ist verschwunden.

Aggie werkelt bereits in der Küche, obwohl es gerade mal sieben Uhr ist. Sie macht heute ein »gesundes« gebratenes Frühstück mit Hühnerwürstchen und gegrilltem Speck. Ich bemerke, dass Kathryn schon am Tisch sitzt und eifrig ihr Essen verputzt. Sie trägt ihren üblichen schlabbrigen Rock und eine geblümte Bluse. Als ich eintrete, schaut sie auf und mustert mich, ohne zu lächeln. Ihr Blick wandert über meinen kurzen Skaterrock und meine blickdichte Strumpfhose. Elspeth hat mir erzählt, dass sie früh aufbricht, nachdem sie hier übernachtet hat, damit sie noch schnell zu Hause vorbeischauen und die Jungs zur Schule bringen kann, bevor sie zu ihrem Job in der Kunstgalerie fährt.

»Und, wie war Ihr freier Tag?«, erkundigt sich Kathryn, als wir uns alle gesetzt haben. Aggie kümmert sich derweil um den Tee. Daran könnte ich mich gewöhnen – alles frisch zubereitet und serviert zu bekommen. Obwohl, wenn ich ehrlich bin, fühle ich mich nicht besonders wohl dabei, wenn Aggie das alles für mich tut, wo ich doch auch »nur« eine Haushaltshilfe bin wie sie. Ihr jedoch scheint es gar nichts auszumachen, uns zu bedienen – tatsächlich macht es sogar eher den Eindruck, als würde sie es genießen. Und so summt und schwirrt sie um uns herum wie eine Wespe, die zu viel Zucker abbekommen hat.

»Der Abend war gut, danke«, erwidere ich, nachdem ich einen Happen Speck runtergeschluckt habe. »Ich habe mich mit Courtney getroffen …«

»Wer ist Courtney?«, unterbricht Elspeth und sieht mich streng über den Rand ihrer Porzellantasse hinweg an.

»Meine beste Freundin. Wir haben bisher zusammengewohnt, aber jetzt ist ihr Freund bei ihr eingezogen.« Ich weiß auch nicht, warum ich ihr das erzähle. Vielleicht damit sie weiß, dass ich nicht wieder bei Courtney einziehen kann, dass ich also nicht vorhabe, bei Nacht und Nebel abzuhauen, wie Jemima es getan hat.

Elspeth legt die Stirn in Falten, ihre strahlend blauen Augen bohren sich in mich. Es macht mich nervös, daher konzentriere ich mich auf den Teller mit Essen vor mir. Ich frage mich, ob Kathryn ihr erzählt hat, dass sie mich mit Vince gesehen hat. Mir ist selbst nicht klar, warum ich mich deswegen schuldig fühle, als hätte ich gegen eine Regel verstoßen. Ist ja nicht so, als ob ich ihn heimlich auf mein Zimmer geschmuggelt und dort die Nacht mit ihm verbracht hätte.

Es herrscht ein unangenehmes Schweigen, und ich esse, ohne zu wissen, wie ich es am besten brechen könnte. Aggie scheint von der Spannung gar nichts mitzukriegen, sie summt leise vor sich hin und ist vollauf damit beschäftigt, die Arbeitsflächen abzuwischen.

»Ich glaube, es gibt da etwas, was du wissen solltest«, beginnt Elspeth nach einer Weile.

»Mutter!«

»Kathryn, bitte, sie hat ein Recht, es zu wissen. Es ist mir lieber, Una erfährt es von uns als durch müßigen Tratsch …« Sie neigt den Kopf Richtung Aggie, die scheinbar nichts davon mitkriegt, obgleich sich ihre Schultern verspannen und sie aufhört zu summen, während ihr Lappen weiter über die marmornen Arbeitsflächen gleitet.

Kathryns Augenbrauen ziehen sich zu einem V zusammen, sie legt klappernd Messer und Gabel ab, wobei sie einen theatralischen Seufzer ausstößt. Aber sie sagt kein Wort – und das muss sie auch nicht: Ihre Körperhaltung spricht Bände. Sie will ganz offensichtlich nicht, dass Elspeth mir erzählt, was auch immer sie mir gerade mitteilen will.

Elspeth räuspert sich, als wäre sie eine Schauspielerin oder Politikerin, die im Begriff steht, eine wichtige Rede zu halten. »Jemima, das Mädchen, das vor dir für mich gearbeitet hat, wurde tot aufgefunden.«

Ich setze mich aufrechter hin und reiße überrascht die Augen auf, in der Hoffnung, dass meine Miene nicht verrät, dass ich das bereits selbst herausgefunden habe.

»Die Polizei war gestern hier, um uns darüber zu informieren. Bis dahin wussten wir auch nichts davon, nicht wahr, Kathryn?«

Kathryn schüttelt nachdrücklich den Kopf, sagt aber nichts. Genau genommen nimmt ihr Gesicht sogar eine leicht grünliche Färbung an.

»Die Polizei glaubt, dass sie sich das Leben genommen hat. Wir haben nicht bemerkt, dass sie depressiv ist. Erst an ihrem letzten Tag …« Sie sieht zu Kathryn, die ihr einen warnenden Blick zuwirft. »Wie auch immer, das alles spielt jetzt keine Rolle mehr. Sie war ganz offensichtlich depressiv, und an dem Tag, an dem sie uns verließ, sprang sie von der Hängebrücke.«

»An dem Tag?«, hake ich überrascht nach. Das stand nicht in der Zeitung.

»Wie es aussieht, ja. Sie nahm all ihre Sachen mit und ging. Ich dachte, sie hätte genug von hier. Diese Arbeit ist nicht jedermanns Sache. Aber …«, sie stellt ihre Tasse ab, »… ich dachte, sie wäre hier glücklich.«

Es gibt so viele Fragen, die ich stellen möchte. Um wie viel Uhr ist sie gesprungen? Was hat sie mit all ihren Sachen gemacht, bevor sie sprang? Hatten sie wirklich keinen blassen Schimmer davon, dass sie so unglücklich war? Aber ich habe bereits gelernt, dass Elspeth und ihre Tochter es nicht mögen, wenn man ihnen zu viele Fragen stellt. Also sage ich nur, wie leid es mir tut, das zu hören, und dass es ein Schock für sie gewesen sein muss.

Kathryn steht auf, streicht ihren Rock glatt und trägt ihren Teller zum Spülbecken. Aggie eilt eifrig herbei, nimmt ihr den Teller aus der Hand und räumt ihn in die Spülmaschine ein.

»Ich muss los zur Arbeit«, sagt sie. »Bitte entschuldigt mich.« Sie bedenkt mich mit einem verkrampften Lächeln und gibt ihrer Mutter einen pflichtbewussten Kuss auf die Wange, bevor sie aus dem Raum verschwindet. Niemand spricht, bis ihre Schritte verhallt sind und wir die Haustür hinter ihr zufallen hören. Dann atmen wir drei kollektiv auf, und die Spannung in der Küche legt sich. Aggie gesellt sich zu uns, um ebenfalls zu frühstücken. Die nächste halbe Stunde verbringen wir damit, über neutrale Themen zu plaudern, hauptsächlich aber über Aggies schwangere Tochter, die mit einem Pfarrer verheiratet ist und in einem Dorf außerhalb von Bristol wohnt. Sie hat einen zweijährigen Sohn, den Aggie abgöttisch liebt. Elspeth lehnt sich ausnahmsweise einmal entspannt auf ihrem Stuhl zurück und lächelt milde, während Aggie von ihrem Ausflug in den Zoo am Wochenende berichtet.

Gerade als auch ich anfange, mich zum ersten Mal an diesem Morgen halbwegs wohlzufühlen, muss Aggie alles ruinieren. »Wer war denn dieser gut aussehende junge Mann, mit dem ich dich gestern Abend gesehen habe?«, fragt sie beiläufig, während sie sich eine Scheibe Toast nimmt und dick mit Butter bestreicht.

Elspeth dreht sich mit kühlem Blick zu mir um. »Wer soll das sein?«

Es war halb zwölf, als ich mit Vince nach Hause kam. Was hat Aggie so spät noch hier getrieben? Immerhin wohnt sie hier nicht. »Oh, ein ehemaliger Freund. Er hat mich nur nach Hause begleitet.«

»Ein ehemaliger Freund, was?«, lacht Aggie und zwinkert mir zu. Ich merke, wie mir das Blut in die Wangen schießt. »Er ist ein ziemlicher Leckerbissen. Steht denn eine Versöhnung in Aussicht?«

»Wir werden nie wieder zusammenkommen«, sage ich mit Nachdruck. Elspeth tupft sich mit ihrer Serviette die Mundwinkel ab und hat den Blick von mir abgewandt, als ob es sie nicht kümmere, was ich so treibe. »Er … na ja, er hat mich bestohlen.«

Elspeths Blick ist wieder wärmer, als sie sich zu mir umdreht. »Bestohlen?«

»Er hat meine Kreditkarte benutzt, um teure Musikausrüstung zu kaufen, ohne es mir zu sagen. Ich habe es erst herausgefunden, als die Bank mir schrieb, dass ich mein Limit überschritten hätte.« Ich erwähne weder den Streit noch wie er mich am Hals gepackt und gegen die Wand gedrückt hat.

Aggie stößt die Luft aus. »Wie furchtbar. Das tut mir ja so leid, Kleines.«

»Er ist dabei, es mir zurückzuzahlen. Aber ich kann ihm nicht mehr vertrauen.«

Elspeth streckt ihre Hand aus und legt sie auf meine. »Nein, natürlich wirst ihm nie wieder vertrauen können. Es war niederträchtig von ihm, so etwas zu tun. Du hast etwas Besseres verdient.«

Zu meiner Schande füllen sich meine Augen mit Tränen. So etwas hätte ich von meiner Mutter hören wollen, doch als ich herausfand, was Vince getan hatte, war sie bereits tot. Ich fühlte mich so allein, da ich, bis auf Courtney, niemanden hatte, mit dem ich darüber sprechen konnte. Und nun sind es Elspeth und Aggie, die mich trösten und mir versichern, dass ich mehr wert bin und dass sie auf meiner Seite stehen.

Heute hat Elspeth einige Termine. Zuerst muss ich sie zum Arzt begleiten, dessen Praxis nur fünf Minuten zu Fuß entfernt ist. »Nur für eine Kontrolluntersuchung«, sagt sie, wobei sie meine Hand drückt, als wolle sie mich beruhigen, dass sie nicht jeden Moment abkratzen wird. Danach geht es zu einem Schneider, um ein zerrissenes Futter ausbessern zu lassen. Sie läuft langsam, an meinen Arm geklammert, weshalb es, nachdem wir all die Besorgungen erledigt und noch einen Umweg zum Floristen eingelegt haben – »Es ist so wichtig, frische Blumen im Hause zu haben, findest du nicht auch, Liebes?« –, fast schon Mittag ist, als wir nach Hause zurückkehren.

Elspeth verkündet, dass sie sich vor dem Mittagessen gerne noch etwas ausruhen möchte, daher helfe ich ihr ins Bett, schließe die Vorhänge und verziehe mich runter in die Küche, da ich weiß, dass ich Aggie dort antreffen werde. Ich hatte gehofft, Lewis über den Weg zu laufen, aber ich habe ihn schon den ganzen Tag nicht mehr gesichtet, obwohl ich seine Schubkarre umgekippt im Garten habe liegen sehen. Ich frage mich, ob er nach seinem gestrigen Streit mit Elspeth wiederkommen wird.

»Möchtest du eine Tasse Tee, Liebes?«, fragt Aggie, als ich anbiete, Karotten für den Eintopf zu schneiden, den sie für das Abendessen zubereitet.

»Ja, bitte.« Das ist meine liebste Zeit des Tages, wenn Elspeth ein Nickerchen hält und ich bei Aggie in der gemütlichen Küche sitzen und plaudern kann. Außerdem kann ich es kaum erwarten, sie nach Matilde und Jemima auszufragen.

»Was hältst du von der Sache mit Jemima?«, frage ich, während ich eine Karotte in Scheibchen schneide.

Aggie hackt eine Zwiebel und muss ununterbrochen ihre Augen abwischen.

»Ich bin schockiert. Sie schien mir nicht wie ein Mädchen, das sich das Leben nehmen würde.«

»Du meinst, sie war nicht depressiv?«

»Überhaupt nicht. Sie war ein quirliges kleines Ding. Ist immer singend durchs Haus spaziert. Weißt du …« Sie wischt sich erneut über die Augen, die Tränen fließen in Strömen. »Entschuldige. Verflixte Zwiebeln. Sie erwischen mich jedes Mal.«

Bei meiner Mum war es genauso. »Warte«, sage ich und nehme ihr das Messer aus der Hand. »Lass mich das machen. Ich muss dabei nicht weinen. Vielleicht weil ich Kontaktlinsen trage.«

Sie schnieft. »Oh, du bist ein Engel«, sagt sie, und wir tauschen unsere Aufgaben.

»Was wolltest du sagen?«, hake ich nach, während ich in die Zwiebel schneide.

»Was? O ja. Ich wollte nur sagen, dass du mich an Jemima erinnerst.«

»Wirklich? Inwiefern denn?« Ich denke an das Foto im Medaillon. »Meinst du das Aussehen?«

»Ja, aber auch wegen der Persönlichkeit. Ihr seid beide lebhaft und unbekümmert. Fröhlich. Du hellst die Stimmung im Haus auf. Ich kann gut verstehen, warum Elspeth gerne eine junge Gesellschafterin bei sich hat. Zumal Kathryn manchmal so …« Sie unterbricht sich, als würde ihr plötzlich einfallen, wem ihre Loyalität eigentlich gilt. »Kathryn ist ein guter Mensch, nur etwas zurückhaltender, das ist alles.«

Ich äußere mich nicht dazu und konzentriere mich stattdessen weiter darauf, die Zwiebeln wie angewiesen in kleine Würfel zu hacken.

»Außerdem macht sie sich Sorgen um Elspeth. Bevor sie entschied, Matilde einzustellen, waren die beiden jahrelang allein gewesen.«

»Wie lange bist du eigentlich schon bei der Familie, Aggie?«

Sie hält beim Schnippeln inne, während sie nachdenkt. »Sehr lange.« Sie kichert. »Ich habe hier angefangen, nachdem Elspeths Ehemann 1987 gestorben war. Kathryn war damals fünfzehn und Viola fast siebzehn.«

Ich halte mit dem Messer in der Luft inne. »Viola?«

Aggie sieht mich schuldbewusst an, als habe sie zu viel gesagt. »Viola ist Elspeths ältere Tochter.«

Ich bin vollkommen perplex. Keiner hier hat sie bisher je erwähnt. »Und wo lebt Viola jetzt?«

Sie zuckt die Schultern, wobei ihr rundliches Gesicht rot anläuft. »Ich sollte dir das eigentlich nicht erzählen. Elspeth ist da immer noch komisch, trotz all der Jahre, die vergangen sind. Viola ist mit achtzehn von zu Hause weggelaufen. Ein Jahr nachdem ich hier angefangen hatte.«

»Sie ist weggelaufen? Willst du damit sagen, dass sie keinen Kontakt zu ihrer Familie hat?«

Sie schüttelt ihre kurzen grauen Löckchen. »Niemand hat seitdem etwas von ihr gehört. Es hat Elspeth das Herz gebrochen.«

Ich bin bestürzt. Ich weiß nicht, was ich sagen soll. »Wie schrecklich. Die arme Elspeth. Wenigstens hat sie Kathryn.«

Aggie spitzt die Lippen, als befürchte sie, dass ihr sonst

unfreiwillig weitere Enthüllungen entweichen könnten. Eine Weile ist sie still, doch dann platzt es aus ihr heraus: »Ich glaube nicht, dass Viola einfach so weggelaufen wäre, wenn Kathryn nicht gekommen wäre.«

Ich runzle die Stirn. »Wie meinst du das?«

Sie legt das Messer beiseite und trägt die Schüssel mit den Karottenscheiben zu einem Topf, der auf dem Aga-Herd bereitsteht. »Kathryn war elf, als Elspeth sie adoptiert hat.«

»Adoptiert? Kathryn ist adoptiert?« Das hatte ich nun nicht erwartet. Ich muss daran denken, wie sie miteinander umgehen – Elspeth verhält sich Kathryn gegenüber sehr abweisend, zuweilen sogar kalt. Ist das der Grund dafür? Oder würde sie genauso sein, wenn Kathryn ihr leibliches Kind wäre?

»O ja«, sagt Aggie. »Elspeth konnte nach Viola keine weiteren Kinder mehr bekommen. Also adoptierten sie und Huw Kathryn, als Viola dreizehn war. Ich will damit nicht sagen, dass es Kathryns Schuld ist, dass Viola weglief. Ich mag das Mädchen wirklich gerne … also, jetzt natürlich die Frau. Aber, ach du liebe Güte, sie hatte während ihrer Jugend wirklich zu kämpfen. Trotzdem war es nur natürlich, dass Viola sich verdrängt fühlte.«

Ich reiche Aggie den Teller mit den Zwiebeln, damit sie diese in den Topf geben kann. »Stell dir nur mal vor, du weißt nicht, wo dein Kind ist. Sie muss jetzt wie alt sein? Ende vierzig?«

»Fast fünfzig. Elspeth hat all die Jahre nichts von ihr gehört. Sie weiß noch nicht einmal, ob sie lebt oder tot ist.« Sie schüttelt den Kopf. »Das ist doch kein Zustand.«

»Hat Elspeth denn nach ihr gesucht?«

»Ich denke schon. Zumindest anfangs. Aber es war, als wäre Viola vom Erdboden verschwunden. Sie wollte nicht gefunden werden.«

Unwillkürlich schieben sich die Gesichter von Matilde und Jemima in meinen Kopf. Ist Viola wirklich weggelaufen, oder ist sie ebenfalls tot?

11

Der Kuckuck, Juli 1983

Als das große orangefarbene Auto, in dem sie unterwegs war, die Autobahn entlangschoss, hatte Katy das Gefühl, sich vor lauter Aufregung jeden Moment übergeben zu müssen. Ihre Sozialarbeiterin, Fiona, saß in einer knallrosa kurzärmligen Bluse starr und aufrecht neben ihr, die Hände fest ums Lenkrad gelegt, und drehte sich nur hin und wieder zu ihr, um ihr ein aufmunterndes Lächeln zu schenken, während sie auf Bristol zusteuerten. Obwohl die Fenster heruntergekurbelt waren und die Lüftung auf Hochtouren lief, war es stickig in dem Wagen. Da Katy beim Autofahren immer schlecht wurde, durfte sie vorne sitzen. Das war verträglicher für sie, denn von dort konnte sie besser hinaussehen, um sich abzulenken. Das klare Blau des Himmels wurde nur von ein paar zarten Wolkenstreifen in der Ferne beeinträchtigt, und die herabknallende Sonne brach sich gleißend auf der Motorhaube. Fiona hatte das Radio eingeschaltet, wenn auch nur leise, um sich nicht allzu sehr vom Fahren abzulenken, und der Sender spielte »Club Tropicana«. Katy mochte das Lied. Es machte sie glücklich. Sie nahm es als gutes Zeichen.

Die saftige grüne Landschaft sauste an ihrem Fenster vorbei, bis sie auf eine andere Straße abfuhren und die Felder voller Schafe und Kühe gläsernen Bürogebäuden, hässlichen Parkhäusern aus Beton und Ladengeschäften wichen.

Ihre neue Familie wohnte in einem Ort namens Clifton. Sie mochte das Gefühl auf der Zunge, wenn sie es aussprach, so scharf und präzise. Sie hatte ihr neues Zuhause bisher noch nicht gesehen. Ihre neuen Eltern, Elspeth und Huw McKenzie, hatten das Kinderheim in Gloucester besucht und sie ein paarmal zu Tee und Kuchen in das dortige Hotel eingeladen. Sie mochte die beiden gut leiden, auch wenn sie ein bisschen etepetete wirkten. Wenn sie mit ihnen zusammen war, hatte sie das Gefühl, sich ganz besonders höflich verhalten zu müssen. Trotzdem freute sie sich, auch wenn Tommy Evans, ein nerviger Achtjähriger, den die Erwachsenen anscheinend süß fanden, nach einer Woche bei den McKenzies zurückkehrte und meinte, dass sie total hochnäsig waren und er ihnen gar nichts recht machen konnte. Sie hatte Gerüchte gehört, dass sie ihn rausgeworfen hatten, weil er ungezogen war und die McKenzies nicht mit ihm zurechtkamen. Sie hat nie wirklich erfahren, was genau er getan hatte, aber Fiona erzählte ihr, dass sie wohl einfach das Gefühl hatten, dass ein Mädchen besser in ihre Familie passen würde. Und wie es schien, war sie dieses Mädchen, das sie adoptieren wollten. Sie würde nicht mehr die einfache, öde Katy Collins sein, sondern Katy McKenzie. Sie würde auch eine Schwester haben. Ein Mädchen mit einem Namen, der sich ein bisschen wie »Violine« anhörte. Katy hatte sich immer gewünscht, Violine spielen zu lernen, aber das Heim hatte es nicht erlaubt, weil der Unterricht zu teuer war. Fiona war ganz aus dem Häuschen wegen dieser »Fügung«, wie sie es nannte. Nach dem Erstgespräch erwähnte sie etwas darüber, wie »begütert« sie doch seien. Katy wusste zwar nicht, was dieses Wort bedeuten sollte, aber an der Art, wie

Fionas sommersprossiges Gesicht sich dabei zu einem breiten Grinsen verzog, entnahm sie, dass es etwas Gutes bedeuten musste.

Sie fuhren, wie Fiona erklärte, ein Stück über das Stadtzentrum hinaus an einem Theater vorbei, über dessen Eingang in großen leuchtenden Buchstaben »Hippodrom« geschrieben stand, dann einen Hügel hinauf und in eine lange Straße, wo alles begann, viel hübscher auszusehen, mit mehr Bäumen und größeren Häusern.

»Schau, da drüben«, sagte Fiona und zeigte auf eine lange Brücke, die sich zwischen zwei riesigen Felsen spannte. »Das ist die Hängebrücke über den Fluss Avon. Die ist sehr berühmt und nachts komplett beleuchtet. Du wirst sie jeden Abend von deinem neuen Zuhause aus sehen können.« Und dann hielt sie vor einem der prächtigsten Häuser, die Katy je gesehen hatte. Es hatte die Farbe von rosa Zuckerwatte, und im ersten Stock gab es einen hübschen Balkon, über den sich eine schwarz-weiß gestreifte Markise spannte, die sie an Pfefferminzstangen erinnerte.

Sie war gerade aus dem Auto gestiegen und auf den Bürgersteig getreten, als auch schon die Haustür des Zuckerwattehauses aufgerissen wurde, um eine strahlende Elspeth zu enthüllen. Ihr blondes Haar war mir einer Bananenklammer so hochgesteckt, dass ihr die Locken über die Schultern fielen. Sie trug einen schicken Blazer mit Schulterpolstern und einen dazu passenden knielangen Rock. Katy konnte nicht glauben, dass diese elegante Dame ihr neue Mum sein würde. Sie sah aus wie die Mutter aus dem Film *E. T.*

Elspeth kam auf sie zugeeilt, dicht gefolgt von ihrem Ehemann, Huw. Er war fast fünfzehn Jahre älter als Elspeth.

Katy wusste das, weil Elspeth ihr das bei ihrem letzten Besuch erzählt hatte, bei dem sie Scones mit Erdbeermarmelade und Sahne gegessen hatten. Huw sah mit der leichten Stirnglatze und dem buschigen grauen Bart auf jeden Fall älter aus. Er machte irgendwas mit »Hedgefonds«, das jedenfalls hatte Elspeth ihr verraten, wobei sie sich aufrechter hingesetzt und ganz stolz dreingeschaut hatte. Katy hatte zwar keine Ahnung, was Hedgefonds waren, aber es musste etwas sein, womit man gut verdiente, dachte sie, als sie den hübschen Vorgarten mit den getrimmten Hecken bewunderte.

Elspeth schoss durch das Gartentor, um sie zu begrüßen. »Mein liebes Mädchen«, sagte sie, wobei sie ihre Schultern umfasste und sie von sich weghielt. »Lass mich dich anschauen. Du bist genauso hübsch, wie ich dich in Erinnerung hatte.« Katy wurde rot. Sie fand sich nicht hübsch. Nicht so hübsch wie Isla aus dem Kinderheim mit ihrem seidigen schwarzen Haar, der Stupsnase und den schlanken Beinen. Elspeth legte einen Arm um Katys Schultern und führte sie über den Gartenpfad ins Haus. Huw trottete mit einem etwas verkrampften Dauergrinsen hinterher, sagte jedoch nichts, so als wüsste er nicht so recht, was er tun sollte. Katy konnte nachvollziehen, wie er sich fühlte. Fiona folgte ihnen mit Katys ramponiertem altem Koffer. »Das ist unser neues Zuhause«, verkündete Elspeth fröhlich. »Wir sind erst vor Kurzem hier eingezogen. Oh, ich hoffe, es gefällt dir.«

Katy starrte den Flur mit großen Augen an. Die breite Treppe sah aus wie aus dem *Denver-Clan*, und über ihren Köpfen hing ein riesiger Kronleuchter, in dessen Kristalltropfen sich das Sonnenlicht brach, das durch die Buntglasfenster über der Tür fiel und Regenbogenflecken an die hellen Wände warf. Sogar Fiona geriet beim Anblick der Innenräume ins Staunen und bewunderte lautstark das Gemälde eines altmodisch gekleideten Mannes, das Katy insgeheim hässlich fand.

»Wo steckt Viola? Sie kann es kaum erwarten, dich kennenzulernen«, sagte Elspeth und sah sich stirnrunzelnd um. Viola, ja, so hieß sie! Was für ein ungewöhnlicher Name. »Oh, dieses ungezogene Mädchen, bestimmt ist sie wieder draußen im Garten. Sie wird ihr Kleid schmutzig machen.«

Katy blickte an ihrem eigenen wadenlangen Samtoverall hinab. Es war ihr bestes Kleidungsstück, das für besondere Gottesdienste und Feiertage reserviert war, aber jetzt kam sie sich schäbig darin vor, unpassend gekleidet für dieses vornehme Haus und seine vornehmen Bewohner.

»Ich werde sie mal suchen gehen«, bot Huw an, wobei er Katy ein beruhigendes Augenzwinkern schenkte und dann in einem Zimmer mit deckenhohen Bücherregalen verschwand. Katy fragte sich, wie sie sich jemals in diesem Haus zurechtfinden sollte. Das Kinderheim war zwar auch ziemlich groß, aber da hatte sie nun schon seit drei Jahren gewohnt und kannte jedes Eck und jeden Winkel. Trotzdem war es nicht ganz so groß wie dieses Haus und definitiv nicht so herrschaftlich. Im Heim hatte sie sich ein Zimmer mit zwei anderen Mädchen teilen müssen, die Teppiche waren verschlissen, und das Gebäude hätte eine Renovierung nötig gehabt. Katy hatte Bandposter von Spandau Ballet an den Wänden aufgehängt, nur um die Risse und die schmutzigen Handabdrücke zu verdecken.

Elspeth führte die beiden in ein anderes Zimmer, von dem aus man die berühmte Brücke sehen konnte. Katy und Fiona hockten sich mit Katys altem braunem Koffer zu ihren Füßen auf ein tintenblaues samtenes Sofa. Elspeth blieb neben dem Kamin stehen. Sie schien nervös und zappelte herum, als ob sie aufs Klo müsste. Auf dem Sofatisch befanden sich ein Tablett mit süßem Gebäck und ein Krug Limonade. Katy spürte immer noch diese nervigen Schmetterlinge in ihrem Bauch herumflattern, dennoch hätte sie gerne eine dieser bunt glasierten Köstlichkeiten probiert. Die Gelben sahen aus, als wären sie mit Zitronengeschmack. Aber sie traute sich nicht zu fragen, und Elspeth bot sie ihr nicht an. Stattdessen stand sie immer noch vor dem Kamin und wrang die Hände, das schöne Gesicht sorgenvoll gekräuselt. »Ich weiß auch nicht, wo sie jetzt nur wieder stecken«, murmelte sie an niemanden direkt gewandt. »Ich wollte, dass Viola herkommt und dich begrüßt.«

Katy hörte Viola, bevor sie sie sah. Zunächst ein Kreischen, gefolgt von einer hohen näselnden Stimme, die rief: »Lass mich los! Ich habe doch schon gesagt, dass ich komme!« Und dann stand sie auch schon in der Tür, wunderhübsch in einem rosa-weiß karierten Kleid mit Kniestrümpfen, die um die Knöchel herum Falten warfen. Sie hatte Grasflecken auf den Knien. Sie war mindestens so schön wie Isla aus dem Heim, hatte langes weißblondes Haar und ein perfektes ovales Gesicht. Katy hatte bereits gesagt bekommen, dass Viola achtzehn Monate älter war als sie, wenn auch zwei Klassen über ihr, was bedeutete, dass sie fast schon dreizehn sein musste. Aber so sah sie nicht aus. In dem Kleid sah sie jung und unschuldig aus. Eigentlich sah es mehr aus wie etwas, das eine Achtjährige anziehen würde. Passend dazu trug sie einen Haarreif, den sie zu weit nach vorne geschoben hatte, sodass ihre Ohren abstanden. Das Mädchen blickte Katy finster an, und Katy rutschte das Herz in die Hose. Sie hatte wirklich gehofft, dass sie nicht nur Schwestern, sondern auch beste Freundinnen werden würden. Elspeth stellte sich hinter Katy und legte ihr die Arme um die Schultern. Es gefiel ihr, von Elspeth umarmt zu werden. Es gab ihr das Gefühl, erwünscht zu sein, und Elspeth roch herrlich süß nach Zuckerperlen. »Das ist deine neue Schwester«, sagte sie zu Viola. »Ich hoffe, du wirst sie willkommen heißen.« Dann wandte Elspeth sich an Fiona, wobei sie sich keine Mühe machte, ihre Stimme zu senken: »Es wird Viola guttun zu teilen. Sie ist ein bisschen verwöhnt. Und leider konnte ich keine weiteren Kinder mehr bekommen.«

»Ich. Bin. Nicht. Verwöhnt«, rief Viola und stampfte mit dem Fuß auf.

»Also, das ist jetzt aber nicht besonders höflich, Viola, nicht wahr?«, mahnte Huw an, der neben ihr in der Tür stehen geblieben war. Viola streckte ihm die Zunge raus und rannte davon. Ihre Eltern verharrten schweigend, während die glänzenden Lacksandalen ihrer Tochter über die Flurfliesen davonklapperten.

Elspeth seufzte theatralisch. »Ich weiß nicht, was wir mit dem Mädchen machen sollen.« Sie wandte sich nun an Katy. »Aber das ist nichts, worum du dir Sorgen machen musst. Mir wurde gesagt, dass du ein braves Mädchen bist.«

Fiona erhob sich vom Sofa. »Wird Viola denn damit zurechtkommen, dass Katy hier ist? Ich möchte meinen Schützling wirklich nicht in einer feindseligen Umgebung zurücklassen.« Sie bedachte Katy mit einem besorgten Blick. Was die Sozialarbeiterin betraf, konnte Katy sich glücklich schätzen, das wusste sie. Fiona schien aufrichtig um ihr Wohlergehen besorgt, was bei ihrem letzten Betreuer, Derek, nicht der Fall gewesen war, der ihr nur geraten hatte, die Klappe zu halten und sich damit abzufinden, als sie bei einer Pflegefamilie unterkam, die sie als unbezahltes Dienstmädchen ausgenutzt hatte. Zum Glück war er gefeuert worden, und an seiner Stelle war Fiona gekommen, mit ihrem sommersprossigen Gesicht und ihrem warmen Lächeln. Sie hatte sofort erkannt, wie unglücklich Katy bei den Morgans war, und sie noch am gleichen Tag da rausgeholt und wieder im Kinderheim untergebracht.

»Weißt du, was? Geh Viola doch im Garten suchen. Ich zeige dir den Weg. Komm mit.« Elspeth streckte Katy ihre Hand hin und führte sie durch die Bibliothek ins Freie und ein paar Stufen hinab auf eine Terrasse. »Ich vermute mal, dass sie wieder in diesem Baumhaus steckt.« Elspeth sah sie aufmunternd an, und Katy ging zögerlich durch den riesigen Garten, um ihrer neuen Mutter den Gefallen zu tun. Als sie den hinteren Teil des Gartens erreichte, wo sich das Baumhaus befand, wurde sie von einer Hand zu Boden gezerrt. Es war Violas.

»Du bist hier nicht erwünscht«, zischte sie. Sie war überraschend kräftig für so ein dünnes Mädchen. »Ich werde dir das Leben zur Hölle machen, und dann wirst du darum betteln, in dein widerliches Heim zurückzudürfen, so wie dieser Kotzbrocken Tommy.«

Katy starrte schockiert in das perfekte Gesicht des Mädchens. Wie konnte etwas, das so hübsch war, so … so *gemein* sein? Sie spürte, wie sich ihre Augen mit Tränen füllten.

»Na super. Noch so eine Heulsuse«, spottete Viola, wobei sie aufstand und sich das Gras vom Kleid klopfte. »Kein Wunder, dass deine echten Eltern dich nicht wollten. In einer Woche habe ich dich fertiggemacht.«

Katy sah Viola nach, als diese davonstapfte. Wut stieg in ihr empor und schnürte ihr die Kehle zu.

Jahrelang hatte Katy sich eine neue Familie gewünscht, und hier und jetzt war ihre Chance gekommen. Sie würde nicht zulassen, dass diese verzogene Viola ihr das alles kaputt machte.

12

Una

Ich lache über etwas, das Elspeth erzählt, während wir am Freitagvormittag durch die Einkaufspassage bummeln. Heute ist sie in Topform – aus dem Haus zu kommen, scheint ihre Stimmung gehoben zu haben. Wir hatten soeben dem Wollladen einen Besuch abgestattet, weil Elspeth meinte, dass sie das Häkeln gerne wiederaufnehmen würde. Sie war überrascht, als ich ihr erzählte, dass ich auch gerne häkle und dass meine Mutter es mir beigebracht hat. Während sie sich von der Chemotherapie erholte, saßen wir da, plauderten über Reisen in exotische Länder und fertigten Decken für den Kinderschutzverein an. Als ich das Elspeth vor der Auslage mit blauem Häkelgarn erzählte, wurde sie ganz still, dann packte sie mich mit überraschend kräftigen Fingern am Arm. »Was für eine wunderbare Idee«, sagte sie. »Ich würde liebend gerne eine schöne Decke für einen wohltätigen Zweck fertigen. Willst du mir dabei helfen?« Ich stimmte begeistert zu, woraufhin wir eine angenehme halbe Stunde damit verbrachten, die Farben auszusuchen, die wir dafür verwenden wollten. Sie weigerte sich, mich auch nur einen Knäuel bezahlen zu lassen, und als wir den Laden verließen, war ich froh und erleichtert, dass wir endlich etwas gefunden hatten, das wir gemeinsam haben – wenngleich ich in dem Moment auch traurig war, dass ich es nicht länger mit meiner Mum machen konnte.

Danach zeigte sie mir ihre eigene Antiquitätenhandlung – das *Viola's* – und ihr Juweliergeschäft – *Kat's*. Mir gefällt, dass sie die beiden Läden nach ihren Töchtern benannt hat. Ich möchte sie nach Viola fragen, aber Mums mahnende Stimme erklingt in meinem Kopf: *Neugierige Katzen verbrennen sich die Tatzen, Una*. Und ich weiß, dass sie recht hat. Insbesondere in diesem Fall.

Elspeth hat sich bei mir untergehakt, sie erzählt mir gerade, wie sie und Huw Anfang der 90er-Jahre regelmäßig zu den Trödelmärkten in Nordfrankreich fuhren, um dort auf Schnäppchenjagd für die Antiquitätenhandlung zu gehen, als ich bemerke, wie Kathryn rasch in ein Postkartengeschäft schlüpft. Ich bin mir sicher, dass sie uns gesehen hat. Allerdings erwähne ich es Elspeth gegenüber nicht, sondern lasse sie weitererzählen, während sie mich durch die Passage zur Kunstgalerie führt. Sie heißt schlicht und einfach *McKenzie's*.

»Kathryn leitet sie für mich«, erklärt sie, als ich die Tür öffne und ein Glöckchen bimmelt. Innen ist die Galerie ziemlich geräumig, und einige schöne Gemälde zieren die Wände – nicht dass ich irgendwas von Kunst verstehen würde –, aber es befinden sich keine Kunden darin. »Oh«, macht Elspeth, sich umschauend. »Ich dachte, Kathryn würde hier sein.« Sie wirft einen Blick auf ihre Armbanduhr. »Es ist gerade mal zehn.«

Ein Mädchen, jünger als ich, taucht aus einem Hinterzimmer auf, sie ist offensichtlich überrascht, uns zu sehen – fast so, als hätte sie jemand anderes erwartet. Elspeth stellt sie mir als Daisy vor, Kathryns Assistentin. »Wissen Sie, wo meine Tochter ist?«

Daisy trägt knallroten Lippenstift, ihr von karamellblonden Strähnen durchzogenes Haar ist zu einer wilden Lockenpracht aufgetürmt, die durch ein floral gemustertes Stoffband gebändigt wird. Sie sieht gut aus mit ihrem breiten Lächeln und ihrem 40er-Jahre-Vintagelook. »Sie ist los, um in den anderen Läden nach dem Rechten zu sehen.«

Elspeth schaut verdutzt drein. »Von dort kommen wir gerade. Wir haben sie nicht getroffen.«

»Oh.« Daisy zuckt die Achseln. »Dann ist sie sich vielleicht einen Kaffee holen gegangen. Sie mag das Instantzeug nicht wirklich.« Sie zeigt vage zum Raum hinter sich, wo vermutlich das »Instantzeug« aufbewahrt wird.

Elspeth versteift sich. »Na schön. Würden Sie ihr bitte ausrichten, dass ich vorbeigeschaut habe.« Es ist keine Frage. Elspeth bietet mir ihren Arm an, und ich hake sie bei mir unter. Sie macht sich nicht die Mühe, Daisy meinen Namen mitzuteilen, und das wurmt mich dann doch ein wenig. Bin ich etwa derart austauschbar? Zum Abschied schenke ich Daisy ein warmes verschwörerisches Lächeln, das sie erwidert.

Nachdem wir die Galerie verlassen haben, ist Elspeth deutlich anzumerken, dass ihr etwas nicht behagt. Während wir schweigend durch die Einkaufspassage gehen, fällt mir auf, wie ihre Augen hin und her huschen, und mir ist klar, dass sie nach Kathryn Ausschau hält. Sie hat sie erst gestern früh gesehen. Ich kenne die beiden zwar gerade mal eine Woche, aber ich werde nicht recht schlau aus ihrer Beziehung. Wenn Kathryn da ist, verhält sich Elspeth, als wäre ihre Anwesenheit ihr ein Ärgernis, aber gerade jetzt ist deutlich spürbar, dass sie enttäuscht ist, sie verpasst zu haben.

»Jetzt weiß ich's!«, ruft Elspeth aus, nachdem wir die Passage verlassen haben. Der Regen hat aufgehört, die Bürgersteige glänzen nass, und es liegt dieser typische reine, frische Geruch in der Luft. Die Sonne kämpft sich hinter einer Wolke hervor. »Wir gehen ein Tässchen Tee trinken. Um die Ecke gibt es eine ganz reizende Teestube, in der sie die köstlichsten Kuchen und Torten überhaupt haben. Würde dir das gefallen?«

Ich bin überrascht von ihrem plötzlichen Stimmungswechsel. Elspeths düstere Miene hat aufgeklart, und sie strahlt erneut.

»Das klingt wunderbar.« Mir ist alles recht, um die Zeit totzuschlagen. Der Tag erstreckt sich noch lang genug vor mir.

»Da wären wir also«, verkündet Elspeth, als wir eine kleine Teestube mit rustikalen Möbeln und rosenbemalten Porzellantassen betreten. Ich bestelle mir einen Karottenkuchen, Elspeth entscheidet sich für Bananenkuchen.

Ich schiebe die Einkaufstasche mit der Wolle unter meinen Stuhl.

»Haben Sie je daran gedacht, Ihren Spazierstock mehr zu nutzen?«, frage ich, nachdem die Kellnerin unsere Getränke und Kuchen gebracht hat. Wir haben einen Tisch am Fenster und sitzen einander gegenüber. In der Teestube ist es überraschend voll. »Eine unserer Bewohnerinnen im Altersheim hatte auch einen, und er gab ihr dieses gewisse Selbstvertrauen, auf eigenen Beinen …«

Elspeths finsterer Blick lässt mich mitten im Satz verstummen. Und *wieder* habe ich etwas Falsches gesagt.

»Ich brauche diesen Stock nicht. Ich bin keine Invalide.«

»Nein, natürlich nicht …«, entgegne ich verlegen. »Ich

habe ihn nur im Haus stehen sehen … und, na ja … nach Ihrem Sturz …«

»Warum sollte ich einen Stock benötigen, wo ich doch dich habe?«, erwidert sie, ihren Bananenkuchen in kleine Quadrate zerteilend. »Und es sind ja nur Bürgersteige, die mir besondere Sorgen machen. Und Treppen.«

Ich möchte ihr sagen, dass es im Grunde Geldverschwendung ist, dass ich bei ihr wohne. Dass ich genauso gut tagsüber für ein paar Stunden vorbeikommen könnte, um ihr ein bisschen Gesellschaft zu leisten oder beim Anziehen zu helfen – nicht dass sie meiner Hilfe bedürfte. Sie ist absolut in der Lage, sich selbst anzukleiden, und ist körperlich besser beieinander, als sie sich eingesteht. Ich frage mich, ob sie jemals in ein Heim gehen wird. Mit ihren finanziellen Möglichkeiten könnte sie sich eine richtige Luxuseinrichtung leisten, nicht so eine wie die, in der ich gearbeitet habe. Aber es ist offensichtlich, dass es ihr nur um Geselligkeit geht, und zwar nicht diejenige Form, die man erhält, indem man sich für ein paar Stunden mit Freunden trifft. Sie will eine ständige Begleiterin. Ich frage mich, warum sie wohl nie wieder geheiratet hat.

Ich lächle versöhnlich, dann schabe ich mit dem Löffelchen die Sahne von meinem Karottenkuchen und genieße den Zuckerschub. »Ich habe Lewis in letzter Zeit gar nicht mehr gesehen«, versuche ich, das Thema zu wechseln.

»Du bist besser beraten, dich von diesem Burschen fernzuhalten«, erwidert Elspeth brüsk und blitzt mich über den Rand ihrer Porzellantasse hinweg an. »Das ist kein guter Umgang.«

Ich erröte. »Oh, ich bin nicht auf diese Art an ihm interessiert«, lüge ich. Ich kann nicht verleugnen, dass ich Lewis attraktiv finde, und er schien mir einen netten Eindruck zu machen.

»Ja, nun, jetzt ist er ohnehin schon fort. Es hat nicht sollen sein.«

»Oh.« Ich verspüre einen Stich der Enttäuschung, obwohl ich das nach ihrem lautstarken Streit neulich bereits vermutet habe. Dabei hatte ich mich schon darauf gefreut, Lewis' hübsches Gesicht öfter zu sehen.

»Ich habe es satt, Männer im Haus zu haben. Das nächste Mal werde ich gleich nach einer Gärtnerin fragen«, erklärt Elspeth. Sie spießt einen Würfel ihres Bananenkuchens auf und schiebt ihn in den Mund. Ich frage mich, was in ihrem Leben vorgefallen ist, dass sie Männern so ablehnend gegenübersteht. Hat ihr verstorbener Ehemann sie misshandelt? Sie herabgesetzt? Aber nach Aggies Erzählung hörte er sich nach einem freundlichen, zurückhaltenden Mann an.

»Dabei hat er nett gewirkt«, sage ich kleinlaut, da ich meiner Chefin nicht widersprechen möchte, aber andererseits auch das Gefühl habe, dass sie Lewis unfair abgeurteilt hat. »Was hat er denn getan?«

Sie schüttelt den Kopf, die Falten um ihren Mund verziehen sich. Der matt glänzende Lippenstift, den sie heute Morgen aufgetragen hat, ist fast verschwunden und hat einen dunkelrosa Rand an ihrer Oberlippe hinterlassen. »Nichts, was dich betrifft. Er ist faul und hat nicht das getan, was ich von ihm verlangt habe.« Es fällt mir schwer, das zu glauben. Lewis schien sogar sehr fleißig. Aber was weiß ich schon? Wahrscheinlich wurde ich von seinem guten Aussehen geblendet, wie auch bei Vince.

Ich nehme einen kleinen Schluck von meinem Cappuccino. Er ist zu milchig und blubbert unangenehm in meinem Magen herum. Eine Weile sitzen wir schweigend da. Ich weiß nicht, was ich sagen soll. Vielleicht ist es das Beste, wenn sie die Gesprächsführung übernimmt. Denn jedes Mal wenn ich es versuche, scheine ich in ein Fettnäpfchen zu treten.

»Also«, beginnt sie, wobei sie ein Schlückchen von ihrem Tee nimmt, den kleinen Finger gekrümmt wie ein Komma, »wie haben dir die Läden gefallen?«

»Sie sind toll«, antworte ich. Ein Sonnenstrahl verirrt sich auf den Tisch und fällt auf Elspeths Hand, wodurch ihr Ehering aufblitzt. »Fehlt es Ihnen, sich selbst darum zu kümmern?«

»Natürlich.« Sie stellt ihre Tasse ab und schiebt ein Stück ihres Bananenkuchens auf dem Teller herum. Mir ist aufgefallen, dass sie so gut wie nichts gegessen hat. »Aber ich beaufsichtige nach wie vor alle Geschäfte. Das hält mich jung.« Sie grinst und lässt eine für ihr Alter unnatürlich gerade und weiße Reihe von Zähnen erstrahlen.

»Ich mag ja, dass Sie sie nach Ihren Töchtern benannt haben«, sage ich. Als sich ihr Gesicht verdüstert, wird mir bewusst, was ich soeben gesagt habe. Innerlich stöhne ich auf. *Gut gemacht, Una.*

»Ich habe sie nicht nach meinen Töchtern benannt.«

»Oh … Entschuldigung. Ich dachte, wegen Kat … Kathryn …«

»Der Laden hieß bereits Kat's. Wir haben lediglich beschlossen, ihn beizubehalten.«

»Und Viola?«

»Ich habe keine Tochter namens Viola.« Ihr Blick bohrt sich herausfordernd in meinen, warnt mich davor, ihr zu widersprechen. Und es gibt nichts, was ich sagen könnte, denn sonst wüsste sie sicher, dass Aggie mir von ihr erzählt hat. »Können wir etwas klarstellen?« Sie wartet meine Antwort gar nicht erst ab. »Was mich betrifft, so habe ich nur *eine* Tochter.«

»Ich … Okay.« Warum will sie nicht zugeben, dass sie eine weitere hat? Hat Viola sie so sehr verletzt?

Die Sonne zieht sich zurück, und ein Schatten fällt auf Elspeths Gesicht, verleiht ihr härtere, kantigere Züge als sonst und lässt das Make-up tief in die Verästelungen ihrer Haut sickern. Sie greift nach ihrer Gabel, versenkt die Zinken in einem Würfel ihres Bananenkuchens. »Jemima hat viele Fragen gestellt.« Ihre saphirblauen Augen blitzen auf. »Und schau, was mit ihr passiert ist.«

Mein Puls rast, und ich starre sie schockiert an. Ich weiß nicht, ob sie sich auf Jemimas Kündigung oder ihren Tod bezieht. Doch in jedem Fall klingt es wie eine Drohung.

13
Kathryn

Als Kathryn am Freitagmorgen ankommt, liegt die Galerie in Dunkelheit. Daisy ist noch nicht eingetroffen, obwohl es schon halb zehn ist. Kathryn wird sie wegen ihrer laxen Auffassung von Pünktlichkeit zurechtweisen müssen. Sie hatte sie gebeten, Punkt neun Uhr zu öffnen, obwohl sie in letzter Zeit nicht gerade viel zu tun haben. Die Verkäufe haben im letzten Jahr spürbar abgenommen, was Kathryn Elspeth gegenüber jedoch unerwähnt gelassen hat. Sie will sie nicht unnötig beunruhigen.

Das *McKenzie's* befindet sich in einem Laden in der verblassenden viktorianischen Pracht der Clifton Arcade. Außer der Galerie besitzt ihre Mutter zwei weitere Geschäfte in der Einkaufspassage: einen Juwelierladen und eine Antiquitätenhandlung. Kathryns Aufgabe besteht darin, ein Auge auf sie alle zu haben, auch wenn sie die meiste Zeit in der Galerie verbringen kann, weil die beiden anderen Geschäfte von kompetenten Fachleuten geführt werden. Eigentlich waren die Geschäfte ursprünglich Huws Leidenschaft gewesen, eine Aufgabe, der er sich nach dem Eintritt in den Ruhestand widmen konnte. Zu jenem Zeitpunkt hatte Elspeth ihre Stiftung für verarmte Künstler gegründet, und Huw wollte ein eigenes Projekt. Zunächst hatte es mit den Antiquitäten begonnen, dann beschloss er, sich zusätzlich mit dem Kunsthandel und Juwelen zu befassen. Er starb früh, mit gerade mal einundsechzig Jahren, an einem Hirnschlag, als Kathryn fünfzehn war, und hinterließ die Geschäfte den überaus fähigen Händen seiner jüngeren Gattin. Als Elspeth selbst sich zu alt fühlte, sie fortzuführen, übergab sie diese ihrerseits an Kathryn. Zu jenem Zeitpunkt war Viola schon längst von der Bildfläche verschwunden.

Kathryn schaltet das Licht an – an diesem Ende der Passage ist es um einiges dunkler – und rückt eines der Gemälde zurecht, das schief zu hängen scheint: ein atemberaubendes Aquarell von Paris des ortsansässigen Künstlers Benjamin Percy. Sie steht vor dem Gemälde und tippt sachte gegen den vergoldeten Rahmen, bis er wieder im Lot ist. Komisch, sie war sich sicher, dass es gestern, als sie Feierabend machte, nicht verschoben war. Sie bemerkt zwei halb leere Weingläser auf Daisys Schreibtisch. Der einzige Mensch, der außer ihr und Elspeth über einen Schlüssel verfügt, ist Daisy. Aber Daisy ist gestern Abend vor ihr gegangen.

Sie hängt ihren Mantel und ihre Tasche im Hinterzimmer auf und schaltet die Heizung ein. Es ist eiskalt hier drin. Sie kann den Frühling kaum erwarten. Die ständigen grauen Wolken und der Nieselregen schlagen ihr auf die Stimmung. Jene kalten Wintertage, an denen der Himmel blau ist und Frost den Boden bedeckt, sind ihr lieber als dieses unaufhörliche Regenwetter.

Die Glocke über der Tür läutet, und sie hört Daisys Stimme durch den Laden hallen. »Tut mir echt leid, dass ich zu spät bin. Ich habe verschlafen und den Bus verpasst.« Sie kommt hereingestiefelt, wobei sie Mantel und Tasche abstreift und derweil ohne Punkt und Komma weiterquasselt:

von einem Date gestern Abend, das besser lief, als sie gedacht hatte, und das damit endete, dass sie den Typen in ihr Zimmer schmuggelte, damit ihre Mutter nichts mitbekam, und er bei ihr übernachtete. Kathryn fragt sich, ob Daisy ihn gestern Nacht hierhergebracht hat, was zumindest die Weingläser erklären würde. Sie würde noch ein ernstes Wörtchen mit ihr sprechen müssen. Sie kann nicht jeden dahergelaufenen Kerl nach Feierabend in die Galerie schleifen.

Während sie der Einundzwanzigjährigen beim Aufbrühen des Kaffeepulvers zuschaut – die derweil ihren Monolog munter fortsetzt, ohne sich auch nur im Geringsten darum zu scheren, dass Kathryn bisher kein Wort gesagt hat –, kommt sie nicht umhin, das Mädchen um ihre Jugend und ihr Selbstvertrauen zu bewundern. Wie heißt es so schön – die Jugend ist an die Jungen verschwendet, und das ist wohl wahr. Daisy ist kurvig gebaut, mit großen Brüsten und einem dazu passenden Bäuchlein, aber das hält sie nicht davon ab, knappe, tief ausgeschnittene Oberteile zu tragen oder Jeans, die so eng sind, dass man jede Speckfalte und jedes Fettröllchen sehen kann. Mit ihren achtundvierzig Jahren könnte Kathryn etwas von Daisys Selbstvertrauen gut gebrauchen. Die mit ihrem Engelsgesicht und den vollen Lippen, den schokoladenbraunen Augen und dem karamellblonden Haar durchaus als hübsch zu bezeichnen ist, dazu ist sie auch noch beliebt bei den Kunden. Doch Kathryn verlässt die Galerie am Ende des Tages oft mit nagenden Kopfschmerzen, weil sie Daisys unablässiges Gequassel stundenlang über sich ergehen lässt.

Trotzdem, das Mädchen ist im Grunde harmlos, und es ist allemal besser, als den ganzen Tag allein hier herumzustehen.

Kathryn betritt den Ausstellungsraum, wobei sie einen Becher von dem viel zu starken Instantkaffee mitnimmt, den Daisy gemacht hat, und setzt sich hinter die Kasse. Daisy plappert nach wie vor, aber Kathryn hat sie längst ausgeblendet. Sie nimmt einen ausgiebigen Schluck. Schon besser. Heute hat sie das Koffein wirklich nötig. Sie ist total erschöpft. Sie hat die halbe Nacht nicht geschlafen, da sie sich Sorgen um Jacob macht. Nächsten Monat wird er sechzehn und muss im Frühjahr seine Mittlere Reife ablegen, weigert sich jedoch beharrlich, irgendwas dafür zu tun. Das Einzige, was ihn interessiert, ist diese verfluchte Xbox, aber das ist allemal seinem Verhalten vom Vorjahr vorzuziehen, daher glaubt sie, sich nicht allzu sehr beschweren zu dürfen. Es wäre schon hilfreich, wenn Ed nicht so verdammt nachlässig wäre. Jacob hört schlicht nicht zu, wenn sein Vater versucht, ihm Vorschriften zu machen. Es reicht eben nicht und kommt auch zu spät. Trotzdem, so sagt sie sich, ist es besser, als wenn Jacob mit seinen Kumpels aus der Sozialsiedlung durch die Straßen zieht. Er hat versprochen, sich nicht mehr mit ihnen abzugeben, und sie kann nur hoffen, dass er sein Wort halten wird. Doch jedes Mal wenn sie nach der Arbeit heimkommt, plagen sie wieder die gleichen Ängste, dass er nicht zu Hause sein könnte. Dass er rückfällig geworden ist.

Kathryns Schultern sacken unter dem Gewicht ihrer Sorgen herab. Sie wünschte, sie hätte jemanden zum Reden. Jemanden, mit dem sie sich mal richtig unterhalten könnte. Elspeth hatte, sehr zu Eds Missfallen, darauf bestanden, ihre beiden Enkel auf eine Privatschule zu schicken und die Kosten dafür zu übernehmen. Kathryn hatte dort zwar ein paar der anderen Mütter kennengelernt, aber seit die Jungs die höheren Klassen besuchen, nehmen sie den Bus nach Hause, weshalb selbst diese Bekanntschaften sich verlaufen hatten. Und mit ihrer Mutter kann sie über nichts von alldem reden. Elspeth hält ihre Enkel so schon für missraten und undiszipliniert. Sie wird sie nur aburteilen und Kathryn das Gefühl geben, eine schlechte Mutter zu sein.

Daisy, die Kathryns wachsende Gereiztheit nicht bemerkt, steht an der Kasse herum und quasselt sie weiter mit ihrem neuen Freund voll.

»Daisy!«, braust Kathryn auf, als sie es nicht länger erträgt. »Es ist ja ganz toll, dass du jemanden kennengelernt hast, aber würdest du bitte trotzdem daran denken, um neun zu öffnen, wenn ich dich darum bitte?«

Kränkung flackert in dem stark geschminkten Gesicht des Mädchens auf. »Klar. Natürlich. Tut mir wirklich leid. Kommt nicht wieder vor.«

»Gut. Und darf ich dich darüber hinaus auch daran erinnern, die Räumlichkeiten nach Feierabend nicht dafür zu nutzen, dich hier mit deinen Männerbekanntschaften zu verlustieren. Das hier ist kein Laufhaus.«

Peinliches Schweigen breitet sich zwischen ihnen aus, und nachdem Daisy ein paar Schlucke von ihrem Kaffee genommen hat, verzieht sie sich auf die andere Seite des Ladens. Kathryn bleibt eine Weile an ihrem Platz sitzen, mit einem latent schlechten Gewissen, weil sie das Mädchen angeschnauzt hat, aber dann fällt ihr ein, dass sie noch Papierkram zu erledigen hat. Daisy schaltet das Radio ein und wackelt mit den Hüften zu einem Popsong, den Kathryn nicht kennt, während sie ein Gemälde, das die Käufer heute abholen wollen, in Luftpolsterfolie einwickelt.

Kathryn steht auf. Sie muss hier raus. »Ich gehe mal und schaue in den anderen Läden nach dem Rechten!«, ruft sie. Daisy nickt, sagt aber nichts. Kathryn verzichtet darauf, Mantel und Tasche zu holen, vor allem weil sie dazu an Daisy vorbeimüsste. Sie ist nicht in Stimmung für Geplänkel. Die Passage ist ja ohnehin überdacht.

Kathryn schließt die Tür der Galerie hinter sich und will gerade zur Antiquitätenhandlung rüber, die nur ein paar Türen weiter liegt, als sie ihre Mutter und Una erblickt, die tief in ein Gespräch versunken auf sie zuspazieren. Elspeth trägt ihren schicken Burberry-Mantel und Una ihre Julie-Christie-Pelzmütze. Die beiden haben sie nicht bemerkt, und Kathryn betrachtet sie, wie sie mit untergehakten Armen und zusammengesteckten Köpfen an den Läden vorbeischlendern. Elspeth lacht über etwas, das Una sagt, und die Eifersucht ballt sich zu einem festen Kloß in Kathryns Brust. Wird sie ebenfalls den Laufpass bekommen? Die Erbschaft, auf die sie so inständig hofft, wird eines Tages ihr Leben verändern und sie und Ed aus der Schuldenmisere befreien. Diese Mädchen, so denkt sie, während sie rasch in ein Postkartengeschäft schlüpft, bevor die beiden sie entdecken können, sind wie Zaunwinden: Sie sind hübsch anzusehen, aber tödlich, wenn sie sich um die anderen Blumen schlingen und sie schlussendlich ersticken. Und es spielt keine Rolle, wie oft man sie zurückschneidet, an ihrer Stelle wächst immer eine andere nach.

Ich werde nicht zulassen, dass sich mir jemand in den Weg stellt. Und ganz gewiss nicht du. Mit deiner Jugend und deiner Schönheit. Du, die du diese alte Hexe umgarnst. Ich habe das hier von langer Hand geplant. Und du bist meine Beute. Ich habe dich beobachtet, als du dich mit deiner nuttigen Freundin mit ihren kurzen Röckchen und dem künstlichen Haar getroffen hast. Ich habe euch beobachtet, wie ihr zusammen in eurem Lieblingscafé und eurer Stammkneipe herumgesessen habt. Ich weiß sogar, wo sie wohnt. Courtney. Die ordinäre Courtney mit dem lauten Lachen und den dicken Augenbrauen. Obwohl sie dir nicht das Wasser reichen kann. Aber ich gehe davon aus, das weißt du selbst. O ja. Ich weiß alles über dich. Und wenn die Zeit reif ist, werde ich aus den Schatten treten und dich wissen lassen, wer und was ich bin.

14
Una

»Moment mal! Du willst also sagen, sie hat dich bedroht?«

Courtney am anderen Ende der Leitung klingt fassungslos, und ich senke die Stimme, obwohl nur ich und Elspeth im Haus sind und sie schon vor über einer Stunde zu Bett gegangen ist.

Nach dem unangenehmen Gespräch im Café waren wir nach Hause zurückgekehrt und widmeten uns wieder unseren üblichen Beschäftigungen, als wäre nichts passiert. Ich achtete tunlichst darauf, keine weiteren Fragen mehr zu stellen, und hörte einfach nur zu, wenn Elspeth nach Reden zumute war. Als sie vorschlug, mit unserem Häkelprojekt loszulegen, hob sich meine Laune. Und während wir daran arbeiteten, vertraute sie sich mir an, indem sie von ihrem Ehemann Huw erzählte und wie einsam und verloren sie sich nach seinem Tod gefühlt hatte – wenngleich sie Viola unerwähnt ließ. »Weißt du, man verbringt so viel Zeit mit einem Menschen, dass man am Ende nicht einmal mehr sicher weiß, ob es Liebe ist oder ob es sich doch nur um Kameradschaft handelt«, verkündete sie kryptisch. »Damals war das so üblich: heiraten und Kinder kriegen. Wenn ich noch einmal jung sein könnte, würde ich womöglich anders entscheiden.« Sie führte den Gedanken nicht weiter aus, und ich hatte den Eindruck, dass ich nicht nachhaken sollte. Dann wechselte sie abrupt das Thema und erzählte mir, dass sie Karten für eine Theateraufführung heute Abend im Hippodrom habe.

Es war zwar ein bisschen öde, aber Elspeth genoss es; außerdem war es eine tolle Gelegenheit, sich mal schick zu machen. Ich gab mir Mühe, so anständig wie möglich auszusehen, indem ich mich für eine schwarze Hose und eine Satinbluse entschied. Sie rief ein Taxi, das uns vor dem Eingang absetzte, und ich war überrascht, als wir zu unseren Plätzen in einer der Logen geführt wurden, von der aus man einen tollen Blick auf die Bühne hatte.

»Ich weiß nicht«, erwidere ich und schiebe einen Stapel Klamotten beiseite, den ich zuvor auf dem Bett habe liegen lassen. »Es klang ein bisschen wie eine Drohung, aber seitdem war sie wieder total nett zu mir.« Ich erzähle ihr vom Häkeln und dem Theater. Ich lehne mich gegen das Kopfende. Die Vorhänge sind zugezogen, das einzige Licht kommt von meiner Nachttischlampe. »Aber warum sollte man die Existenz der eigenen Tochter verleugnen?«

»Also mir gefällt diese Frau ganz und gar nicht. Vielleicht solltest du wieder hier einziehen. Und zu deinem alten Job zurückkehren.«

Ich seufze. »Ich brauche das Geld. Außerdem wohnt jetzt Kris bei dir. Und überhaupt ist sie doch harmlos. Ich meine, sie ist uralt. Sie stellt nicht gerade eine Bedrohung dar, oder? Ich sage ja auch nicht, dass sie Jemima ermordet hat oder so. Wenn sie will, kann sie wirklich nett sein.« Obwohl sie mir mein rosa T-Shirt noch immer nicht zurückgegeben hat. Als Carole – eine kleine dunkelhaarige Frau Mitte vierzig – gestern zum Saubermachen vorbeikam, fragte ich sie, ob sie es gewaschen habe, doch sie schien keine Ahnung zu haben, wovon ich sprach.

»Trotzdem musst du zugeben, dass es schräg ist, dass beide Mädchen, die vor dir dort gearbeitet haben, jetzt tot sind. Vielleicht handelt es sich ja um so eine Art Mafiafamilie, und die beiden haben etwas über sie herausgefunden.« Sie gibt eine schlechte Marlon-Brando-Imitation zum Besten: »Stell ja keine Fragen.«

Ich muss lachen. »Vielleicht haben sie ja krumme Geschäfte am Laufen oder betreiben nebenher Geldwäsche. Was auch immer es ist, es juckt mich kein bisschen. Ich war nur neugierig wegen ihrer Tochter.«

»Es würde dich nicht jucken, wenn sie in kriminelle Machenschaften verstrickt wären? Meine Güte, Una!«

Ich schlage die Beine übereinander, löse sie jedoch gleich wieder, als ich ein Loch in meiner Socke bemerke. »Ich mache nur Spaß. Klar sind sie keine.«

»Vielleicht sind sie ja Psychopathen, die Mädchen in ihren Bau locken und dann töten. Du hast schon von den Craigslist-Morden gehört, oder?«

Ich setze mich auf. »Was? Nein.«

»Dieser kranke Psycho hat eine Anzeige auf Craigslist geschaltet, mit der er einsame alleinstehende Männer zum Arbeiten auf seinem Bauernhof anwarb. Als sie dort eintrafen, machte er Jagd auf sie. Hat sie ernsthaft abgeknallt, als wären sie Wild.«

»Wo war das?«

»Irgendwo in Amerika.«

»Und was willst du damit sagen? Dass Elspeth nur Annoncen für eine Gesellschafterin schaltet, um sie abmurksen zu können?« Ich kichere. »Weißt du, wie bekloppt das klingt? Matilde war vor dem Autounfall ganze zwei Jahre hier. Und ja, okay, Jemima war nur ein paar Monate hier, aber …« Ich schüttle mein frisch gewaschenes Haar, wobei mir eine feuchte Strähne ins Auge klatscht. »Nein. Das ist doch verrückt.«

»Die Craigslist-Morde sind wahr. Solche Sachen passieren. Da draußen laufen einige krasse Spinner herum. Du wärst überrascht. Ich treffe davon eine ganze Menge im Friseursalon.« Sie kichert über ihren eigenen Witz, bevor sie wieder ernst wird. »Sei einfach vorsichtig, mehr sage ich gar nicht.«

»Kathryn und Elspeth sind keine verkappten Psychos. Ich glaube, Elspeth hat nur ein Problem damit, jemandem Vertrauen zu schenken, und aus irgendeinem Grund ist sie schlecht auf ihre ältere Tochter zu sprechen. Sie ist einfach sehr verschlossen. Und ich hätte sowieso nicht so viele Fragen stellen sollen.«

»Herrje, du hast das Recht, Fragen zu stellen. Wer hat dir von Viola erzählt?«

»Die Köchin, Aggie.«

»Hmm … Kris, geh weg von mir, ich telefoniere …« Ein raschelndes Geräusch ist zu hören, dann sagt sie: »Tut mir leid. Kris ist ein Trottel. Jetzt ist er rausgegangen. Zur Bandprobe.«

»Wie funktioniert das Zusammenwohnen?«

Sie stöhnt. »Ganz okay. Denk ich mal. Kommst du morgen Abend? Der gleiche Laden wie üblich. Vince wird da sein, aber das geht in Ordnung, oder? Er meinte, dass ihr beide jetzt Freunde seid. Weißt du, es tut ihm wirklich leid, wie er sich benommen hat.«

»Courtney …«

»Ich weiß, dass es für dich kein Zurück mehr gibt. Er hat dich total verarscht. Ich weiß.«

Ich schlucke den Kloß hinunter, der sich in meinem Hals gebildet hat, und wünschte, dass es ein Zurück für mich gäbe. Zu der Zeit, bevor Mum krank wurde, bevor Vince mich »total verarscht« hat, wie Courtney es so elegant ausgedrückt hat. Ich blinzle die Tränen zurück. Aber natürlich geht das nicht. Das hier ist jetzt mein Leben, und mit dem muss ich weitermachen.

Wir legen auf und versprechen, uns morgen Abend zu sehen. Ein paar Minuten bleibe ich einfach so auf dem Bett liegen. Dann stehe ich auf und schließe, nur um ganz sicherzugehen, meine Schlafzimmertür ab.

Ich werde von einem Geräusch geweckt. Ich blinzle in die Dunkelheit und brauche ein paar Sekunden, um mich zu orientieren. Da höre ich es erneut. Das Knarren von Dielen. Ich reibe mir die Augen, stütze mich auf die Ellbogen und bemerke, dass meine Tür einen Spaltbreit offen steht, ein silberner Streifen Licht fällt aus dem Flur herein. Ich kann mich noch erinnern, dass ich sie vor dem Schlafengehen abgeschlossen hatte. Ich weiß, dass ich abgesperrt hatte. Ist jemand in meinem Zimmer?

Ich bin jetzt hellwach und setze mich aufrechter hin. Erschrocken zucke ich zusammen, als ich eine Gestalt neben meinem Kleiderschrank sehe, doch dann wird mir klar, dass es nur eins meiner Kleider auf dem Bügel ist, das ich bisher nicht geschafft habe einzuräumen. Meine Kehle ist trocken, als ich meine Beine aus dem Bett schwinge. Ich schleiche zur

Tür und spähe auf den kleinen Flur hinaus. Doch da ist niemand. Ich höre ein Husten unten aus Elspeths Zimmer. Es sind nur wir beide im Haus. Braucht sie mich? Ich friere in meinem dünnen Baumwollpyjama, als ich die Treppe hinuntertapse und den Kopf in ihr Schlafzimmer strecke. Wie sie mit geschlossenen Augen daliegt und ihre Brust sich sanft hebt und senkt, sieht sie aus, als würde sie schlafen. Warum also habe ich das Gefühl, dass sie bloß so tut, als ob?

Ich mache mich auf den Rückweg, habe dabei jedoch das seltsame Gefühl, dass sich jemand hinter mir befindet … ein heißer Atem in meinem Nacken. Ich renne in mein Zimmer und schließe mit wild klopfendem Herzen die Tür. O Gott, was, wenn jemand ins Haus eingedrungen ist und sich jetzt in meinem Zimmer befindet? Ich komme mir vor wie ein Kind, während ich hektisch unter meinem Bett und im Kleiderschrank nachschaue und Erleichterung verspüre, als ich niemanden finde. Ich weiß, dass ich die Tür abgeschlossen habe, bevor ich schlafen ging; und die einzigen Personen, die über einen Schlüssel verfügen, sind Kathryn und Elspeth. Ich spähe ins Bad, nur um ganz sicherzugehen, aber auch das ist leer. Ich nehme den Schlüssel von meinem Nachttisch und sperre die Schlafzimmertür wieder ab. Dann schleife ich meinen Schreibtischstuhl hinüber und verkeile die Lehne unter der Klinke. Erst danach fühle ich mich sicher genug, um in mein Bett zurückzukehren.

Am nächsten Morgen höre ich Kathryn früh kommen, aber da es mein freier Tag ist, luge ich nur über die Bettdecke zur Tür, um mich zu vergewissern, dass sie noch immer verschlossen ist und der Stuhl sich an Ort und Stelle befindet.

Ich sehe, dass dem so ist, ziehe die Decke wieder über den Kopf und schlafe weiter. Als ich später wieder aufwache, ist es im Haus herrlich still. Ich schlüpfe schnell in einen Pullover und Jeans, wobei ich darauf achte, welche ohne Löcher in den Knien zu nehmen, da Elspeth das letzte Mal eine Bemerkung fallen ließ, dass ich meine Hosen flicken lassen sollte. Dann begebe ich mich hinab in die Küche. Aggie ist gerade dabei, die Frühstückssachen wegzuräumen. Sie schaut auf, und als sie mich erblickt, verzieht sich ihr großes freundliches Gesicht zu einem Lächeln. »Hallo, mein Schatz. Möchtest du etwas essen?«

Ich bin erschöpft. Nachdem ich mich letzte Nacht wieder hingelegt hatte, verbrachte ich die verbleibenden Stunden damit, mich hin und her zu wälzen, bis ich am frühen Morgen das beruhigende Sonnenlicht durch meine Vorhänge fallen sah. »Toast und eine Tasse Tee würden reichen«, sage ich. »Aber ich hole es schon selber.«

»Papperlapapp. Setz dich. Ich mache das für dich.«

»Vielen Dank.« Trotzdem setze ich mich nicht, sondern helfe ihr dabei, das Frühstücksgeschirr, das von Elspeth und Kathryn sein muss, vom Tisch zu tragen und in die Spülmaschine zu räumen.

»Na los, setz dich. Sicher, dass du zu deinem Toast kein Rührei willst?«

Ich schüttle den Kopf. »Nein danke.« Ich tätschle meinen Bauch. »Ich bin noch immer satt von deinem tollen Essen gestern Abend.«

Sie strahlt. »Wie war das Theater?«

Ich zögere. »Ach ja, doch. Das Stück war … gut.«

Ganz offensichtlich klinge ich nicht besonders überzeugend, denn sie lacht. »Elspeth hat einen seltsamen Geschmack«, sagt sie schmunzelnd. »Worum ging es?«

»Es war zu abgehoben für mich. Das meiste habe ich nicht kapiert.« Ich denke daran, wie Elspeth danach meine Hände in ihre nahm und mich mit einem etwas gönnerhaften Tonfall fragte, wie mir mein erster Theaterbesuch gefallen habe. Es ärgerte mich, dass sie, ganz richtig, davon ausging, dass es mein erstes Mal gewesen war – außer man zählte das Weihnachtsspiel mit, das ich mit sieben mit meiner Mum besucht hatte.

Aggie reicht mir meinen Toast und tätschelt meine Schulter. »Du bist toll, so wie du bist«, sagt sie. »Es ist schön, jemand ganz Normales im Haus zu haben. Also, mir fehlt das.«

Ich erzähle Aggie nicht, wie Elspeth gestern beim Häkeln meinte: »Oh, du hast wirklich einen herzigen West-Country-Akzent. Ich kenne einen sehr guten Sprecherzieher, falls du je Lust verspüren solltest, ihn etwas …« Sie legte eine Pause ein, wobei sie mich musterte, wie um den richtigen Ausdruck zu finden. »… euphonischer zu machen.« Ich wollte nicht zugeben, dass ich keine Ahnung hatte, was das Wort bedeutete.

Aggie setzt sich mit einem Becher Tee zwischen ihren großen Händen mir gegenüber. Ich muss ehrlich zu ihr sein. »Aggie … es tut mir leid. Ich glaube, ich habe mich bei Elspeth verplappert. Ich habe sie nach Viola gefragt. Weil der Antiquitätenladen so hieß wie sie. Aber sie ist total abweisend geworden und hat im Grunde abgestritten, eine Tochter namens Viola zu haben.«

Aggies sonst so gutmütiges Gesicht verdüstert sich. »Ich weiß nicht, was sich da damals zugetragen hat«, sagt sie kopfschüttelnd, wobei ihr fülliges Kinn ins Schwabbeln gerät. »Versteh mich nicht falsch, aber Viola konnte sich wie eine richtige kleine Prinzessin aufführen, und die Psychospielchen, die die beiden Mädchen da spielten, nun ja …« Sie schürzt die Lippen und genehmigt sich dann einen Schluck von ihrem Tee. »Da flogen oft die Fetzen. Aber das lag nicht an Kathryn. Kathryn war lammfromm. Sie war die perfekte Tochter. Eigentlich glaube ich, dass sie Viola hat schlecht aussehen lassen, ohne es darauf anzulegen.«

»Und sie hat davor in einem Kinderheim gelebt?«

»Richtig.«

»Das muss heftig gewesen sein.«

»Sie hat allerdings nie problematisch gewirkt. Tatsächlich schien sie von Grund auf vernünftig. Es war, als wäre sie mit dem Entschluss hierhergekommen, dass es funktionieren müsse. Sie hat mir gegenüber einmal gesagt, dass sie alles tun würde, um die perfekte Tochter zu sein, damit man sie nicht wieder ins Heim zurückschickt.«

Unwillkürlich verspüre ich Mitleid mit Kathryn. »Weißt du, was mit ihren Eltern passiert ist?«

»Ihr Vater hat sich aus dem Staub gemacht. Ich bin mir nicht sicher, was genau da passiert ist. Und ihre Mutter …« Sie senkt ihre Stimme, obwohl nur wir beide im Raum sind. »Es waren die Drogen. Sie nahm eine Überdosis. Kathryn selbst hat sie gefunden und die Polizei gerufen. Da war sie gerade mal acht, die Ärmste.«

»Wie schrecklich.«

Sie lässt wieder ihr Kinn wackeln. »Aber Elspeth war für Kathryn eine ganz wunderbare Mutter. Und Kathryn ist eine pflichtbewusste Tochter.«

Und doch kann ich spüren, dass etwas an ihrer Beziehung nicht stimmt. Es ist ganz offensichtlich, dass Kathryn uns gestern aus dem Weg gegangen ist. Und genauso offensichtlich ist, dass es ihr nicht recht ist, dass Elspeth eine Gesellschafterin beschäftigt. Obwohl es natürlich auch daran liegen kann, dass ich die Beziehung der beiden automatisch mit der zu meiner eigenen Mutter vergleiche, die in meinen Augen perfekt war.

Wir sitzen einige Minuten schweigend da. Mein Blick wandert zur Terrassentür und dem dahinterliegenden Garten. Ich bin enttäuscht, dass Lewis gegangen ist. Es wäre netter, wenn hier noch andere jüngere Leute arbeiten würden, jemand, mit dem ich mich unterhalten könnte. Im Altersheim hatte ich Cherry. Sie war ein paar Jahre jünger als ich, aber wir beide konnten wirklich zusammen lachen. Gerade lebe ich nur noch für meine freien Tage, an denen ich mich mit Courtney treffen kann. Den Rest meiner Freizeit – nicht dass es viel davon gäbe – verbringe ich damit, im Wohnzimmer, wo das WLAN besser ist, durch die sozialen Medien zu scrollen, um mehr über Matilde und Jemima herauszufinden, darüber, was für Menschen sie waren. Manchmal habe ich schon das Gefühl, sie zu kennen.

Aggie erhebt sich schwerfällig von ihrem Stuhl und bringt die leeren Becher zur Spülmaschine. »Also gut«, sagt sie, ihre Jacke vom Haken an der Hintertür nehmend, »ich bin dann mal weg. Kathryn ist mit Elspeth nach Frome gefahren, um sich dort ein Gemälde anzuschauen, also werden sie erst zur Teezeit wieder zurück sein. Die Zugehfrau kommt um vier, und ich bin gegen fünf wieder da.«

»Ich gehe bald aus«, sage ich und leere den Rest meines Tees.

Sie zwinkert mir neckisch zu. »Mach mir ja keine Dummheiten.«

Ich lache und ziehe ein übertriebenes »Was, ich?«-Gesicht.

»Bis später, Schätzchen!«, ruft sie, während sie an mir vorbeiwatschelt und die Treppen hinaufeilt. Ich höre die Haustür zuschlagen, und dann kehrt Stille ein. Ich habe das ganze Haus mehrere Stunden für mich, bevor ich mich mit Courtney im Salon treffe. Ich weiß, ich sollte es nicht tun – meine Mum und Courtney würden das niemals gutheißen –, aber ich kann nicht widerstehen, mich ein wenig umzusehen.

Ich weiß ehrlich gesagt nicht so recht, wonach ich suche – vielleicht nach Hinweisen für einen Einbruch in der vergangenen Nacht, obwohl ich tief in meinem Inneren weiß, dass dies nicht der Fall gewesen sein kann. In Wirklichkeit ist Elspeth der einzige Mensch, der meine Tür hätte aufschließen können. Es sei denn, Kathryn wäre mitten in der Nacht vorbeigekommen, aber warum sollte sie das tun?

Ich war schon im Wohnzimmer und in der Bibliothek, aber beide Räume sind akribisch aufgeräumt. Es lassen sich keine Papiere finden, die Elspeth gehören. Meine Mutter hatte immer einen ganzen Stapel an Rechnungen, Dokumenten, Versicherungspapieren und Geburtsurkunden in einem Koffer unter ihrem Bett. Aber es gibt nichts Dergleichen in Elspeths Zimmer. Kathryn ist ebenfalls sehr ordentlich, aber das liegt natürlich auch daran, dass sie ihr Zimmer nur sporadisch benutzt, wenn sie hier übernachtet. In Anbetracht der Tatsache, dass Elspeth hier seit beinahe vierzig Jahren wohnt, ist das Haus überraschend frei von Gerümpel. Manchmal macht es den Eindruck, als befände ich mich eher in einem Gedenkhaus, nicht im Heim eines lebenden Menschen. Der bewohnteste Teil des Hauses ist die Küche, aber das mag daran liegen, dass er von Aggie beherrscht wird. Dann fällt mir das Arbeitszimmer ein, jener kleine Raum gleich neben der Küche, im Souterrain. Ich eile die Treppe wieder runter, bleibe kurz in dem kleinen quadratischen Flur stehen und luge in die Küche, nur um ganz sicherzugehen, dass ich auch wirklich allein bin und Aggie nicht etwa zurückgekommen ist. Als ich sehe, dass niemand da ist, gehe ich zu der einzigen vom Flur abgehenden Tür, stelle jedoch bestürzt fest, dass sie verschlossen ist. Ich stehe da und blicke enttäuscht die Tür an. Doch dann verpasse ich mir im Geiste einen Ruck. Was mache ich hier eigentlich? Erwarte ich etwa wirklich, Beweise für irgendwelche faulen Spielchen oder kriminellen Machenschaften zu finden – oder versuche ich gerade nur, etwas Aufregendes aus einem Job zu machen, den ich ziemlich öde finde? Matildes Tod war ein Autounfall, und Jemima hat sich selbst umgebracht. *Aber sie sahen beide aus wie du,* flüstert eine leise Stimme in meinem Kopf. *Ist das nicht ein bisschen merkwürdig?*

Verdammt. Ich mache mich mit diesen Gedanken selbst noch ganz verrückt. Wenn ich Courtney treffe, werde ich sie umbringen. Das ist alles bloß ihre Schuld mit ihrem Gerede von den Craigslist-Morden.

Aber warum ist Elspeth letzte Nacht in dein Zimmer gekommen?

Ich lege mir die Hände über die Ohren, um diese unablässigen Gedanken zu stoppen. Elspeth würde mir nichts antun. Dazu ist sie gar nicht in der Lage. Und es ist ja auch nicht so, als hätte man die anderen Mädchen abgestochen in ihren Betten aufgefunden. Es ist nur die Fantasie, die mit mir durchgeht.

Entschlossen entferne ich mich von der Tür und kehre nach oben zurück. Ich muss raus aus diesem Haus und meinen Kopf frei kriegen. Ich treffe mich sowieso schon bald mit Courtney. Gerade will ich in mein Zimmer hochflitzen, als es an der Haustür klingelt. Das Geräusch schrillt durch den Flur. Ein paar Sekunden stehe ich ganz still da und frage mich, ob ich an die Tür gehen soll, doch dann reiße ich mich zusammen. Herrgott noch mal, es ist wahrscheinlich bloß der Postbote.

Ich öffne die schwere Tür, und ein kalter Luftstoß trifft mich ins Gesicht. Auf der Schwelle steht ein Typ Mitte zwanzig mit hellblondem Haar und Augen, die die Farbe von Eiszapfen haben. Er trägt eine dicke gelbe Steppjacke.

»Oh, hallo. Kann ich dir helfen?« Ich muss zu ihm aufblicken, weil er so viel größer ist als ich.

»Ich suche Elspeth McKenzie«, sagt er mit einem Londoner Akzent. Er hat einen karierten Schal um den Hals geschlungen, und ich sehe einen großen Schönheitsfleck auf der linken Wange.

»Tut mir leid, ich fürchte, sie ist nicht da.«

Sein ganzer Körper sackt enttäuscht zusammen. »Weißt du, wann sie zurück sein wird? Ich habe eine lange Fahrt hinter mir.«

»Nicht vor heute Nachmittag. Kann ich irgendwie behilflich sein? Oder ihr was ausrichten?«

»Und du bist wer?« Er lächelt nicht. Er hat einen ausgeprägten kantigen Kiefer, und ein Muskel direkt unterhalb seines Ohrs zuckt.

»Ich arbeite für Mrs. McKenzie.«

Warum sieht er so sauer aus?

»Ich bin Peter Freeman. Jemima war meine Schwester. Sie hat hier vor dir gearbeitet.«

»Oh … natürlich. Es tut mir …«

»Sie hätte sich niemals das Leben genommen.« Seine Stimme schneidet durch meinen Satz wie eine Guillotine durch Papier.

»Ich … Tut mir leid, ich kannte sie nicht.«

Sein Gesicht fällt in sich zusammen, und für einen Moment scheint er den Tränen nahe. Instinktiv strecke ich meine Hand aus und berühre ihn sachte an der Schulter. Der Kummer lastet schwer auf ihm. Ich erkenne das. Denn ich lebe ja auch damit. Sein Schmerz berührt mich tief, und zu meinem Entsetzen füllen sich vor Mitgefühl auch meine Augen mit Tränen. Er weicht einen Schritt vor mir zurück. »Okay. Tut mir leid, dass ich dich gestört habe.«

Er wird gehen. Das kann ich nicht zulassen. Das ist die perfekte Gelegenheit, um mehr über das Mädchen zu erfahren, dessen Leben ich lebe.

»Willst du einen Kaffee trinken gehen? Gleich da um die Ecke gibt es ein Café. Wir könnten uns in fünf Minuten dort treffen«, schlage ich vor, wobei meine Worte nur so aus mir herauspurzeln. Ich klinge verzweifelt, und ich bin es auch. Ich saß schon den ganzen Tag allein in diesem Haus herum.

Die Überraschung steht ihm ins Gesicht geschrieben, aber er nickt. »Gerne. Danke dir. Wir sehen uns in fünf Minuten.«

Ich blicke ihm nach, wie er mit gebeugten Schultern den Vorgarten durchquert und die Straße hinabgeht, wobei seine Trauer fast schon greifbar ist. Dann kehre ich ins Haus zurück, um meinen Mantel und meine Tasche zu holen.

15

Una

Peter steht in der Schlange vor dem Tresen und schaut auf, als ich das Café betrete. Ich bin erleichtert, als ich ihn sehe. Es ist zwar das nächstgelegene Café von Elspeths Haus aus, aber ich hatte befürchtet, dass er es verfehlen würde, da es in einer Gasse zwischen einer Reihe imposanter altehrwürdiger Gebäude im georgianischen Stil versteckt ist.

Das Café ist klein, und alle Tische sind besetzt. »Sollen wir uns was zum Mitnehmen holen und spazieren gehen?«, schlägt er vor, als ich neben ihm stehe. »Die Gegend ist sehr nett.«

Ich willige ein, und dann stehen wir etwas betreten in der Warteschlange und sprechen nicht, bis wir bedient werden. Wir bestellen beide einen Cappuccino und gehen dann wieder in die Kälte hinaus, wobei wir unsere Becher zwischen behandschuhten Händen umklammern. Wir schlendern über den Rasen, unsere Füße versinken im nassen Gras, und gehen auf die Hängebrücke zu.

»Ich muss einfach nur verstehen, wie sie gestorben ist«, sagt Peter nach einer Weile. Er bleibt stehen und starrt die Brücke an, in seinen Augen spiegelt sich das Entsetzen wider. »Es ist so hoch.«

»Möchtest du sie überqueren?«

Er sieht überrascht aus. »Kann man das denn zu Fuß?«

»Ja. Es dauert nicht lange.«

Er nickt, und wir laufen auf den Eingang der Brücke zu. Er sieht etwas mitgenommen aus. Wir gehen den Fußgängerweg entlang, vorbei an der Schranke, wo die Autos bezahlen müssen.

»Ich verstehe nicht, wie sie von hier gesprungen sein soll«, sagt er schließlich. »Schau dir nur die Zäune an. Sie sind wirklich hoch.«

Es wäre nicht unmöglich rüberzuklettern, denke ich, sage es aber nicht. Stattdessen nippe ich an meinem Kaffee und genieße die Wärme. Hier oben ist es dermaßen kalt. Ich wünschte, ich hätte meine Mütze aufgesetzt. »Am anderen Ende befindet sich eine Mauer, über die man ganz leicht klettern kann.«

Er verzieht gequält das Gesicht, als er sich offenbar vorstellt, wie seine Schwester über die Mauer steigt und auf den harten Grund darunter stürzt.

»Bist du heute aus London gekommen?«, frage ich, nachdem wir ein paar Minuten geschwiegen haben.

Er nickt. Seine Nase ist von der Kälte ganz rot geworden. »Ich habe den Zug genommen. Ich wollte nur herkommen, um … na ja, um zu verstehen. Wir hatten nur uns beide, weißt du? Seit Mum gestorben ist.«

»Das tut mir leid.«

»Es will mir einfach nicht in den Kopf. Ich glaube nicht, dass sie sich umgebracht hätte. Und dann so kurz vor Weihnachten. Sie hat Weihnachten geliebt. Keine Ahnung … Ich … ich glaube es einfach nicht.«

Ich spüre, wie ein Gefühl von Unbehagen sich in mir ausbreitet. »Was ist dann deiner Meinung nach passiert?«

»Ich weiß es nicht. Ich habe nur wenige Tage vor ihrem Tod mit ihr gesprochen.«

Ich warte und beiße mir auf die Zunge, um keine voreiligen Fragen zu stellen. Manchmal ist es besser, den anderen in seinem eigenen Tempo erzählen zu lassen. Ich bin gerade dabei, das zu lernen, dank Elspeth.

»Sie klang glücklich. Sie meinte, sie habe jemanden kennengelernt.«

»Echt?«

»Ja. Anscheinend hat er auch für Mrs. McKenzie gearbeitet. Sie schien total verknallt.«

Könnte es sich um Lewis gehandelt haben? Hat er letzten Monat schon für Elspeth gearbeitet? Aggie meinte, dass die Gärtner nie lange blieben, da Elspeth an allen etwas auszusetzen habe, aber ich bin mir sicher, dass Lewis etwas in der Art gesagt hatte, dass er schon seit mehreren Monaten für die McKenzies arbeitete.

»Sie war ganz aufgeregt wegen Weihnachten. Sie wollte, dass ich diesen Kerl kennenlerne.«

»Hat sie auch gesagt, wie er heißt?«

Er schüttelt bekümmert den Kopf, wobei ihm eine Strähne seines weißblonden Haars in die Augen fällt. Er wischt sie matt mit der Hand beiseite. Die Geste ist irgendwie rührend, und er tut mir furchtbar leid. Ich möchte ihm helfen, diesem jungen Mann, der seinen Kummer mit sich herumschleift wie ein Leichentuch.

»Ich habe sie einmal pro Woche angerufen. Ich war ihr älterer Bruder und fühlte mich für sie verantwortlich. Ich habe am 15. Dezember mit ihr telefoniert, um für den ersten Weihnachtstag abzusagen, da ich da arbeiten musste – ich bin Feuerwehrmann«, schiebt er erklärend hinterher, wobei seine Stimme leiser wird, und ich betrachte ihn mit neu erwachtem Interesse über meinen Kaffeebecher hinweg. »Aber sie hatte kein Problem damit. Sie meinte, sie würde Weihnachten mit ihm verbringen. Doch als ich sie an Heiligabend anrief, ging nur ihre Mailbox ran.«

Es war also eine ernsthafte Beziehung, überlege ich, während ich an meinem Kaffee nippe. Vince und ich hatten das letzte Weihnachten nur miteinander verbracht, weil ich sonst allein gewesen wäre. Mein Herz zieht sich schmerzhaft zusammen, und ich versuche mich auf das zu konzentrieren, was Peter sagt.

»Das war nicht untypisch für Jemima. Manchmal verschwand sie wochenlang von der Bildfläche. Sie machte gern ihr eigenes Ding. Also war ich zunächst nicht allzu besorgt. Aber als sie weder an Weihnachten noch in der darauffolgenden Woche anrief, begann ich doch, mir einen Kopf zu machen. Ich rief bei den McKenzies an. Ich sprach mit einer Frau namens Kathryn.«

»Das ist die Tochter von Elspeth McKenzie.«

»Sie sagte, dass Jemima aus heiterem Himmel gekündigt habe. Dass es eine kleine Meinungsverschiedenheit gegeben habe und sie mit gepackter Tasche abgehauen sei. Aber das hätte sie nie im Leben getan, ohne mich anzurufen. Sie hatte doch niemanden sonst, wo sie hinkonnte.«

Der Kaffee stößt mir plötzlich sauer auf. *Eine kleine Meinungsverschiedenheit*. Davon wusste ich nichts.

Inzwischen haben wir das andere Ende der Brücke erreicht, wo die Barriere endet und einer von einer Mauer eingefriedeten Terrasse weicht. Peter tritt an den Rand und schaut hinab auf den Fluss und die dicht bewachsene Böschung. »Anscheinend hat man sie dort unten gefunden.« Er zeigt auf das wilde Gestrüpp. Es ist genau die Stelle, von der ich ausgegangen war. »Fast einen Monat lang hat niemand ihre Leiche bemerkt.« Seine Stimme bricht.

Ich weiß nicht, was ich sagen soll. »Was denkst du, was wirklich passiert ist?«, frage ich schließlich.

Er zieht die Nase hoch, und mir entgeht nicht, dass er sich schwer zusammenreißen muss, um nicht vor mir in Tränen auszubrechen. Sein Blick ist fest auf die Schlucht unter uns gerichtet. »Ich glaube, jemand hat sie runtergestoßen. Sie hatte Höhenangst. Sie war nicht depressiv. Die McKenzies …«, er bemüht sich um Fassung, »… Sie wissen mehr, als sie zugeben. Da bin ich mir sicher.«

»Du glaubst doch nicht etwa, dass sie ihr etwas angetan haben?«

»Ich weiß es nicht.«

»Was ist mit diesem Freund? Vielleicht war er es. Oder vielleicht weiß er mehr darüber.«

Er dreht den Kopf, um mich anzusehen. »Ich habe der Polizei von ihm erzählt. Aber ich kannte doch nicht einmal seinen Namen. Glaubst du, du könntest es für mich herausfinden? Die Familie danach fragen? Möglicherweise wissen sie etwas. Ich bin heute extra hergekommen, um Mrs. McKenzie zu fragen. Aber diese Kathryn war am Telefon sehr unterkühlt. Es war, als würde sie sich kein bisschen für Jemimas Schicksal interessieren.«

Ich verspreche ihm, dass ich es versuchen werde, und wir tauschen unsere Nummern aus.

»Wohin geht es da lang?«, will er wissen und deutet zum Ende der Brücke.

»Zum Wald. Leigh Woods.«

»Woods?« Er nagt an seiner Unterlippe. »Das ist interessant.«

Ich warte darauf, dass er noch etwas dazu sagt, aber es kommt nichts mehr. Schweigend kehren wir über die Brücke zurück.

Als wir Sion Hill erreicht haben, bleibt er an dem Mülleimer auf dem Rasen stehen und wirft seinen Kaffeebecher hinein.

»Gerade ist mir etwas eingefallen«, sage ich. »Bei meinem Einzug habe ich eine Halskette gefunden. Mit einem Medaillon. Ich habe sie Kathryn gegeben. Sie meinte, sie hätte Jemima gehört und sie würde sie per Post weiterleiten. Es klang so, als hätte sie eine Nachsendeadresse.«

Ich spüre, wie Peter neben mir erstarrt. »Was? Als ich mit ihr telefoniert habe, da meinte sie, dass sie nicht wüsste, wohin Jemima gegangen war.«

Seinem Gesichtsausdruck kann ich entnehmen, dass uns beiden der gleiche Gedanke gekommen ist: Warum sollte Kathryn lügen?

16
Kathryn

»Sie stellt in einem fort Fragen«, sagt Elspeth, als sie die Galerie verlassen. Sie haben gut zwei Stunden mit Fleur Honeywell verbracht, einer gertenschlanken, schrulligen Frau in Kathryns Alter. Kathryn war sie auf Anhieb sehr sympathisch, aber ihre Mutter war weniger begeistert, und ihre Augen wurden abwesend glasig, während Fleur sprach. Sie sah ihrer Mutter auch an, dass Fleurs Gemälde nicht nach ihrem Geschmack waren – zu gewagt und peppig. Ihre Mutter bevorzugt Bilder, die so zart und erlesen sind wie auch sonst alles, was sie bewundert. Dennoch weiß Kathryn, dass sie ein besseres Auge dafür hat, was sich verkaufen lässt, als Elspeth. Meistens mag Kathryn ihren Job nicht, hauptsächlich weil er viel Warterei und Herumstehen mit sich bringt, aber sie weiß, dass sie eine gute Galeristin ist.

»Wer? Fleur?«

Ihre Mutter lässt ein »Tss« vernehmen. »Nein. Una.«

Sie muss ein Schaudern unterdrücken und zieht ihren Schal höher. Es wird allmählich dunkel, die Straßenlaternen sind angegangen und verleihen den gepflasterten Straßen einen gespenstischen, fast schon viktorianisch anmutenden Schein. »Worüber denn?«, fragt sie und versucht, gelassen zu klingen. Sie hilft ihrer Mutter, die sich viel zu fest an ihren Arm klammert, über das holprige Kopfsteinpflaster. Vielleicht wird ihre Mutter doch nicht mehr so entzückt von Una sein. Sie hat zwar das richtige Aussehen, aber die falsche Persönlichkeit. Und so, wie es klingt, ist sie zu neugierig.

»Über Viola. Aggie hat es ihr erzählt.«

»Hat Aggie schon wieder getratscht? Herrgott noch mal, Mutter, warum sprichst du nicht mal ein Machtwort?«

Elspeth blickt sie entsetzt an. »Aggie ist seit über dreißig Jahren Teil dieser Familie.«

»Sie sollte trotzdem nicht mit dem Personal tratschen.« Kathryn würde es ihrer Mutter gegenüber zwar nie zugeben, aber sie liebt Aggie. Sie ist wie die Mutter, die Kathryn sich immer gewünscht hatte. Die Köchin hat sich um sie gekümmert, als es sonst niemand tat, hat dafür gesorgt, dass sie satt war und es warm hatte, war ihre verlässliche Schulter, an der sie sich ausweinen konnte – gerade auch damals, nach Viola. Trotzdem kann sie nicht zulassen, dass Aggie Klatsch verbreitet. Wer weiß, was sie über ihre Familie ausplaudern könnte?

»Ich möchte nicht an Viola erinnert werden.« Elspeths Stimme klingt brüchig in der Abenddämmerung. »Kannst du für mich mit Una reden? Ihr das sagen? Ich möchte nicht andauernd ihre Fragen abwehren müssen. Das ist unglaublich erschöpfend.«

Kathryn seufzt innerlich. *Das kommt davon*, will sie schreien, *wenn du dir Fremde ins Haus holst. Wenn du dumme junge Mädchen als Gesellschafterinnen einstellst.* »Warum suchst du nicht nach jemand anderem, der die Galerie leitet? Ich könnte stattdessen bei dir sein und dir helfen.«

Elspeth bleibt stehen und dreht sich zu Kathryn um. »Die Galerie wird eines Tages dir gehören. Willst du sie denn nicht übernehmen?« Im Gegenlicht der Laterne wirkt ihr weißes Gesicht wie von einem Heiligenschein umgeben.

»Darum geht es nicht. Es ist nur … Ich weiß nicht. Vielleicht solltest du diese Una loswerden. Such dir doch stattdessen jemand, der ein paarmal am Tag vorbeischaut. So was wie eine Pflegerin.«

»Was ist es bloß, das dir an ihnen so sehr missfällt? Zuerst Matilde, dann Jemima und jetzt Una. Ich brauche mehr als eine bloße Pflegekraft, und das weißt du auch. Ich fühle mich schnell einsam. Kathryn, sie sind harmlos. Sie sind keine Bedrohung für dich.«

Wirklich nicht? So wie Kathryn keine Bedrohung für Viola war? Ihre Mutter lügt. Soll sie es ihr sagen? Aber dann müsste sie ihr gestehen, dass sie ihr Testament gelesen hat. Dass sie weiß, was ihre Mutter getan hat.

Sie wird den Schock nie vergessen, als sie Juli letzten Jahres zufällig über das Testament ihrer Mutter stolperte. Eigentlich hatte sie bloß nach den Versicherungsunterlagen für die Galerie gesucht, nachdem der Boiler im Hinterzimmer kaputtgegangen war. Ihre Mutter war mit Matilde unterwegs, und Kathryn war in ihrer Abwesenheit ins Kuckucksnest gegangen und hatte den Schlüssel zu Elspeths Arbeitszimmer geholt – ihre Mutter versteckt ihn immer an derselben Stelle in der Bibliothek, hinter der Ausgabe von *The Great Escape*. Sie fand das Testament in der Schreibtischschublade, bereits unterschrieben und auf den neuesten Stand gebracht. Sie hat es gelesen, natürlich hat sie das. Wie hätte sie widerstehen können? Und da stand es schwarz auf weiß. Die Hälfte des Vermögens ihrer Mutter ging an sie – die andere Hälfte an Matilde. Ein Mädchen, das ihre Mutter praktisch nicht kannte. In jenem Moment kam ihr der Gedanke, dass ihre Mutter womöglich dabei war, den Verstand zu verlieren. Warum sonst sollte sie das tun? Warum sonst vermachte sie den Rest ihres Nachlasses nicht an Harry und Jacob? Alles, die Läden, die Stiftung, das Haus – o Gott, das Haus –, das alles würde zwischen ihr und Matilde aufgeteilt werden.

Matilde, die manipulative kleine Kuh, hatte ihre dumme, leichtgläubige Mutter um den Finger gewickelt und reingelegt.

Elspeth setzt sich wieder in Bewegung und zieht dabei an Kathryns Arm, sodass ihr nichts übrig bleibt, als es ihr gleichzutun. »Vermisst du sie? Viola?«, fragt Kathryn mit belegter Stimme. Sie fühlt sich wieder wie ein kleines Mädchen. Jung, verletzlich und mit dem dringenden Bedürfnis nach Liebe und Bestätigung.

»Du weißt, dass ich nicht gerne über sie spreche. Sie hat mich verletzt.«

»Ich weiß.«

»Ich werde ihr nie verzeihen.«

»Auch das weiß ich.«

Wie unerbittlich sie doch ihre Liebe an Bedingungen knüpft, denkt Kathryn bei sich. Sie selbst würde ihren eigenen zwei Söhnen alles vergeben.

Elspeth seufzt schwer, wobei ihr Atem als Nebel vor ihrem Gesicht hängen bleibt. »Aber, ja … ja, ich vermisse sie.«

Kathryn tätschelt die Hand ihrer Mutter. Sie wünschte, sie hätte die Frage nie gestellt.

Kathryn ist überrascht, dass Licht im Wohnzimmer brennt, als sie wieder beim Kuckucksnest ankommen. Sie hätte erwartet, dass Una sich mit dem Mann trifft, von dem sie behauptet, dass er nicht ihr Freund sei.

»Ich denke, du solltest darauf achten, nicht zu viele von Fleurs Gemälden zu bestellen«, gibt Elspeth zu bedenken, während Kathryn ihren Mantel ablegt. »Sie sind nicht jedermanns Geschmack.«

»Ich glaube, sie werden sich verkaufen.«

»Hoffen wir es, denn wir müssen zusehen, dass die Galerie Gewinn macht.«

Elspeth hängt ihren Mantel auf, und Kathryn folgt ihr in den Salon. Beide bleiben überrascht stehen, als sie Una mit einem fremden Mann auf dem samtenen Chesterfield-Sofa sitzen sehen. Er ist attraktiv, hat ein skandinavisch wirkendes Äußeres, und eine kurze Schrecksekunde lang fragt sich Kathryn, ob er mit Matilde verwandt ist.

Una steht auf, als sie eintreten. Sichtlich verlegen zupft sie an den Spitzen ihres langen Haars. »Hallo. Das ist Peter.« Sie zeigt auf den Mann auf dem Sofa, der sich nun ebenfalls erhebt. Er ist sehr groß und überragt selbst Kathryn mit ihren ein Meter siebenundsiebzig bei Weitem. »Jemimas Bruder.«

Jemimas Bruder. Natürlich. Jetzt kann Kathryn die Ähnlichkeit sehen. Das gleiche platinblonde Haar und die gleichen eisblauen Augen. Sie hatte immer geglaubt, Jemima hätte sich das Haar nur blondiert.

Elspeth findet ihre Stimme zuerst wieder. »Das mit Jemima tut mir furchtbar leid.« Ihr Tonfall ist dabei von einer Wärme erfüllt, die Kathryn nur selten zu hören bekommt.

Das scheint Peter, der ein »Danke« murmelt, aus dem Konzept zu bringen.

»Kann ich Ihnen einen Tee anbieten? Oder Kaffee?«

Peter bittet um einen Tee, und Una will schon das Zimmer verlassen, als Elspeth sie in bestimmendem Tonfall davon abhält. »Una, du bleibst hier. Kathryn kann den Tee holen gehen.«

Verdammt. Kathryn wollte hören, was Peter zu sagen hat. Wer weiß, was ihre Mutter in ihrer Abwesenheit preisgeben wird. Sie hofft, dass Aggie unten ist.

Aber die Küche ist leer. Kathryn wirft den Wasserkocher an und richtet rasch das Teegeschirr ihrer Mutter auf dem Tablett an. In weniger als fünf Minuten wird sie wieder oben sein.

»Ich versuche nur zu verstehen, was passiert ist«, sagt Peter gerade, als Kathryn den Raum betritt. Sie stellt das Teetablett auf dem Sofatisch ab, doch nur Una bedankt sich bei ihr.

Ihre Mutter sitzt mit dem Gestus einer Respekt einflößenden Direktorin kerzengerade in ihrem Lieblingssessel, ihre Lesebrille an einer Kette um den Hals gehängt.

Kathryn lässt sich auf dem Sessel neben Elspeth nieder. Als das Gespräch kurz stockt, bittet sie Peter, sich zu bedienen. Da er keine Anstalten macht, schenkt sie ihm eine Tasse ein, woraufhin er sie beinahe geistesabwesend entgegennimmt, den Blick fest auf Elspeth gerichtet. »Sie hätte sich niemals umgebracht. Bitte. Können Sie mir ganz genau berichten, was sich am letzten Tag zugetragen hat?«

Elspeth richtet sich noch etwas auf. »Nun. Ich musste zu einer geschäftlichen Besprechung. Jemima hätte mich normalerweise begleiten sollen, aber sie sagte, sie habe Kopfschmerzen. Sie hat sich insgesamt etwas seltsam verhalten …«

Er unterbricht sie. »Inwiefern?«

»Ich habe mir damals nicht viel dabei gedacht, aber im Nachhinein wirkte sie aufgekratzt. Fast schon nervös. Ich hatte das Gefühl, dass es sich bei dem Kopfschmerz um eine Lüge handelte. Und als ich zurückkam, war sie fort. Ich glaubte … Ich vermutete, dass sie hier unglücklich gewesen war und nicht den Mut hatte, mir zu sagen, dass sie gehen wollte.«

»Das hätte aber überhaupt nicht zu ihr gepasst«, erwidert Peter nachdrücklich. »Haben Sie ihr denn noch Gehalt geschuldet?«

»Ich hatte sie erst am Tag zuvor ausgezahlt. Ich bezahle meine Angestellten wöchentlich.«

Kathryn ist stolz auf ihre Mutter. Sie verrät rein gar nichts.

»Was ist mit der Meinungsverschiedenheit?«, fragt er da.

Kathryns Puls beschleunigt sich.

»Welche Meinungsverschiedenheit?« Elspeth sieht aufrichtig verdutzt aus.

»Als ich etwa eine Woche nach Weihnachten mit Ihrer Tochter telefoniert habe, erzählte sie mir, dass Jemima nach einer Meinungsverschiedenheit gegangen sei.«

Alle Köpfe drehen sich zu Kathryn. Sie räuspert sich, um Zeit für ihre Antwort zu gewinnen. »Ich habe nicht gesagt, dass es eine Meinungsverschiedenheit gab. Ich war überhaupt nicht hier. Ich habe nur gesagt, dass es eine Meinungsverschiedenheit gegeben haben *könnte*. Meine Mutter steht nicht gerade in dem Ruf, an ihrem Personal zu hängen.«

Er runzelt die Stirn und rutscht auf dem Sofa nach vorne. »War das Mädchen davor nicht ganze zwei Jahre bei Ihnen? Ich kann mich noch erinnern, dass meine Schwester Sorge hatte, dass sie großen Erwartungen gerecht werden müsse.«

Kathryn will ihm am liebsten sagen, dass er sich verpissen soll. Mitsamt seinen bohrenden Fragen. »Nun ja, sie war …«

Er unterbricht sie. »Wissen sie, dass Jemima einen Freund hatte? Sie meinte, sie würde mit einem Kerl gehen, der ebenfalls hier arbeitete.«

Kathryn zuckt die Achseln. Das ist ihr zugegebenermaßen neu. »Ich habe keine Ahnung.«

Peter starrt Kathryn so lange an, dass sich Schweiß auf ihrer Oberlippe bildet. Schließlich fragt er: »Und was ist mit der Halskette?«

Kathryns Blick wandert zu Una und dann wieder zurück zu Peter. »Halskette?«

»Una hat mir erzählt, dass sie Jemimas Halskette in ihrem Zimmer gefunden und Ihnen gegeben hat. Und dass sie diese meiner Schwester nachsenden lassen wollten. Warum behaupten Sie so etwas? Jemima soll doch so überstürzt hier aufgebrochen sein. Wie hat sie Ihnen denn eine Nachsendeadresse hinterlassen? Ich dachte, Sie seien an dem Tag nicht hier gewesen.«

Una hat immerhin genug Anstand, um schuldbewusst dreinzublicken, bevor sie die Augen von Kathryn abwendet und die Hände in ihrem Schoß anstarrt.

Kathryn zieht tief die Luft durch die Nase ein. »Weil es nicht Jemimas Halskette war.«

Una schaut überrascht zu Kathryn auf.

»Auf den ersten Blick dachte ich zwar, dass es ihre sei, aber dann wurde mir klar, dass sie jemand anderem gehört haben muss.«

Una öffnet den Mund, wie um zu protestieren, doch Kathryn bedenkt sie mit einem solch vernichtenden Blick, dass sie ihn wieder zuklappt und ein Schatten des Zweifels über ihr Gesicht huscht.

»Sie haben mein aufrichtiges Beileid.« Elspeths Stimme durchschneidet die Stille. »Aber, wie Sie ja sehen, wissen wir auch nicht, was Jemima an jenem Tag durch den Kopf ging.«

Kathryn sieht, wie Una eine Hand auf Peters Arm legt. Entweder aus Mitleid oder um ihn zu beschwichtigen. Sie ist nicht die Einzige, die diese kleine Geste trauter Zweisamkeit bemerkt hat.

Ihre Mutter sieht wütend aus.

Erst heute früh hat Kathryn die angefangene Häkeldecke entdeckt, und ihr war schwer ums Herz geworden, weil ihre Mutter nun doch etwas gefunden hatte, das sie mit Una gemeinsam hat. In der Vergangenheit hatte sie versucht, Kathryn das Stricken beizubringen, war allerdings damit gescheitert. Kathryn fand es zu knifflig und ließ nur ständig die Maschen fallen.

Diese Sache hier zwischen ihr und Una ist wie eine Tennispartie – ein Punkt an sie, dann wieder an Una. Doch nun befindet sich der Ball wieder in Kathryns Feld. Sie weiß, dass Una am Verlieren ist. Elspeth wird nicht entgehen, dass sie auf Schmusekurs mit diesem Peter geht, und es – in ihrer versponnenen, irrigen Denke – für eine Art von Treuebruch halten.

Unas Zeit ist abgelaufen.

17
Una

»Das ist doch alles etwas arg schräg«, beklage ich mich am selben Abend bei Courtney. Sie ist nach Clifton gekommen, damit wir zwei ganz alleine was trinken gehen können. Wir haben uns für einen neuen Laden entschieden, der erst kürzlich eröffnet hat – überall glitzernde Kronleuchter, Glastische und samtene Chesterfield-Sofas. »Peter ist überzeugt, dass Jemima sich nicht umgebracht hat. Und ich erinnere mich, dass Aggie gesagt hat, dass sie ein lebhaftes, quirliges Mädchen war. Sie meinte, dass wir recht ähnlich seien – sowohl was das Aussehen als auch den Charakter betrifft.«

Courtney lehnt sich in die weichen Polster zurück. Ihr volles kupferrotes Haar hat sie auf dem Kopf zu einem kecken Pferdeschwanz hochgebunden, der ihr bis über die Schultern fällt. Sie trägt ein langärmeliges Kleid mit Spitzeneinsätzen und sieht einfach umwerfend aus. »Aber meinst du nicht, dass Peter es vielleicht nur nicht wahrhaben will? Weißt du noch, als wir herausfanden, dass Charlie aus der Schule an Depressionen litt und versucht hatte, sich umzubringen? Wir waren total geschockt. Er war einer der beliebtesten Jungs, hatte alles, was man sich nur wünschen konnte – das entsprechende Aussehen, Köpfchen. Du weißt so gut wie ich, dass Menschen ihre Depressionen auch verstecken können.«

Ich fahre mit dem Finger über den Rand meines Mojito-Glases. »Ich weiß. Aber was, wenn er recht hat? Er möchte, dass ich herausfinde, wer der Typ war, mit dem Jemima was hatte. Anscheinend war es einer von Elspeths Angestellten. Aber die einzigen Männer, die sie beschäftigt, sind die Gärtner.«

Ihre grünen Augen leuchten auf. »Ooh! Glaubst du, es könnte Lewis gewesen sein?«

»Möglicherweise.«

»Dann musst du ihn finden.«

»Aber wie?«

Verschwörerisch beugt sie sich zu mir vor. »Finde seine Handynummer heraus. Elspeth muss sie haben.«

»Ich kann sie aber nicht einfach danach fragen, oder?«

»Warum nicht? Sag doch einfach, dass du jemanden kennst, der einen Gärtner braucht.«

Ich schüttle den Kopf. »Das wird bei Elspeth nicht klappen. Sie ist viel zu clever. Sie weiß, dass ich ihn attraktiv fand, und sie wird denken, dass ich auf ihn aus bin. Sie hat mir auch gesagt, dass sie ihn geschasst hat, weil er faul war. Sie weiß also, dass ich seine Nummer nicht weitergeben würde.«

»Oh, Una. Ich merke schon, dass du hier keine Spitzenleistungen liefern wirst. Du brauchst meine Hilfe.«

Ich lache. Seit ich mich erinnern kann, hat Courtney es geliebt, »Geheimnisse« zu lösen. Als wir zwölf waren, redete sie sich und mir ein, dass Mr. Hadley aus der Hausnummer vierundzwanzig seine Frau beseitigt hatte, weil sie seit einer Woche nicht mehr gesehen worden war. Das hatte zur Folge, dass wir ihn tagelang verfolgten und ihn von unseren Schlafzimmerfenstern aus bespitzelten. Wir überredeten sogar Courtneys Bruder, Theo, mitzumachen. Wir schämten uns in Grund und Boden, als wir schließlich herausfanden, dass Mr. Hadleys Frau mit einer Grippe im Bett gelegen und er sie doch nicht ermordet hatte.

Ich nippe an meinem Cocktail. »Und wie willst du helfen?«

Sie hebt eine ihrer dichten Augenbrauen. »Ich habe so meine Mittel und Wege. Die Leute erzählen ihren Friseuren *alles*.«

»Tja, also wenn er nicht gerade zu dir in den Salon spaziert, um sich die Haare schneiden zu lassen, kann ich mir nicht vorstellen, dass Lewis dir sein Herz ausschüttet.«

»Finde seine Nummer. Mehr musst du nicht tun. Durchsuche Elspeths Sachen, falls nötig.«

Ich erröte, als mir einfällt, dass ich das schon versucht habe.

Courtney entgeht es natürlich nicht. »Du hast schon herumgeschnüffelt, stimmts? Ich kenne dich doch. Du bist so schrecklich neugierig.«

Ich hebe kapitulierend die Hände. »Okay. Ja. Aber ihr Arbeitszimmer war abgeschlossen.«

»Dann finde den Schlüssel.«

»Leichter gesagt als getan.«

Eine Weile verfallen wir in Schweigen und nippen an unseren Cocktails. Ich schaffe es nicht, ihr zu gestehen, dass ich mich auf der Suche nach Hinweisen und Gemeinsamkeiten – eigentlich nach egal was – stundenlang durch Matildes Facebook-Seite und Jemimas alte Instagram-Posts gescrollt habe. Wie es scheint, war Matilde ein richtiger Bücherwurm und hat ständig Romane gepostet, die ihr gefallen haben – sie hatte eine besondere Schwäche für romantische Liebeskomödien –, während Jemimas Bildergalerie hauptsächlich aus Fotos von ihren Reisen an exotische Orte bestand. Ich habe sie mir alle angeschaut, und es brach mir das Herz, dass das Leben dieser beiden scheinbar so fröhlichen und unbekümmerten Mädchen ein so frühes Ende fand.

»Da ist noch was. Letzte Nacht ist etwas Seltsames passiert.« Ich schildere ihr, wie meine abgeschlossene Tür offen stand, als ich mitten in der Nacht aufwachte. »Und als ich nach Elspeth sah, war ich mir sicher, dass sie nur so tat, als ob sie schlafen würde.«

»Das ist ja gruselig.« Courtney sieht mich entgeistert an und stößt die Luft aus. »Denkst du, sie hat dich im Schlaf beobachtet?«

Ich verschlucke mich fast an meinem Mojito. »Hör auf! Das ist echt nicht hilfreich!«

Sie lacht. »Entschuldige. Aber vielleicht ist sie ja in dich verliebt oder so.«

»Natürlich nicht!«

»Du hast selbst gesagt, dass du wie die anderen Mädchen aussiehst. Sie hat offenbar ein Faible für junge blonde Dinger. Vielleicht ist sie ja insgeheim lesbisch.«

Ich knuffe sie in die Seite, sodass ihr Cocktail beinahe auf ihren Schoß schwappt. »Hör auf.« Aber ich muss selbst lachen. Dann erzähle ich ihr von der Halskette und wie Kathryn darauf beharrt hat, dass sie jemand anderem gehört hat.

»Und hat sie auch gesagt, wem?«

Ich zucke die Achseln. »Keine Ahnung. Aber ich glaube ihr kein Wort. Ich denke, es war Jemimas.«

Später gehe ich mit ihr zur Bushaltestelle, und sie beugt

sich vor, um mich zu umarmen. Sie riecht vertraut, nach Alkohol und ihrem Jean-Paul-Gaultier-Parfüm. Ich warte mit ihr, bis ihr Bus ankommt, und spaziere dann die paar Straßen zurück zum Kuckucksnest. Es fühlt sich falsch an, es als Zuhause zu bezeichnen. Mein Zuhause ist noch immer die Wohnung in Horfield mit Courtney. Das hier ist nur vorübergehend, rufe ich mir in Erinnerung.

Die Straße ist leer, als ich auf den Sion Hill abbiege. Die Hängebrücke in der Ferne sieht unheimlich aus, der Nebel umschwebt die Laternenpfosten, und die Lichter verschwimmen vor dem Hintergrund der tiefschwarzen Nacht. Ich muss unweigerlich an Matilde denken, die sich nach einem Abend mit Freunden allein auf dem Heimweg befand. Wie war es möglich, dass sie das Auto nicht hatte kommen sehen? Es muss wirklich schnell gefahren sein.

Hinter mir knackt ein Ast. Ich wirble herum, aber da ist niemand. Ich ziehe meine Mütze tiefer über den Kopf und gehe schneller auf Elspeths Haus zu. Ich kann Schritte näher kommen hören und renne los, wobei meine Fantasie mit mir durchgeht. Mehr ist das nicht, ermahne ich mich – so wie die Monster, die ich mir als Kind unter meinem Bett vorgestellt habe, oder die Hexe, die versucht, durch mein Fenster zu steigen, oder die Person, deren Atem ich gestern Abend vor Elspeths Schlafzimmer im Nacken zu spüren meinte. Ich kann fast schon die beruhigende Stimme meiner Mutter hören, die mir versichert, dass da nichts ist, wovor ich Angst haben müsste.

Als ich das Kuckucksnest erreiche, höre ich auf zu rennen, reiße das Metalltor auf und eile durch den Vorgarten. In meiner Hast, die Tür aufzukriegen, lasse ich beinahe den

Schlüssel fallen. Ich kann nicht schnell genug ins Haus gelangen. Mein Mut reicht gerade mal, um durch den Spalt in der Buntglasscheibe zu spähen, sobald ich mich sicher im Inneren befinde. Und da sehe ich eine in eine dunkle Jacke gehüllte Gestalt mit hochgezogener Kapuze, die die Straße in Richtung Hängebrücke überquert.

Ich blinzle angestrengt, versuche, die davoneilende Gestalt in den Fokus zu bekommen, doch meine Kontaktlinsen stören und lassen meine Sicht verschwimmen. Als ich mich abwende, werde ich das beunruhigende Gefühl nicht los, dass es Vince war.

Ich war dumm. Du hast mich gesehen, nicht wahr? Ich hätte mich verraten können. Ich habe zu schnell versucht, mich dir zu nähern. Es war nicht der richtige Zeitpunkt. Ich hätte alles ruinieren können. Geduld ist nicht meine Stärke. Wenn ich nicht auf diesen verfickten Zweig getreten wäre, hättest du nie von meiner Anwesenheit erfahren. Dabei war ich schon viel länger bei dir. Ich war bei dir, als du mit deiner nuttigen kleinen Freundin die Bar verlassen hast. Ich war bei dir, als ihr beide kichernd zur Bushaltestelle scharwenzelt seid, wobei ihr euch jünger aufgeführt habt als eure zweiundzwanzig Jahre. Ich war bei dir, als deine Freundin in ihren Bus gestiegen ist und du ihr zum Abschied gewunken hast. Und ich war bei dir, als du alleine nach Hause gingst. Ich hätte dich so leicht packen, so leicht meine Hände um deinen langen schlanken Hals legen können.

Du musst eben vorsichtiger sein.

18

Una

Während der nächsten Woche bekomme ich nicht die Gelegenheit für irgendwelche Amateurschnüffeleien, da Elspeth nicht von meiner Seite weicht. Wenn wir uns nicht gerade im Haus aufhalten, begleite ich sie auf Ausflüge oder sitze geduldig in einem ihrer Läden herum, während sie mit dem Personal die Geschäfte bespricht. Außerdem muss ich sie zweimal wöchentlich zu ihren festen Friseurterminen bringen. Leider nutzt sie nicht den Salon, in dem Courtney arbeitet (es wäre toll, ein bisschen mit ihr plaudern zu können), sondern ein exklusiveres Etablissement im Ortskern. Als ich den dortigen Preis für Schnitt plus Tönung gesehen habe, hat es mich fast umgehauen.

Ich bin mir sicher, dass Kathryn mir absichtlich aus dem Weg geht. Wenn sie mal vorbeikommt, verhält sie sich höflich, aber distanziert – ja sogar noch kühler als bisher. Ich glaube, sie ist stinkig auf mich, weil ich Peter von der Halskette erzählt habe. Vielleicht denkt sie ja, dass wir uns gegen sie verbündet haben und ihr unterstellen, dass sie mehr über Jemimas Tod weiß, als sie zugibt. Aber darum geht es gar nicht. Ja, ich glaube, dass sie bezüglich der Halskette gelogen hat, aber ich kann nicht glauben, dass sie Jemima etwas angetan hat. Warum sollte sie auch?

Peter hält via Handy Kontakt. Beim Chatten ist er viel

kommunikativer als in echt. Er musste wegen der Arbeit nach London zurück, aber er hat versprochen, in ein paar Wochen vorbeizukommen und sich ein Zimmer in einem Bed & Breakfast in der Nähe zu nehmen. Ich habe ihm gesagt, dass ich bis zu seiner Rückkehr herausfinden würde, wer Jemimas mysteriöser Freund war.

Manchmal, wenn ich nachts allein im Bett liege (die Tür abgesperrt und den Stuhl unter die Klinke geklemmt), vermisse ich Mum so sehr, dass es körperlich schmerzt. Das Gewicht ihres Todes lastet so schwer auf meiner Brust, dass ich meine, daran ersticken zu müssen. Ich verstehe Peters Schmerz. Wenn ich davon ausgehen müsste, dass jemand meiner Mum was angetan hätte, würde ich ebenfalls Himmel und Hölle in Bewegung setzen, um die Wahrheit herauszufinden. Ich bin nicht dumm – mir ist durchaus klar, dass mein Interesse an Jemimas Tod auch eine Ablenkung von meiner eigenen Trauer ist, von meiner eigenen gescheiterten Beziehung und von diesem öden Job, in dem ich meistens nur eine alte Dame zur Gesellschaft habe, obgleich wir dieser Tage – seit ich aufgehört habe, bohrende Fragen zu stellen – gut miteinander auskommen. Mir ist das alles bewusst. Und das Einzige, was mich durch diese deprimierenden kalten Wintertage bringt, ist der Gedanke an die heißen Gefilde, die ich am Ende dieses Jahres bereisen möchte.

Eines Abends, nachdem ich Elspeth ins Bett gebracht habe, ziehe ich mich in mein Zimmer zurück und scrolle durch Jemimas Instagram-Seite. Ich kann nicht aufhören, sie mir anzuschauen: all die Strände und die Städte, die sie besucht hat. Durch die Gespräche mit Peter kommt sie mir nur noch realer vor. Ich habe das Gefühl, als würde ich sie kennen. Ich frage mich, ob wir wohl Freundinnen gewesen wären.

Ich gebe Peters Name auf Google ein und warte, während die Ergebnisse geladen werden. Es gibt viele Peter Freemans, doch keiner von ihnen ist Jemimas Bruder. Ich versuche es mit Peter Freeman + Feuerwehr, aber trotzdem nichts. Obwohl seine Schwester in den sozialen Medien so präsent war, scheint es, als wäre Peter ein Geist. Es gibt von ihm keinerlei digitale Spuren im Netz.

Es ist Februar, und ich bin seit über einem Monat in dem Job, als mich Kathryn doch noch drankriegt. Es ist Mittwoch, mein freier Tag, und sie tanzt in aller Herrgottsfrühe an, um ihren töchterlichen Pflichten nachzukommen. Ich mag mich jetzt bissig anhören, aber so ist es nicht – ich bewundere, wie nett und gewissenhaft Kathryn sich um ihre Mutter kümmert. Es ist reiner Egoismus meinerseits, weil in ihrer Gegenwart die Stimmung sofort umschlägt und ich unter ständiger Anspannung bin, so, als müsste ich auf Zehenspitzen über einen mit kaputten Spielsachen bedeckten Boden schleichen, darauf bedacht, ja kein Geräusch zu machen, um sie nicht auf meine Anwesenheit aufmerksam zu machen. Es ist offensichtlich, dass sie mich nicht mag und es nicht schätzt, dass ich überhaupt da bin. Sie strahlt es förmlich aus jeder Pore aus.

Als ich nach unten komme, gehe ich davon aus, dass das Haus leer ist. Normalerweise geht Kathryn mit ihrer Mutter als Erstes eine Runde raus, da Elspeth eine Frühaufsteherin ist. Doch sie steht mit einem Buch in der Hand in der Tür der Bibliothek und sieht mich erschrocken an, als hätte ich sie bei etwas erwischt, das sie nicht tun sollte. Sie hält etwas in der Hand, das wie ein Schlüssel aussieht. Sie schiebt ihn rasch ins Regal und stellt das Buch davor. Sie erledigt all das blitzschnell, wie ein Zauberkünstler, der einen seiner Taschenspielertricks aufführt, wobei sie ganz offensichtlich hofft, dass ich es nicht bemerke. Und daher tue ich auch so, als ob ich nichts mitbekommen hätte, während ich zum Schuhschrank rübergehe, um mir meine Stiefel zu schnappen. Courtney hat heute ebenfalls frei, wir wollen im Cabot Circus shoppen.

»Una, kann ich Sie kurz sprechen?«, ruft sie, während ich in meinen Mantel schlüpfe, wobei ihre Stimme durch den Flur hallt. Ich frage mich, wo Elspeth steckt. Mir rutscht das Herz in die Hose, aber ich setze ein falsches Lächeln auf und gehe zu ihr rüber. Sie winkt mich in die Bibliothek und schließt dann die Tür hinter mir.

Ich betrete nur selten diesen Raum, obwohl er wunderschön ist mit seinen deckenhohen Bücherregalen und den beiden Ohrensesseln aus weichem senfgelbem Samt, welche die Terrassentüren flankieren. Hier drinnen ist es friedlich und entspannend, doch abgesehen von den Büchern verfügt der Raum über keinerlei Persönlichkeit. Nichts, was Auskunft darüber geben würde, um wen es sich bei den McKenzies eigentlich handelt: kein Souvenir aus einem unvergesslichen Urlaub oder ein Briefbeschwerer auf dem kleinen runden Tisch. Noch nicht einmal eine Kerze oder eine Duftlampe, wie Courtney und ich sie im Überfluss in unserer Wohnung stehen hatten – hauptsächlich um den Schimmelgeruch zu übertünchen.

»Setzen Sie sich«, sagt sie auf einen der Sessel deutend. Ich leiste ihren Worten Folge, verwirrt und auch ein wenig besorgt, worüber sie sich wohl mit mir unterhalten möchte. Sie sieht nicht besonders verärgert aus. Sie hat ihren neutralen Gesichtsausdruck aufgesetzt, sodass es unmöglich ist, ihre Gedanken abzulesen. Sie nimmt mir gegenüber Platz und beugt sich, die Ellbogen auf ihren Schoß abgestützt, nach vorne, so, als wären wir beste Freundinnen, die nur ein Pläuschchen halten wollen. »Ich hoffe, es macht Ihnen nichts aus, wenn ich das jetzt anspreche …«, sie holt tief Luft, »… aber Mutter hat mich gebeten, mit Ihnen über Viola zu sprechen.«

Die mysteriöse Viola. Alle meine Sinne sind hellwach. »Okay.«

»Mutter mag es nicht, über sie zu reden. Sie hat uns alle sehr verletzt, als sie fortgelaufen ist. Was Mutter betrifft, so gibt es keine Viola mehr.«

Natürlich brenne ich darauf, Fragen zu stellen. Sie drängen sich schon meine Kehle empor, aber ich weiß, dass das in diesem Haus nicht gern gesehen wird, also schweige ich und nicke stattdessen. Ich spüre, wie sich die Hitze von meinem Nacken aus über mein Gesicht breitet.

Sie lehnt sich im Sessel zurück und wirkt dabei zufrieden. »Und wenn wir schon dabei sind: Es hat mir nicht gefallen, dass Sie letzte Woche Peter Freeman ins Haus mitgebracht haben. Was sollte das?«

Ich erkläre, dass er während ihrer Abwesenheit geklingelt hatte und ich Mitleid mit ihm hatte und ihn deswegen zur Hängebrücke begleitet habe.

»Mir ist bewusst, dass er nicht glauben möchte, dass seine Schwester sich umgebracht hat, aber Sie sollten sich da nicht reinziehen lassen, Una. Falls es Zweifel bezüglich ihres Todes gibt, so ist das Sache der Polizei.«

Ich nicke erneut, wobei ich mir vorkomme wie eine Fünfjährige, die getadelt wird.

Sie steht auf. Ich gebe mir einen Ruck und sage mir: jetzt oder nie. »Ähm, ich weiß, das ist eine komische Frage, aber Sie haben nicht zufällig die Nummer von Lewis, dem Gärtner?« Ich laufe dabei knallrot an, und sie hebt eine ihrer fein geschwungenen Augenbrauen.

»Nein, aber ich kann sie Ihnen besorgen.« Sie schenkt mir ein freundliches Zwinkern, und es ist, als habe sich die Kathryn, die ich kenne, vor meinen Augen in einen anderen Menschen verwandelt. Ich habe sie bisher nur einmal so gesehen, und das war am Tag meines Einzugs. »Wenn ich Sie wäre, würde ich meiner Mutter aber nicht erzählen, dass Sie vorhaben, mit Lewis auszugehen. Sie ist kein großer Fan von so was.«

Am späten Nachmittag, als ich nach einer ausgiebigen Shoppingtour mit Courtney ins Kuckucksnest zurückkehre, laufe ich Kathryn über den Weg, als ich gerade auf mein Zimmer will. Ich weiß nicht, was sie auf meiner Etage zu suchen hat, vielleicht hat sie darauf gewartet, dass ich nach Hause komme. Doch als sie mich sieht, drückt sie mir kommentarlos einen gefalteten Zettel in die Hand, dann dreht sie sich um und geht davon. Ich falte das Papier auseinander. Es ist eine Handynummer, von der ich annehme, dass sie Lewis gehört. Mein Herz schlägt schneller, und ich rufe mir in Erinnerung, dass ich das hier für Peter tue. Für Jemima. Und nicht, weil ich Lewis wiedersehen möchte.

Es ist ein bitterkalter Abend. Der Februar ist sogar noch eisiger, als der Januar es war. Zu kalt für Schnee, wie meine Mum zu sagen pflegte. Frost bedeckt die Bürgersteige wie funkelnder Feenstaub, er glitzert unter dem bernsteinfarbenen Schein der Straßenlaternen und knirscht unter den Sohlen meiner Stiefel. Die Windschutzscheiben der geparkten Autos sind zugefroren, und mir tun die Besitzer leid, die morgen das Eis werden wegkratzen müssen. Das kalte Wetter scheint die Studenten jedoch nicht vom Ausgehen abzuhalten, und so herrscht auf den Straßen von Clifton ein reges Treiben, als ich zu dem Pub um die Ecke gehe. Ich bin froh, dass es draußen nicht ganz so verlassen ist, und schwöre mir, Lewis dazu zu bringen, mich nach Hause zu begleiten. In den letzten zwei Wochen hatte ich mehrere Male das gruselige Gefühl, verfolgt zu werden. Wenn ich mich umdrehe, ist nie jemand zu sehen, aber gelegentlich spüre ich einen Atem in meinem Nacken oder Blicke, die sich in meinen Rücken bohren. Ich bin mir sicher, dass es nur meine Einbildung ist, und ich habe es auf das unschöne Gefühl geschoben, das sich mir aufdrängt – nämlich dass ich mich mit dem Job in die Fußstapfen toter Frauen begeben habe. Normalerweise überkommt mich das Gefühl nur, wenn ich alleine unterwegs bin – obwohl, als ich neulich Elspeth zum Friseur begleitet habe, war ich mir sicher, jemanden hinter mir zu spüren, jemanden, der viel dichter hinter mir lief, als normal wäre.

Ich schiebe die Tür zum Pub auf. Lewis sitzt auf einem Hocker an der Bar, die Füße unten auf der Ablage abgestützt. Er trägt eine schwarze Jeans und eine dicke Wolljacke; sein wuscheliges dunkles Haar reicht bis zum Kragen. Er sieht sogar noch besser aus, als ich ihn in Erinnerung habe.

Er war überrascht, von mir zu hören, als ich anrief. Ich habe nicht verraten, weshalb ich ihn sehen will, als ich ihn fragte, ob er diesen Abend Zeit hätte, um was trinken zu gehen, doch er willigte unumwunden ein.

Er dreht sich nicht um, bis ich mich auf Höhe seiner Schulter befinde. Dann muss er doch meine Gegenwart spüren, denn er hebt den Blick von seinem Bierglas. »Schön, dich zu sehen«, sagt er, als ob wir alte Freunde wären und nicht Leute, die sich bisher nur ein einziges Mal über den Weg gelaufen sind. »Was darf ich dir bestellen?«

Ich bestelle einen kleinen Weißwein. Es ist früh am Abend, noch nicht mal ganz halb acht, sodass es im Pub recht gemächlich zugeht und wir einen ruhigen Tisch in der Ecke finden. Ich setze mich ihm gegenüber, eine Kerze flackert zwischen uns auf dem Tisch, und ich erröte vor Verlegenheit. Es sieht aus, als hätten wir ein Date, und ich frage mich, ob ich Lewis diesen Eindruck vermittelt habe.

»Danke, dass du dich mit mir treffen wolltest«, beginne ich zaghaft. Nun, da ich hier bin, weiß ich nicht so recht, wie ich das Thema Jemima ansprechen soll. »Was hast du so getrieben, seitdem du nicht mehr für die McKenzies arbeitest?«

»Ach, dies und das, du weißt schon. Zu dieser Jahreszeit gibt es nicht gerade viele Leute, die einen Gärtner wollen.« Er umschließt sein Bier mit den Händen, und ich bemerke, dass sie stark und schwielig sind. Für einen flüchtigen Moment stelle ich mir vor, wie sie mich berühren, und erröte.

»Na, wie ist es so, für den alten Drachen zu arbeiten?« Er lächelt, um seinen Worten die Spitze zu nehmen.

»Ich … Sie ist …« Ich zögere, da ich nicht illoyal sein

möchte. »Sie ist okay. Trotzdem tut es mir leid, dass sie dich entlassen hat.«

Er zuckt die Achseln. »So ist das nun mal. Sie konnte mich noch nie leiden.«

»Ich glaube, sie bevorzugt die Gesellschaft von Frauen«, sage ich und denke dabei an das, was Kathryn mir gesagt hat.

Er überrascht mich mit einem Lachen. »Was du nicht sagst.«

»Wie lange hast du für sie gearbeitet?«

Er zieht eine seiner Augenbrauen hoch, wobei sein Blick fest auf mich gerichtet bleibt. »Ein paar Monate.«

Mein Magen macht einen Satz. Ich versuche, meine Gedanken zu ordnen. »Kanntest du Jemima? Das Mädchen vor mir.«

Sein Gesicht verdüstert sich, und er schiebt sich eine Haarsträhne aus der Stirn. »Ja, ich kannte Jemima.« Der flirtende Unterton ist aus seiner Stimme verschwunden. Er nimmt einen Bieruntersetzer zur Hand und fängt an, mit seinen robusten Fingern an den Rändern herumzuzupfen. »Wolltest du mich deshalb sehen?« Er schaut nicht mehr mich, sondern nur noch seine Hände an, während er den Pappdeckel in der Mitte durchreißt. »Ich habe mich schon gewundert, warum du dich aus heiterem Himmel gemeldet hast, wo wir uns doch gar nicht kennen. Ich dachte, vielleicht …« Er verstummt.

Ich spüre, wie mir erneut die Hitze ins Gesicht schießt. Er dachte, ich wollte ein Date. »Ich habe ihren Bruder getroffen.« Und dann erzähle ich ihm von Peter und seinem Besuch. »Er sagte, er glaube, dass sie einen Freund hatte, und er hat sich gefragt, ob du das vielleicht warst.«

Er schüttelt den Kopf. »Im Oktober waren wir ein paarmal aus. Wir haben zur gleichen Zeit angefangen und haben uns gut verstanden. Sie war ein tolles Mädchen. Aber es ging nicht lange. Wenns hochkommt zwei Wochen. Ich glaube nicht, dass ihr Bruder mich gemeint haben könnte.«

Ich bin enttäuscht, versuche allerdings, es mir nicht anmerken zu lassen. »Peter meinte, sie sei mit jemandem zusammen gewesen, als er kurz vor ihrem Tod mit ihr telefoniert hat. Weißt du vielleicht, mit wem?«

Er nimmt einen großen Schluck von seinem Bier und stellt es wieder auf dem Tisch ab, bevor er antwortet. »Jemima war ein wirklich nettes Mädchen, aber sie war auch sehr verschlossen. Sie öffnete sich nicht so schnell. Nachdem wir ein paarmal zusammen aus waren und klar war, dass daraus nichts werden würde, ging sie mir aus dem Weg. Ich dachte, wir könnten Freunde sein, aber … Ich weiß auch nicht. Ich mochte sie wirklich gern, aber sie konnte sehr launisch sein.«

»Glaubst du, dass sie vielleicht depressiv war?«

»Es würde mich nicht wundern. Weißt du, es gab die fröhliche Jemima, das Mädchen, das süß und lustig war und gerne lachte, und dann war da noch diese andere Seite an ihr. Diese dunklere Seite. Sie konnte ziemlich mürrisch sein. Wortkarg. Ich wusste nie, welche Jemima zu unserem Date erscheinen würde.«

»Hat es deshalb nicht geklappt?«

Er lehnt sich auf seinem Stuhl zurück. »Gott, Una, du stellst echt gern Fragen, oder?«

»Entschuldige. Tut mir leid. Ich möchte nur verstehen …«

Er rutscht nach vorne. »Warum? Du hast das Mädchen nicht einmal gekannt.«

»Für Peter. Hauptsächlich.«

»Also du und dieser Peter – seid ihr zusammen?«

»Was?« Ich lache. »Nein. Nein, natürlich nicht.«

»Warum dann? Du hilfst ihm nur so, weil du so ein gutes Herz hast?« Sein Tonfall hat jetzt etwas Spöttisches, und das wurmt mich dann doch.

»Nein, aus Eigennutz. Ich würde eben ganz gern erfahren, was es mit ihrem Tod auf sich hat, wo ich buchstäblich ihr Leben lebe. Ich arbeite für dieselben Leute, wohne in ihrem Zimmer … Und dann, das Mädchen vor ihr, Matilde, sie ist ebenfalls tot …« Die Furcht in meiner Stimme ist nicht zu überhören.

Er überrascht mich, indem er über den Tisch greift und meine Hand nimmt. »Es tut mir leid. Natürlich muss das furchtbar sein. Aber ganz ehrlich, Una, ich glaube nicht, dass du dir Sorgen zu machen brauchst. Ich habe von Matilde gehört. Es war ein Unfall. So etwas ist schrecklich, aber es kommt vor. Und Jemima, na ja … Wie ich schon sagte, ich glaube, sie hatte einige Probleme. Ich weiß, dass du meintest, ihr Bruder könnte nicht akzeptieren, dass sie sich das Leben genommen hat, und ich weiß, dass ich nur ganz kurz was mit ihr hatte, aber sagen wir einfach: Es überrascht mich nicht sonderlich.«

Lewis' Hand fühlt sich warm und beruhigend an in meiner. Ein Gefühl der Erleichterung durchströmt mich. Erst jetzt ist mir so recht bewusst geworden, wie viel Angst ich hatte. Aber wie ich hier mit Lewis sitze und er mir das alles ganz vernünftig erklärt, wird mir klar, wie paranoid ich war.

19

Kathryn

Kathryn zieht die Bettdecke über ihren Kopf und stöhnt. Sie wälzt sich schon seit Stunden hin und her, und sie weiß auch, warum. Sie hat darauf gewartet, dass Una nach Hause kommt. Sie schlägt die Decke zurück und steigt aus dem Bett. Es bringt ja doch nichts. Sie wird keinen Schlaf finden, bis Una wieder da ist und sie unten war, um die Haustür zu überprüfen. Ganz gleich, wie oft sie der neuesten Gesellschafterin ihrer Mutter sagt, sie solle die verdammte Tür doppelt abschließen, sie tut es nie. Jetzt steht sie mitten im Zimmer und holt tief Luft. Ein und aus. So, wie der Therapeut es ihr geraten hat. Es ist nicht Unas Schuld. Woher soll Una wissen, dass Kathryn – vor allem wenn sie bei Ed und den Kindern in ihrem 30er-Jahre-Haus sitzt – mit der ständigen lähmenden Angst lebt, dass eines Tages *dieses* Klopfen an der Tür ertönen wird?

Sie kehrt gerade vom Klo zurück, als sie das Quietschen des Gartentors und leise Stimmen hört. Sie wirft einen Blick auf ihr Fitbit, das sie nachts trägt, um ihren Schlaf zu überwachen. Es ist fast ein Uhr morgens. Wo hat Una die ganze Zeit gesteckt? Kathryn hat sie beobachtet, als sie vorhin ausgegangen war. Sie hatte das Haus um sieben Uhr fünfundzwanzig verlassen, bekleidet mit einer knallengen schwarzen Jeans mit so vielen Rissen, dass Kathryn sich fragte, wozu sie sie überhaupt trug. Sie muss darin fürchterlich gefroren haben.

Bevor sie weiter über Unas Nachtleben grübeln kann, steht Kathryn schon in Violas altem Zimmer, von dem aus man einen Blick in den Vorgarten hat. Die Vorhänge sind aufgezogen, niemand kommt je hier rein, um sie zu schließen. Schon vor etlichen Jahren war jede Spur von Viola aus dem Raum entfernt worden. Jetzt steht darin nur noch ein Doppelbett mit neuen makellosen Bezügen, das nie benutzt wird, und andere Möbel aus schwerem Mahagoni statt dem ursprünglichen Weiß. Es ist, als hätten Kathryn und ihre Mutter diese unausgesprochene Regel: Obwohl Violas Persönlichkeit daraus getilgt wurde, wird es immer ihr Zimmer bleiben. Und obwohl dreißig Jahre vergangen sind, seit ihre ältere »Schwester« verschwand, kann Kathryn hier noch immer Violas Präsenz spüren. Beinahe meint sie den Geruch ihres White-Musk-Parfüms aus dem Body Shop zu riechen.

Ein kurzes schrilles Auflachen von Una bringt Kathryn in die Gegenwart zurück und lässt sie zum Fenster eilen. Una und Lewis stehen am Tor. Er hat seine Arme um ihre schmale Taille gelegt, und sie hat die ihren um seinen Hals geschlungen. Sie schaut zu ihm auf, und als er sich runterbeugt, um sie zu küssen, spürt Kathryn einen Stachel der Eifersucht so heftig, dass ihr beinahe schlecht wird. Sie kann sich nicht mehr erinnern, wann sie das letzte Mal Ed geküsst hat. Nicht richtig. Nicht mit jener Hingabe und Hemmungslosigkeit, die sie da vor sich sieht. Es kommt ihr wie eine Ewigkeit vor, dass sie in Unas Alter war und jemand, der so attraktiv und sexy wie Lewis ist, Interesse an ihr zeigte. Sie erträgt den Anblick nicht. Sie wendet sich ab. Und in diesem Moment empfindet sie blanken Hass auf Una, darauf, wie leicht sie doch durchs Leben schwebt mit ihren Rehaugen, der langen blonden Mähne und den kecken Tittchen, mit denen sie bekommt, was immer sie will, *wen* immer sie will. Wie ungerecht, dass das Leben für Kathryn nie so einfach war. Sie musste so hart arbeiten, sich so viel Mühe geben, um das Leben zu erreichen, das sie heute hat. Jahre des Daseins als perfekte Tochter, als perfekte Ehefrau, als perfekte Mutter. Und wofür? Damit Mädchen wie Una ihr alles wegschnappten, indem sie sich die Zuneigung eines Menschen durch ihren Charme erschlichen?

Sie kehrt in ihr Bett zurück. Wie sie daliegt, ist ihr gesamter Körper verkrampft, und sie fühlt sich altbacken und unattraktiv in ihrem Flanellpyjama. Sie fragt sich, was Una wohl im Bett trägt. Ohne Zweifel etwas, das sexy ist. Sie lauscht gespannt, horcht auf die Haustür und hört schließlich das verräterische Knarren, das Knallen und das gedämpfte Fluchen von Una, die sich ins Haus schleicht.

Kathryn steigt schnell aus dem Bett und wirft sich den Bademantel über, während sie auf den Flur hinaustritt. Ein Streifen Mondlicht fällt durch das Seitenfenster und wirft Schatten an die Wände. Kathryn packt das Geländer, um nicht die Balance zu verlieren. Als sie die Treppe hinuntergeht, sieht sie Una mitten in dem großen Flur auf dem Boden sitzen, wo sie versucht, ihre Stiefel auszuziehen. Sie kichert in sich hinein.

»Haben Sie die Haustür zweimal abgesperrt?«

Una schaut überrascht zu Kathryn auf und legt sich die Hand auf ihr Herz. »Oh … Sie haben mich erschreckt.«

Kathryn sagt nichts. Sie geht die Stufen hinunter und rauscht achtlos an Una vorbei. Sie überprüft die Tür. Ganz wie sie dachte – nicht abgeschlossen. »Was ist nur los mit Ihnen?«, zischt Kathryn, wobei all ihr Groll, all ihre Angst sich in ihr aufstauen und über dem Mädchen entladen. »Verdammt noch mal, wie oft habe ich Ihnen gesagt, Sie sollen die Tür abschließen?«

Una rappelt sich auf, ihre Stiefel in einer Hand. Selbst im Dunkeln sieht Kathryn, wie beschämt sie dreinschaut. »Es tut mir leid, ich habe nicht daran ...«

»Sie müssen Verantwortung übernehmen«, fährt Kathryn im wütenden Flüsterton fort. »Meine Mutter will nun mal keine verdammte Alarmanlage, aber selbst Ihnen dürfte nicht entgangen sein, dass dieses Haus ein potenzielles Ziel darstellt.«

»Ich ... Ja ... Doch ...«

»Sollten Sie es noch ein Mal vergessen, bleibt mir keine Wahl, als eine Abmahnung auszusprechen.« Die Worte sind draußen, bevor Kathryn nachgedacht hat. Was erzählt sie denn da überhaupt? In Sachen Personal hat ihre Mutter das letzte Wort – aber es kann nicht schaden, dem Mädchen ein bisschen Angst einzujagen.

Una lässt den Kopf hängen, und ihr langes Haar fällt ihr vors Gesicht. Sie ist so klein, und sie sieht so verletzlich aus, wie sie da barfuß in ihren Socken vor ihr steht, mit einem großen Loch an einem Zeh und dem Mantel, der ihr etwas zu weit ist. Kathryn weiß, dass sie sich wie ein fieses Miststück aufführt, aber sie kann nicht anders.

»Ich möchte nicht mehr wach bleiben und auf Sie warten müssen, nur um sicherzugehen, dass Sie die Tür verschlossen haben«, setzt sie nach. Ihr ist bewusst, dass sie wie eine keifende alte Tante klingt.

»Es wird nicht wieder vorkommen, ich verspreche es.« Una schiebt sich das Haar hinter die Ohren.

Kathryn marschiert an ihr vorbei. »Gut. Wir sehen uns morgen früh.« Sie bleibt am Fuß der Treppe stehen und dreht sich zu Una um. »Und noch etwas: Ein Uhr nachts ist doch recht spät, wenn man am nächsten Tag arbeiten muss.«

Una reckt ihr Kinn. »Das wird keinerlei Einfluss auf meine Leistungsfähigkeit haben«, erwidert sie ruhig.

»Das hoffe ich doch. Gute Nacht.« Dann steigt Kathryn die Treppe hoch, kehrt in ihr Schlafzimmer zurück und vergewissert sich, dass sie die Tür geschlossen hat.

Am nächsten Morgen ist Una beim Frühstück auffallend ruhig, sie wirkt blass unter dem kaum vorhandenen Make-up. Kathryn beobachtet sie über den Tisch hinweg dabei, wie sie ein Würstchen auf ihrem Teller hin und her schiebt, und kann sich eines selbstzufriedenen Gefühls nicht erwehren, da es offensichtlich ist, dass Una leidet. Vielleicht wird sie es sich von nun an ja zweimal überlegen, so lange auszubleiben und mit gut aussehenden ehemaligen Angestellten herumzumachen, wenn sie am nächsten Tag arbeiten muss. Als sie Una Lewis' Nummer gegeben hat, hätte sie sich gleich denken können, dass die beiden sich verabreden würden.

Ihre Mutter plappert munter vor sich hin. Heute Morgen hat sie gute Laune. Nicht so wie gestern. Gestern hat sie alles, was Kathryn tat, verärgert – angefangen dabei, dass sie ihren Arm beim Spazieren zu arg festhielt, bis hin zu dem Umstand, dass sie ihren Tee zu »robust« mache. Gleich mehrfach hat sie sich gestern gewünscht, bei der Quasselstrippe Daisy in der Galerie zu sein, anstatt sich die nicht enden wollenden

Mäkeleien ihrer Mutter anzuhören, die allesamt zu schreien schienen: »Du bist nicht Viola!«

Sie sieht zu, wie ihre Mutter über eine Bemerkung von Una lacht, wobei sie den Kopf in den Nacken wirft, sodass Kathryn bis in ihre rosige Kehle sehen kann. Sie erträgt die offen zur Schau gestellte Zuneigung ihrer Mutter nicht.

Kathryn legt klappernd Messer und Gabel nieder und räuspert sich. »Una, wie geht es Ihnen denn heute Morgen?«, fragt sie, wobei ihre Stimme klar und deutlich durch die weiträumige Küche klingt. Aggie hat aufgehört, am Herd herumzufuhrwerken, und sich mit einer Tasse Tee zu ihnen begeben.

»Ooh, bist du gestern Abend etwa ausgegangen, Schätzchen?« Aggies Knopfaugen mustern Una liebevoll. Es bringt Kathryns Blut zum Köcheln. Selbst ihre liebe Aggie ist vernarrt in das Mädchen.

»Ja, war sie«, wirft Kathryn ein, bevor Una was sagen kann. »Sie hatte eine Verabredung. Mit Lewis.«

Es hat den erwünschten Effekt. Alle verstummen. Selbst Aggie, die sonst nie um Worte verlegen ist, scheint überrascht.

Die Stimmung ihrer Mutter kippt, wie Kathryn erwartet hat, blitzartig.

Ihre kalten blauen Augen funkeln gefährlich, und Kathryn kann ihre Schadenfreude kaum verhehlen. »Du bist mit Lewis ausgegangen? Lewis, unserem ehemaligen Gärtner?«

Una wirkt, wenn überhaupt möglich, noch blasser als zuvor. »Ähm … es war nicht wirklich eine Verabredung. Es … Ich wollte nur …« Ihr scheinen die Worte ausgegangen zu sein.

»Wir sind ganz Ohr«, sagt Kathryn und lehnt sich auf ihren Ellbogen nach vorne.

Una rutscht auf ihrem Stuhl hin und her. »Es gibt eigentlich nichts zu sagen.«

Kathryn lächelt. »Ich hatte mich schon gefragt, warum Sie seine Nummer wollten. Aber ich mache Ihnen keinen Vorwurf, er ist ein wirklich knackiger Kerl.«

Una errötet, und ihre Mutter schaut aus, als wäre ihr übel. »Das reicht, Kathryn«, sagt sie schneidend. »Du bist alt genug, seine Mutter zu sein. Und du, Una, ich bin überrascht. Ich dachte, du hättest mehr Geschmack.« Sie schiebt ihren Stuhl mit solcher Kraft zurück, dass die Beine schrill über die Kalksteinfliesen schrammen. Sie steht auf. »Nun, wenn ihr mich entschuldigen würdet, ich habe Kopfschmerzen. Ich werde mich im Salon ausruhen. Wenn du mir eine Tasse Tee bringen könntest, Una, wäre ich dankbar.«

»Natürlich«, murmelt Una hinter ihrem Vorhang aus Haaren hervor. Ihre Wangen sind noch immer knallrosa.

Kathryn beobachtet den steifen Rücken ihrer Mutter und wie standfest sie heute auf den Beinen ist.

Sie sprechen erst wieder, als Elspeth den Raum verlassen hat. »Nun«, sagt Kathryn, ihren Kaffee leerend, »ich geh dann mal lieber. Einen schönen Tag noch.«

Sie lächelt in sich hinein, während sie das Haus verlässt, wohl wissend, dass Unas Tag ruiniert ist.

Als sie nach Hause kommt, wartet Jacob in seiner Schuluniform auf der Treppe. An den anderen Kindern sieht der schwarze Blazer immer so adrett aus, aber aus irgendeinem Grund nie an ihrem Sohn – wahrscheinlich weil er den Gang eines Gorillas hat. Sein obligatorischer dunkelblauer Rucksack liegt zu seinen Füßen. Er sieht recht leer aus. Sie ist klug genug, ihn nicht danach zu fragen, wenn sie keinen Anschiss kassieren will.

»Du bist zu spät«, sagt er, kaum dass sie den Flur betreten hat. Ist sie nicht. Sie kommt nie zu spät.

»Wo sind dein Vater und Harry?«

»Harry ist bei einer Pyjamaparty, und Dad ist zur Arbeit gegangen.«

»Harry ist bei einer Pyjamaparty? Unter der Woche? Wer hat das entschieden?«

Jacob erhebt sich lustlos. Er ist so groß, dass er sie mittlerweile überragt. »Dad. Du bist ja nie hier.«

»Ich war bei Großmutter.«

»Du bist immer bei Großmutter.«

»Sie ist alt. Jemand muss nach ihr sehen.«

»Hat sie deswegen nicht diese Una?«

»Ja, schon, aber Una braucht auch einen freien Tag.« Sie schluckt ihren Ärger runter. »Wir haben das doch schon besprochen.«

Er murmelt leise etwas vor sich hin, aber sie kann es nicht verstehen. »Wir müssen los.« Er schultert seinen Rucksack. »Ich komme zu spät zur Schule.«

»Was ist mit dem Bus?« Er fährt sonst immer mit dem Bus. Er meint, er nimmt ihn gerne, weil er da mit seinen Kumpels quatschen kann – obwohl sie nicht aussehen, als würden sie quatschen, wenn Kathryn sie zu Gesicht bekommt. Üblicherweise kleben sie an ihren Handys oder haben die Ohrstöpsel eingesteckt.

»Hab ich verpasst.«

Schon wieder. Letzte Woche ist er nicht in der Schule aufgetaucht. Er hatte an jenem Tag den Bus genommen, und sie war davon ausgegangen, dass er gut dort angekommen wäre – sie hat *Find My Friends* auf ihrem Smartphone installiert, um ihn nach seinen Eskapaden letztes Jahr tracken zu können –, aber sein Handy war ausgeschaltet. Dann erhielt sie einen Anruf vom Schulleiter, der ihr mitteilte, dass er nicht erschienen sei. Sie verließ umgehend die Galerie und fuhr durch die Gegend, bis sie ihn fand: allein in der Eiseskälte durch den Downs-Park spazierend. Als sie von ihm wissen wollte, wo er gesteckt hatte, sagte er, er hätte den Bus verpasst und beschlossen, zu Fuß zu gehen, und sich dann im Nebel verirrt. Natürlich hat sie ihm kein Wort geglaubt. Er lebt sein ganzes Leben schon in Bristol, und seine Schule war höchstens vierzig Minuten zu Fuß entfernt. Ja, er wäre sicherlich zu spät gekommen, aber es war ausgeschlossen, dass er sich auf dem Weg von Stoke Bishop zu seiner noblen Privatschule in der Nähe des Stadtzentrums verlaufen hätte.

»Tja, ein Glück, dass ich jetzt da bin«, sagt sie nun möglichst gelassen, um ihren einst so ruhigen Sohn nicht gegen sich aufzubringen.

Als er vierzehn wurde, verwandelte er sich praktisch über Nacht von einem tiefenentspannten Kind zu einem ängstlichen trotzig-abwehrenden Hormonbündel. Von Freunden mit älteren Kindern hatte sie bereits mitbekommen, dass so etwas passieren konnte, aber sie hätte nie gedacht, dass dies auch auf ihre Jungs zutreffen könnte. Sie hatte sie gut erzogen – eine gute Mutter zu sein, war für sie genauso wichtig, wie eine gute Ehefrau und Tochter zu sein. Die eigene katastrophale Kindheit, die sie durchlebt hatte, bevor sie zu Elspeth kam, hatte in ihr den Entschluss verfestigt, ihren Kindern die bestmögliche Mum zu sein. Und sie hatte geglaubt, dass es ihr gelungen war. Bis letztes Jahr.

Nicht dass sie Elspeth gegenüber irgendetwas davon zugeben könnte. Elspeth würde es nicht verstehen. Kathryn weiß, dass ihre Mutter Mädchen lieber hat. Sie erinnert sich nur zu gut daran, wie ihre Mutter den kleinen Tommy, einen Jungen, den sie vor Kathryn adoptieren wollte, zurückgeschickt hatte, weil er »zu ungezogen« gewesen sei.

»Hat Oma nach uns gefragt?«, fragt Jacob vom Beifahrersitz.

»Natürlich. Wie immer«, lügt sie. Die traurige Wahrheit ist, dass Elspeth ihre Enkel scheißegal sind. Kathryn wurde das schon vor Jahren klar. Sie weiß noch, wie sie ihre Mutter mit dem neugeborenen Jacob, mit ihrem schönen pummeligen Baby mit den großen braunen Augen und Apfelbäckchen, besuchen kam. Elspeth wirkte leicht angewidert, als Kathryn ihn ihr in den Arm legte, so als wäre er ein räudiges Tier, das stank. Sie reichte ihn rasch mit einem steifen Lächeln zurück, und Kathryn war so verletzt, dass sie nach Hause ging und bitterlich weinte. Während ihrer zweiten Schwangerschaft konnte sie ihrer Mutter ansehen, wie sehr sie darauf hoffte, dass sie diesmal ein süßes kleines Mädchen bekommen würde. Jedes Mal wenn Kathryn sie besuchen kam, merkte Elspeth an, dass sie dieses Baby anders trug. Kommentare wie: »Dein Bauch geht mehr in die Breite, und du siehst so prall aus. Ich glaube, es wird ein Mädchen«, oder: »Du hast dich dieses Mal nicht annähernd so oft übergeben. Ist dir das auch aufgefallen?« Und als sie Harry schließlich zur Welt brachte, verfiel sie in ein Wechselbad der Gefühle. Einerseits war ihr klar, dass, wenn sie ihrer Mutter diese so heiß ersehnte Enkelin geschenkt hätte, sie sämtliche Kontrolle über ihr Kind verloren und Elspeth alles an sich gerissen hätte, andererseits hätte eine Enkelin ihre Mutter möglicherweise dazu gebracht, Kathryn mehr zu lieben.

»Ich habe sie seit Monaten nicht mehr gesehen.« Jacobs Stimme holt sie in die Gegenwart zurück.

Kathryn versucht, ihre Überraschung zu verbergen. »Willst du sie denn sehen?«

Er brummt. »Nicht wirklich. Sie fragt mich nie, was ich mache. Nicht so wie Nanny Mols.«

Nanny Mols – Molly – ist Eds Mutter, eine liebenswerte, warmherzige Frau mit vollen Wangen, die Ed und ihre einzigen Enkelkinder abgöttisch liebt.

»Ich glaube, Großmutter hat eine Menge um die Ohren. Und vergiss nicht, dass sie um einiges älter ist als Nanny Mols. Ich würde es nicht persönlich nehmen. Großmutter ist mit allen so.«

»Ich nehme es nicht persönlich«, blafft er, und Kathryn möchte sich selbst einen Tritt dafür verpassen, das Falsche gesagt zu haben. Wieder einmal.

Sie will ihn anschreien. Ihm sagen, dass er dankbar sein soll für das Zuhause und das Leben, das er hat. *Du hättest eine Kindheit wie meine haben können*, ist sie versucht zu sagen. *Eine Mutter, die sich vor dir eine Überdosis verpasst. Um dann von Pontius zu Pilatus herumgestoßen zu werden. Und dann schlussendlich eine Familie zu finden, nur um festzustellen, dass sie ihre eigenen Dämonen und dunklen Geheimnisse hat*. Aber natürlich sagt sie nichts von alldem. Sie beißt sich auf die Lippe, und sie legen den Rest der Strecke schweigend zurück.

20

Der Kuckuck, Oktober 1983

Es war der 31. Oktober. Violas dreizehnter Geburtstag.

Katy fand es passend, dass Violas Geburtstag auf Halloween fiel. In den drei Monaten, die sie als ihre Schwester unter dem gleichen Dach gelebt hatte, war ihr klar geworden, dass etwas sehr Dunkles hinter Violas schöner Fassade lauerte.

Sie hatte alles in ihrer Macht Stehende getan, um mit Viola Freundschaft zu schließen, nicht zuletzt auch, weil sie wusste, dass Elspeth das erwartete, und sie sich geschworen hatte, zu tun, was auch immer ihre neue Mutter wollte, um zu vermeiden, dass sie, so wie Tommy, ins Heim zurückgeschickt wurde. Sie hatte es dort gehasst. Es gab im Heim nichts, was ihr gehört hätte – alles wurde geteilt: der Fernseher, die schäbigen Secondhandspielsachen im Aufenthaltsraum. Und was noch schlimmer war, es gab keine Liebe. Sie ließ sich von Elspeth sogar mit ihrem vollen Namen anreden, Kathryn, was sonst nie jemand tat. »Es gefällt mir nicht, Namen abzukürzen, mein Schatz«, hatte sie nur gesagt und die Nase gerümpft.

Als sie einmal am Wohnzimmer vorbeiging, hörte sie, wie Elspeth sich mit leiser Stimme bei Huw beklagte, dass sie angenommen hatte, dass die Adoption eines Mädchens Viola helfen würde, ein »netterer Mensch zu werden und weniger verzogen«. In ihrer Stimme lag so viel Enttäuschung, dass es Katy einen Schrecken einjagte. Würden die McKenzies sie zurückschicken, wenn Viola sie nicht leiden konnte?

Ihr neues Zimmer sollte eigentlich das gegenüber dem von Viola werden, aber ihre Schwester hatte so einen Aufstand gemacht, dass Elspeth, um sie zu beschwichtigen, zu guter Letzt vorschlug, Katy könne unter dem Dach wohnen.

»Ich werde es für dich so einrichten, wie du es wünschst«, versprach Elspeth, wobei ihre blauen Augen sie stumm anflehten, kein Theater zu veranstalten. Was Katy ohnehin niemals tun würde. Sie war da, um Elspeth glücklich zu machen. Und es war klar, dass Viola ihre Mutter sehr unglücklich machte. Viola schien es sich tatsächlich zur Aufgabe gemacht zu haben, sich ihren Eltern gegenüber so ekelhaft wie nur möglich zu verhalten. »Du kannst auch ein eigenes Bad haben, mit allem Drum und Dran«, sagte Elspeth.

»Solange sie nur nicht in meiner Nähe schläft, ist es mir egal«, zischte Viola mit funkelnden Augen. »Ich möchte mir doch keine Flöhe von der einfangen.«

Elspeth hatte sie angeschrien, dass sie verzogen und egoistisch sei, während Huw mit einem besorgten Ausdruck auf seinem sonst so gütigen Gesicht zusah. »Jetzt mach aber mal halblang, Elspeth, das ist jetzt etwas zu harsch«, tadelte er, als Viola sich im Flur an ihnen vorbeiquetschte und heulend auf ihr Zimmer rannte. Katy freute sich, dass Elspeth sich für sie eingesetzt hatte, wohingegen Huw wie üblich nichts tat. Er war wie ein großer Bär, der immerzu im Weg zu stehen schien, und Elspeth schnauzte ihn ständig an, so als ob sie seine Gegenwart als ganz besonders ärgerlich empfand. Er nehme alles viel zu locker. Er sollte Viola für ihr rüpelhaftes

Benehmen schelten, statt Elspeth vorzuwerfen, sie wäre zu harsch. Mit einem Vater wie ihm sei doch klar, warum Viola so verzogen war.

Anschließend schob Elspeth Schwäche vor, indem sie behauptete, sie sei erschöpft und müsse sich hinlegen. Damit ließ sie Katy und Huw betreten und um Worte verlegen in der Tür des Schlafzimmers stehen, das nicht länger das von Katy sein sollte. Schließlich tätschelte Huw ihre Schulter und meinte, dass er den Dachboden für sie hübsch herrichten würde. In der Zwischenzeit – bis die Bauarbeiter kamen, um ein Bad einzubauen und die Wand zwischen den zwei Kammern einzureißen – musste sie dort zusammen mit den Kisten und Spinnweben, den Spinnen und dem Staub logieren. Doch Katy störte sich nicht daran. Sie hatte von da oben einen guten Blick auf den Garten und konnte die Gespräche mithören, die von den unteren Fenstern zu ihr hochdrangen. Sie hatte ihr eigenes kleines Reich – ihre eigene *Etage* – in einem wunderschönen Haus, und das war alles, was für sie zählte.

Seit Wochen hatte Viola schon von einer Halloweenparty gesprochen, um ihren Geburtstag zu feiern. Sie würde alle ihre Freundinnen von der Schule einladen, verkündete sie lauthals, wann immer Katy in Hörweite war. Schon jetzt hasste Katy die versnobte Mädchenschule, die sie besuchen musste, mit der Uniform aus spießigem Latzkleid und gestärkter Bluse, die sie zu tragen gezwungen war. Alle machten sich über ihren Akzent lustig, sobald sie den Mund öffnete, weshalb sie beschloss, es sei das Beste, die Klappe zu halten. Obwohl Viola zwei Klassen über ihr war, sickerte ihre Beliebtheit samt ihrem Hass auf Katy bis zu ihren Mitschülern durch, was zur Folge hatte, dass alle einen großen Bogen um sie machten, als wäre sie ansteckend und verlaust – was wahrscheinlich auch genau das war, was Viola allen erzählt hatte. Katy versuchte, sich nichts daraus zu machen. Sie war es gewohnt, sich abseits zu halten und für sich zu bleiben. Das hatte sich im Kinderheim als hilfreich erwiesen, und es würde sie auch hier schützen.

Elspeth hatte sich das Haus vorgeknöpft und jeden Zentimeter mit künstlichen Spinnweben, haarigen Spinnen, Kürbissen mit gruseligen Fratzen (Katy hatte beim Schnitzen helfen müssen und es gehasst, weil das orangefarbene Fleisch an ihren Fingern kleben blieb), hässlichen Wasserspeiern, Hexenbesen und herabhängenden Fledermäusen dekoriert. Es war grotesk und verwandelte die Stimmung im Haus von hübsch und märchenhaft hin zu hässlich und albtraumhaft.

Violas Freundinnen sollten um siebzehn Uhr eintreffen, um erst etwas zu essen und dann von Haustür zu Haustür zu ziehen, um »Süßes oder Saures« zu verlangen. Katy war nicht ganz klar, ob sie eingeladen war, obwohl Elspeth ihr ein wenig schmeichelhaftes Hexenkostüm mit ständig rutschenden Ringelstrümpfen und einem spitzen Hut, der an ihrem Kopf juckte, gegeben hatte. Viola sah in ihrem weißen Kleid wunderschön aus, sogar mit dem gruselig geschminkten Gesicht. Sie kapierte zwar nicht wirklich, was Viola darstellen sollte, aber sie bewunderte das lange Kleid im viktorianischen Stil, das ganz aus Chiffon, Spitze und gerüschten Unterröcken bestand, und blickte an ihrer eigenen Verkleidung hinab, wobei sie sich wie das in Lumpen gehüllte Aschenputtel vorkam.

Violas Freundinnen kamen ähnlich verkleidet wie sie, in glamourösen Gothic-Kleidern mit rot geschminkten Lippen, weißen Gesichtern und zu viel Parfüm. Sie hüpften kichernd und tanzend in der Küche herum und flüsterten hinter vorgehaltenen Händen, während Katy ganz allein am Tischende saß. Niemand unterhielt sich mit ihr, außer Elspeth und einer nett ausschauenden älteren Frau namens Franny, bei der es sich um die Köchin und Haushaltshilfe handelte, was, wie Katy schon bald herausfand, bedeutete, dass sie all das erledigte, worauf Elspeth keine Lust hatte.

Schließlich versammelten sich Viola und ihre kriecherische Mädchenclique in der Eingangshalle, wobei sie sich alle gemeinsam bewegten wie ein einziger lebender Organismus; Katy blieb zurück und drückte sich an der Treppe herum. »Viola, denk dran, auf deine Schwester aufzupassen!«, rief Elspeth, während sie Plastiktüten in der Runde verteilte, damit sie ihre Süßigkeiten einsammeln konnten. »Und kommt nicht zu spät zurück.«

Katy bemerkte, wie Viola sich bei dem Wort »Schwester« schüttelte. Diese unverhohlene Abscheu trieb ihr die Tränen in die Augen. Viola hatte ganz offenbar beschlossen, Katy zu hassen und sich selbst, in ihrem ganz eigenen Film, auf die Rolle der gequälten, missverstandenen Prinzessin einzuschießen, während Katy die Rolle des Ungeheuers zufiel.

Viola ging zur Tür hinaus, umgeben von ihren sechs Freundinnen wie von einer Schar Kammerzofen, während Katy ihnen mitleiderregend hinterherschlurfte. Aber sie gingen nicht, wie Katy angenommen hatte, zu den nahe gelegenen Häusern, sondern steuerten auf direktem Weg die Hängebrücke an.

»Ähm …«, rief Katy, die rennen musste, um Schritt halten zu können. »Gehen wir nicht Süßigkeiten sammeln?«

»Das ist doch was für Babys«, spottete eine von Violas Freundinnen, ein hübsches Mädchen mit langem rotem Haar und Sommersprossen.

»Und die alten Knacker hier werden uns sowieso nichts Tolles geben«, schob ein anderes Mädchen mit schwarzem Haar und grün geschminktem Gesicht hinterher. Casey oder Cassie war ihr Name. »Die Hälfte von denen wird noch nicht mal die Tür öffnen.«

»Und wo gehen wir dann hin?« Katy konnte die Panik in ihrer eigenen Stimme hören.

Aber niemand antwortete. Stattdessen hakten sie sich beieinander unter und rannten kichernd voran. Sie überlegte, nach Hause zu gehen, aber sie wollte so verzweifelt dabei sein, um Viola zu beweisen, dass sie kein Baby war, dass sie ihnen doch folgte, als sie über die Brücke stapften. Der Gehweg glänzte nass, die Lichter spiegelten sich in den Pfützen, und Katy versuchte, ihre schwitzenden Handflächen und ihre Angst zu ignorieren. Sie war erst seit wenigen Monaten in Bristol, etliche Kilometer von dem Kinderheim in Gloucester entfernt, und hatte noch keinen Orientierungssinn entwickelt, aber es schien, dass sie eine lange Strecke zurücklegten. Viel zu lang. Nachdem sie die Brücke überquert hatten, setzten Viola und ihre Freundinnen ihren Weg fort, wobei sie kichernd und spritzend durch die Pfützen sprangen. Katy, die mit jedem Schritt verzagter wurde, hatte das Gefühl, dass ihr keine andere Wahl blieb, als zu folgen. Die Straße auf der anderen Seite der Brücke war dunkel. Es gab weniger Laternen, dafür dicht wachsende Bäume, die Katy im Vorbeigehen lauernd anzustarren schienen – mit ihren Zweigen wie mit knochigen Fingern auf sie deutend, sie verhöhnend.

Irgendwann bogen sie plötzlich von der Hauptstraße ab und hüpften eine schmalere Straße entlang, und dann … Dann kletterten sie über einen Zaun in ein Waldstück. Viola hockte oben auf dem Zaun und lachte, als sich ihre Röcke im Draht verfingen und ihre Freundinnen versuchten, sie loszubekommen, während Katy nur darüber nachdachte, warum sie an Halloween bei Dunkelheit in den Wald gingen.

Dennoch folgte sie. Sie war sich nicht sicher, wo lang es nach Hause ging, und selbst wenn sie den Weg gefunden hätte, so hätte sie keine Lust gehabt, ihn im Dunkeln alleine zu gehen. Sie gruselte sich. Heute Nacht würde sie oben ganz allein auf dem Dachboden Albträume haben, das wusste sie jetzt schon. Sie trottete den Mädchen hinterher, als diese sie durch das Labyrinth aus Bäumen führten, wobei sie sich Mühe geben musste, nicht über die Wurzeln zu stolpern, die aus dem Boden ragten wie Knochen. Die Kälte verbiss sich in ihre Knöchel wie ein wütendes Monster. Sie spürte den Wind durch den dünnen Stoff ihres Hexenkostüms. Schließlich kamen sie zu einer Lichtung mit einer Senke, in der sich eine Schaukel und ein paar Holzstämme befanden. Viola und ihre Freundinnen blieben stehen und versammelten sich in einem Kreis um Katy. Mit der Schminke und im Mondlicht wirkten ihre Gesichter unheimlich, und sie beschlich eine Ahnung, was gleich passieren würde.

»Lust auf ein Versteckspiel?«, fragte Viola. Es war keine wirkliche Frage, und Katy konnte ein gemeines Funkeln in ihren Augen sehen. Trotz des Vollmonds war es dunkel, die

Bäume warfen lange Schatten und wirkten so nur noch bedrohlicher vor dem schwarzen Himmel. Auf keinen Fall wollte sie im Wald Verstecken spielen.

»Ich dachte, wir wollten Süßigkeiten sammeln gehen«, wandte sie kleinlaut ein. Die anderen Mädchen sahen einander an und lachten.

»Nein, hast du nicht gehört?! Süßigkeiten sind was für Babys. Verstecken ist etwas für große mutige Mädchen«, verkündete Viola, die direkt vor Katy stand. »Und du bist als Erste dran mit Zählen. In Ordnung?«

Nein. Das war definitiv nicht in Ordnung. Katy wollte nicht allein auf der Lichtung zurückbleiben und zählen, während die anderen sich versteckten. Sie wollte überhaupt nicht allein gelassen werden. Aber das konnte sie wohl kaum sagen, aus Angst, wie ein Baby dazustehen. Viola sollte sie mögen – nein, sie *musste* sie mögen. Sie respektieren. Falls Viola sie weiterhin hasste, würde Elspeth sie vielleicht fortschicken. Sie würde es nicht ertragen, wieder ins Kinderheim zurückzukehren. Oder in das, in dem sie davor war. Das war sogar noch schlimmer gewesen, mit vergitterten Fenstern und einem älteren Jungen, der versucht hatte, sie in Schwierigkeiten reinzuziehen, und der ein Taschenmesser unter seinem Kissen versteckt hatte und gedroht hatte, sie damit aufzuschlitzen, falls sie etwas verriet. Sie hatte nie eine richtige Familie gehabt. Sie hatte ihren Dad nicht gekannt, und ihre Mutter hatte es vorgezogen, um die Häuser zu ziehen, statt bei ihrer Tochter zu bleiben und sich um sie zu kümmern. Bis zu jenem dunklen Tag vor drei Jahren, an dem sie auf dem Sofa eingeschlafen und nie wieder aufgewacht war. Katy hatte eine ganze Nacht und noch einen

Tag bei ihrer Mutter gesessen, bevor ihr klar wurde, dass etwas ganz und gar nicht stimmte, also hatte sie Gladys gerufen, die süße ältere Dame von nebenan. An jenem Tag hatte sie das bisschen Familie, das sie noch gehabt hatte, verloren, und sie wollte nicht auch noch diese verlieren. Also willigte sie kleinlaut ein und stellte sich mit geschlossenen Augen vor den Baum, während sie laut in die Nacht hineinzählte. Ein Geruch nach Feuchtigkeit und Lagerfeuer lag in der Luft. Sie hörte das Trippeln von Schritten, gackerndes Gelächter, dann nichts mehr. Nur den gespenstischen Schrei eines Fuchses und das Rascheln von Ästen.

Nachdem sie mit Zählen fertig war, rief Katy die Namen der anderen Mädchen und ging dann auf der Lichtung umher, wobei sie verzweifelt versuchte, Violas weißes Kleid oder Cassies grünen Umhang zu erspähen; sie hoffte, dass sie sich irgendwo hinter den dicken Baumstämmen versteckten. Doch schließlich, als klar war, dass sie Katy im Wald hatten sitzen lassen und nicht zurückkommen würden, schrie und heulte sie nach ihnen, bis ihre Kehle heiser war.

Sie versuchte, einen Weg hinauszufinden, doch alle Bäume sahen gleich aus – außerdem war sie sich sicher, dass da etwas vor ihr war, etwas, das sie aus gelben Augen beobachtete und durchs Unterholz strich. Das Heulen einer Eule drang von einem Baum herab, und dann war da noch ein anderes Geräusch, etwas Tierisches, etwas Fürchterliches. In ihrer Verzweiflung rannte sie zurück zu der Lichtung, wobei sie vor lauter Hast ihr Kostüm an den Dornenranken und den Zweigen zerriss. Am Fuß der großen Eiche, wo die anderen sie zurückgelassen hatten, sank sie zusammen und wiegte sich weinend, die Arme um ihren Körper geschlungen, wie um sich von all den Schrecken abzuschirmen. Sie würde sterben. Sie wusste das mit einer Gewissheit, die sie nie zuvor verspürt hatte. Man würde sie in diesem Wald umbringen. Und wenn sie starb, würde es irgendwen kümmern?

Sie war sich nicht sicher, wie lange sie so in der Kälte und Finsternis gesessen hatte, da das schiere Grauen alle ihre Sinne betäubt hatte, doch schließlich vernahm sie Stimmen. Erwachsene Stimmen. Und dann, wie durch ein Wunder, standen Huw und Elspeth vor ihr, hinter ihnen die weinende Viola. Huw hob sie in seinen großen bärenhaften Armen hoch und trug sie durch den Wald, durch die Nacht davon.

21

Una

Elspeth sitzt auf ihrem Lieblingssessel im Wohnzimmer und tut so, als würde sie lesen. Mir ist klar geworden, dass das ihre Art ist, mir die kalte Schulter zu zeigen, wie Mum sagen würde. Wenn sie in dieser Stimmung ist, bleibt mir nichts anderes übrig, als tatenlos bei ihr zu sitzen. Ich habe nichts zu lesen, da ich mein Buch oben liegen gelassen habe, und das eine Mal, als ich es mitgebracht habe, hat Elspeth mich mit einem missbilligenden Blick bedacht. Ganz so, als würde ich mir einen lauen Lenz machen – als ob ich meine Arbeit nur vernünftig verrichten könnte, wenn ich wachsam und schweigend vorhanden bin wie eine Wache vor dem Buckingham Palace. Sie ließ sogar einen abfälligen Kommentar fallen, dass ich meine Lektürevorlieben doch »überdenken« sollte, um meinen Horizont zu »erweitern«. Also glotze ich Löcher in die Luft und versuche, mein Unbehagen zu unterdrücken, wobei ich die quälende Stille immer mal wieder mit einem »Möchten Sie eine Tasse Tee?« unterbreche, was sie jedoch jedes Mal verneint. Wahrscheinlich nur, weil sie mir nicht den Luxus gönnen will, in die Küche zu gehen und mit Aggie zu quatschen. Mir ist mittlerweile klar geworden, dass das Elspeths Lieblingsbeschäftigung ist: Psychospielchen zu spielen.

Seit unserem Kuss neulich Abend habe ich nichts mehr

von Lewis gehört. Und irgendwas sagt mir, dass das auch so bleiben wird. Der Kuss hatte etwas Finales, beinahe schon Aggressives. Ich hatte den Eindruck, dass es seine Art war, sich von mir zu verabschieden. Es wäre auch schwierig, dass es mit uns funktioniert, sosehr wie Elspeth ihn verabscheut. Ich habe Peter ein paarmal angerufen, um ihm von meinem Treffen mit Lewis zu erzählen, aber er ging nicht ans Telefon, und ich habe keine Nachricht hinterlassen.

Ich entschuldige mich, dass ich mal aufs Klo muss, mir ist wirklich alles recht, um ein paar Minuten von Elspeth und ihren Launen wegzukommen. Ich sitze, länger als nötig, in der am Flur angrenzenden Toilette und starre die kobaltblau gemusterten Wandfliesen und das verschnörkelte knochenweiße Waschbecken an. Ich fühle mich einsam und von der Außenwelt abgeschottet. Als ich noch in dem Altenheim arbeitete, hatte ich wenigstens Cherry zum Quasseln, wenn ich einen schlechten Tag hatte. Hier gibt es niemanden, mit dem ich mich unterhalten und der verstehen könnte, wie es mir geht, niemanden, der sich in der gleichen Lage befindet. Die einzigen Menschen, die mich wahrscheinlich verstanden hätten, sind tot.

Als ich in das Wohnzimmer zurückkehre, ist Elspeth nicht mehr da. Mich überkommt ein Anflug von Panik. Was, wenn sie irgendwo herumspaziert und dabei die Treppen runtergestürzt ist? Kathryn wird mir vorwerfen, sie vernachlässigt zu haben. Ich eile nach unten in die Küche, doch da ist niemand. Aggie ist einkaufen für das heutige Abendessen. Vielleicht ist Elspeth nach oben gegangen, um sich hinzulegen. Ich haste aus der Küche und will gerade die Treppe hinauf, als ich Musik vernehme, die aus Elspeths Arbeitszimmer zu kommen scheint. Sie klingt altmodisch, irgendwas Klassisches, das mir vage bekannt vorkommt. Ich streife die Hausschuhe ab und schleiche auf Socken so leise wie möglich über die Steinfliesen. Ich war noch nie in Elspeths Arbeitszimmer. Normalerweise ist es abgesperrt. Doch gerade ist die Tür ein, zwei Fingerbreit geöffnet. Ich bleibe davor stehen und äuge durch den Spalt. Zuerst kann ich nur einen Mahagonischreibtisch und deckenhohe Bücherregale sehen, welche sich über die gesamte Wand zu meiner Linken erstrecken. Doch dann erblicke ich Elspeth.

Sie tanzt.

Ich mache einen Schritt nach vorne, unfähig, meinen Augen zu trauen, doch ich habe mich nicht verguckt. Elspeth tanzt durch den Raum, die Arme vor sich angewinkelt wie bei einem Walzer mit einem unsichtbaren Partner. Ich bin so perplex, dass ich ein paar Minuten nur wie angewurzelt dastehen und ihr zusehen kann, wie sie ihre Runden durch den Raum dreht. Dann endet das Lied. Sie hält inne, und ich weiche einen Schritt zurück, damit sie mich nicht sieht.

»Una!« Ihre Stimme durchschneidet die Stille. Ich zucke zusammen. Schnell husche ich zur Treppe zurück und versuche, so zu tun, als wäre ich gerade erst heruntergekommen. »Bist du das? Ich bin im Arbeitszimmer. Ich brauche deine Hilfe.«

Ich kehre zum Arbeitszimmer zurück. Zusammengesunken sitzt sie auf einem Sessel, eine Hand auf ihr Herz gelegt. Auf ihrer Oberlippe ist ein Schweißfilm zu sehen. »Kannst du mir auf die Beine helfen? Während du weg warst, um weiß Gott was zu tun, wurde ich es leid, auf dich zu warten. Mir blieb nichts anderes übrig, als allein hier runterzukommen.

Jetzt bin ich völlig außer Atem und schaffe es nicht mehr aus diesem Sessel.«

Ich starre sie verdutzt an. Es juckt mich, ihr zu sagen, dass ich doch gesehen habe, wie sie gerade erst durch das Zimmer getanzt ist, aber ich bringe es nicht über mich. Sie wirft mir einen herausfordernden Blick zu. Weiß sie, dass ich sie gesehen habe?

»Nun steh da nicht so rum!«, schnauzt sie. »Hilf mir hoch!«

Ich gehe zu ihr, und sie packt meinen Arm, während ich sie aus dem Sessel hieve. Sie klammert sich an mich, als könne sie kaum laufen, und als wir schweigend in das Wohnzimmer zurückkehren, schwirrt mir der Kopf. Ich hatte zwar schon die ganze Zeit die Vermutung, dass Elspeth nicht so gebrechlich ist, wie sie uns weismachen will, aber trotzdem. Zu sehen, wie sie einer jungen Frau gleich durch das Zimmer tanzt, um kurz darauf vorzutäuschen, sie könne nicht aufstehen, hat mich geschockt. Sie ist sogar noch manipulativer, als ich dachte.

Der Tag ist unerträglich lang. Wir gehen nicht aus dem Haus, und der einzige Mensch, den ich sehe, ist ein Postbote, der eine in Luftpolsterfolie gehüllte Leinwand liefert, die fast so groß ist wie ich selbst und die ich über den Flur in die Bibliothek schleifen muss, während Elspeth mich alle fünf Sekunden ermahnt: »Sei vorsichtig, das ist ein teures Gemälde.« Als wir uns zum Abendessen in die Küche begeben, wünsche ich mir verzweifelt, mit irgendwem, egal wem, zu reden. Aggie wuselt um uns herum, aber mit Elspeths bedrückender Gegenwart, die die Stimmung verpestet, können wir kein vernünftiges Gespräch anfangen. Aggie gegenüber gibt sie sich absolut zuvorkommend, was jedoch nur unterstreicht, was sie momentan von mir hält.

Als Aggie den Raum verlässt, wobei sie mir beim Gehen über die Schulter hinweg eine solidarische Grimasse zuwirft, halte ich es nicht länger aus. Wenn ich diesen Job behalten möchte, dann muss ich das Spiel mitspielen.

»Übrigens«, beginne ich, während ich in meiner Fleischpastete und dem Kartoffelpüree herumstochere, da die Stimmung mir den Appetit vermiest hat, »ich werde mich nicht mehr mit diesem Lewis treffen. Das war ein Fehler.«

Sie sitzt mir gegenüber, doch sie schaut nicht von ihrem Essen auf. Und kurz frage ich mich, ob sie mich überhaupt verstanden hat, als sie eine Gabel Kartoffelpüree gemächlich in ihren Mund schiebt und schluckt. Erst dann hebt sie den Blick. »Gut zu wissen.«

»Darf ich fragen …« Ich räuspere mich, meine Handflächen schwitzen, und ich hasse mich selbst dafür, dass ich mich auf ihr Niveau herabbegebe, aber ich bin nun mal auf das Geld angewiesen. Ich muss an meine Zukunft denken. »… warum Sie Lewis nicht mochten?«

Sie antwortet nicht sofort, und in der darauffolgenden Minute fängt meine Kopfhaut an zu prickeln.

Dann, endlich: »Er hat keine Perspektive. Er ist ein Herumtreiber, ein Verlierer. Und abgesehen davon …« Sie rümpft die Nase, als würde die Erinnerung daran ihr noch immer zu schaffen machen. »… konnte ich Marihuana an ihm riechen.«

Ich möchte lachen, aber ich tue es nicht. Das ist also der Grund, weshalb sie ihm den Laufpass gegeben hat. Sie hält ihn für einen Kiffer.

»Ich möchte keinen Freund«, sage ich wahrheitsgemäß. »Ich habe genug von Männern.«

Ausnahmsweise muss ich das Richtige gesagt haben, denn zum ersten Mal heute sieht sie mich richtig an, und ihre Augen leuchten auf. »Gut für dich«, sagt sie. »Und jetzt sei ein Schatz und hol einen Wein aus dem Keller. Ich meine, das ist ein Grund zum Feiern.«

Ich verachte mich selbst dafür, bei ihren manipulativen Spielen mitzumachen, aber ich weiß, dass ich mich bei Elspeth einschleimen muss, wenn ich die nächsten sieben Monate hier überstehen möchte. Eilfertig komme ich ihrem Wunsch nach, obwohl ich gar keinen Wein möchte, und gehe in den Keller – falls man es denn so nennen kann. Es handelt sich um ein kleines Kabuff, das hinter dem Haus angebaut wurde. Man gelangt zu ihm, indem man durch die Terrassentür Richtung Garten hinausgeht und dann ein paar Steinstufen hinabsteigt. Es verfügt über eine verriegelte Holztür, an der sich ein Vorhängeschloss befindet, für das laut Elspeth kein Schlüssel mehr existiert und das mehr der Abschreckung dienen soll.

Ich schiebe die Tür auf, und sofort schlägt mir der Geruch nach Feuchtigkeit und Moder entgegen. Die Decken sind niedrig, und obwohl ich klein bin, muss ich mich beim Hineingehen bücken. Es ist dunkel und auch ein bisschen gruselig mit all den Spinnweben und dem Rattendreck; ich muss mein Handy hochhalten, um mir den Weg zu leuchten. Ich war noch nie hier drin, und es ist auch das erste Mal, dass Elspeth vorschlägt, einen Wein zu trinken. Ihre Stimmungen schwingen schneller hin und her als das Pendel an der alten Standuhr meiner Oma. In der Ecke entdecke ich ein großes Weinregal mit staubbedeckten Flaschen. Sie müssen seit Jahren hier unten sein. Ich persönlich könnte keinen teuren Jahrgang von einer billigen Flasche aus dem Supermarkt unterscheiden. Ich wähle einen aus, der wie ein Weißwein ausschaut, auch wenn das in dem schwachen Licht schwer zu sagen ist, aber das Etikett ist hübsch, und es steht Château Irgendwas vorne drauf. Ich hoffe, er ist nicht zu kostbar, denn das wäre reinste Verschwendung bei mir. Ich mag Wein noch nicht einmal so richtig. Ich mag lieber Shots mit Pfirsich- oder Erdbeergeschmack.

Ich greife nach der Flasche und mache mich gerade auf den Weg zum Ausgang, als ich mit dem Bein gegen etwas stoße. Abrupt wirble ich herum, mein Herz klopft wie wild. Ich habe Angst, eine Ratte oder sonst irgendein Tier gestreift zu haben. Ich reiße den Arm herum, mein Handy vollführt einen Lichtbogen und beleuchtet das Ding zu meinen Füßen. Ich beuge mich vor. Es ist kein Tier, sondern eine Tasche. Bei näherer Betrachtung stelle ich fest, dass es sich um eine Reisetasche aus Segeltuch mit ausgefransten Griffen handelt. Courtneys Verdacht holt mich wieder ein, und eine aberwitzige Sekunde lang frage ich mich, ob sich wohl Geld in der Reisetasche befindet. Zwar hatte ich das nur im Scherz gesagt, aber vielleicht habe ich ja recht. Vielleicht sind sie wirklich in zwielichtige Geschäfte verwickelt. Ich habe mit Vince offenbar zu viele Actionfilme geschaut, denn als ich die Tasche öffne, befinden sich darin nur achtlos hineingestopfte Frauenklamotten, so als ob jemand in aller Eile gepackt hätte. Ich will es gerade abtun – alte Sachen, die ausgemustert wurden, um gespendet zu werden –, doch dann fällt mir eine Jeans von Chelsea Girl in die Augen. Ich kann mir nicht vorstellen, dass Elspeth oder Kathryn je dort einkaufen waren. Die Neugier gewinnt die Oberhand, und bevor ich nachdenken kann, was ich da tue, durchstöbere ich die Tasche, ohne noch einen Gedanken an die Flasche Wein zu meinen Füßen zu verschwenden. Da sind noch mehr Klamotten: ein bauchfreies Top, ein luftiges Sommerkleid, ein zerschlissenes Paar weißer Turnschuhe, ein paar Strickjäckchen, zwei Pyjamas mit Snoopy vorne drauf, außerdem ein paar Pflegeartikel vom Body Shop und ein Kamm. Es gibt kein Handy und auch kein Portemonnaie, und ich will schon alles wieder in die Tasche packen, als ich einen Pass bemerke, der in einer der Innentaschen steckt. Ich ziehe ihn heraus und öffne ihn, richte den Lichtschein meines Handys auf das Foto. Ein blondes Mädchen, etwa in meinem Alter, mit einem vertrauten Gesicht. Es ist Jemima.

Ich höre eine Bewegung im Garten. Rasch stopfe ich alles wieder in die Tasche und ziehe den Reißverschluss zu. Mein Herz wummert, während ich immer noch versuche zu begreifen, warum sich Jemimas Klamotten in Elspeths Keller befinden.

Die Tür knallt gegen die Wand, und ich zucke zusammen. Ich drehe mich um. Da steht jemand.

22

Kathryn

Sie hat die Tasche gefunden. Verflucht, natürlich hat sie das. Was hatte Kathryn erwartet? Sie hätte sie besser verstecken oder sogar vergraben sollen. Aber sie hatte nicht erwartet, dass jemand im Keller herumschnüffeln würde. Normalerweise ist sie die Einzige, die da hineingeht.

Una versucht, lässig zu wirken, was angesichts ihrer gebückten Haltung und ihrer gequälten Miene eher schwierig ist. Sie brabbelt irgendwas davon, dass Elspeth sie hergeschickt hat, um einen Wein zu holen. Doch Kathryn kann ihr an dem panischen Blick, an der Art, wie ihre Augen, beinahe schon unbewusst, in Richtung Reisetasche zucken, ansehen, dass sie Bescheid weiß.

Was wird sie nun tun? *Denk nach, Kathryn, denk nach.*

Sie überlegt kurz, Una den Weg zu versperren, aber was würde das bringen? Es würde nur zu einer Szene kommen und abgesehen davon ihre Mutter alarmieren. Nein, sie will Elspeth aus der Sache heraushalten. Und sie kann Una wohl kaum für alle Ewigkeit im Keller einsperren, so verführerisch der Gedanke auch sein mag.

Una kommt auf sie zu, wobei sie die Flasche Wein vor sich herträgt wie eine Waffe. Kathryn bleibt nichts anderes übrig, als kommentarlos zur Seite zu treten, während Una an ihr vorbeirennt und gleichzeitig versucht, so zu tun, als wäre alles ganz normal. Es hat fast schon etwas Komisches.

Kathryn atmet den feuchten Muff des Kellers ein, während ihr Verstand auf Hochtouren arbeitet. Dann tritt sie die Tasche weiter in die Ecke des Raumes. Sie wird wiederkommen und sie mitnehmen müssen. Wenn nötig auch verbrennen. Vielleicht könnte sie Ed überreden, ein Lagerfeuer im Garten zu entfachen, überlegt sie, bis ihr dämmert, dass Ed in seinem Leben noch nie ein Feuer gemacht hat und wahrscheinlich nicht mal wüsste, womit er anfangen sollte. Außerdem – wenn sie nach Hause käme und so etwas von ihm verlangen würde – wie verdächtig würde das wohl aussehen?

Verdammt. Das war so nicht vorgesehen gewesen. Niemand betritt je den Keller. Warum hat ihre Mutter überhaupt beschlossen, Una hierherzuschicken? Und warum kann niemand den gottverfluchten Schlüssel für das Schloss auftreiben? Er ist schon vor Jahren verschwunden, und trotzdem hat niemand sich die Mühe gemacht, ihn oder das Schloss zu ersetzen. Kathryn schlägt die Tür zu und stapft die Stufen zur Terrassentür hinauf. Sie ist eigentlich nur vorbeigekommen, um ein Gemälde abzuholen, das ihre Mutter einem ortsansässigen Künstler abgekauft hat. Ein grottenhässliches Bild von einer Frau in einem Schaukelstuhl, die einen Hund hält: der Hintergrund ist zu dunkel, und die Figuren sind zu grobschlächtig, so als habe der Künstler zu dickflüssige Farbe verwendet. Kathryn befürchtet, dass ihre Mutter nicht mehr über dasselbe Kunstgespür verfügt wie einst. Und als Elspeth ihr sagte, dass Una im Keller sei, fiel Kathryn panisch ein, dass sie dort die Reisetasche entsorgt hatte.

Als sie in die Küche zurückkehrt, nippen Una und ihre Mutter Wein aus Elspeths besten Kristallgläsern. Nicht dass Una es zu genießen scheint. Jeder Schluck scheint sie anzustrengen, und Kathryns Blick meidet sie.

Elspeths Augen leuchten. Funkeln etwas zu sehr. Verspielt und grausam zugleich. Kathryn wappnet sich innerlich für den bissigen Kommentar, an dem ihre Mutter offensichtlich gerade feilt. Und dann, wie erwartet: »Na, spionieren wir etwa Una hinterher?« Ein spöttisches Grinsen zuckt um ihre Lippen. »Zufrieden, dass sie nicht mit dem guten Fläschchen Pétrus durchgebrannt ist?«

Alles in Kathryn sträubt sich. Warum kann ihre Mutter ihr nicht ein einziges Mal das Gefühl geben, die wichtigste – die meistgeliebte – Person im Raum zu sein? Stattdessen muss sie immerzu als Zielscheibe für ihre fiesen Kommentare herhalten. Sie macht sich nicht die Mühe zu antworten. Stattdessen wirft sie ihrer Mutter einen vernichtenden Blick zu und wendet sich dann an Una. »Nun, ich sollte dann mal lieber los. Una, würde es Ihnen etwas ausmachen, mir dabei zu helfen, das Gemälde zum Auto zu tragen? Ich habe direkt vor dem Haus geparkt.«

Una sieht aus, als ob ihr alles andere lieber wäre, aber sie schiebt pflichtschuldig den Stuhl zurück und folgt Kathryn wie ein gehorsames Hündchen zur Bibliothek. Sie spricht kein Wort, und auch Kathryn schweigt, während sie das Gemälde aus dem Haus und in den Kofferraum von Kathryns SUV hieven. Kathryn kann die hässlichen Farbtöne und ungelenken Pinselstriche sogar unter der Luftpolsterfolie erkennen. Wahrlich kein Meisterwerk.

»Sie gehen besser wieder rein«, sagt Kathryn und schließt

die Kofferraumtür über dem Gemälde. Auf dem Boden liegt Frost, der unter den Straßenlaternen glitzert wie winzige Kristalle. Una zittert in ihrem dünnen Pulli mit den Cutout-Ärmeln und der zerrissenen Jeans. Sie hält kurz inne, als wolle sie etwas sagen, muss sich aber dagegen entschieden haben, denn sie dreht sich wortlos um und kehrt ins Haus zurück.

Kathryn bleibt nichts anderes übrig, als bis zum Ende der Straße zu fahren und dann zu warten. Von hier aus kann sie immer noch das Haus, viel wichtiger aber das Schlafzimmerfenster ihrer Mutter sehen. Sie muss verrückt sein, denkt sie bei sich, während sie angespannt an ihren Nägeln kaut – eine Angewohnheit, die nicht verschwunden ist, seit sie damals ein verängstigtes achtjähriges Mädchen war. Sie fragt sich, was Ed wohl gerade macht. Sie hofft, dass er die Jungs ins Bett bringt. Es mag zwar gerade mal neun Uhr sein, aber Harry braucht seinen Schlaf, und Jacob hängt wahrscheinlich nur vor der PlayStation herum. Ed ist, was solche Dinge angeht, viel nachsichtiger als sie. Sie hofft, dass Jacob seinen Stoff gelernt hat. Die Prüfungen stehen in wenigen Monaten an.

Macht sie sich mehr Sorgen um ihre zwei Jungs, als normal ist? Sie weiß es schlicht nicht. Elspeth schien sich um sie oder Viola nie groß Sorgen gemacht zu haben. Kathryn möchte den beiden die Kindheit geben, die sie selbst nie hatte, mit Eltern, die sie bedingungslos lieben, aber Jacob ist immer so kratzbürstig, so verdrießlich. Obgleich sie die Hoffnung hegt, dass er sich mittlerweile beruhigt hat. Letztes Jahr … Nun, das letzte Jahr ist das bisher schlimmste ihres Erwachsenenlebens gewesen, da Jacob richtig rebellierte. Zuerst lief er von zu Hause weg und pennte bei wem auch immer, und dann fand sie ihn einmal betrunken im Gras in den Downs mit einer Gruppe älterer Jungs. Sie hatte alles richtig gemacht, und doch hatte sie große Angst, dass Jacob wie ihre leibliche Mutter enden würde – vielleicht lag es an den Genen und hatte bloß eine Generation übersprungen.

Sie ruft Ed an, um ihm zu sagen, dass sie bei der Arbeit aufgehalten wurde, und um ihn daran zu erinnern nachzuschauen, dass Jacob nicht mehr vor der PlayStation hockt. Er klingt schläfrig, zerstreut, murmelt aber zustimmend und sagt ihr, sie solle sich keine Sorgen machen und dass sie sich auf ihn verlassen könne. Sie legt auf, wobei sie sich fragt, ob sie das wirklich kann.

Es dauert über eine Stunde, bis sie sieht, dass Elspeths Schlafzimmerlicht brennt. Sie friert, und ihr Körper schmerzt von dem langen Ausharren in der gleichen Position. Sie erkennt Unas Silhouette im Fenster, als diese die Vorhänge zuzieht.

Als Kathryn sich sicher sein kann, dass man sie weder sehen noch hören wird, steigt sie aus dem Auto, eilt die Straße entlang in den Vorgarten und schlüpft durch die Seitenpforte, bis sie vor dem Keller steht. Sie zieht das Vorhängeschloss aus dem Riegel und schiebt die Tür auf. Ihr Knarren ächzt durch die dunkle Nacht. Ihr Plan besteht darin, die Reisetasche an sich zu nehmen und im Auto zu verstauen, bis sie sich entschieden hat, wo sie sie entsorgen wird. Der Reisepass wird das Hauptproblem sein. Ihr mattes Displaylicht als Taschenlampe nutzend, muss sie sich beinahe schon auf allen vieren fortbewegen, während sie sich zu der Ecke vorantastet, in die sie die Tasche vorhin gekickt hat. Sie streckt die Hand aus in der Erwartung, sie zu greifen. Aber das ist nichts. Nichts als Spinnweben und Staub. Die Tasche ist fort.

23

Una

»Ich habe die Tasche hier bei mir«, sage ich zu Courtney. Ich sitze im Schneidersitz auf dem Bett und habe die geöffnete Reisetasche vor mir liegen. »Es muss Jemimas sein. Ihr Reisepass ist drin.«

Courtney zieht scharf die Luft ein. »Scheiße. Ich kann nicht glauben, dass du sie mitgenommen hast.«

»Das musste ich. Ich wusste, dass Kathryn zurückkommen würde, um sie zu holen.«

»Aber was willst du damit anstellen?«

Das ist der Teil, über den ich noch nicht wirklich nachgedacht habe. Ich wusste nur, dass ich sie an mich nehmen musste, bevor Kathryn sie wegschaffte. Denn es ist ein Beweismittel – so viel ist mir klar. Kathryn hat behauptet, Jemima wäre in Elspeths Abwesenheit ohne ein Wort gegangen und hätte alle ihre Sachen mitgenommen. Aber ihre Sachen sind hier. Also lügt jemand.

Ich ziehe ein geblümtes Sommerkleid aus der Tasche, und mein Herz krampft sich schmerzhaft zusammen, als ich an dieses Mädchen denke, das ich noch nicht einmal gekannt habe. Das Mädchen, das vor Kurzem noch in diesem Bett schlief, auf dem ich jetzt sitze, das in diesem Haus wohnte, in diesem Zimmer. Das Mädchen, dessen Arbeit ich mache, dessen Leben ich lebe. Das Mädchen, das um die ganze Welt gereist war, das gerne Selfies an exotischen Stränden machte, das aussah wie ich. Sie war sogar ebenfalls mit Lewis ausgegangen, hatte ihn geküsst, so wie ich. Plötzlich ist mir speiübel. »Denkst du, ich sollte zur Polizei gehen?«

»Auf jeden Fall«, erwidert Courtney nachdrücklich.

Ich ächze. Mein erster Gedanke ist, dass ich meinen Job verlieren könnte. Mein Traum, um die Welt zu reisen, löst sich vor meinen Augen in Luft auf. Mum wäre so enttäuscht. Ich denke an das Versprechen, das ich ihr gegeben habe: die Orte zu besuchen, die sie selbst nie sehen konnte, weil sie nicht mehr die Gelegenheit dazu bekommen hatte. Ohne den Job hier wird dieser Traum viel länger auf seine Verwirklichung warten müssen.

Behutsam, ja respektvoll falte ich das Kleid zusammen, auf die gleiche Art, wie ich mich auch um die Kleidung meiner Mutter nach ihrem Tod gekümmert habe, und lege es in die Reisetasche zurück, wobei ich mein Handy zwischen Schulter und Ohr klemme. Das Kleid riecht alt und muffig, und kleine schwarze Schimmelflecken sind wie Pünktchen auf dem Stoff verstreut. »Ich muss es Peter sagen.«

»Peter?«

»Jemimas Bruder. Weißt du nicht mehr? Er war letzte Woche hier, weil er herausfinden wollte, wer der Typ war, mit dem Jemima etwas hatte. Ich habe versucht, ihn anzurufen, nachdem ich mich mit Lewis getroffen hatte, aber er hat sich nicht mehr zurückgemeldet.« Es wundert mich, dass ich nichts mehr von Peter gehört habe. Letzte Woche war er noch so erpicht darauf gewesen, dass wir in Kontakt bleiben, da er unbedingt herausfinden wollte, wer Jemimas geheimnisvoller Verehrer war. Schon seltsam, dass er sich nicht mehr bei mir gemeldet hat.

Als Courtney spricht, ist ihre Stimme diesmal ganz ernst. »Ich denke, du solltest heute Nacht hier schlafen. Ich glaube nicht, dass du dort sicher bist.«

Unwillkürlich muss ich lachen. Es ist eine ganz typische Reaktion für mich, wenn ich nervös bin oder Angst habe. Als meine Mum mir eröffnete, dass sie Krebs habe, war meine erste Reaktion zu lachen. »Heute Nacht ist außer mir nur Elspeth hier. Sie ist eine gebrechliche alte Dame. Sie kann Jemima nichts angetan haben.«

»Und was ist mit der Tochter? Dieser Kathryn? Nach allem, was du mir erzählt hast, klingt sie wie eine herzlose Kuh. Und du hast selbst gesagt, dass sie dich von Anfang an nicht leiden konnte.«

Obwohl alles, was ich Courtney erzählt habe, wahr ist, kann ich dennoch nicht glauben, dass Kathryn eine Mörderin sein soll. Und das sage ich ihr auch.

»Vielleicht hatte sie ja gar nicht vorgehabt, sie umzubringen«, hält Courtney ungeduldig dagegen. »Aber offenbar ist trotzdem etwas passiert. Kathryn hat behauptet, dass Jemima nach einem Streit mitsamt ihren Sachen abgehauen ist und dass sie alle davon ausgegangen seien, dass sie auf Reisen gegangen sei. Und doch mussten wir nun erfahren, dass sie noch am selben Tag gestorben ist. Und Kathryn hat ganz klar gelogen. Warum sonst hätte sie ihre Sachen in dem verdammten Keller verstecken sollen? Herrje, Una, was für eine andere Schlussfolgerung gibt es denn da? Außerdem«, fährt sie ohne Luft zu holen fort, »wenn sie in den Keller zurückkehrt und feststellt, dass die Tasche nicht mehr da ist, wird sie wissen, dass du sie hast.« Sie stößt die Luft aus, als wäre sie von ihrem Ausbruch erschöpft.

Ich habe nichts von alldem wirklich durchdacht. Die Tasche hatte ich ganz instinktiv an mich genommen. Und jetzt bereue ich es. »Vielleicht sollte ich sie einfach wieder zurückbringen«, murmle ich. Das Handy an meiner Wange ist schon heiß, daher lege ich es ans andere Ohr. Meine Hände schwitzen. »Einfach so tun, als ob ich sie nie gesehen hätte.«

»Was? Nein. Das kannst du nicht tun! Es liegt in deiner Verantwortung, sie der Polizei zu geben.«

»Aber das wird einen riesigen Skandal nach sich ziehen. Vielleicht gibt es ja eine ganz einfache Erklärung …«

»Ja, vielleicht. Obwohl mir nicht einfällt, welche. Willst du, dass ich dich morgen aufs Revier begleite?«

»Nein, ist schon okay«, sage ich, obwohl ich in Wahrheit keine Ahnung habe, wie ich Elspeth entkommen kann. Ich bin den ganzen Tag mit ihr zusammen. Ich werde mich in ihrer und Kathryns Gegenwart ganz normal verhalten müssen, obwohl, nun da ich weiß, dass sie gelogen haben, die bloße Vorstellung, mit einer von ihnen allein zu sein, mich mit Angst erfüllt. Mein Herz fängt an zu rasen. Was soll ich denn nur tun? Kathryn wird wissen, dass ich die Tasche habe. Courtney hat absolut recht, sich Sorgen zu machen. »Wir haben noch ein paar Tage.« Ich versuche, zuversichtlicher zu klingen, als ich mich fühle. »Kathryn wird vor Samstag nicht mehr herkommen, das heißt, selbst wenn sie danach suchen sollte …« Ich stocke, als ich die Bewegung eines Schattens unter meiner Schlafzimmertür bemerke. Ich dämpfe meine Stimme. »Ich glaube, sie ist hier.«

»Was? Bist du sicher?«

»Ich weiß nicht«, flüstere ich. »Da war eine Bewegung unter meiner Tür, als wäre jemand vorbeigegangen. Aber Elspeth liegt schon im Bett.«

»Hast du deine Tür abgeschlossen?« Courtney klingt entsetzt.

»Ja.«

»Dann kann sie nichts tun.«

»Ich glaube, sie hat einen Ersatzschlüssel«, wispere ich. »Ich habe sie doch schon einmal in meinem Zimmer erwischt, und ich habe dir doch von neulich Nacht erzählt, als …«

»Oh, Herrgott noch mal, Una!« Jetzt klingt sie wie meine Mum. »Ich habe es dir doch gesagt, oder? Ich habe dir doch gesagt, du sollst da abhauen, nachdem du erfahren hast, dass sowohl Matilde als auch Jemima tot sind. Aber du dachtest, ich würde überreagieren. Und jetzt …?«

»Courtney, hör auf. Ich komme schon klar, sie wird mich ja wohl nicht in meinem Bett ermorden. Ich lege jetzt besser auf. Ich rufe dich morgen früh wieder an.«

Sie beginnt zu protestieren, doch ich lege auf und werfe das Handy zum Bettende. Obwohl wir gleich alt sind, ist Courtney immer die Reifere und die Anführerin von uns beiden gewesen. Wie eine große Schwester. Vielleicht hat sie recht. Vielleicht sollte ich hier weg. Aber ich brauche diesen Job. Ich weiß nicht, was ich tun soll. Ich muss das überdenken, bevor ich irgendwelche vorschnellen Entscheidungen treffe.

Ich kann ihr gegenüber nicht zugeben, dass ich tatsächlich Schiss habe. Ich wünschte, ich hätte die Tasche nie gefunden. Aber dann denke ich an Jemima. So alt wie ich und schon tot. Ihr Bruder glaubt nicht, dass sie sich das Leben genommen hat, was also hat das zu bedeuten? Dass sie einen Unfall hatte? Ermordet wurde? In jedem Fall verdient Peter es, die Wahrheit zu erfahren. Und falls Kathryn sie auf dem Gewissen hat oder zumindest mehr weiß, als sie zugeben möchte, dann sollte sie dafür bestraft werden. Courtney hat recht. Es liegt jetzt in meiner Verantwortung. Ich muss Jemimas Tasche zur Polizei bringen, und ich muss ihr erzählen, wo ich sie gefunden habe.

Ich stehe auf und schaue mich hektisch im Zimmer um. Wo kann ich sie verstecken? Dann fällt mir der Waschbeckenschrank ein, in dem ich Jemimas Halskette gefunden habe. Die Verkleidung an der Front ist lose. Ich gehe ins Bad und knie mich mit der Tasche neben mir auf die Fliesen. Dann inspiziere ich den Hohlraum hinter der Verkleidung. Ja, da ist gerade genug Platz, um die Reisetasche reinzustopfen. Als ich das erledigt habe, richte ich mich auf und schleiche auf Zehenspitzen zu meiner Zimmertür, wobei ich mir etwas dämlich vorkomme. Aber falls Kathryn dort steht und lauscht, muss ich das wissen. Ganz leise drehe ich den Schlüssel und öffne abrupt die Tür. Aber der Flur ist leer

Dein Haar hängt schlaff herab, der Ansatz ist zu dunkel und etwas fettig. Du hast Augenringe, und da ist auch ein Pickel an deinem Kinn. Du versuchst, unbekümmert zu wirken, während du die alte Hexe zu ihrem albernen Ausflug in den Friseursalon begleitest. Aber es setzt dir zu. Ich setze dir zu.

Deine Angst ist so offenkundig. Ich sehe sie an deiner Haltung, deiner Steifheit, während du gehst. An deinen krampfigen Zügen, wenn du versuchst zu lachen. Deinem ungewaschenen Haar und deiner fahlen Haut.

Du bist problematischer als deine Vorgängerin, wissbegieriger. Neugieriger. Du lässt die Dinge nicht ruhen. Aber deine Neugier fordert ihren Tribut, liebe Una.

Ich habe es genossen, dich zu beobachten. Mit dir zu spielen. Ich hätte das gerne noch ein bisschen länger so getrieben. Aber du lässt mir keine Wahl.

Das hier muss enden.

24

Una

Am nächsten Morgen wache ich viel zu früh auf, während die Dunkelheit noch die Ränder meiner Vorhänge säumt und den gesamten Raum erfüllt, sodass ich das Gefühl habe, keine Luft zu bekommen. Warum wirkt im Dunkeln alles so viel schlimmer? Ich habe letzte Nacht kaum ein Auge zugetan – jedes kleine Geräusch hat mich aufschrecken lassen –, und nun bin ich erschöpft und mit den Nerven am Ende.

Ich greife nach meinem Handy. Immer noch kein Wort von Peter. Es ist erst halb sechs, und falls er Nachtschicht hat oder schläft, wird er womöglich nicht rangehen. Ich wähle seine Nummer trotzdem. Als direkt die Mailbox anspringt, beschließe ich, ausnahmsweise eine Nachricht zu hinterlassen, und flüstere in mein Handy: »Peter. Ich bins Una. Entschuldige, dass ich so früh anrufe. Ich muss wirklich dringend mit dir sprechen. Ich habe …« Ich zögere, da ich in der Nachricht nicht allzu viel verraten möchte. »… ich habe etwas gefunden. Ich glaube, es ist wichtig. Bitte ruf mich so bald wie möglich zurück.«

Eine halbe Stunde später, als ich gerade Elspeth beim Anziehen helfe, vibriert mein Handy. Mir entgeht nicht, dass sie über die Störung nicht erfreut ist, da ihr Blick missbilligend zur Gesäßtasche meiner Jeans huscht, wo ich es verstaut habe. Also ignoriere ich den Anruf und fahre damit fort, ihr in ihren liebsten pastellgrünen Tweedrock und ihre Seidenbluse zu helfen. Ich hoffe, dass es Peter ist, aber selbst wenn er es sein sollte, kann ich mich mit Elspeth in meiner unmittelbaren Nähe nicht mit ihm unterhalten.

Mein Handy vibriert erneut. »Willst du nicht rangehen?«, sagt Elspeth ungehalten. Sie hockt sich auf die Bettkante, und ich beuge mich runter, um ihr in die »Pantoffeln« zu helfen – sie weigert sich beharrlich, sie Hausschuhe zu nennen.

Ich richte mich auf und ziehe mein Handy hervor. Courtneys Name leuchtet auf dem Display auf. Ich drücke auf Ablehnen und schalte es aus. »Nein, das ist nicht wichtig«, sage ich.

Während Elspeth ein Mittagsschläfchen hält, tippe ich eine kurze SMS an Courtney: *Ich rufe dich später an. Ich kann heute nicht zur Polizei gehen. Ich arbeite. Ich gehe morgen, da habe ich frei. Xx*

Sofort erhalte ich eine Antwort: *Ich glaube, du bist übergeschnappt. Du solltest es heute tun! Es könnte wichtig sein.*

Langsam wünsche ich mir, dass ich es Courtney nie erzählt hätte. Sosehr ich sie auch liebe und wir uns als Freundinnen ergänzen, so sind wir dennoch unterschiedlich gestrickt. Courtney hat gern das Kommando, ist eigensinnig und denkt meistens, dass sie recht hat. Für gewöhnlich respektiere ich ihre Meinung. Sie war schon immer reif für ihr Alter, aber das hier muss ich auf meine eigene Art stemmen. Es ist mein Job, der auf dem Spiel steht. Und mein Zuhause, wenn man es denn so nennen will. Ich kann nicht einfach so losgehen und Ärger machen. Ich wünschte, ich könnte

Mum anrufen und um Rat bitten. Obwohl mir klar ist, dass sie Courtney zustimmen würde. Verdammt. Ich hasse es, wenn Courtney recht hat. Aber allein schon aus logistischen Gründen kann ich nicht einfach hergehen und sagen: »O Elspeth, übrigens, ich gehe jetzt mal aufs Polizeirevier, um deine Tochter anzuzeigen, weil ich Jemimas Sachen gefunden habe, die sie versteckt hat, und weil sie ganz offensichtlich gelogen hat darüber, was an dem Tag ihres Todes passiert ist. Aber kann ich bitte meinen Job behalten?«

Dann wieder denke ich an die Tasche, die oben im Bad deponiert ist wie eine noch nicht explodierte Bombe, die jede Sekunde hochgehen und uns alle zerstören könnte. Ich schulde es Jemima, sie zur Polizei zu bringen. Wenn sie sich nicht selbst das Leben genommen hat, wenn es sich an jenem Tag anders zugetragen haben sollte, dann verdient ihre Familie – Peter –, das zu erfahren. Und falls Kathryn ihr etwas angetan hat, verdient sie es, dafür bestraft zu werden.

»Einen Penny für deine Gedanken, Schätzchen.«

Ich bin so tief in meine Überlegungen versunken, dass ich nicht höre, wie Aggie in die Küche kommt, bis sie direkt neben mir steht. Ich schaue zu ihrem runden, freundlichen Gesicht auf. Sie kennt die McKenzies schon ewig. Kann ich ihr vertrauen? Dann denke ich daran, wie viel sie mir gegenüber schon ausgetratscht hat, und weiß, dass ich es nicht kann. Ich mag Aggie – sie macht den Job hier erträglicher –, aber sie arbeitet für die Familie, seit Kathryn ein Teenager war. Bestimmt wird sie sich ihr gegenüber in der Pflicht fühlen. Und ich kann es nicht riskieren, dass sie Kathryn etwas erzählt. Andererseits wird Kathryn wissen, dass ich die Tasche an mich genommen habe. Wer sonst hätte es tun sollen? Verdammt, mein eigener Kopf treibt mich noch in den Wahnsinn.

»Mir gehts gut«, lüge ich. »Bin einfach nur müde.« Ich versuche zu lächeln, aber sie wirkt nicht überzeugt.

Sie nimmt neben mir Platz und dämpft ihre Stimme. »Ich weiß, die Arbeit hier hat …« Sie schaut sich um, um sicherzugehen, dass Elspeth nicht in die Küche geschlichen kommt. »… ihre Tücken, aber bleib dabei. Es ist gutes Geld, das Haus ist schön und praktisch gelegen.« Sie tätschelt meine Hand. »Ich weiß, dass es für ein junges Mädchen wie dich langweilig sein kann, mit alten Leuten wie uns abzuhängen, aber bleib wenigstens ein Jahr und denk an das Geld.«

Trotz meines inneren Aufruhrs muss ich lachen. »Danke, Aggie. Das habe ich auch vor.« Und dann erzähle ich ihr ein wenig von Mum und ihrer Krankheit und dem Versprechen, das ich ihr gegeben habe.

Ihr Gesicht ist voller Mitgefühl, und ich erröte, als sie mich kurz umarmt. »Das mit deiner Mum tut mir so leid. Hoffentlich kannst du eines Tages losziehen und die Welt für euch beide entdecken.«

Ich verrate ihr nicht, dass ich die Hoffnung habe, das schon gegen Ende des Jahres tun zu können, nur für den Fall, dass es ihr Elspeth gegenüber rausrutscht. Obwohl ich im Moment sowieso nicht so weit im Voraus denken kann. Das Einzige, woran ich denken kann, ist diese verdammte Tasche oben.

»Aggie …« Ich mache eine Pause. Sie ist so nett zu mir gewesen, so warmherzig und voller Mitgefühl wegen meiner Mutter, dass ich mich ihr plötzlich ganz nah fühle. »Ich habe Jemimas Sachen gefunden. Im Keller«, platzt es aus mir heraus.

Sie schaut verdutzt drein. »Wie meinst du das?«

Und da berichte ich ihr, wie ich gestern Abend den Wein holen war und dabei die Tasche gefunden habe, wie Kathryn in den Keller gekommen ist und dass ich Sorge hatte, dass sie die Tasche wegbringen würde, weshalb ich sie in meinem Zimmer versteckt habe.

»Woher weißt du, dass Kathryn sie dort hingetan hat?«, fragt sie, nachdem ich fertig bin.

»Ich …« Ja, *warum* denke ich, dass es Kathryn war? Ihre Frage ist berechtigt. »Ich weiß es nicht. Sie benahm sich komisch. Und ihr Blick zuckte zu der Tasche zu meinen Füßen, und ich konnte ihr ansehen, dass sie ganz genau wusste, worum es sich handelt. Es wird ja wohl kaum Elspeth gewesen sein, oder? Sie hätte allein schon Probleme, es die steilen Stufen hinunterzuschaffen.« Doch dann fällt mir ein, wie sie gestern getanzt hat, ihre erstaunliche Agilität, auch wenn sie danach außer Atem zu sein schien. Vielleicht wären die Kellerstufen ja doch keine Herausforderung.

Aggie schüttelt mit verstörter Miene den Kopf. »Vielleicht solltest du die Tasche einfach nur zurückstellen. Und vergessen, dass du sie gefunden hast.«

»Aggie!«, stoße ich keuchend hervor. »Das kann ich nicht tun. Findest du es denn gar nicht verdächtig?«

Sie erhebt sich und geht zum Aga-Herd rüber. Ich bin enttäuscht. Ich hätte es ihr niemals erzählen sollen. Mein ursprünglicher Instinkt war richtig. Sie ist schon zu lange bei dieser Familie. Natürlich wird sie versuchen, sie zu beschützen.

Ich stehe auf und gehe zu ihr rüber. Sie macht sich daran,

einen Tee aufzusetzen, aber ich sehe ihr an, dass sie fieberhaft nachdenkt.

»Was, wenn Kathryn für Jemimas Tod verantwortlich ist?«, frage ich.

Sie dreht sich um, ihre vollen Wangen sind rosarot angelaufen. »Das ist sie natürlich nicht. Kathryn könnte keiner Fliege etwas zuleide tun. Das arme Mädchen. All die Jahre, die sie die zweite Geige spielen musste, erst bei Viola, dann bei jedem Nichtsnutz oder Streuner, den Elspeth gerade unter ihre Fittiche nahm, bei jedwedem neuen Projekt, dem sich Elspeth gerade widmete – seien es die verarmten Künstler oder eine Spendensammlung für die hiesige Kirche. Und dann auch noch bei Matilde und Jemima. Es ist doch nur natürlich, dass sie da verbittert. Aber Jemima ermorden? Ausgeschlossen, auf keinen Fall.«

»Aggie …« Ich zögere. »Jemimas Bruder besteht darauf, dass sie sich niemals das Leben genommen hätte. Dass ihr etwas zugestoßen ist.«

Aggie winkt ab. »Natürlich will ihr Bruder nicht glauben, dass seine Schwester sich umgebracht hat. Wer wollte das schon?«

»Warum sonst sollten dann Jemimas Sachen in Elspeths Keller versteckt sein?« Mein Ton ist harscher als beabsichtigt, aber so langsam überkommt mich die Frustration.

Aggie öffnet den Mund, um etwas zu sagen, schließt ihn dann aber wieder. Sie stützt sich auf die Metallleiste des Aga-Herds, sichtlich niedergeschlagen, und ich verfluche mich für mein Mitteilungsbedürfnis. Nun habe ich ihr dieses Geheimnis aufgebürdet. Ich kann sehen, dass es jetzt schon schwer auf ihr lastet.

Ich lege ihr eine Hand auf die Schulter. »Entschuldige. Ich hätte dir das niemals erzählen sollen.«

Sie schüttelt den Kopf, und ich bemerke Tränen in ihren Augen. Ich kann sehen, dass sie um Worte ringt, doch dann strafft sie sich, und meine Hand rutscht von ihrer Schulter.

»Ich liebe Kathryn. Ich mache mir Sorgen um sie.«

Ich lasse den Kopf hängen. »Ich weiß.«

»Sie war noch so jung, als ich hier anfing, und sie war so … übel zugerichtet.«

»Übel zugerichtet?«, frage ich entsetzt.

»Vom Leben«, stellt sie klar. »Sie hatte so eine traurige Kindheit, und dann kommt sie hierher, und Viola ist die Prinzessin. Aber Viola war schon immer ein kleiner Freigeist und eigensinnig. Sie wollte sich Elspeths altmodischen Regeln nicht fügen. Kathryn hingegen war so erpicht darauf zu gefallen. Sie erinnerte mich an einen treuen Welpen, wie sie Elspeth überall hinterhertrottete. Und dann verliebte sich Viola in einen Jungen, den Elspeth jedoch unpassend fand, und brannte mit ihm durch, kaum dass sie achtzehn wurde. Auf gewisse Weise war das sogar gut für Kathryn, denn es gab ihr die Gelegenheit zu glänzen. Elspeth war so wütend auf Viola, dass sie ihr sagte, sie solle sich nie wieder über ihre Schwelle wagen, wenn das mit dem Jungen nicht aufhört. Ich glaube, dass sie es heute natürlich bereut, denn Viola hielt sich tatsächlich fern. Niemand weiß, wo sie ist. Und ich glaube, das Elspeth Kathryn in gewisser Hinsicht für Violas Verschwinden verantwortlich machte.«

Ein Schauder läuft mir über den Rücken, als ich Aggies Worte auf mich wirken lasse. »Inwiefern denn?«

»Na ja, sie hatte das Gefühl, dass es Kathryns Schuld war, dass Viola fort ist. Sie begann, einen Groll gegen sie zu hegen. Und je mehr sie ihr grollte, desto mehr bemühte sich Kathryn um ihre Gunst. Es brach mir das Herz, das mit anzusehen.«

Aggie hält inne, mustert mich vorsichtig. »Weißt du, als Matilde hier anfing, war es mir auf den ersten Blick klar.«

Ich runzle die Stirn. »Was denn?«

»Wie sehr sie äußerlich Viola glich.«

Mir verschlägt es den Atem. »Matilde auch?«

»So wie Jemima. Und du. Ihr seht alle aus wie sie.«

Die Erkenntnis überkommt mich mit einem Schlag. »Du sagst also, Elspeth hat uns ausgewählt, weil wir wie ihre weggelaufene Tochter aussehen?«

Sie nickt. »Ich glaube schon. Ja.«

»Aber das … das ist doch völlig irre.«

Wir verfallen in Schweigen, aber ich spüre, dass Aggie noch nicht fertig ist. Sie gießt heißes Wasser in einen Becher und hängt einen Teebeutel hinein. »Es gibt da etwas, das ich noch nie jemandem erzählt habe«, beginnt sie unheilvoll.

Ich bin noch immer von der Viola-Enthüllung erschüttert. »Okay«, sage ich, als sie mir einen Becher reicht. Wir unterhalten uns in gedämpftem Tonfall, obwohl sonst niemand in der Nähe ist.

»Der Tag, an dem Jemima fort ist. Ich kam in die Küche zurück, weil ich die Kartoffeln vergessen hatte. Elspeth hatte gesagt, ich könne sie für mein Abendessen mit nach Hause nehmen. Mein Stanley fuhr mich her, damit ich sie holen konnte. Und da habe ich sie gehört.«

»Wen?«

»Kathryn und Jemima. Sie standen im Flur, und ich konnte hören, wie sie einander anschrien.«

»Um wie viel Uhr war das?«

»Na ja, es war schon dunkel, also würde ich sagen, so gegen fünf. Halb sechs.«

»Und worüber haben sie gestritten?«

Aggie schließt ihre fleischigen Hände um ihren Becher und hebt ihn an, trinkt aber nicht. »Das ist es ja. Es war schwer zu verstehen. Ich war zwar schon halb im Flur angelangt, aber ich hörte nur die Wörter ›Testament‹ und ›Galerie‹. Ich hörte noch, wie die Haustür zuknallte, und dann nur noch Stille.«

Mein Herz fängt an zu rasen. »Stille? Glaubst du, sie haben beide das Haus verlassen?«

»Ich kann es nicht mit Sicherheit sagen, aber ich denke schon.« Sie nippt nachdenklich an ihrem Tee. »Und das war das letzte Mal, dass ich Jemima gesehen habe. Am nächsten Tag kam ich zur Arbeit, und Elspeth meinte nur, Jemima sei gegangen und habe ihre Sachen mitgenommen.«

»Während sie in Wahrheit im Keller waren«, bemerke ich.

Aggie nickt ernst, dann legt sie eine warme Hand auf meinen Arm. »Schätzchen, bring die Tasche zur Polizei. Ich sehe nicht, was du sonst tun könntest.«

25

Una

Ich bin allein auf meinem Zimmer und knabbere ein Päckchen Käsecracker aus meiner Snackschublade. Elspeth ist im Bett, und Aggie hat Feierabend gemacht. Ich grüble über den Vorfall, den sie am Ende erzählt hat, den Streit zwischen Kathryn und Jemima an ihrem letzten Tag. Ich frage mich, was passiert ist. Ist Kathryn Jemima an jenem Tag gefolgt? Haben sie ihren Streit fortgesetzt? Wie genau ist Jemima von der Brücke gefallen? Hat Kathryn sie gestoßen? Oder war es ein Unfall, und Kathryn hatte zu viel Angst, es jemanden zu erzählen, also hat sie Jemimas Sachen versteckt und so getan, als wäre sie ausgezogen?

Ich ziehe mein Handy hervor, um Courtney anzurufen, als eine SMS von einer unbekannten Nummer aufploppt.

Ich bins Peter. Mein Handy ist kaputtgegangen, und ich musste ein neues besorgen, daher auch die neue Nummer. Ich bin in Clifton. Können wir uns an der Brücke treffen? Wir müssen reden.

Ich schaue auf die Uhr. Es ist halb zehn. Meint er jetzt?

Wann?, schreibe ich zurück.

Er antwortet auf der Stelle. *So schnell wie möglich.*

Adrenalin durchströmt mich. Kann ich das tun? Elspeth im Bett liegen lassen und mich hinausschleichen? Es würde gegen Elspeths Regeln verstoßen. Sie ist nachts ungern allein im Haus. Aber ich wäre höchstens eine halbe Stunde fort, überlege ich. Sie schläft. Sie wird es nie erfahren. Aber es ist unprofessionell. Ich beginne, in meinen »Zimmern« auf und ab zu gehen. Ich weiß nicht, was ich tun soll. Ich schaue aus dem vorderen Fenster hinaus. Es ist stockfinster, und dichter Nebel wälzt sich über die Hügel in der Ferne, sodass die Spitzen der Brückentürme nicht mehr zu sehen sind. Es ist nur einen Katzensprung entfernt. Vielleicht könnte ich mich draußen mit ihm treffen und ihn dann ins Haus schmuggeln. Wir könnten uns in die Küche setzen, und falls Elspeth aufwachen sollte, kann ich zu ihr gehen, ohne dass sie Peter zu Gesicht bekommt. Es ist nichts, was ich normalerweise auch nur in Betracht ziehen würde, aber das hier ist wichtig. Es ist ja nicht so, als würde ich mich rausschleichen, um mich mit meinem Freund zu treffen. Ich muss ihm das mit der Tasche seiner Schwester sagen. Und dann – mein Herz schlägt schneller, als ich daran denke – könnte er sie zur Polizei bringen. Was bedeuten würde, dass ich nicht die Tochter meiner Arbeitgeberin anzeigen müsste. Kathryn muss niemals erfahren, dass ich etwas damit zu tun hatte. Sie könnte es zwar vermuten, das schon, aber eben nicht beweisen. Ich wäre aus dem Schneider.

Mein Appetit ist mir vergangen, also stopfe ich die Käsecracker wieder in die Schublade. Dann fahre ich mir mit der Bürste durchs Haar, schnappe mir meinen weinroten Mantel aus dem Kleiderschrank, schlüpfe hinein und ziehe mir meine Pelzmütze über den Kopf. Ich zögere. Was tue ich da? Ist das sicher? Möchte ich wirklich allein im Dunkeln zur Brücke gehen? Jemima ist dort gestorben. Ich stehe mitten im Zimmer und wäge ab. Es handelt sich immerhin um Peter, überlege ich. Er kann wohl schlecht zu mir kommen, damit wir uns treffen. Ich greife nach meinem Handy und beschließe, Courtney eine Nachricht zu schreiben. Das haben wir schon immer so getan, wenn wir alleine irgendwohin gehen wollten. Es war uns durch unsere Mütter eingebläut worden: Sag immer jemandem Bescheid, wo du hingehst.

Peter hat sich gemeldet. Er möchte sich treffen. Ich werde ihm das mit der Tasche erzählen (die ich versteckt habe), und er kann damit zur Polizei gehen. Ich treffe mich jetzt gleich mit ihm. Xx

Dann verlasse ich das Haus, mein Smartphone fest in der Hand wie eine Waffe.

Draußen ist es eisig, und der Himmel ist mondlos. Der Nebel wird immer dichter und undurchdringlicher, während ich auf die Brücke zugehe. Die Straße vor Elspeths Haus ist an diesem unwirtlichen Freitagabend im Februar wie leer gefegt. Als ich über den Rasen gehe und das frostige Gras unter meinen Sohlen knirscht, bin ich kurz davor kehrtzumachen. Habe ich den Verstand verloren? Ich bin dabei, mich mitten in der Nacht ganz allein mit einem beinahe Fremden zu treffen. Aber es ist erst halb zehn, beruhige ich mich. Es ist noch nicht so spät. Da sind immer noch Menschen draußen: Dort drüben lässt ein Mann seinen Hund die Parkbank beschnüffeln, und ein Pärchen schlendert auf den Pub am Ende der Straße zu. Es sind zwar nicht so viele Autos unterwegs, aber das liegt am Nebel. Alles ist in Ordnung. Alles ist okay. Das wiederhole ich innerlich wie ein Mantra, als ich die Brücke betrete.

Von Peter keine Spur. Nicht dass ich ernstlich was sehen könnte – der Nebel hier oben scheint noch dichter. Ich lasse den Blick über die Brücke schweifen, und es ist fast, als würde ich auf einer Wolke dahinschweben. Ich kann die Schlucht mit dem Fluss unter mir nicht sehen. Auch Elspeths Haus kann ich von hier kaum noch ausmachen. Die tröstlichen Lichter der Fenster und die Umrisse anderer Menschen werden von den weißen Schwaden verschluckt.

Ich schreibe an Peters neue Nummer. *Ich bin am Ende der Brücke, da, wo die Autos drauffahren. Wo bist du?*

Ich warte mit dem Handy in der Hand auf seine Antwort, aber es kommt nichts.

Dann sehe ich eine Nachricht von Courtney. *Bist du irre? Triff dich bloß nicht mit Peter im Dunkeln. Sag ihm, er soll zum Haus kommen. Xx*

Sie hat recht, das hier ist eine dämliche Idee. Ich habe mich zu der Annahme verleiten lassen, dass es in Ordnung sei, weil es nicht so spät und die Brücke auch nicht so weit weg ist. Aber mit dem Nebel und der Stille … Na ja, es ist unheimlich hier oben. Ich komme mir vor, als wäre ich eine Million Kilometer von der Zivilisation entfernt. Der Nebel ist einfach überall und hüllt mich ein wie Watte. Ich kann nur wenige Zentimeter weit sehen. Vielleicht meinte Peter gar nicht die Brücke, sondern etwas anderes wie … Ich stolpere, und mein Handy rutscht mir aus der Hand. Ich höre, wie es splitternd auf dem Gehweg landet. Scheiße. Scheiße. Ich kauere mich auf Händen und Füßen nieder. Wo ist es hin? Ich kann es nicht sehen. Ist es über den Rand geschlittert?

»Peter!«, rufe ich. In meiner Stimme schwingt Panik mit, und sie verpufft in der Nacht. »Wo bist du?« Niemand antwortet, und ich erstarre, mein Herz schlägt mir bis zum Hals, als mir klar wird, dass Peter nicht kommen wird. War es überhaupt Peter, der mir geschrieben hat? Es hätte jeder sein können. Es hätte Kathryn sein können. Ich stehe auf und greife blindlings nach irgendwas, woran ich mich festhalten kann. »Wer ist da?« Mein Herz schlägt schneller, und ich gehe durch den Nebel in die Richtung los, in der sich der Zugang zur Brücke befindet.

Ich denke an meine Mum. Wacht sie über mich? Sie wäre bestimmt sauer, dass ich mich in eine solche Lage gebracht habe. *Oh, Mum, es tut mir leid.*

Der aufsteigende Nebel vermischt sich mit der Dunkelheit, macht die Nacht dicht und undurchschaubar. Ich kann kaum etwas sehen, und doch weiß ich, dass ich nicht allein auf der Hängebrücke bin.

Ich kann jemanden atmen hören.

Wie dumm ich doch gewesen bin.

Niemand wird kommen und mich retten. Es ist viel zu spät – selbst der Autoverkehr über die Brücke ist wegen des Wetters zum Erliegen gekommen. Fest umklammere ich mit meinen Handschuhen das Geländer, um mir Halt zu verleihen.

Jemand ruft meinen Namen. Desorientiert drehe ich mich um, kann aber nicht ausmachen, aus welcher Richtung die Stimme kommt. Ich weiß nur, dass ich hierhergelockt worden bin. Ich muss irgendwie von dieser Brücke wegkommen. Ich lasse das Geländer los, stolpere panisch, mein Atem beschleunigt.

Dreh jetzt bloß nicht durch. Ich muss Ruhe bewahren. Ich muss lebend aus dieser Sache herauskommen.

Selbstmord. Sie werden sagen, dass es Selbstmord war. Genau wie bei den anderen Mädchen.

Ich höre ein Lachen. Es klingt manisch. Höhnisch.

Und da löst sich eine Gestalt aus dem Nebel, presst mir die Hand über den Mund, noch bevor ich dazu komme zu schreien.

ZWEITER TEIL

26

Willow, März 2019

Irgendwas geht in diesem Haus vor sich. Sie versuchen, es vor mir zu verbergen, aber es ist offensichtlich bei all dem Geflüster und Getuschel zwischen ihnen. Die alte Frau, ihr Eisklotz von einer Tochter und die Köchin. Sie tun es, wenn sie glauben, dass ich nicht zuhöre. Nicht dass ich ernsthaft lauschen würde. Es juckt mich kein bisschen, was die drei da quatschen. Für mich ist das sowieso nur eine befristete Sache. Bloß um ein wenig Kohle zu verdienen, bevor ich beschließe, was ich wirklich mit meinem Leben anfangen möchte.

Es war Arlo, der mir von dem Job erzählt hat. Die Anzeige stand Ende Februar in der Lokalzeitung. Hauptsächlich wahrscheinlich, weil er die Schnauze voll davon hatte, dass ich bei ihm in seiner dreckigen Einzimmerbude in Weston-super-Mare pennte und nur hin und wieder im örtlichen Café Schichten schob. »Willow«, sagte er, wobei er seine ernste Großer-Bruder-Miene aufsetzte, die er immer dann bemühte, wenn er mir eine Standpauke hielt, »du brauchst eine Perspektive im Leben.« Ganz so, als ob er selbst eine steile Karriere verfolgen würde, wo er doch genauso planlos ist wie ich. Er musste sich unten im Pub bei einem seiner Kumpels über mich ausgeheult haben, denn der hatte ihm gesteckt, dass der Freund von einem Freund über die Jobanzeige gestolpert war. Jedenfalls so was in der Art. Arlo neigt ein bisschen zum Schwafeln, und ich hörte nur halb zu, da ich mir gerade uralte Folgen von *Line of Duty* auf Netflix anschaute. Jedenfalls beschloss ich, der Sache eine Chance zu geben. Eine Festanstellung in einem schnieken Haus mit eigenem Bad und Schlafzimmer, weit weg von den müffelnden Füßen meines Bruders und seiner versifften Wohnung, ist ein echter Pluspunkt. Und das Gehalt klang echt gut für eine reine Pflegestelle.

Anscheinend bin ich jünger als meine Vorgängerinnen. Das hat Kathryn, die Tochter, eher naserümpfend bei dem Vorstellungsgespräch gemeint, als wäre Jugend etwas, was einem peinlich sein müsste. Schätzchen, ich bin zwanzig, wollte ich sagen. Wohl kaum ein Kind mehr. Außerdem habe ich Erfahrung in der Pflege. Ich war mal drauf und dran, Krankenschwester zu werden. Hatte auch schon das erste Jahr Studium hinter mich gebracht und alles. Und eins kann ich sagen: So eine Ausbildung zur Pflegerin ist heftig. Ehrlich, die sollten fette Gehälter bekommen für das, was ihnen da zugemutet wird – die langen Nachtschichten und Bettpfannen und dann noch den alten Kerlen das Gehänge waschen. Ja, das habe ich alles gemacht, und ich schäme mich nicht zu sagen, dass ich es nicht gepackt habe – obwohl ich das beim Vorstellungsgespräch natürlich unter den Tisch fallen ließ. Ich wollte nicht, dass sie dachten, ich wäre nicht in der Lage, bei einer Sache zu bleiben. Also erzählte ich was von einem Trauerfall in der Familie und Geldmangel, der mich leider zwang, die Ausbildung abzubrechen, was zwar eine nette Notlüge war, mir aber den Job verschaffte.

Und hier bin ich also. Erst zwei Wochen am Start und schon dabei, die Tage zu zählen, bis ich meine Kündigung einreichen kann. Trotzdem, der Job an sich ist ein Kinderspiel. Ich brauchte nicht lange, um herauszufinden, dass die alte Frau kein bisschen gebrechlich ist. Sie will nur ein bisschen verhätschelt werden und Gesellschaft haben. Glücklicherweise kann sie allein aufs Klo. Und ich bringe sie zum Lachen. Das gefällt mir. Es gefällt mir zu sehen, wie sie ihren Kopf so weit in den Nacken wirft, dass sich die papierdünne Haut an ihrem Hals spannt und sie tief aus dem Bauch heraus lacht. Es ist, als würde sie in solchen Momenten vergessen, dass sie eine vornehme, hochnäsige Alte ist. So authentisch und ehrlich sehe ich sie sonst nie. Denn als ich dort anfing, sah sie nicht so aus, als ob ihr in letzter Zeit viel zum Lachen zumute war. Da ist etwas Trauriges in ihren blauen Augen, als habe sie in ihrem Leben schon viele Menschen verloren, und damit kann ich mich identifizieren. Nicht dass ich schon viele Menschen verloren hätte. Nur einige, an denen mir viel lag. Gerade genug, um mir das Gefühl zu geben, als würde ich in dem gigantischen rauen Ozean meines Lebens haltlos davontreiben.

Ich glaube nicht, dass ich die intelligenteste Person auf der Welt bin – wahrscheinlich einer der Gründe, warum ich mein erstes Pflegejahr nicht bestanden habe. Aber ich glaube, dass ich die Menschen durchschaue, dass ich auf ihrer Wellenlänge schwinge und spüren kann, was sie empfinden. Und auf seltsame Weise geht es mir auch bei Elspeth so.

Bei der Tochter hingegen spüre ich überhaupt keine Verbindung. Sie hat eine Barriere um sich errichtet, die so stark ist, dass sie wie ein Kraftfeld wirkt.

Mittwochs und samstags habe ich frei, doch abgesehen von diesen Tagen – wenn ihre Tochter dableibt, um mich zu ersetzen – wird von mir erwartet, dass ich rund um die Uhr zur Verfügung stehe. Ist ja sowieso nicht so, als ob ich irgendwelche Freunde in Bristol hätte. Ich kenne mich in der Stadt nicht wirklich aus, obwohl es mir Freude bereitet, sie an meinen freien Tagen zu erkunden. Schnell wird mir klar, dass Clifton das vornehme Viertel ist, mit seinen protzigen Häusern, seinen Boutiquen und den schnieken Cafés, die so ganz anders sind als diejenigen, in denen ich in Weston-super-Mare gekellnert habe. Anfangs machte es mir auch Spaß, Elspeth bei ihren Ausflügen zum Friseur oder zu den Läden, die sie besitzt, zu begleiten. Neulich musste ich mit ihr zu einer Gemeinderatssitzung – hatte wohl was mit den Spenden zu tun, die sie für verarmte Künstler sammelt. Manchmal geht sie auch einfach nur gerne mit mir spazieren, und Clifton ist im Frühling wirklich wunderschön, mit den Kirschblüten, die die Gehsteige wie Konfetti säumen, und dem allgegenwärtigen Duft der Blumen in der Luft. Ich liebe den Frühling – er ist wie ein Neuanfang. Eine Erneuerung. Alles erwacht wie Dornröschen aus einem langen Schlaf und blinzelt und staunt wegen des Sonnenscheins, der singenden Vögel und des Geruchs nach frisch gemähtem Gras.

Elspeth hört gerne zu, wenn ich ihr Geschichten aus meiner Kindheit und Jugend in einer Hippiekommune in Norfolk erzähle oder von meinen Erfahrungen mit dem Mondbaden. Sie ist sogar ganz angetan von den rosa Strähnen, die mein aschblondes Haar durchziehen. Nach dem Vorstellungsgespräch hatte ich überlegt, sie umzufärben, vor allem weil die Tochter, Kathryn, eine blöde Bemerkung fallen ließ: wie ich denn erwarten könne, dass man mich ernst nimmt, mit »Zotteln im Haar, die wie Zahnseide aussehen«.

Obwohl ich nicht unbedingt behaupten würde, dass mir die Arbeit wirklich Spaß macht, so habe ich doch in eine Routine hineingefunden. Kathryn versucht zwar hier und da, mich auf die Psychotour fertigzumachen, aber ich ignoriere sie einfach. Ich habe schon Schlimmere getroffen als sie. Aggie, die Köchin, verhält sich mir gegenüber etwas unterkühlt. Sie ist zwar höflich und macht Small Talk mit mir beim Mittagessen oder wenn ich in der Küche bin, um Elspeth eine ihrer zahlreichen Tassen Tee zuzubereiten, und doch spüre ich, dass sie sich zurückhält. Ich bin mir sicher, dass ich in einer langen Reihe von Gesellschafterinnen stehe, die sich über die Jahre die Klinke in die Hand gegeben haben. Vielleicht denkt sie ja, dass ich es hier nicht lange aushalten werde und es daher wenig Sinn macht, mich allzu sehr an sich ranzulassen. Oder vielleicht hält sie mich für eine schräge Tussi mit meinem rosa gesträhnten Haar, dem Nasenring und meiner gebatikten Haremshose. Ich sehe nicht aus, als würde ich in dieses feine Haus mit all seiner Pracht passen, das weiß ich durchaus. Ganz ehrlich, ich war überrascht, dass sie mir den Job gegeben haben. Vielleicht hatten sie ja nicht so viele Bewerberinnen.

Es ist Samstag, mein freier Tag, und ich beschließe, der Abwechslung halber, zur Gloucester Road zu spazieren. Es ist ein sonniger Tag, frisch, hoffnungsfroh. In der Ferne schweben Heißluftballons am Himmel, Kinder tollen über die grünen Wiesen, die an die Hängebrücke angrenzen, und Pärchen schlendern Arm in Arm mit ihren Hunden umher. Die Leute sitzen dicht gedrängt vor den Cafés – Familien, Verliebte, Freunde. Es liegt noch immer eine leichte Kühle in der Luft, aber nächste Woche ist schon April. Ich trage meine geliebte Bomberjacke mit dem Blumenmuster, dazu eine locker sitzende Seidenhose und kirschrote DocMartens. Ich habe einen Termin beim Friseur. Die Visitenkarte des Salons habe ich beim Einzug in meinem Zimmer gefunden – sie muss von meiner Vorgängerin stammen. Das Design war cool, mit knalligen Farben und ausgefallener Schrift. Ich wusste, dass ich mir den Salon, den Elspeth besucht, nie im Leben leisten könnte, also dachte ich mir, ich probiere es mal mit dem *A Cut Above*.

Die Laden ist genau so, wie ich ihn mir vorgestellt habe: bunte Neonlichter, laute Musik und hippe Stylisten mit gewagten Frisuren. Gewagt ist gut. Ich warte am Empfang und blättere durch die *Cosmopolitan*, als auch schon ein Mädchen mit kupferrotem Haar auf mich zukommt. Es ist so lang, dass es sich um Extensions handeln muss, überlege ich, während ich ihr zu einem Sessel ganz hinten neben den Waschbecken folge.

»Also, was kann ich heute für dich tun?«, erkundigt sich das Mädchen, während ich Platz nehme und sie mir hilft, einen Umhang anzulegen. Sie hat krass weiße Zähne und dichte, schön geformte Augenbrauen. Sie nennt mir nicht ihren Namen, aber sie sieht aus, als wäre sie ungefähr in meinem Alter. Ich frage mich, wie viel Erfahrung sie hat. Ihr Teint ist makellos beige, und ich bin mir sicher, dass sie falsche Wimpern trägt – sie wirken, als würden sie ihre Augenlider hinabziehen, die, als ich sie genauer betrachte, verquollen aussehen, so als ob sie nicht geschlafen hätte. Ihre dicke Schicht Make-up verdeckt auch nicht die dunklen Augenringe, die mir nicht entgehen. Sie wirkt nicht besonders freundlich, kein bisschen wie die Friseurinnen, die ich früher hatte und die ständig über ihre Freunde, Urlaube oder *Love Island* quasselten. Sie sieht aus wie der Typ Mädchen, das sich als fiese Tussi in einem amerikanischen Highschool-Drama gut machen würde.

Ich nehme eine rosa Strähne zwischen meine Finger. »Die Farbe wird mir langsam zu öde. Könnte ich die in Blau haben?«

Sie setzt ein Lächeln auf, aber es reicht nicht bis zu ihren Augen. »Klar, aber ich müsste es zuerst bleichen.« Sie nimmt mein Haar in ihre Hände und hebt es an. »Aber das wird sie arg strapazieren. Darf ich dir vorschlagen, dass du erst zu deiner natürlichen Farbe zurückkehrst und dann in ein paar Monaten wiederkommst, um es blau zu strähnen?«

Ich wollte das Blau eigentlich, um die hochnäsige Kathryn zu ärgern, aber vielleicht ist es keine schlechte Idee. Zumal ich den Job gerade erst angefangen habe. Vielleicht kann ich ja so Eindruck bei der Alten schinden, damit sie denkt, ich würde meine Rolle ernst nehmen. Also willige ich ein.

Sie fährt mir mit den Fingern durchs Haar. »Dein letzter Friseur hat es mit dem Rosa ein wenig übertrieben«, bemerkt sie stirnrunzelnd.

Ich lache. Dieses Mädchen hat etwas sehr Direktes, sehr Erfrischendes an sich. »Jepp. Das war eine meiner Freundinnen. Sie wusste nicht wirklich, was sie tat.«

Ein Lächeln zuckt an ihren Mundwinkeln. »Das kann ich sehen. Willst du auch einen Schnitt?«

Schnitt? Ich habe mir meine Haare seit sieben Jahren nicht mehr schneiden lassen. »Nein danke. Mir gefällt die Länge.«

Sie schaut skeptisch drein, und unsere Blicke begegnen sich in dem großen rechteckigen Spiegel vor mir. »Ich könnte die Spitzen kürzen? Damit es etwas gesünder ausschaut?«

Nie im Leben. Als der letzte Friseur mir versprochen hat, »die Spitzen zu kürzen«, ging mir mein Haar nur noch knapp bis zu den Schultern. Den Fehler begehe ich nicht noch einmal.

Ich lehne höflich ab, und sie zuckt die Achseln. »Okay, dann gehe ich nur mal kurz die Farbe anmischen.« Sie spaziert davon, ohne mir ein Getränk anzubieten. Ein anderes Mädchen, das aussieht wie fünfzehn und extrem kurz geschorenes gebleichtes Haar hat, kommt in einer Wolke Impulse-Deo rübergerauscht und lässt ohne weiteren Kommentar ein paar Hochglanzmagazine in meinen Schoß plumpsen. Sehr charmant.

Fünf Minuten später ist die Stylistin wieder zurück, sie schiebt einen Rollwagen vor sich her, auf dem sich Schüsseln mit Bleichmittel und Farbe sowie ein Stapel Folien befinden. Sie beginnt damit, mein Haar aufzuteilen, und begegnet dann meinem Blick im Spiegel.

»Oh, entschuldige. Ich habe dir gar nichts zu trinken angeboten.«

Ich lächle. »Ist schon okay.«

»Willst du was?«

Ich überlege, Nein zu sagen, da ich nicht will, dass sie sich irgendwelche Umstände macht, außerdem schaut sie ein bisschen gestresst aus, aber tatsächlich habe ich einen Riesendurst, also sage ich, dass eine Tasse Tee super wäre.

Sie ruft nach der Fünfzehnjährigen, die loswuselt, um einen aufzusetzen.

»Also, warum wolltest du dein Haar denn blau?«, erkundigt

sie sich, während sie Bleiche auf meine rosa Strähnen aufträgt. Das andere Mädchen kommt mit meinem Tee zurück.

»Ich habe gerade erst einen neuen Job angefangen«, erwidere ich und greife nach meiner Tasse.

Sie lacht. Es klingt kehlig, und ich bin erleichtert, dass sie ein bisschen auftaut. »Und dein Chef will, dass du blaue Haare hast?«

Ich nehme einen Schluck Tee und stelle ihn dann wieder auf dem Tisch vor mir ab, ohne meinen Körper zu bewegen. »Nein, die alte Frau, für die ich arbeite, ist echt okay. Die nimmt das locker. Es ist ihre verklemmte Tochter, die total die Vorurteile hat. Sie hasst das Rosa.« Ich erzähle ihr von dem Zahnseidespruch. »Also dachte ich, ich könnte es stattdessen blau färben. Also noch knalliger! Hauptsache, sie kriegt das Kotzen. Aber das wird wohl nun warten müssen. Na ja …«, ich kichere, um zu zeigen, dass ich scherze, »… dann muss ich mir eben was anderes überlegen, um sie auf die Palme zu bringen!«

Ich erwarte, dass sie lacht. Oder sich zumindest zu einem Lächeln durchringt. Aber sie nickt einfach nur und fragt, wo ich herkomme, als würde sie aus einem Drehbuch ablesen, von dem sie nicht abweichen darf. Ich erzähle ihr ein wenig von Norfolk und meiner Rastlosigkeit, wie ich die Uni geschmissen habe und dass ich immer noch auf der Suche nach einem Beruf bin, der zu mir passt.

»Und was ist mit Reisen? Würde dir das gefallen?«

»Habe ich ein bisschen gemacht, aber eigentlich brauche ich Stabilität. Einen richtigen Beruf. Ich muss langsam anfangen, Geld zu verdienen.«

Sie nickt. Sie erzählt nicht viel von sich selbst, sondern

bombardiert mich stattdessen mit Fragen, das Ganze mit ihrem niedlichen West-Country-Akzent, der an den Wortenden immer in die Höhe geht, sodass es klingt, als würde sie Fragen stellen, selbst wenn sie es gar nicht tut. Währenddessen schiebt sie die Folien wie eine Ziehharmonika zusammen und drückt sie an meinen Kopf. Ich bekomme das Gefühl, dass sie nicht wirklich zuhört. Um ehrlich zu sein, würde ich lieber in meiner Zeitschrift blättern, aber ich möchte nicht unhöflich sein.

Nachdem sie damit fertig ist, sagt sie, dass sie in zwanzig Minuten wieder da ist, um die Folien abzunehmen, und lässt mich da sitzen. Ich beobachte sie im Spiegel dabei, wie sie den Wagen wegrollt. Hinter dem überheblichen Äußeren verbirgt sich etwas Trauriges, als habe sie bloß eine Fassade aufgesetzt. Es ist, als würde sie von einem unsichtbaren schweren Panzer niedergedrückt werden. Sie blickt ausdruckslos ins Leere, während sie einer Kundin auf der anderen Seite des Salons die Haare föhnt und ganz automatisch die Handgriffe abspult. Sie ist groß und richtig hübsch mit ihrer langen kupferroten Mähne und ihrem porzellanartigen Teint. Ich beobachte sie noch etwas länger, wobei ich versuche, aus ihr schlau zu werden. Das mache ich oft. Arlo meint, ich wäre bloß neugierig, aber ich selbst frage mich manchmal, ob ich mich nicht der Psychologie zuwenden sollte. Ich liebe es, darüber nachzudenken, warum die Leute sind, wie sie sind, und wie sie ticken.

Ich bin froh über die Ruhe und wende mich wieder meiner Zeitschrift zu. Mein Kiefer schmerzt von dem ganzen Gequatsche. Mein Tee ist ausgetrunken, aber niemand erkundigt sich, ob ich gerne noch eine Tasse hätte.

Nach einer Weile kehrt die Friseurin mit dem kupferroten Haar zurück. Sie überprüft eine der Folien und scheint zufrieden; dann schickt sie mich mit der Fünfzehnjährigen los, um mir die Haare waschen zu lassen.

Als ich wieder auf dem Sessel sitze, kämmt sie mein Haar durch. Die Farbe ist wunderschön, ein sanftes Aschblond. Ich sehe normaler aus und bin mir nicht sicher, was ich davon halten soll. Womöglich werde ich so ernster genommen, aber selbst wenn, weigere ich mich, meinen Nasenring rauszunehmen.

Sie trocknet mein Haar mit einer großen Rundbürste, und erst als sie damit fertig ist, schaut sie mich richtig an. Ich bin selbst damit beschäftigt, mich im Spiegel zu mustern, und bemerke daher zunächst nicht das Entsetzen auf ihrem Gesicht, bis sie mich anspricht. Ich schaue auf, und unsere Blicke begegnen sich im Spiegel. Sie ist leichenblass, und ich weiß zwar, dass es wie ein Klischee klingt, aber es gibt keine anderen Worte, um es zu beschreiben: Sie starrt mich an, als hätte sie einen Geist gesehen.

27

Courtney

Courtney starrt die Frau, *diese Kopie*, geschockt an. Sie ist sich vollkommen bewusst, dass sie sich unprofessionell verhält, aber sie scheint ihre Stimme nicht wiederzufinden. Sie kann nicht aufhören, sie anzustarren. Es hätte ihr sofort auffallen müssen. Sie sieht aus wie Una: das gleiche Haar, die gleiche Gestalt. Sie kleidet sich zwar nicht wie Una und klingt auch nicht wie sie, aber körperlich ähnelt sie ihr auf jeden Fall. Was hatte Una ihr gleich erzählt? Ja, dass die anderen Gesellschafterinnen ebenfalls aussahen wie sie. Ihr kommt die Galle hoch, als sie sich an die Gespräche mit ihrer besten Freundin erinnert.

»Ist alles okay mit dir?«, fragt das Mädchen – Willow, so stand es im Terminkalender –, wobei sie zaghaft ihr frisch gefärbtes Haar berührt. »Stimmt etwas nicht mit meinen Haaren?«

Courtney schluckt den golfballgroßen Kloß in ihrer Kehle runter. »Nein, entschuldige, es ist alles … Es sieht gut aus. W… wo sagtest du noch mal, dass du arbeitest?« Sie hat vorhin nur halb zugehört, als Willow Platz nahm und von ihrem neuen Job erzählte. Aber jetzt … jetzt, da sie sich vor ihren eigenen Augen verwandelt hat, fallen ihr wieder einzelne Gesprächsfetzen ein. *Ältere Frau. Verklemmte Tochter. Gesellschafterin*. Sie kann doch nicht etwa … Oder doch?

Willow runzelt die Stirn und erhebt sich, wobei der schwarze Umhang sich um sie herum aufbauscht wie ein Cape. Courtney ist bewusst, dass sie ihn der Kundin abnehmen sollte, doch stattdessen legt sie ihre Hände auf Willows Schultern und zwingt sie so in den Sessel zurück. Sie beugt sich vor, sodass ihre Kollegin zu ihrer Rechten sie nicht hören kann. »Heißt deine Arbeitgeberin zufällig Elspeth McKenzie?«

»Ja, wieso?« Willow wirkt angepisst – nicht weiter verwunderlich, denkt Courtney, angesichts der Tatsache, dass sie soeben Hand an ihre Kundin gelegt hat und sie praktisch im Sessel gefangen hält.

Courtneys Herz rast. Es war ihr nicht aufgefallen, als das Mädchen den Salon betreten hatte. Aber jetzt … Die Ähnlichkeit zu Una verschlägt ihr den Atem.

»Hast du jemals etwas von einer Una Richardson gehört?«

Sie merkt, dass Willow ihre Ungeduld nur mühsam zügelt. »Nein. Nein, habe ich nicht. Sollte ich?«

»Sie hat vor dir für Elspeth gearbeitet. Sie war …« Sie schluckt schwer. »Sie war meine beste Freundin.«

Damit hat sie Willows Aufmerksamkeit. Sie setzt sich aufrechter in ihrem Sessel hin und blickt Courtney über den Spiegel direkt in die Augen. »Wie bitte?«

»Sie ist tot.« Es fühlt sich immer noch falsch an, es zu sagen. Sie wird sich niemals daran gewöhnen.

»Tot?«

Sie holt tief Luft, ihr ist bewusst, dass sie wie eine Verrückte klingen wird. Aber Willow verdient zu erfahren, worauf sie sich da eingelassen hat. »Sie starb letzten Monat, als sie noch bei den McKenzies angestellt war.«

Willow verlagert unbehaglich ihr Gewicht. »Aber … das hat mir niemand gesagt.«

»Und sie ist nicht die Erste. Die erste Gesellschafterin war ein Mädchen namens Matilde. Sie hielt zwei Jahre durch. Sie starb angeblich bei einem Autounfall mit Fahrerflucht. Das zweite Mädchen, Jemima, fing im Oktober dort an. Weihnachten war auch sie tot. Selbstmord. Und jetzt Una …« Der Name ihrer besten Freundin bleibt Courtney fast im Hals stecken und geht in einen erstickten Schluchzer über. Sie sammelt sich erneut. Sie darf jetzt nicht weinen. Sie muss handeln. »Sie hat mir eine SMS geschickt, kurz bevor es geschah, um mir Bescheid zu geben, dass sie sich mit Peter – Jemimas Bruder – treffen wollte. Scheinbar glaubte Peter nicht, dass seine Schwester sich das Leben genommen hatte. Man hat Una erst am nächsten Morgen gefunden. Die Polizei geht davon aus, dass sie unglücklich gestürzt ist und sich den Kopf aufgeschlagen hat … Es war sehr nebelig in jener Nacht, weißt du. Und kalt. Sie starb an Unterkühlung, weil sie wohl das Bewusstsein verloren hat.«

Und sie kann es zwar nicht beweisen, aber Courtney weiß es. Sie weiß aus tiefster Überzeugung, dass Una nicht einfach nur im Nebel auf der Brücke hingefallen ist und sich den Kopf angeschlagen hat. Ihre Freundin hatte das Haus verlassen, um jemanden zu treffen – um Peter zu treffen. Courtney hat all das der Polizei haarklein berichtet. Als sie an jenem Tag ins Krankenhaus kam, hat sie ihnen lang und breit alles über Kathryn und Elspeth erzählt, hat ihnen das mit Jemima und der Tasche erklärt, aber die Polizisten hatten sie nur angeschaut, als hätte sie den Verstand verloren. Und Kathryn bestritt natürlich die Existenz irgendeiner Tasche. Genauso wie auch dieser Peter Freeman die Existenz jedweder SMS an Una bestritt. Und nun war Una tot. Ihre beste Freundin, das Mädchen, mit dem sie aufgewachsen war, mit dem sie zur Schule gegangen war, mit dem sie gelacht und zusammengewohnt hatte, war tot – ihr Leben, ihr gesamtes Wesen, alles, was sie ausgemacht hatte, von einem Moment auf den nächsten ausgelöscht. Das Mädchen, das so lieb und lustig war, das Social Media hasste und gern für sich war, das es liebte, Extrabutter auf ihre Butterkekse zu schmieren, das immer ein bisschen verspielt und albern war, das nie gelernt hatte, Fahrrad zu fahren, das die Welt sehen wollte – einfach fort. Und alle erwarteten, dass das Leben weiterging wie gehabt, wo sie, Courtney, doch wusste, dass ihr Tod kein Unfall war.

»Das tut mir leid«, sagt Willow. Ihre Augen wirken groß in ihrem zierlichen Gesicht – sie sind blau, wohingegen Unas grau gewesen waren. »Das ist ja schrecklich. Also hat sie sich gar nicht mit diesem Peter auf der Brücke getroffen?«

Courtney schüttelt ihren langen Pferdeschwanz. »Nein. Er bestritt, jemals eine SMS geschickt zu haben. Die Polizei beschlagnahmte sein Handy und analysierte den Verlauf. Das übliche Prozedere. Aber es gab keinen Hinweis darauf, dass er ihr an dem fraglichen Abend eine SMS geschickt hatte. Da war nur eine panische Nachricht auf seiner Mailbox von Una, die sagte, dass sie ihn sprechen müsse, weil sie etwas gefunden habe. Aber er war bei der Arbeit eingespannt gewesen. Er ist Feuerwehrmann. Er hatte gar nicht die Gelegenheit, ihren Anruf entgegenzunehmen oder ihr eine SMS zu schicken. Zumindest hat er das behauptet.«

»Und was hatte deine Freundin gefunden?«

»Eine Tasche voll mit Jemimas Kleidung. Im Keller in Elspeth Haus. Sie war überzeugt, dass Kathryn sie nach Jemimas Tod an sich genommen hatte.«

»Warum sollte sie das tun?« Willow wirkt verwirrt, weshalb Courtney ihr rasch berichtet, was Una erzählt hatte: von dem Streit, den Jemima anscheinend mit Kathryn hatte, bevor sie ging; wie Kathryn erfunden hatte, dass sie abgehauen wäre und all ihre Sachen mitgenommen hätte.

»Also weiß Kathryn mehr, als sie zugibt? Die Frau ist ein Eisklotz, so viel ist sicher.«

Courtney erinnert sich. Sie erinnert sich, wie sie ins Krankenhaus ging, nachdem man Una gefunden hatte – sie war Unas Notfallkontakt gewesen. Eine vergebliche Vorkehrung, wie sich leider herausstellte, denn Una war da schon tot, und es hatte nichts weiter bewirkt, als ihr falsche Hoffnungen zu machen. Una war auf der Brücke gestorben, in den Nebel gehüllt wie in der Umarmung des Sensenmanns, vor den Augen der Welt verborgen, bis die Sonne aufging und den Nebel verjagte. Kathryns Miene blieb steinern, während der Arzt sie über Unas Tod informierte. Sie zeigte keinerlei Reaktion, im Unterschied zu Courtney, die sich gerade noch davon abhalten konnte, in ein schluchzendes Häufchen Elend auf dem weiß gesprenkelten Krankenhauslinoleum zusammenzufallen.

Am nächsten Tag ging Courtney, in Begleitung eines unwilligen Kris, aufs Polizeirevier, um ihnen alles zu erzählen. Von der versteckten Tasche, von Unas Verdacht und der mutmaßlichen SMS von Peter mit der Bitte, sich zu treffen. Die Polizei zeigte zwar durchaus Interesse, blieb jedoch recht unverbindlich. Sie nahmen alle Einzelheiten auf, die sie ihnen gab, ohne groß nachzufragen. Danach bedankten sie sich und meinten, sie würden sie über etwaige Entwicklungen auf dem Laufenden halten. Nur dass sie das nicht taten. Eine Woche verstrich, und schlussendlich musste sie sie in ihrer Verzweiflung selbst anrufen. Und da erfuhr sie von Peter und dass man auf seinem Handy keine SMS gefunden hatte, in der er ein Treffen mit Una vorschlug. Unas Handy wiederum war nicht bei ihr, als man sie fand. Die Polizei ging davon aus, dass es vielleicht bei ihrem Sturz über den Rand der Brücke geschlittert und in die Schlucht gefallen war. Für Courtney klang das alles ein wenig zu schlüssig, als dass sie es ernsthaft schlucken konnte.

Kathryn rief kurz nach Unas Tod an, um Courtney zu fragen, ob sie Unas Sachen haben wolle. Nicht dass da viel gewesen wäre. Una hatte mit leichtem Gepäck gelebt. Aber Courtney sagte Ja und ging nach Clifton, um die Sachen zu holen. Es war das erste Mal, dass sie das Haus sah, in dem ihre beste Freundin gearbeitet hatte. Es war herrschaftlicher, als sie es sich vorgestellt hatte. Elspeth selbst traf sie nicht. Kathryn behauptete, dass sie »sehr aufgewühlt« sei und sich »oben erholt«. Dann überreichte ihr Kathryn mit steinerner Miene einen großen Rucksack. Es gab kein »mein Beileid«, kein gar nichts. Courtney riss ihr förmlich den Rucksack aus der Hand, bevor sie wieder davonmarschierte.

Und jetzt ist *sie* hier. Noch eine. Eine neue Gesellschafterin. Ein neues Opfer.

Courtney hat bei ihrer besten Freundin versagt, aber diesem Mädchen, dieser Fremden kann sie helfen. Sie darf nicht zulassen, dass Kathryn oder Elspeth noch jemandem Schaden zufügen. Es mag ja sein, dass die Polizei nichts unternehmen will, aber Courtney wird Unas Tod rächen – und wenn es das Letzte ist, was sie tut. Una hatte ein Leben, und jemand hat es ihr genommen. Sie wird nicht aufgeben, bis sie herausgefunden hat, wer – und warum.

28

Willow

Meine Sicht auf das Haus hat sich, nun da ich die Wahrheit kenne, verändert. Es ist nicht länger das elegante, freundliche Gebäude, sondern ein mit dem Tod verbundener Ort. Wo sich Skelette in Schränken verbergen und niemand so ist, wie er scheint. Alles sehr dramatisch von mir, ich weiß. Arlo meint immer, ich sollte Schauspielerin werden. Aber Arlo sagt eine Menge Dinge, und normalerweise meint er sie eher abfällig. Dennoch muss ich in einem fort an das denken, was mir die Friseurin anvertraut hat, und unter dem Entsetzen regt sich eine aufgeregte Spannung in mir – wie dieses Gefühl, das man hat, wenn ein Nachbar von der Polizei abgeführt wird. Man ist zwar nicht direkt Teil des Geschehens, aber nahe dran. Ich selbst fühle mich durch Elspeth oder ihre Tochter nicht bedroht. Una schien ja ein bisschen arg naiv, sogar einfältig gewesen zu sein, so, wie sie sich in diese Lage gebracht hatte. Und vielleicht ist sie ja wirklich unglücklich gestürzt und hat sich den Kopf angeschlagen. Vielleicht sucht Courtney auch nur nach einer Verbindung, weil zwei andere Mädchen, die für Elspeth gearbeitet haben, ebenfalls tot sind.

Egal, jedenfalls hat mich Courtney schrägerweise für heute Abend auf einen Drink eingeladen. Irgendein Pub in der Whiteladies Road, wo die Band ihres Freundes spielt.

Da ich bis auf die McKenzies niemanden in Bristol kenne, habe ich zugesagt. Und irgendwie finde ich diese Courtney ja auch faszinierend mit ihrer glamourösen Art und ihrer Trauer – ein bisschen wie ein Stummfilmstar aus den 1920er-Jahren.

Als ich vom Friseur zurückkomme, sitzt Elspeth mit ihrer Tochter im Wohnzimmer. Ich kann nicht widerstehen und strecke den Kopf zur Tür herein, um Hallo zu sagen. Kathryn sieht aus, als würden ihr gleich die Augen aus dem Kopf fallen. »Du hast dir die Haare machen lassen«, bringt sie kläglich hervor.

Ich lächle. »Ja. Wieder blond. Fürs Erste.«

Sie verzieht das Gesicht, doch Elspeth meldet sich fröhlich aus ihrer Ecke des Zimmers zu Wort: »Mir gefällt es, es sieht sehr gepflegt aus«, woraufhin Kathryns Miene nur noch griesgrämiger wird.

Ich verkneife mir ein Kichern. Ich will gerade wieder gehen, als Elspeth hinzufügt: »Aggie ist noch in der Küche, falls du möchtest, dass sie dir kurz ein verspätetes Mittagessen aufsetzt. Sie hat extra für dich einen vegetarischen Auflauf gemacht.«

Ich bedanke mich und gehe in die Küche runter. Aggie ist tatsächlich noch da und hat ihre pummeligen Arme tief im Keramikspülbecken versenkt. Sie wendet sich mir mit jener argwöhnischen Miene zu, die sie für gewöhnlich aufsetzt, wenn sie mich sieht.

»Elspeth meinte, dass womöglich etwas für mich übrig wäre«, sage ich, als ich reinspaziert komme.

»Ja, im Aga ist noch etwas Auflauf.« Sie zieht ihre Arme aus dem Spülwasser und trocknet sie an einem Geschirrtuch ab. »Ich hole dir eine Portion. Setz dich doch schon mal hin.«

Ihre übermäßig hilfsbereite Attitüde ist mir unangenehm. Als wir in der Kommune lebten, da kümmerte sich jeder um seinen Kram, wir waren alle gleich, deswegen mag ich es auch nicht, wenn Leute etwas für mich tun, es sei denn, ich gebe ihnen etwas dafür oder helfe ihnen im Gegenzug. »Ist schon okay, ich kann es holen, mach du einfach weiter, womit du grad beschäftigt warst«, sage ich.

Aber sie öffnet bereits den Aga und holt eine große orangene Auflaufform hervor, die sie auf dem Kochfeld abstellt. Sie schaufelt eine großzügige Portion heraus und watschelt dann – ich weiß, das klingt nicht gerade nett, aber es gibt kein passenderes Wort, um ihren Gang zu beschreiben – zum Kühlschrank, um eine Schüssel Salat zu holen. Sie fragt mich nicht, ob ich welchen will, sondern häuft das Grünzeug auf den Teller, bevor sie ihn mir reicht. »Na los, setz dich, ich mache dir ein Tässchen Tee.«

Es hat keinen Sinn, mit ihr zu diskutieren. Sie ist einer dieser Menschen, die am glücklichsten sind, wenn sie jemandem nützlich sein können. Daraus schließe ich, dass sie wahrscheinlich ein freundlicher, aufmerksamer Mensch ist. Kann ich ihr in diesem Haus voller – wie ich gerade erfahren musste – undurchsichtiger Gestalten vertrauen?

Ich esse langsam und schaue ihr dabei zu, wie sie in der Küche herumfuhrwerkt. Laut Elspeth arbeitet Aggie seit den späten 80er-Jahren hier, daher muss sie eine Menge über die Familie wissen, überlege ich, während ich sorgfältig kaue, so, wie es mir meine Mutter beigebracht hat. *Koste jeden Bissen aus, Willow*, würde sie sagen.

Ich kriege den Happen Gemüsequiche nur mühsam runter, da ich bei dem Gedanken an meine Mutter einen Kloß im Hals verspüre. »Ähm, Aggie, ich war heute beim Friseur …«

»Ja, jetzt sehe ich es. Hübsche Farbe.«

»Danke. Wie sich herausstellte, kannte die Friseurin, die mir die Haare gemacht hat, Una. Sie hat mir erzählt, dass … na ja …« Ich werfe die Hände in die Luft. »Alles.«

Aggie weicht die Farbe aus dem Gesicht. »W… was hat sie dir erzählt?«

»Von den anderen Mädchen und wie sie gestorben sind. Von Una und dass sie Jemimas Tasche im Keller gefunden hat …«

Aggies Knopfaugen huschen zur Tür. »Es ist besser, wenn du dich da nicht reinbegibst«, sagt sie und tippt sich mit aufrichtiger Furcht in der Stimme an den Nasenflügel. »Und falls du deinen Job behalten möchtest, dann vergiss am besten, dass du irgendwas gehört hast.«

»Aber … denkst du denn, dass Una unter verdächtigen Umständen gestorben ist?«

Sie schüttelt den Kopf so heftig, dass ihr Mehrfachkinn ins Schwabbeln gerät. »Ich werde nicht dafür bezahlt, irgendwas zu denken«, erwidert sie knapp. »Wenn du mich jetzt also entschuldigen würdest, ich habe noch einiges zu erledigen.«

Ich bin nicht beleidigt wegen Aggies ruppiger Antwort. Ich gehe stark davon aus, dass sie von Elspeth und Kathryn klare Anweisungen erhalten hat, mit Leuten wie mir nicht zu tratschen. Aber ich hasse es, wenn man »Nein« zu mir sagt. Als

Kind habe ich selten mal ein Nein zu hören bekommen. Ich genoss so viel Freiheit, als wir noch in der Kommune lebten. Arlo und ich wurden von mehreren Frauen, einschließlich unserer Mütter, großgezogen. Manchmal frage ich mich, ob es mir deshalb an der Uni nicht gefallen hat. Ich kam mit all den Regeln nicht zurecht. Und je enger diese Familie hier zusammenrückt, umso mehr bin ich erpicht darauf herauszufinden, was diesen Mädchen, die vor mir hier gearbeitet haben, widerfahren ist. Ich habe doch gewiss ein Recht darauf, es zu erfahren, oder nicht? Vor allem wenn ihr Tod im Zusammenhang mit ihrer Anstellung in diesem Haus stand. Auch wenn es mir schwerfällt, das zu glauben – Kathryn mit ihren trutschigen Röcken und Gesundheitslatschen und die angeblich so gebrechliche Elspeth, die sich an mir festklammert, als hinge ihr Leben davon ab, wenn wir spazieren gehen, können unmöglich eine Bedrohung darstellen.

Unabhängig davon gibt es mir den Anlass, Courtney wiederzusehen und vielleicht ein paar neue Freunde kennenzulernen. Ich ziehe mich in der Dachwohnung um, die mir als Unterkunft dient. Ich bin es gewohnt, mit vielen Leuten in einem Raum zu schlafen, daher bin ich so viel Platz für mich allein nicht gewohnt. Selbst an der Uni habe ich mir das Wohnheimzimmer mit einem anderen Mädchen geteilt, um Geld zu sparen. Geld war etwas, woran es in meiner Kindheit und Jugend immer mangelte. Ich hocke auf der Kante des wunderschönen handgeschnitzten Schlittenbetts, in dem auch Una geschlafen hat und vor ihr Jemima und Matilde. Ich frage mich, ob sie ebenfalls diesen Bettbezug mit den Rosenknospen hatten. Haben sie am Schreibtisch beim Fenster gesessen? In dem kleinen Bad geduscht?

Scheiße, denke ich, stehe auf und gehe im Zimmer auf und ab, wobei meine DocMartens über die Holzdielen donnern. Das ist echt. Hier sind ernsthaft Menschen ums Leben gekommen. Was soll ich jetzt tun?

»Und du denkst also nicht, dass ich mir Sorgen machen muss?«, frage ich Arlo am Handy, als ich am Abend auf dem Weg zum Pub bin, um mich mit Courtney zu treffen. Ich bin etwas außer Atem, da die Strecke doch weiter ist, als ich gedacht hatte. Aber immerhin ist es ein schöner Abend. Vor den Bars und auf den Bürgersteigen versammeln sich die Leute. Die Tage werden wieder länger, und heute Nacht wird die Uhr vorgestellt. Eine Schar Kinder fährt auf ihren Fahrrädern den Bürgersteig auf und ab. Ich mache einen Schlenker, um einem von ihnen auszuweichen, einem kleinen Jungen mit Topffrisur, dessen »Entschuldigung!« mir mit der sanften Brise entgegenweht.

Arlo schnaubt. »Nein, natürlich nicht. Ich meine, echt jetzt? Eine achtzigjährige Mörderin?« Er lacht über seinen eigenen Witz.

»Sie ist Ende siebzig, keine achtzig.«

»Schau, die sind doch alle auf unterschiedliche Weise gestorben. Ich glaube nicht, dass das das Werk eines Serienkillers ist. Ich glaube, du bist da sicher. Womöglich ein bisschen vom Pech verfolgt, ja, aber bestimmt nicht drauf und dran, demnächst abgemurkst zu werden.«

Unwillkürlich muss ich grinsen. Er hat recht. Es ist eine alberne Vorstellung. Wir plaudern noch ein wenig darüber, wie es mit dem Job läuft und dass er selbst gerade mit Schichtarbeit in der örtlichen Fabrik angefangen hat, da es gutes Geld ist. Als ich schließlich auflege, fühle ich mich schon viel unbeschwerter.

Der Pub ist halb leer, und Courtney sitzt allein an einem runden Tisch. Auf der Bühne stimmt die Band ihre Instrumente – oder was auch immer so Musiker vor einem Gig eben tun. Sie lächelt mir zu und winkt mich rüber.

»Was willst du trinken?«, fragt sie, wobei sie schon halb aufsteht. Sie trägt eine knallenge Jeans, die an der Vorderseite zerfetzt ist, und ein tief ausgeschnittenes Top, das ihr üppiges Dekolleté zur Schau stellt.

Ich schaue an meinem schlabbrigen Opahemd und der gestreiften Leggings runter und fühle mich etwas underdressed. »Nein, lass, ich hol schon. Willst du auch was?«

Sie schüttelt ihren langen roten Pferdeschwanz, also trotte ich zur Bar und bestelle mir einen kleinen Cider. Aus den Augenwinkeln bemerke ich den Bassisten. Er ist süß. Groß, mit dunkelblondem Haar, das ihm bis zum Kragen seiner abgewetzten Lederjacke reicht. Genau mein Typ. Der Barkeeper gibt mir meinen Drink, und ich kehre zu Courtney zurück. »Wer ist denn der Bassist mit dem langen Haar?«, frage ich, während ich Platz nehme – hauptsächlich um das Eis zu brechen. Ich bin es gewohnt, neue Leute kennenzulernen, aber das hier ist dann doch eine schräge Situation.

»Das ist Vince«, klärt sie mich auf, ohne sich zur Bühne umzudrehen. »Er war Unas Freund. Na ja, Ex-Freund.«

»Oh. Okay.« *Scheiße.*

Sie nippt an ihrem Wein und hinterlässt dabei einen roten Lippenstiftabdruck auf dem Glas. Sie scheint sich nicht groß darum zu kümmern, ob die Person ihr gegenüber sich wohlfühlt. Wenn ich jemanden neu kennenlerne, dann überkompensiere ich, indem ich zu viel lache oder albernes Zeug quassle, nur um dann nach Hause zu gehen und mir Sorgen zu machen wegen all des Blödsinns, den ich verzapft habe. Ich frage mich, wie Una wohl war und wie die beiden sich verstanden haben. Courtney meinte, sie seien beste Freundinnen gewesen. Heißt das, dass Una ebenfalls eher unnahbar war?

»Danke fürs Kommen«, sagt sie und stellt ihr Glas ab. »Ich weiß, dass das alles ein bisschen irre klingt. Aber ich glaube wirklich, dass jemand Una gezielt was angetan hat. Deshalb möchte ich dir alles erzählen.«

»Ich dachte, du hättest mir schon alles im Salon erzählt.«

»Nicht ganz. Nicht alle Gespräche, die Una und ich darüber geführt haben, und glaub mir, das waren einige. Ich habe viel darüber nachgedacht, seit ich dich heute früh gesehen habe. Ich muss dir alles erzählen, soweit ich mich daran erinnern kann.«

Also höre ich ihr zu, während sie ihre Unterhaltungen mit Una rekapituliert. Ich stelle mir dabei meine Vorgängerin auf dem Bett sitzend vor, in dem ich nun schlafe, wie sie mit ihrer besten Freundin telefoniert, und mich überkommt Trauer um Una, um dieses Mädchen, das, sieht man von ihren Freunden ab, so gut wie allein auf dieser Welt war. Als sie geendet hat, weiß ich mehr über Kathryn, über ihre Schwester namens Viola, die seit dreißig Jahren nicht mehr gesehen wurde, sowie einen Streit zwischen Kathryn und Jemima an jenem Tag, als Jemima fortging und sich angeblich in die Avon-Schlucht stürzte.

»Una hatte also die Theorie, dass Elspeth nach wie vor der

verlorenen Tochter nachtrauert und dass sie deshalb junge blonde Frauen als Gesellschafterinnen einstellt?«, hake ich nach. Für mich klingt das Ganze wie einem Schauerroman entsprungen.

Sie nickt und nippt an ihrem Wein.

Die Vorstellung, dass Elspeth versucht, ihre Tochter zu ersetzen, fasziniert mich. »Obwohl«, ich kräusle die Nase, »müsste Viola jetzt nicht beinahe schon fünfzig sein?«

»Jepp. Aber ich glaube, Elspeth McKenzie ist eben total am Sack genauso wie ihre Adoptivtochter.« Courtney hebt ihre markanten Augenbrauen – sie sind ein echtes Kunstwerk. »Ich will nur sagen, dass du bitte vorsichtig sein sollst. Ich glaube, sie haben etwas mit Unas Tod zu tun. Ich will dich allerdings nicht in Gefahr bringen.«

»Du denkst also, dass Kathryn es war, die in dieser Nacht Una auf die Brücke lockte, indem sie sich für Peter ausgab?«

Courtney nickt. Ich bemerke, wie sie versucht, ihre Tränen zurückzublinzeln.

»Okay. Aber wusste Kathryn denn überhaupt über Jemimas Bruder, diesen Peter, Bescheid?«

Courtney rutscht auf ihrem Platz hin und her. Ein Anflug unverhohlener Verärgerung huscht über ihr Gesicht. »Ja, natürlich wusste sie Bescheid. Peter war einmal bei ihnen. Una war einen Kaffee mit ihm trinken und hat ihn daraufhin ins Haus mitgebracht, um Kathryn zu treffen. Also wusste sie ganz genau, wer er war und dass er mit Una Kontakt hatte. Und das ist doch schon ein bisschen zu viel des Zufalls, finde ich. Dass Una starb, kurz nachdem sie die Tasche mit Jemimas Klamotten gefunden hatte. Das beweist doch, dass Kathryn gelogen hat und dass sie wusste, dass Jemima nicht einfach nur abgehauen war. Una hat mir erzählt, dass sie die Tasche in ihr Zimmer hochgebracht hat, damit Kathryn sie nicht finden kann, aber seit ihrem Tod ist sie spurlos verschwunden. Ich habe die Polizei gefragt, aber sie konnten keine Tasche finden. Ich glaube, Kathryn hat sie auf die Brücke gelockt, ihr eins über den Schädel gezogen und sie dann dort dem Tod überlassen. Ich glaube, dass sie danach in Unas Zimmer gegangen ist, sich die Tasche geschnappt und … sie entsorgt hat.«

»Aber du kannst nichts davon der Polizei belegen, weil es keine Beweise gibt?«

»Ganz genau.«

»Und du willst, dass ich versuche, welche zu finden?« Ich kann sie schließlich genauso gut direkt fragen. Ich sehe keinen Sinn darin, lange um den heißen Brei herumzureden. Sie scheint mir der Typ Mensch, der gerne Tacheles redet.

Sie nickt. »Würdest du die Ohren offen halten? Vielleicht Gespräche belauschen, insbesondere wenn Kathryn dabei ist. Aber auch Elspeth. Sie ist übrigens nicht so gebrechlich, wie sie weismachen will. Una hat sie einmal allein beim Tanzen erwischt …«

Hab ich's doch gewusst. Ich wusste, dass sie nicht so pflegebedürftig ist, wie sie tut.

»Und bitte, pass auf dich auf. Geh keinerlei Risiko ein. Und lass dich ja nicht auch auf diese Brücke locken.«

Ich überspiele meinen Anflug von Gereiztheit und nicke unverbindlich. Ich möchte ihr sagen, dass ich schließlich nicht so blöd wäre, aber ich lasse es bleiben. Es wäre nicht fair, und, wer weiß, vielleicht hätte ich ja an Unas Stelle das Gleiche getan.

Ich lehne mich auf meinem Stuhl zurück und betrachte

die Jungs beim Aufbau ihrer Instrumente, wobei ich dem Blick des Bassisten, Vince, begegne und lächle. Er wendet sich ab. »Okay«, sage ich zu Courtney, die mich erwartungsvoll ansieht. »Ich machs. Sollten Kathryn oder Elspeth irgendwas über Unas Tod wissen, dann werde ich es herausfinden. Versprochen.«

Ich bleibe noch eine Weile, hör mir die Band an und genehmige mir noch zwei Drinks. Courtney stellt mir ihren Freund vor, Kris – ein süßer Typ mit zotteligem schulterlangem Haar und Augenbrauenpiercing –, danach begebe ich mich allein auf den Heimweg. Vielleicht ist das nicht so klug, angesichts all dessen, was Courtney mir erzählt hat, aber ich sehe es nicht ein, mich von irgendeinem Arschloch ins Bockshorn jagen zu lassen. Außerdem ist es gerade mal zehn Uhr, die Straßen sind am Samstagabend noch immer ziemlich voll. Die Leute stehen vor den Clubs Schlange, und die Nachtschwärmer strömen aus den Pubs. Es wird ruhiger, als ich die Whiteladies Road hinter mir lasse, aber ich fühle mich immer noch sicher, während ich den breiten Gehweg entlangstapfe. Zumindest bis ich Schritte hinter mir höre. Und sie scheinen näher zu kommen. Ich weigere mich, mich umzudrehen, und beschleunige stattdessen mein Tempo, bis ich so schnell gehe, dass ich ins Schwitzen gerate. Die Schritte hinter mir werden ebenfalls schneller, und gerade als ich im Begriff stehe loszurennen, spüre ich eine Hand auf meiner Schulter. Ich wirble herum, bereit, meine Finger in die Augen meines Angreifers zu stoßen oder ihm in die Eier zu treten, als ich erkenne, dass es einer von den Jungs aus der Band ist.

Erleichtert atme ich auf. »Vince?«

Er schnauft ebenfalls schwer. »Entschuldige. Ich habe versucht, dich einzuholen. Scheiße, du hast aber ein Tempo drauf.«

Ich beäuge ihn misstrauisch. »Was willst du?«

Es ist ihr Freund, meldet sich eine leise Stimme in meinem Kopf zu Wort. *Ist es nicht immer der Freund? Hat er Una umgebracht, weil sie ihn nicht mehr zurückwollte?*

Ich gehe in forschem Tempo weiter, und er verfällt mit mir in Gleichschritt. Warum ist er mir gefolgt?

»Ich wollte mich bloß entschuldigen, dass ich heute Abend im Pub so unfreundlich zu dir war.«

Ich zucke die Achseln. »Ist mir nicht aufgefallen«, lüge ich. »Und du folgst mir nach Hause, nur um mir das zu sagen?«

Er stößt ein Lachen aus. Es klingt harsch in der dunklen Nacht. Mittlerweile sind die Straßen enger und ruhiger. »Ich bin dir nicht nach Hause gefolgt. Ich gehe zur Bushaltestelle.«

»Gibt es keine Bushaltestellen in der Whiteladies Road?«

»Nicht für den Bus, den ich nehmen muss.«

Ich glaube ihm nicht. Beharrlich setze ich meinen Weg fort.

»Courtney hat mir erzählt, dass du jetzt Unas Job machst«, sagt er, wobei er seine Schritte an meine anpasst. Er ist hochgewachsen, einen guten Kopf größer als ich.

»Das ist richtig.« Ich frage mich, ob ich an die Tür eines dieser hübschen Reihenhäuser hämmern könnte, falls er mich anfällt. In manchen Fenstern brennt noch Licht, und die Bewohner gehen ihrem samstagabendlichen Treiben nach, ohne zu ahnen, dass ich hier in Begleitung eines potenziellen Mörders vorbeispaziere.

»Sei einfach vorsichtig«, sagt er schroff, so als müsse er seine Gefühle niederringen. Ich betrachte ihn aus den Augenwinkeln. Obwohl es dunkel ist und die Straßenlaternen die Hälfte seines Gesichtes in Schatten tauchen, kann ich die Qual darin sehen. Warnt er mich, oder droht er mir?

»Was willst du damit sagen?«

Er seufzt. »Ich habe Una geliebt. Es gibt so vieles, was ich in unserer Beziehung falsch gemacht habe, Dinge, mit denen ich dich nicht belasten will, und es macht mich einfach fertig, dass ich sie nicht beschützen konnte, als es darauf ankam.«

»Was denkst du, ist passiert?« Wir marschieren nach wie vor weiter, wobei wir an mehreren Bushaltestellen vorbeikommen, doch er bleibt nicht stehen. »Una war sauer auf mich, was nachvollziehbar war, nach dem, was ich getan habe.« Er geht nicht weiter darauf ein, und ich frage auch nicht. Eigentlich ist es mir auch egal. Ich möchte einfach nur heil nach Hause kommen. »Ich wollte sie zurück, aber sie lehnte ab. Una hat mir nicht viel darüber erzählt, was in dieser Bonzenvilla abging. Nach unserer Trennung habe ich sie nur ein-, zweimal gesehen. Aber Courtney und Kris haben mich auf dem Laufenden gehalten. Und so wie es klang, ging da etwas hinter diesen Türen vor sich. Und du, du siehst Una ähnlich, weißt du? Ihr habt die gleiche Größe und Figur. Die gleiche Haarfarbe. Bis auf die Klamotten vielleicht. Sie hätte niemals solche Sachen wie du getragen.«

Es klingt nicht wie ein Kompliment.

»Und sie hätte sich niemals die Nase piercen lassen.«

Herrgott noch mal. Warum erzählt er mir das alles? Und warum habe ich den Eindruck, hier mit einer Frau verglichen zu werden, die ich nie auch nur getroffen habe? – Zu meinen Ungunsten wohlgemerkt.

»Und du bist jünger …«

Ich bleibe stehen und drehe mich abrupt zu ihm um. Ich bin nicht mehr verängstigt, sondern nur noch genervt. »Worauf willst du hinaus?«

Er lässt den Kopf hängen. »Es tut mir leid … Ich wollte damit nichts Spezielles sagen. Ich …« Seine Stimme stockt. »Sie fehlt mir.«

Meine Wut verflüchtigt sich. »Tut mir leid. Was Una widerfahren ist, ist schrecklich. Und ich habe Courtney ja schon gesagt, dass ich helfen werde, okay? Ich möchte schließlich nicht die Nächste sein.« Ich zwinge mich zu einem Lachen. »Es ist in meinem eigenen Interesse, herauszufinden, was mit Una passiert ist.«

Er nickt, und sein Gesicht hellt sich ein wenig auf. »Darf ich dich den Rest des Weges heimbegleiten?«

Ich bin zwar nicht gänzlich überzeugt, dass es klug ist, aber wir sind nur ein paar Straßen entfernt, also willige ich ein.

Die eine ist fort. Und schon kommt die Nächste.

Du bist anders als Una. Dein Haar hat ein schmutzigeres Blond, aber wenigstens bist du diese hässlichen rosa Strähnen losgeworden. Du hast Piercings und ein Schmetterlings-Tattoo auf deinem rechten Knöchel, das du zu verbergen versuchst – wahrscheinlich weil du es bereust, auch wenn du es niemals zugeben würdest. Du bist auch jünger, nicht ganz so hübsch oder süß. Und du hast Temperament, aber das scheint die alte Schachtel nicht zu stören. Sie mag dich. Ich habe doch gesehen, wie sie über deine Witze lacht. Oder vielleicht weiß sie dich auch einfach mehr zu schätzen, da sie ahnt, dass du ihr jeden Moment wieder genommen werden könntest, so wie die anderen.

Aber dieses Mal hat Elspeth McKenzie die richtige Wahl getroffen.

Du bist das ideale Mädchen für den Job.

29

Kathryn

Kathryn ist sich nicht sicher, was sie von dieser Neuen, Willow Green, halten soll. Was ist das überhaupt für ein Name? Er klingt, als wäre er dem Sortiment eines exklusiven Herstellers für Wandfarben entnommen. Sie fragt sich, ob er nur ausgedacht ist.

Sie ist rotzfrech, laut und dreist mit ihren Tattoos, exzentrischen Klamotten und dem Nasenpiercing. Sie verfügt nicht annähernd über Unas Manieren. Sie erinnert Kathryn an die Erste, Matilde. Ist das der Grund, warum ihre Mutter sie eingestellt hat? Kathryn hatte gehofft, dass sich das alles mit Unas Tod erledigt hätte. Aber nein, die Beerdigung war kaum vorbei, da hatte Elspeth schon wieder eine Annonce in der Zeitung geschaltet, bevor Kathryn überhaupt die Chance hatte, es ihr auszureden. Elspeth hat sie noch nicht einmal bei den Bewerbungsgesprächen zurate gezogen; irgendwann hat sie danach eines der Mädchen den Bürgersteig entlangtrippeln sehen: kurvig, dunkelhaarig, groß. In ihrer knallrosa plüschigen Jacke hätte man sie für eine Muppet-Puppe halten können. Kathryn wusste, dass sie den Job nicht bekommen würde. Beinahe wollte sie ihr hinterherrufen: »Mach dir bloß keine Hoffnungen, du blöde Kuh. Du siehst nicht aus wie meine lang verschollene Schwester!« Doch dann, nur wenige Wochen nachdem Una unter der Erde war, ploppte die nächste Viola-Kopie auf.

Als Kathryn das erste Mal Willow zu Gesicht bekam, war sie regelrecht schockiert. Ja, sie entsprach dem Typ ihrer Mutter, das war nicht zu bestreiten, aber sie war so … *eso*, so hippiemäßig oder wie auch immer man das heutzutage nannte. Sie sah aus, als sollte sie auf dem Glastonbury Festival abhängen, nicht hier, in Clifton, zwischen all den Antiquitäten und Polstermöbeln. Aber wie nicht anders zu erwarten, hatte sie keine nennenswerte Familie, keine privaten Verpflichtungen, keine festen Bande. Kurz: Sie war formbar.

Wie viele *dieser Mädchen* werden wohl noch sterben müssen, bis ihre Mutter versteht, dass sie, Kathryn, die Einzige ist, die sie braucht?

Am Sonntagmorgen steht Kathryn früh auf. Sie kann ihre Mutter mit Viola in ihrem Schlafzimmer reden hören, und ihr Lachen schallt durch das gesamte Haus. Nein … nicht Viola. *Willow*. Was ist nur los mit ihr? Kathryn legt sich eine Hand an die Stirn. Sie ist heiß. Vielleicht ist sie krank. Sie hat das Gefühl, verrückt zu werden. Letzte Nacht hat sie von Viola geträumt, von den jahrelangen Beleidigungen und Schikanen. Elspeth und Huw konnten sie nur teilweise davor beschützen. Den Rest bekamen sie nicht mit – die manipulativen Listen und Tücken, sobald sie ihr den Rücken zukehrten. Da war dieses eine Mal, als Viola und ihre Freundinnen sie ein Jahr nach dem Halloweenvorfall allein auf der Hängebrücke zurückließen oder als sie Kathryn aus dem Baumhaus stießen und sie sich das Handgelenk brach. Die Stelle ist heute noch geschwächt und schmerzt, wenn es draußen kalt wird. Und jedes Mal log sie für Viola, da sie Angst hatte, dass man sie ins Heim zurückschicken würde, falls sie die Wahrheit sagte. Schließlich würden Elspeth und Huw ja wohl kaum ihre echte Tochter fortschicken, oder? Viola wusste das und nutzte es zu ihrem Vorteil. Und die Schikanen ließen nicht nach, bis zu jenem letzten Mal. Als Kathryn ihre Rache bekam.

Ihr Kopf pocht schmerzhaft. Nein, sie kann jetzt unmöglich daran zurückdenken. Sie darf nicht an den Hass und die Bitterkeit denken, die in ihren Eingeweiden wühlen und drohen sie zu zermalmen, wenn sie sich erinnert. Sie muss all das fein säuberlich in einer kleinen Schachtel in ihrem Kopf verstauen, abgesondert von den Jungs und von Ed, damit es nicht überquillt und all das trübt, was sie heute hat, was sie sich aufgebaut hat.

Sie schleicht sich – ohne sich von ihrer Mutter zu verabschieden oder mit Aggie zu frühstücken – aus dem Haus. Alles, was sie möchte, ist, zu Ed und den Jungs zurückzukehren, zur Normalität. Nichts im Kuckucksnest fühlt sich normal an, mit all diesen Viola-Repliken, die ständig an allen Ecken und Enden auftauchen, die sie auslachen, sie verspotten, ihr vor Augen halten, dass sie niemals gut genug sein wird. Seit Unas Tod ist selbst Aggie nicht mehr so freundlich wie früher. Sie ist nicht unhöflich, lässt aber ihre übliche Wärme vermissen; sie nimmt sich keine Zeit mehr für ein Pläuschchen. Jedes Mal wenn Kathryn versucht, sie für ein bisschen unbedarften Klatsch abzufangen, erwidert sie rasch, dass sie weiterarbeiten müsse. Sie hinterlässt Kathryn nicht einmal mehr Extraportionen von den Mahlzeiten, die sie für ihre Familie mitnehmen kann.

Auf dem Weg nach Hause fährt sie zu schnell. Zum Glück ist Sonntagfrüh um acht wenig los auf den Straßen. Und auch in ihrem Haus herrscht noch Ruhe, als sie die Tür aufschließt. Sie nimmt an, dass sie alle noch im Bett liegen: Ed wenig attraktiv am Schnarchen, den einen Arm quer über den Kopf gelegt, und die Jungs wie kleine Maulwürfe unter ihren Decken vergraben. Sie fragt sich, ob sie die drei wohl überreden könnte, Bristol zu verlassen, irgendwo anders ganz neu anzufangen. Sie hatte schon immer Lust gehabt, irgendwo in den Norden zu ziehen. Nach Yorkshire vielleicht oder Lake District. Irgendwohin aufs Land, wo es ruhig ist, weit weg von hier, doch noch während sie darüber nachdenkt, weiß sie, dass sie es, trotz all der schlimmen Dinge, die sie getan hat, niemals wird durchziehen können. Sie kann Elspeth nicht allein hierlassen, denn die Viola-Klone werden sie schlussendlich doch alle im Stich lassen.

Sie schleicht nach oben und streckt den Kopf durch die Schlafzimmertür. Und tatsächlich schläft Ed tief und fest in genau der Haltung, die sie vermutet hat. Dann geht sie auf Zehenspitzen weiter zu den Zimmern ihrer Kinder. Harry schläft, die Decke über den Kopf gezogen. Und Jacob ist … Sie geht weiter in sein Zimmer hinein. Jacobs Bett ist leer, die Decke zurückgeworfen, so als ob er es hastig verlassen hätte. Vielleicht ist er ja im Bad. Doch dort ist er nicht. Die Panik schwillt in ihrer Brust an. Er wird sich in einem anderen Teil des Hauses befinden, überlegt sie, während sie ein Zimmer nach dem nächsten durchsucht. Aber er ist nirgends aufzufinden.

Sie schüttelt ihren Mann wach. »Ed. Jacob ist verschwunden!«

Ed reißt die Augen auf und setzt sich so abrupt auf, dass er ihr beinahe einen Kopfstoß verpasst. »W… was?«

»Ed, er ist fort.« Sie versucht, möglichst leise zu sprechen, um Harry nicht zu wecken. Es ist nicht das erste Mal, dass Jacob so etwas tut. O Gott, es ist ihre Schuld, ganz allein ihre Schuld …

Ed springt aus dem Bett, schnappt sich seine Klamotten, die er gestern Abend auf den Sessel geworfen hat, und schlüpft hinein. Sie folgt ihm zu Jacobs Zimmer. Es ist genau so, wie sie es gestern zuletzt gesehen hat: Auf dem Schreibtisch stapeln sich die Schulbücher, in der Ecke liegen seine Kopfhörer, und die Gitarre, die er seit Jahren nicht mehr spielt, lehnt an der gegenüberliegenden Wand und setzt Staub an.

»Hast du gestern Abend nach ihm geschaut, bevor du ins Bett gegangen bist?«, wendet sie sich an Ed, wobei sie sich Mühe gibt, nicht anklagend zu klingen.

»Ja, natürlich«, erwidert er. Er blickt sich gehetzt um, ganz so, als würde er erwarten, dass Jacob mit einem »Buh!« hinter der Tür hervorspringt, wie er es getan hatte, als er noch kleiner war. Ed sieht völlig verdattert aus – noch mehr als sonst, da sein Hemd ihm aus der Hose hängt und er den Pulli verkehrt herum anhat.

»Glau…« Sie muss die Panik niederringen. »Glaubst du, dass er mitten in der Nacht fort ist? Was, wenn er abgehauen ist?« Sie reißt seinen Schrank auf, aber seine ordentlich gebügelte Kleidung hängt fein säuberlich da, so wie sie sie hinterlassen hat.

Ed legt sich seine großen roten Hände ans Gesicht. »Er kann das nicht immer wieder machen.«

»Ich weiß«.

»Er ist doch nur ein Teenager.«

Ed klingt, als wäre er der Hysterie nahe. Doch das kann sie jetzt nicht brauchen. Er muss zu seinem gewohnt zuverlässigen, etwas schwerfälligen, aber soliden Selbst zurückfinden. Deshalb hat sie ihn doch geheiratet. Er sorgte für jene Stabilität und Ruhe, die sie seit jeher benötigte, aber nie gehabt hatte. Er kann jetzt nicht zusammenbrechen.

»Seine Prüfungen stehen an. Er wird sich seine Zukunft ruinieren.« Ed strafft die Schultern, als würde ihm die Rolle wieder einfallen, die ihm in ihrer Beziehung zufällt. »Du bleibst hier bei Harry, ich suche die Siedlung ab, so wie beim letzten Mal …«

Ihr wird bang ums Herz. Während der letzten Monate schien er sich, bis auf den einen oder anderen Aussetzer, wieder gefangen zu haben. Er war nicht mehr von zu Hause ausgebüxt, um sich mit diesen … diesen *Halbstarken* zu betrinken oder, später auch, zu kiffen. Er hatte schlagartig mit dem Trinken aufgehört, um sich wieder zu raffen. Um sich wieder auf den Hosenboden zu setzen und zu lernen. Sie und Ed mussten nicht länger die Straßen abfahren, um nach ihrem fünfzehnjährigen Sohn zu suchen. Nächsten Monat würde er sechzehn werden. Sie hatte gehofft, es würde der Neuanfang werden, den er so sehr benötigte.

Es fing vor einem Jahr an. Zunächst stibitzte er Alkohol aus ihrem Barschrank und füllte den Rest mit Wasser auf. Sie bemerkten es erst, als eines Abends Eds Arbeitskollegen zu Besuch kamen und Ed beinahe seinen Gin wieder ausspuckte, als er feststellte, dass es praktisch nur noch Wasser war. Als es so weiterging, sahen sie sich gezwungen, den Schrank abzusperren und den Schlüssel zu verstecken. Doch da begann das Umherstreifen. Er kam deutlich nach der verabredeten Zeit nach Hause oder schlich sich mitten in der Nacht davon. Er freundete sich mit älteren Jungs aus einer Sozialsiedlung in Shirehampton an. Einmal konnten sie ihn ganze zwei Nächte nicht finden, während er bei einem »Freund« auf dem Fußboden pennte. Als Kathryn ihn schließlich fand, war er betrunken und lag von leeren Ciderflaschen umgeben da. Dann begann sie, auch Drogen zu vermuten. Er kam heim und roch nach Gras, mit geweiteten Pupillen und manischem Grinsen. Sie hatte ihm schon mit der Polizei gedroht, doch so rasch, wie es begonnen hatte, so schnell war es auch wieder vorbei. Er versprach ihr, dass er seine Lektion gelernt habe und es nie wieder tun würde. Das war vor sieben Monaten gewesen, und bis auf ein paar vereinzelte Male, als sie sicher war, Alkohol an ihm zu riechen, hatte er, so glaubte sie zumindest, sein Versprechen gehalten.

Doch jetzt sind sie wieder da, wo sie angefangen haben. Sie kann es in ihren Knochen spüren.

Wie konnte ihr Sohn, ihr wunderhübscher Junge, nur so werden? Sie hat ihm all das gegeben, was sie nie gehabt hatte, bis sie zu Elspeth kam, und noch mehr als das: Er hatte zudem ihre Liebe. Reine, bedingungslose Liebe. Nicht jene Art von Liebe, die an Regeln geknüpft ist, wie jene Liebe, die Kathryn von Elspeth erfahren hatte – und noch immer erfährt. Sie hat Elspeth nie von ihren Problemen mit Jacob erzählt. Sie weiß, was sie zu hören bekommen würde. Elspeth würde mit dem Finger auf sie zeigen, Kathryns leibliche Mutter dafür verantwortlich machen und ihr in ihrem hochnäsigen, abschätzigen Tonfall verkünden, der Apfel falle nicht weit vom Stamm.

Sie kniet sich neben Harrys Bett auf den Boden und streicht ihm sein dunkles Haar aus dem schlafenden Gesicht. Ihr – bisher – noch unverdorbener Sohn. Warum kann er ihr nicht für immer so erhalten bleiben? Fern von all den Enttäuschungen und Schmerzen, ohne je herausfinden zu müssen, dass die eigenen Eltern nicht so perfekt sind, wie man immer geglaubt hat. Da hört sie, wie die Haustür ins Schloss fällt. Rasch eilt sie die Treppe hinab, wo sie Ed sieht, gefolgt von Jacob, der mit einer Zeitung unter dem Arm hinter ihm hergeschlurft kommt.

Ed lächelt und wuschelt Jacob durchs Haar. »Ich habe den Burschen hier gefunden. Er war auf dem Rückweg vom Kiosk. Er ist nur kurz los, um eine Zeitung zu holen.«

Kathryn lächelt gequält. Sie möchte es glauben, ja, wirklich, das möchte sie. Sie blickt über Eds Kopf hinweg ihrem älteren Sohn direkt in die Augen. Er sieht nicht aus, als habe er etwas genommen, seine Pupillen sind normal groß, und er ist vernünftig gekleidet. Dennoch funkelt sie ihn aus zusammengekniffenen Augen an, eine stumme Warnung. Er weicht als Erster ihrem Blick aus und senkt den Kopf, wie um seine Schuld zu verbergen.

Später sucht sie ihn in seinem Zimmer auf.

»Du hast mir da einen ganz schönen Schreck eingejagt«, gesteht sie, während sie sich auf die Kante seines Bettes hockt. Er liegt ausgestreckt da und tut so, als würde er ein Buch für die Schule lesen. Die Sohlen seiner Socken sind schmutzig.

»Ich habe dir gesagt, dass ich nichts mehr mit diesem Zeug zu tun habe. Warum glaubst du mir nicht?« Er neigt sein Kinn. »Ich lüge dich nicht an, Mum. Okay? Ich bin früh aufgewacht, und mir war langweilig. Ich bin eine Zeitung holen gegangen. Das ist alles.«

Sie möchte gar nicht erst darauf hinweisen, dass er niemals Zeitung liest. Oder am Wochenende früh aufsteht. Aber sie verpackt diese Gedanken fein säuberlich in handliche kleine Päckchen und verstaut sie in jener Schachtel in ihrem Geist, in die auch sonst alle anderen Dinge reinkommen, über die sie nicht nachdenken möchte.

Sie senkt die Stimme. »Mir ist klar, dass es an dir nagen muss. Es macht mir auch zu schaffen, und ich bin eine Erwachsene. Jake, ich mache mir Sorgen um dich.«

Seine Augen blitzen auf. »Du hast es mir versprochen«, zischt er.

»Ich weiß. Und ich werde mein Versprechen halten. Ich bin deine Mutter. Aber du musst auch deines halten.«

30

Willow

Ich weiß nicht, wo ich anfangen soll. Ich bin keine Detektivin, und ich habe mich ganz sicher noch nie mit Amateurschnüffeleien befasst. Außerdem komme ich mir ein bisschen idiotisch dabei vor, mich an Türpfosten herumzudrücken, in der Hoffnung, den einen oder anderen Gesprächsfetzen zwischen Kathryn und Elspeth aufzuschnappen. Wenn Kathryn da ist, dann beobachtet sie mich ebenfalls unentwegt mit ihren ernsten braunen Augen. Es ist offensichtlich, dass sie mir nicht traut. Und seit ich die Wahrheit erfahren habe, bin ich in ihrer Gegenwart etwas hibbelig. Ich habe zwar versucht, mich ganz normal zu verhalten, aber neulich kam sie unangemeldet in die Küche, und ich erschrak so, dass ich eine von Elspeths feinen Porzellantassen fallen ließ. Sie macht mich ganz nervös mit ihrer drohenden Anwesenheit, ihrer hohen Statur und ihrem frostigen Verhalten.

Courtney schreibt mir fast täglich, um zu fragen, ob ich irgendwelche Informationen für sie habe. Ich fühle mich schlecht, wenn ich ihr wieder mal antworten muss, dass ich nichts habe.

Doch dann, am Donnerstag, passiert etwas Unerwartetes.

Elspeth geht es nicht gut, sie liegt im Bett und sagt, dass sie sich gerne ausruhen würde. Das sieht Elspeth nicht ähnlich. Normalerweise ist sie putzmunter und schlurft in ihren eleganten Pantoffeln umher, wenn wir nicht aus dem Haus gehen. Aber heute teilt sie mir mit, dass sie Migräne habe. Als ich mal nach ihr sehe, liegt sie vollständig bekleidet auf dem gemachten Bett. Ich biete ihr an, ihr in ihr Nachthemd zu helfen, aber sie lehnt ab und meint, dass sie sich schon besser fühle und später aufstehen würde.

»Soll ich einen Arzt rufen?«, frage ich, während ich ihre Kissen aufschüttle und ein Glas Wasser auf dem Nachttisch abstelle.

Sie wischt meine Bedenken beiseite und sagt, das Einzige, was helfe, sei, ein paar Stunden im abgedunkelten Zimmer auszuruhen. »Aber wärst du so lieb, zu Kathryn in die Galerie zu gehen und sie um die Bücher zu bitten?«

»Die Bücher?« Ich runzle die Stirn und sehe mich schon eine Ladung Taschenbücher nach Hause schleppen.

»Die Geschäftsbücher«, stellt sie klar. »Ich habe mir eine ganze Weile die Konten nicht mehr angesehen und befürchte, dass Kathryn mir gegenüber nicht ganz ehrlich ist.«

Ich horche auf und mache mir innerlich eine Notiz, Courtney wenigstens diesen Schnipsel an Information weiterzugeben. »Inwiefern?«

Sie winkt mit ihrer faltigen Hand ab. Fast alle ihre Finger werden von Juwelen geschmückt. »Ich glaube, die Galerie läuft nicht so gut, wie sie mir weiszumachen versucht. Es war das Baby ihres Vaters, und ich war mit der Kunststiftung beschäftigt, daher hatte ich sie nicht so im Blick.«

Ich weiß von Courtney, dass Kathryn adoptiert ist, auch wenn Elspeth selbst mir das nie gesagt hat. Ich frage mich, ob sie ihrem Vater nahestand. Ich war mit meinem nie besonders eng – als ich neun und Arlo vierzehn Jahre alt war, brannte er mit einer anderen Frau aus der Kommune durch und gründete woanders eine neue Familie, wobei er sich nie die Mühe machte, Kontakt zu uns zu halten.

Ich versichere ihr, dass ich zur Galerie gehen und ihr das Gewünschte bringen werde, auch wenn der Gedanke, mit Kathryn zu tun zu haben, mir nicht gerade behagt. »Und Sie ruhen sich so lange aus«, sage ich und tätschele ihre altersfleckigen Hände, die sie in ihrem Schoß umklammert hat. Ich lasse sie in dem abgedunkelten Zimmer liegen, gehe nach unten, schnappe mir meine Jacke und verlasse das Haus.

Es ist ein wunderschöner Nachmittag Anfang April, die Sonne scheint, was das Grün der Bäume und das Rosa der auf den Gehwegen verstreuten Blütenblätter nur noch mehr leuchten lässt. Ich schlendere zur Galerie, wobei ich mir absichtlich Zeit lasse und die Freiheit genieße, Elspeth nicht bei mir zu haben; ich lege sogar eine kleine Pause ein, um mir in einem der Cafés, an denen ich vorbeikomme, eine Latte zum Mitnehmen zu holen. Auf den Straßen herrscht eine ausgelassene Stimmung, als würden alle Leute nach dem kalten Winter, den wir hinter uns gebracht haben, die Schönheit des milden Wetters genießen. Fremde lächeln einander an oder nicken sich grüßend zu. Ich bücke mich, um eine braune zottelige Pudelkreuzung zu streicheln – der stolze Besitzer informiert mich, dass es sich um einen Schnoodle handelt. Mir ist nach Tanzen zumute. Trotz allem, was passiert ist, bin ich zuversichtlich. Es ist erstaunlich, wie ein wenig Sonnenschein die Stimmung aufhellen kann.

Und da merke ich, dass ich verfolgt werde.

Ein Mann mit hellblondem Haar und senfgelber Skijacke beschattet mich, seit ich Elspeths Haus verlassen habe. Zuerst nahm ich ihn kaum zur Kenntnis, doch als ich sah, dass er stehen blieb, als ich den Hund streichelte, und sich an einem Mülleimer herumdrückte und so tat, als würde er telefonieren, während ich mir meinen Kaffee holte, wurde mir schlagartig bewusst, dass er mir nachspürte. Eigentlich möchte ich ihm am liebsten ins Gesicht lachen. Besonders unauffällig ist er nämlich nicht.

Ich bleibe am Bordsteinrand stehen, um die Straße zu überqueren, und frage mich, was er wohl als Nächstes tun wird, aber er drängelt sich durch die Menschentraube hinter mir, um neben mir stehen zu bleiben. Er ist groß und fast schon hager.

»Ich muss mit dir sprechen«, sagt er, wobei er geradeaus blickt wie ein Spion in einem alten Film.

Ich drehe mich zu ihm um. »Sprichst du mit mir?«

Er erwidert meinen Blick. Er hat ausdrucksstarke Augen und eine steile Falte zwischen den Brauen, so als wäre er ständig verärgert. Mir gefällt nicht, wie er aussieht. »Ja.«

»Wer zur Hölle bist du? Und warum verfolgst du mich?«

Er taumelt regelrecht zurück. Ich setze eilig meinen Weg fort, über die Straße und dann den Gehweg entlang. Ich höre den dumpfen Klang seiner Stiefel, als er losspurtet, um mich einzuholen.

»Es tut mir leid!«, ruft er mir hinterher. »Ich wollte dir keine Angst einjagen. Ich wollte nur deine Aufmerksamkeit erregen. Ich konnte schließlich nicht zum Haus kommen und … Bitte …«, er klingt außer Atem, »… kannst du kurz stehen bleiben?«

Ich halte so abrupt an, dass eine Frau mit Kinderwagen beinahe in mich hineinläuft. Sie weicht mir mit einem genervten Schnauben aus. Ich verschränke die Arme vor der Brust. Mit rotem verschwitztem Gesicht steht er direkt vor mir. Er sieht nicht aus, als ob es ihm gut ginge. »Ist alles okay mit dir?«

Er schüttelt den Kopf. »Ich hatte die Grippe. Hör zu …« Er richtet sich etwas auf und streckt seine Hand aus. »Ich bin Peter.«

Peter? Bei dem Namen klingelt doch was … Und dann fällt es mir ein. »Der Bruder von Matilde?«

»Nein. Jemima. Sie ist tot. Sie hat auch für Elspeth gearbeitet.«

Ich halte eine Hand hoch. »Ich weiß, wer sie ist.«

»Ich hatte Kontakt mit Una, und dann habe ich erfahren, dass sie ebenfalls gestorben ist, bei einem Unfall. Da wusste ich, sobald ich bei der Arbeit frei kriege, muss ich hier runterfahren. Denn es ist schon merkwürdig, findest du nicht auch? Also habe ich mich vor dem Haus der McKenzies herumgedrückt und hab dich rauskommen sehen. Erst dachte ich, du wärst Una und es hätte ein Missverständnis gegeben, aber …« Er deutet mit einem traurigen Lächeln auf mein Gesicht. »… der Nasenring.«

Mir fällt ein, was Courtney mir erzählt hat: dass Una sich in der Nacht ihres Todes mit Peter auf der Brücke verabredet hatte. »Unas Freundin meinte, dass Una sich an dem Abend mit dir treffen wollte.«

Die Falte zwischen seinen Augenbrauen gräbt sich tiefer in seine Stirn. »Die Polizei hat so etwas in der Art auch behauptet. Aber das war nicht ich. Ich habe in der Nacht gearbeitet. Die Polizei hat mein Handy beschlagnahmt und analysiert.«

Ich starre ihn skeptisch an. Ich frage mich, ob er ein Alibi hat. Außerdem hätte er auch ein Wegwerfhandy benutzen können – heißen die Dinger nicht so in den Fernsehkrimis?

Er lässt den Kopf hängen. »Ich fühle mich schrecklich wegen Una. Sie hat mich mehrfach angerufen und Nachrichten hinterlassen, aber auf der Arbeit war die Hölle los, ich habe so viele Überstunden geschoben und kam nicht dazu, sie zurückzurufen.«

Ich bin mir bewusst, dass die Uhr tickt und Elspeth bald aufwachen und feststellen wird, dass ich noch nicht mit den Büchern zurück bin. »Es tut mir leid, aber ich muss weiter. Ich bin gerade auch im Dienst.«

»Können wir uns heute Abend nach der Arbeit treffen?«

Ich sehe ihn entschuldigend an. »Ich muss quasi rund um die Uhr auf Abruf bereitstehen.«

»Was?« Er wirkt schockiert. »Ich kann mich nicht erinnern, dass Jemima so eine Absprache hatte.«

Ich zucke die Achseln. »Sie zahlt eben erstaunlich gut für das, was ich tue. Und ich bin auf das Geld angewiesen. Aber ich habe zwei Tage die Woche frei. Wir könnten uns am Samstag treffen.«

»Ich weiß nicht so recht … Ich bin den ganzen Weg von London hergefahren.«

»Dann setz dich mit Courtney in Verbindung. Sie war Unas beste Freundin. Sie weiß mehr über die ganze Sache als ich.« Ich ziehe mein Handy aus der Tasche und rufe Courtneys Nummer auf. Peter speichert sie auf seinem ein. »Ich muss dann mal los. Und … es tut mir wirklich leid. Wegen Jemima. Und Una.«

Ich lasse ihn stehen und beeile mich, zur Kunstgalerie zu kommen.

Als ich eintreffe, ist Kathryn nicht da, stattdessen werde ich von einem üppig gebauten Mädchen begrüßt, das ihr langes Haar kunstvoll auf ihrem Kopf aufgetürmt hat und knallroten Lippenstift trägt. Sie stellt sich als Daisy vor.

»Weißt du, wann sie wiederkommt?«

Sie schaut auf ihre Armbanduhr. »Sie sollte jeden Augenblick da sein. Sie ist heute Morgen spät dran. Ein familiärer Notfall.«

Familiärer Notfall? Ich frage mich, worum es sich wohl handeln könnte. Elspeth ging es gut, als ich losgegangen bin. Aber was, wenn in meiner Abwesenheit etwas vorgefallen ist? Wegen meiner Begegnung mit Peter war ich länger unterwegs als gedacht.

Ich erkläre den Grund meiner Anwesenheit, und Daisys hübsches Gesicht fällt in sich zusammen. »Ich glaube wirklich nicht, dass ich dir so etwas ohne Kathryns Erlaubnis aushändigen darf«, meint sie, wobei ihre vollen Lippen sich nach unten verziehen.

»Aber die Bücher sind für Kathryns Mutter, ihr gehört der Laden.«

Sie zuckt die Achseln.

Ich verstehe, sie kann nichts tun. »Ich werde warten«, verkünde ich stur.

Daisy nickt. »Willst du eine Tasse Tee?«

Ich habe nach wie vor meinen lauwarmen Milchkaffee,

daher lehne ich ab, aber ich folge ihr nach hinten in die Galerie, wo sie einen für sich aufsetzt.

Der Laden ist schick. Alles in Weiß gehalten: die Tische, die Wände – ich nehme mal an, um die Kunstwerke besser zur Geltung zu bringen. Die Sammlung ist vielfältig – einige Gemälde sind frech und modern, andere eher altmodisch. Während Daisy den Wasserkocher anschmeißt, schaue ich mir die Bilder genauer an und erbleiche angesichts der Preisschilder. »Ist heute nicht viel los?«, erkundige ich mich, um ein Gespräch in Gang zu bringen.

»Sporadisch schaut mal jemand vorbei.« Sie kommt mit einem Becher aus dem Hinterzimmer. »Komm und setz dich, wenn du magst.«

Sie führt mich zu einem großen Schreibtisch neben der Tür. Daisy nimmt auf dem Sessel dahinter Platz, während ich mich auf den Stuhl davor setze, der offenbar für Kunden bestimmt ist. Nun plaudert sie munter drauflos, erkundigt sich, ob es mir Spaß macht, für Elspeth zu arbeiten, bevor sie sagt, wie schrecklich das mit Unas Tod sei. »Sie schien echt ein lieber Mensch«, sagt sie, nachdenklich an ihrem Tee nippend. »Und Jemima mochte ich auch gut leiden. Die Erste habe ich nie getroffen. Ich arbeite ja erst seit sechs Monaten hier.« Sie beugt sich über dem Schreibtisch vor. »Weißt du, ob die Polizei deswegen ermittelt? Ich meine, das ist doch schon schräg, oder? Dass alle drei Mädchen einfach so zu Tode kommen?«

Ich gebe mir Mühe, unbekümmert zu wirken. »Das ist bestimmt bloßer Zufall, nichts weiter.«

Daisy ist keineswegs überzeugt. »Es ist, als wäre das Haus verflucht. Du solltest vorsichtig sein.«

»Zum Glück glaube ich nicht an Flüche!«

Sie wirkt etwas eingeschnappt und lehnt sich auf ihrem Sessel zurück. Ein paar Sekunden schweigt sie, dann sagt sie: »Mein Freund hat dort gearbeitet. Er meint, im Haus hätte immer eine seltsame Atmosphäre geherrscht. Irgendwie unheimlich, weißt du?«

Ich stelle meinen Kaffeebecher auf dem Schreibtisch ab. »Du solltest aufpassen, was du sagst. Das ist immerhin deine Chefin, über die du da redest. Und nur mal fürs Protokoll: Ich habe keine Ahnung, was dein Freund meint. Es ist ein superschönes Haus. Und Elspeth ist mehr als nett zu mir.« Ich weiß nicht, warum ich mich gerade so für Elspeth starkmache, aber Daisy geht mir auf die Nerven.

Ihre großen Augen weiten sich noch mehr. »Oh, so habe ich das doch gar nicht sagen wollen.«

Genau in dem Augenblick geht die Tür auf, und Kathryn kommt herein. Sie wirkt irgendwie gehetzt und fummelt in ihrer Handtasche herum. Ihr für gewöhnlich so glatt gekämmtes Haar kräuselt sich um ihren Kopf, und ihre Wimperntusche ist verschmiert. Wenn ich raten müsste, so würde ich tippen, dass sie geweint hat.

Als sie mich erblickt, steht ihr die Überraschung ins Gesicht geschrieben. »Oh, hallo, Willow. Was machen Sie denn hier?«

Ich erhebe mich und erkläre ihr, dass Elspeth die Geschäftsbücher haben will.

»Die Bücher?« Sie wirkt durcheinander. »Ich … Um ehrlich zu sein, weiß ich nicht so recht, wo sie sich gerade befinden.«

»Oh.«

»Richten Sie Mutter doch aus, dass ich sie später vorbeibringe.«

»Okay.«

Sie bedenkt mich mit einem schmalen Lächeln. »Tut mir leid, dass Sie den Weg umsonst gemacht haben.«

Es ist mein Stichwort zu gehen. Ich bedanke mich und verlasse das Geschäft, wobei ich nur noch verwirrter bin als zuvor. Es ist mehr als offensichtlich, dass sie lügt. Aber wieso?

31
Courtney

Courtneys Füße schmerzen. Es war ein langer Tag im Salon mit einigen überaus heiklen Kunden, insbesondere Felicity Alpine mit ihrer dichten Mähne, die sich einfach nicht zähmen ließ, egal, wie sehr Courtney sich ins Zeug legte. Felicity ist nie zufrieden, und doch kommt sie immer wieder und bittet jedes Mal um Courtney. Normalerweise rief Courtney nach einem Besuch von Felicity immer Una an, und sie amüsierten sich gemeinsam über deren widerborstiges Haar, den schnöseligen Akzent und ihre herablassende Art. Die Lücke, die Unas Tod in Courtneys Leben hinterlassen hat, klafft sogar noch weiter, sobald ihr – wie jedes Mal wenn sie das Bedürfnis hat, ihre beste Freundin anzurufen – erneut aufgeht, dass sie sich nie wieder mit Una unterhalten wird.

Auf dem Weg zur Bushaltestelle legt sie einen Zwischenstopp am Kiosk ein, um sich ein paar Süßigkeiten zu holen. Una hatte sich immer über ihre Leidenschaft für alles klebrig Süße lustig gemacht. Manchmal bestellte Courtney sich übers Internet altmodische Süßigkeiten aus der Schulzeit, um sich an einem Wham-Kaustreifen oder einer Packung Refreshers-Kaubonbons gütlich zu tun. Jetzt kauft sie sich eine Packung Weingummis – nicht ihre liebsten, aber für den Moment muss es reichen – und steckt sich einen in den Mund, während sie in den Bus steigt.

Heute Abend ist er gerammelt voll, und sie hat Glück, einen Sitzplatz zu ergattern. Wenn sie jetzt noch stehen müsste, nachdem sie den ganzen Tag auf den Füßen verbracht hat, würde sie einen Schreikrampf kriegen. Der Mann, der sich auf den Platz neben sie gequetscht hat und auf seinem Handy *Angry Birds* spielt, dünstet unangenehm aus. Die Fahrt heute will kein Ende nehmen; das einzig Positive ist, dass die Tage langsam länger werden und es noch hell ist, als der Bus ihre Haltestelle erreicht.

Als sie zu ihrer Wohnung spaziert, vibriert das Handy in der Tasche ihrer Bikerjacke. Die Nummer ist zwar unbekannt, bestimmt ein Callcenter, aber sie geht trotzdem ran und ist umso überraschter, als der Mann am anderen Ende der Leitung sich als Peter Freeman vorstellt. Er setzt gerade dazu an, ihr zu erklären, wer er ist, aber sie schneidet ihm das Wort ab: »Ich weiß, wer du bist.«

Er fragt sie, ob sie bereit wäre, sich heute Abend mit ihm zu treffen, da er später wieder nach London zurückfahren müsse. Bei der Aussicht, die Fahrt zurück ins Stadtzentrum noch mal antreten zu müssen, wird ihr zwar ganz anders, aber sie darf diese Gelegenheit unmöglich verpassen. Er muss ihr Zögern spüren, denn er fügt hinzu: »Oder wir treffen uns irgendwo in der Nähe, wo du wohnst? Mir ist jeder Ort recht.«

Sie schlägt einen Pub bei ihr ums Eck vor, der zwar ziemlich altmodisch ist und normalerweise nur von Leuten über sechzig frequentiert wird, die dort schon seit dreißig Jahren Stammgäste sind, aber es wird ihre Füße schonen. Er sagt, dass er in einer Stunde da sein wird.

Courtney sperrt ihre Wohnungstür auf und tritt ein. Kris

wohnt seit Januar bei ihr, und schon riecht die ganze Bude nach ihm. Unas einst nach Rosen duftendes Schlafzimmer ist jetzt mit seinem Schlagzeug, alten Schallplatten, einem Verstärker, Stereoanlagen und anderem Zubehör gefüllt. Ihr Badezimmerschrank ist vollgestopft mit Aftershaves, Rasierern, Zahnstochern, Haargels und Mundwasser. Ursprünglich war es nur als vorübergehende Sache gedacht, da sie davon ausgegangen war, dass sie Ende des Jahres mit Una auf Weltreise gehen würde. Und nun fühlt sie sich gefangen. Sie will die Welt zwar nicht alleine sehen, aber mit Kris will sie ganz bestimmt nicht losziehen. Sie seufzt. Das Problem sind ihre Eltern. Sie führen eine so großartige Ehe – die Liebe, die die beiden füreinander empfinden, ist immer noch so fest wie früher, als Courtney noch ein Kind war. Sie bringen einander ständig zum Lachen. Wenn sie zu Besuch nach Hause fährt, dann ist es nicht ungewöhnlich für sie zu sehen, wie ihre Mutter sich in der Küche vor Lachen kringelt, während ihr Vater breit grinst, voller Freude darüber, dass es ihm nach wie vor gelingt, seine Frau zu erheitern. Er umarmt ihre Mutter oft, wenn sie es am wenigsten erwartet, und drückt ihr einen Kuss auf den Hals. Nachdem Courtney von solcher Liebe umgeben aufgewachsen ist, ist ihr klar, dass sie sich niemals mit weniger zufriedengeben wird.

Kris fläzt auf dem hässlichen braunen Sofa vor dem Fernseher, seine Beine baumeln über die Armlehne, und sein Kopf liegt auf dem Bulldoggenkissen, das Una und sie kurz nach ihrem Einzug bei Ikea ausgesucht hatten. Am liebsten möchte sie es unter seinem fettigen Haar wegziehen. Seine Jeans hat am Knie einen großen Riss, der sein haariges Bein entblößt. Kris hat keinen Job. Seine Zeit verbringt er entweder mit Auftritten oder damit, »an neuem Material zu arbeiten«. Für sie ist es ein ständiger Quell des Ärgers, vor allem nach einem Tag wie dem heute. Er zahlt die Hälfte der Miete mit dem Geld, das er mit seinen Auftritten verdient, sodass sie sich eigentlich nicht beschweren kann. Manchmal kommt sie sich wie seine Mutter vor, insbesondere wenn sie sich selbst zuhört, wie sie ihn anmeckert, dass er gefälligst ordentlicher sein soll, oder wenn sie seine schmutzigen Unterhosen vom Schlafzimmerboden aufsammelt und sie in den Wäschekorb wirft, den er konsequent ignoriert.

»Alles klar, Süße?«, sagt er, ohne den Blick von der Quizshow abzuwenden, die er sich gerade reinzieht. »Was wollen wir zum Abendessen machen?« Was so viel bedeutet wie: Was wirst *du* kochen?

»Ich dachte, du hättest einen Auftritt.«

»Nee. Das ist erst morgen.«

»Oh, stimmt. Na ja, ich gehe heute Abend aus. Ich wollte mir ein paar Pommes im Pub bestellen.«

Als sie das sagt, schaut er doch zu ihr auf, und die Enttäuschung steht ihm ins Gesicht geschrieben. Er ist hübsch, das muss sie ihm lassen; seine großen blauen Augen werden von dunklen Wimpern gesäumt, die, wenn man ganz ehrlich ist, bei einem Mann regelrecht verschwendet sind. Und er bringt sie zum Lachen, wenn er dazu in der Stimmung ist. Anfangs sind sie noch ständig übereinander hergefallen, aber nun, obwohl sie noch nicht einmal ein Jahr zusammen sind, scheinen sie in eine bequeme, etwas langweilige Routine verfallen zu sein. Sie weiß, dass das keine Liebe ist. Es ist Faulheit. Keiner von beiden bekommt den Hintern hoch, um loszuziehen und jemand anderes kennenzulernen. Sie hat ihn nur einziehen lassen, weil sie auf einen Mitbewohner angewiesen war, nachdem Una den Job inklusive Unterkunft angenommen hatte.

»Oh. Mit wem denn?«

»Peter.«

Er schwingt die Beine vom Sofa und setzt sich aufrecht hin. »Peter? Welcher Peter?«

Sie erklärt ihm, um wen es sich handelt, während sie ihre Jacke abstreift und die unbequemen Pumps, die ihr die Zehen zusammenquetschen, wegkickt. Sie sind Teil der Arbeitskleidung im Salon, und sie hasst die Dinger.

»Soll ich nicht besser mitkommen? Der Typ könnte ein Irrer sein. Woher willst du wissen, dass er sich an dem Abend nicht mit Una getroffen und ihr den Schädel eingeschlagen hat?«

Sie erbleicht angesichts von Kris' Mangel an Feingefühl. »Herrgott noch mal.«

Er reißt die Augen auf. »Was denn? Ich meine ja nur. Er könnte ein Mörder sein.«

»Du hast doch gesagt, dass du denkst, dass Una bloß hingefallen ist und sich den Kopf angeschlagen hat.«

Er steht auf, kommt rüber und stellt sich zu ihr ans Spülbecken. Er nimmt ihre Hand. »Wir wissen es nicht mit Sicherheit.« Ihr ist klar, dass er kein Wort davon ernst meint und sie einfach nur begleiten will, um abzuchecken, ob Peter womöglich eine Bedrohung für ihn darstellt. Aber sie hat keine Lust zu streiten. Sie ist fix und fertig.

»Na schön. Dann komm eben mit. Ich treffe ihn um sieben.«

Er grinst zur Antwort. »Super. Ich ziehe bloß ein anderes T-Shirt an. Das trage ich jetzt schon seit drei Tagen.«

»Das ist eklig.«

»Was denn? Ich dusche jeden Tag. Und das T-Shirt war nicht schmutzig. Ich erspare dir nur das Waschen.« Er zwinkert ihr zu, um ihr zu signalisieren, dass er scherzt.

Während Kris im Bad ist, entledigt sie sich ihrer Arbeitsklamotten und schlüpft in ihre zerrissene Jeans und ein langärmeliges Shirt. Sie löst ihren langen Pferdeschwanz und schüttelt ihr rotes Haar aus, sodass es sich über ihre Schultern und ihren Rücken ergießt. Dann zieht sie ihren Lippenstift nach, und schon ist sie bereit.

Sie spazieren gemächlich zum Pub, wobei sie sich bei Kris unterhakt. Es war ein warmer Tag, aber nun, da die Sonne untergeht, kann sie die Kühle in der Luft spüren und ist plötzlich froh über die Wärme von Kris' Körper neben ihr.

Für einen Donnerstagabend ist wenig los im Pub, an der Bar hocken bloß ein paar Stammgäste mit ihren übel riechenden alternden Hunden zu ihren Füßen. Auf der anderen Seite des Raums spielt eine Gruppe Rentner Darts. Courtney ist schon ewig nicht mehr hier gewesen, da sie die Bars in der Stadt bevorzugt, aber als Kind kam sie oft her, meist mit ihrem Dad, solange ihre Mutter einkaufen war. Normalerweise parkte er sie und ihren Bruder mit einer Cola in der Ecke, während er über einem Bier mit seinen Freunden an der Theke quatschte. Seitdem hat sich hier nichts verändert. Selbst die schweren dunklen Holzmöbel und die Fotos von Pferden oder Ackerland an den tabakgelben Wänden sind noch immer dieselben.

»Woher weißt du, wie er aussieht?«, fragt Kris mit einem hörbaren Flüstern, als sie die Theke ansteuern.

»Ähm. Vielleicht weil er der einzige andere junge Mensch hier drin sein wird.«

Kris lacht und zieht ein O-ja-wie-dumm-von-mir-Gesicht.

Ein kurzer Rundumblick durch die Kneipe stellt klar, dass Peter noch nicht da ist, also bestellen sie sich was zu trinken – ein Weißwein des Hauses, der wie Essig schmeckt, für Courtney, ein Bier für Kris – und suchen sich einen Tisch neben dem Eingang. Jedes Mal wenn die Tür sich öffnet, schaut Courtney erwartungsvoll auf, wobei ihr das Herz bis zum Hals schlägt. Warum ist sie so nervös? Sie ist sich nicht sicher, ob sie sich besser oder schlechter damit fühlt, dass sie Kris bei sich hat. Er lässt sich über einen neuen Song aus, an dem die Band im Moment schreibt, und bemerkt rein gar nichts von ihrem Unbehagen. Endlich, als die Tür erneut aufgeht, sieht sie einen jungen Mann in gelber Jacke hereinkommen. Ihr erster Gedanke ist, dass er groß ist, der zweite, dass er gut aussieht. Und als ihr das durch den Kopf geht, zieht sich ihr Magen zusammen. Mit ihren ein Meter siebzig fand sie große Männer schon immer besonders attraktiv. Kris ist nur fünf Zentimeter größer als sie. Er kommt auf sie zu. »Hallo. Courtney?« Unsicher streckt er eine Hand aus.

Sie erhebt sich und schüttelt sie. »Peter? Hallo. Das ist Kris.« Sie erwähnt nicht, dass er ihr Freund ist, und deutet nur vage in seine Richtung. Kris hängt über seinem Bier und hebt kaum seinen Blick. Courtney bietet Peter an, ihm einen Drink auszugeben, aber er besteht darauf, sich selbst einen zu holen. Als er zurückkommt, nimmt er auf dem Stuhl zwischen ihnen Platz, der viel zu klein für ihn wirkt.

»Danke, dass wir uns so kurzfristig treffen konnten«, sagt

er, begleitet von einem matten Lächeln. Er wirft Kris einen raschen Blick zu, dann schaut er wieder zu Courtney. »Und es tut mir wirklich leid wegen deiner Freundin. Sie war so nett zu mir und hat versucht, mir zu helfen, obwohl sie das nicht hätte tun müssen.«

»Es tut mir leid wegen deiner Schwester«, erwidert Courtney.

Er verlagert unbehaglich das Gewicht. »Ich weiß nicht, wie viel Una dir erzählt hat …«

»Alles«, erwidert Courtney unverblümt.

»Hat sie dir auch erzählt, dass ich vorbeigekommen bin?«

Courtney nickt. »Sie hat mir gesagt, dass du nicht glaubst, dass Jemima sich umgebracht hat. Und jetzt verstehe ich auch, wie du dich fühlst, denn ich glaube ebenso wenig, dass es sich bei Unas Tod um einen Unfall handelt.«

Er senkt bekümmert den Kopf. »Ich habe mit der Polizei gesprochen, aber sie glauben nicht, dass es einen Zusammenhang zwischen dem Tod von Jemima und Una gibt.«

Courtney schnaubt höhnisch. »Ich kapiers einfach nicht. Sie hatte eine SMS von jemandem, der sich als du ausgab und sie darum bat, sich mit ihr zu treffen. Warum glaubt die Polizei das nicht?«

Er zuckt die Achseln und blickt zerknirscht drein. »Ich weiß, dass ich diese SMS nicht geschickt habe, aber ich fühle mich trotzdem verantwortlich. Wenn ich sie da nicht hineingezogen hätte …«

Kris stößt ein Brummen aus, und sie drehen sich beide zu ihm um.

»Was?«, will Courtney wissen.

Er schüttelt den Kopf. »Nichts.«

Courtney betrachtet ihn aus zusammengekniffenen Augen. Er sieht aus, als wäre er lieber woanders. Sie versteht nicht, warum er sich überhaupt die Mühe gemacht hat mitzukommen. Sie wendet sich wieder Peter zu. »Una hat mir von Jemimas Halskette erzählt. Und dass du meintest, sie hätte kurz vor ihrem Tod einen neuen Freund gehabt. Sie hat versucht herauszufinden, um wen es sich dabei handeln könnte, bekam aber nicht mehr die Gelegenheit dazu …« Sie spürt einen Kloß in ihrem Hals und nimmt einen großen Schluck von ihrem Wein, um ihn runterzuspülen, woraufhin sie ein Husten unterdrücken muss.

»Una hat an dem besagten Abend eine Nachricht auf meiner Mailbox hinterlassen«, sagt Peter.

»Es muss um die Tasche gegangen sein.«

»Die Tasche?«

»Jemimas Reisetasche. Sie befand sich im Keller der McKenzies. Una fand sie und war überzeugt, dass Kathryn sie dort verstaut hatte. Sie sagte außerdem, dass die Köchin, Aggie, einen Streit zwischen Kathryn und Jemima mitgehört haben will, und zwar an dem Tag, an dem Jemima verschwand. Una meinte auch, dass Aggie wegen der Tasche beunruhigt war und sie dazu gedrängt habe, es der Polizei zu melden. Ich habe es mittlerweile selbst bei der Polizei gemeldet, aber die Tasche ist nirgends aufzufinden, weshalb mein Wort gegen das ihre steht.«

»Die Tochter, Kathryn, verbirgt irgendwas. Dessen bin ich mir sicher«, sagt Peter mit blitzenden Augen. »Die Halskette … Warum hat sie behauptet, sie würde sie Jemima schicken, wo sie doch nicht einmal eine Nachsendeadresse hatte? Warum hat sie ihre Sachen im Keller versteckt?«

Courtney öffnet den Mund, um etwas zu erwidern, doch da bricht Kris in Gelächter aus.

»Tut mir leid«, entschuldigt er sich, als die beiden herumwirbeln und ihn entgeistert anstarren. »Aber das ist wirklich eine gewagte Verschwörungstheorie. Wenn die Polizei davon ausgeht, dass an ihrem Tod nichts Verdächtiges ist, warum führt ihr beide euch dann auf wie …« Er macht eine Pause, und Courtney kann beinahe sehen, wie sein Gehirn rattert, um einen Vergleich für sie zu finden. »… wie Shakespeare & Hathaway?«

Courtney muss sich ein Kichern verkneifen, als sie Peters perplexen Gesichtsausdruck sieht. Kris schaut eindeutig zu viele Serien. Sie ist gleichermaßen amüsiert wie genervt von ihm.

»Ich finde ihren Tod durchaus verdächtig«, erwidert Peter ernst. Ihr ist aufgefallen, dass er seine Jacke nicht abgelegt hat. Sie bauscht sich um ihn herum auf und lässt ihn breiter aussehen, als er ist. Er scheint es unbequem zu haben auf dem kleinen Stuhl. »Die Polizei kannte Jemima nicht.« Er deutet auf Courtney. »Und sie kannte Una nicht. Aber wir schon. Nach allem, was sie Courtney erzählt hat, ist doch klar, dass sie auf die Brücke gelockt wurde, weil sie dachte, dass sie mich dort treffen würde. Warum hat die Polizei die Person nicht gefunden, die die SMS geschickt hat?«

»Du glaubst also, dass du mehr weißt als die Polizei?«, fragt Kris, woraufhin Courtney innerlich zusammenzuckt, da sie es nicht mehr amüsant findet. Kris geht definitiv zu sehr auf Konfrontationskurs.

Peter seufzt und streicht sich den Pony aus der Stirn. »Die

Polizei arbeitet mit Fakten. Da Unas Handy verschwunden ist, konnten sie keine SMS von jemandem finden, der sich als Peter ausgab. Für sie existiert die SMS somit nicht. Es handelt sich also um eine schlichte Behauptung von uns.«

Kris wirft die Hände in die Luft. »Bitte, versteh mich nicht falsch, Mann, es tut mir wirklich leid wegen deiner Schwester. Und Una. Sie war eine gute Freundin, und ihr Tod hat mich ebenfalls erschüttert. Aber ich kann nicht glauben, dass sie ermordet wurde. Es war bloß ein unglücklicher Zufall.«

»Da ist noch etwas«, sagt Peter, wobei er Courtney ansieht, als hätte Kris nichts gesagt. »Etwas, das die Polizei mir erst gestern mitgeteilt hat.«

Courtney richtet sich auf ihrem Stuhl auf und beugt sich zu ihm vor.

»Ein Zeuge hat sich gemeldet und ausgesagt, dass er in besagter Nacht ein Mädchen gesehen hat, das auf Jemimas Beschreibung passt.«

»Wo?«

»Auf der anderen Seite der Brücke, bei den Leigh Woods, wo sie anscheinend aus einem Van stieg.«

»Einem Van?«

Er nickt. »Es muss nichts bedeuten. Womöglich ist sie einfach nur bei einem Freund mitgefahren, aber sie müssen erst mit dem Besitzer des Lieferwagens sprechen, um ihn aus ihren Ermittlungen eliminieren zu können – es ist das Wort, das sie benutzt haben.«

Courtney nimmt einen Schluck von ihrem lauwarmen Wein.

Kris lehnt sich mit hinter dem Kopf verschränkten Händen auf seinem Stuhl zurück. »Ich kapiere bloß nicht, warum jemand diese Mädchen ins Visier nehmen sollte. Ich meine … warum?«

»Das«, sagt Peter, »ist genau das, was ich herausfinden werde.«

32
Willow

Ich habe Elspeth zu Bett gebracht und bin gerade oben in meinem Zimmer, wo ich meine Schmutzwäsche sortiere (Elspeth meinte, ich könne sie der Zugehfrau, Carole, geben, damit sie das Waschen für mich erledigt), als Courtney anruft, um mir von ihrem Treffen mit Peter zu berichten.

»Er ist wirklich nett«, sagt sie mit auffällig sanfter Stimme.

Ich möchte ihr raten, dass sie ihm nicht vertrauen soll. Dass sie gar niemandem vertrauen soll. Aber ich käme mir schlecht vor, ihre rosarote Blase platzen zu lassen. Sie schildert mir alles und bringt mich zum Lachen, als sie beschreibt, wie nervtötend Kris sich verhalten hat.

»Das mit dem Lieferwagen ist wirklich interessant«, bemerke ich. »Hatte er irgendein besonderes Merkmal?«

»Nein, ich glaube nicht. So wie Peter das sagte, handelte es sich um einen ganz gewöhnlichen weißen Van. Aber eine Bitte, Willow: Wir haben beschlossen – das heißt, ich und Peter –, dass wir unser Hauptaugenmerk darauf richten sollten, herauszufinden, wo Kathryn Jemimas Tasche versteckt hat. Wenn wir die finden …«

»Ich weiß. Ich weiß. Es wäre ein Beweisstück.«

Nachdem ich versprochen habe, dass ich helfen werde, lege ich auf. Ich suche überall: hinten im Kleiderschrank, unter dem Bett, in der Kommode, auch wenn ich weiß, dass sie da ganz sicher nicht ist – schließlich war sie schon bei meiner Ankunft leer. Ich gehe ins Bad. Hier drin ist nicht gerade viel Platz. Es gibt noch nicht einmal eine Badewannenverkleidung, hinter der man eine Tasche verstecken könnte. Ich öffne den Schrank unter dem Waschbecken, der recht klein ist. Ich lasse mich auf Hände und Knie nieder und krieche beinahe schon hinein. Die Rückseite des Schrankes ist beschädigt, und die Verkleidung scheint sich nicht ganz zu fügen. Ich drücke mit den Handflächen dagegen und beäuge sie genauer, wobei ich Staub aufwirble und husten muss. Ja, da wäre genug Platz, um eine Tasche zu verstecken. Ich schiebe meine Hand hinter die Platte und taste herum, aber da ist nichts. Ich krieche rückwärts und stoße mir beim Aufstehen den Kopf am Waschbecken. Verdammt. Wenn Una die Tasche irgendwo versteckt hat, dann doch hier. Ich schreibe Courtney eine SMS, um ihr davon zu berichten.

Sie antwortet sofort: *Falls K sie gefunden und mitgenommen hat, wo hätte sie sie verstecken können?*

Ich setze mich mit dem Smartphone in der Hand auf die Bettkante. Denk nach. Denk nach. Und dann fällt es mir ein.

In der Kunstgalerie, antworte ich.

Im Haus herrscht Stille, als ich die Stufen in den ersten Stock hinuntertapse. Elspeths Schlafzimmertür ist wie immer nur angelehnt, da sie es so lieber hat. Ich spähe durch den Spalt hinein. Sie liegt mit geschlossenen Augen auf dem Rücken, ihre Brust hebt und senkt sich, und die Bettdecke ist bis zu ihrem Kinn hochgezogen. Selbst beim Schlafen hat sie das Haar in ihrer Hochsteckfrisur, das muss ziemlich unbequem sein.

Ich schleiche an ihrer Tür vorbei und folge der gewundenen Treppe in den Flur hinab. Mir ist durchaus klar, dass es ein wahnsinnig vornehmes Haus ist, aber mich lässt es kalt. Es hat nichts Behagliches oder Einladendes an sich. An den Wänden hängen keine Fotos, nur ein paar hässliche Gemälde, die wahrscheinlich ein Heidengeld gekostet haben. Nirgends steht Dekozeug herum. Mir ist der Gedanke gekommen, dass das Haus somit perfekt seine Bewohner widerspiegelt – mich natürlich ausgeschlossen.

Elspeth hat Una oder Jemima bisher kein einziges Mal erwähnt. Noch nicht einmal Matilde. Wenn man bedenkt, dass Una vor weniger als zwei Monaten gestorben ist, so ist es, als ob es sie, aus Elspeths und Kathryns Sicht, nie gegeben hätte. Sie haben sie aus ihrem Gedächtnis gelöscht, wie sie es auch mit der anderen Tochter, Viola, gemacht haben, die angeblich vor vielen Jahren abgehauen ist. Wenn Courtney es mir nicht erzählt hätte, so hätte ich nie erfahren, dass Una, Jemima, Matilde und Viola je existiert, geschweige denn in diesem Haus gelebt haben. Mich gruselt, wenn ich darüber nachdenke.

Kathryns kühles, höhnisches Gesicht erscheint unvermittelt vor meinem geistigen Auge und verschwindet wieder, gleich einer verblassenden Fotografie. Es klingt so, als seien Courtney und Peter sich sicher, dass sie etwas mit dem Tod von Una und Jemima zu tun hatte. Diese Sache mit der Tasche, die Una im Keller gefunden hat, ist definitiv verdächtig – davon komme ich nicht mehr los. Und doch will sich nicht alles fügen. Warum sollte Elspeth eine Gesellschafterin einstellen, nur damit Kathryn sich ihrer entledigt? Ist das ihr Vorgehen? So wie die Moormörder? Der eine lockt, der andere tötet? Kathryn gefällt es nicht, dass wir hier sind, so viel ist schon mal klar, aber … *Mord*? Dann denke ich an all die True-Crime-Dokus, die ich gesehen habe. Ganz gewöhnliche Menschen, die aus den unterschiedlichsten Gründen töten. Und manchmal auch ganz ohne Grund. Vielleicht ist Kathryn eine Psychopathin, die einem inneren Zwang untersteht, das zu tun. Und wenn dem so ist, wann hat es angefangen? Mit Matilde … oder schon zuvor? Mit Viola? Ich schaudere bei dem Gedanken, dass Viola am Ende womöglich gar nicht fortgelaufen ist.

Das Knarren einer Diele lässt mich zusammenschrecken. Ich wirble herum, aber da ist niemand. *Oh, verdammt noch mal, Willow*, ermahne ich mich. *Hör auf, dich mit all diesen albernen Gedanken selbst ins Bockshorn zu jagen.*

Ich gehe weiter die Stufen hinab. Es ist dunkel, nur der Mondschein, der durch die Buntglasscheibe in der Haustür hereinfällt und auf den viktorianischen Fliesen schimmert, spendet etwas Licht. Sie sind kalt unter meinen nackten Sohlen, während ich auf Zehenspitzen über sie hinweghusche. Das Schränkchen gleich links neben der Haustür enthält eine ganze Reihe an Schlüsseln, die wie Juwelen in einem Geschäft verführerisch an einer Stange baumeln. Sie glitzern im Mondlicht. Es handelt sich um etwa acht einzelne Schlüssel sowie einen kleinen Bund mit zwei Schlüsseln samt einem diamantenen Anhänger in Form eines Hundes dran, der Elspeth gehört. Das weiß ich, weil ich ihn schon oft genug für sie holen musste, die beiden Schlüssel öffnen die Vorder- und die Hintertür des Hauses. Bei den anderen Schlüsseln handelt es sich um Einzelexemplare, jeder mit einem eigenen kleinen Plastikanhänger versehen. Wie überaus wohl organisiert. Der Schlüssel für die Galerie muss irgendwo darunter sein. Ich weiß, dass Elspeth eine Ausfertigung besitzt. Ich mustere die Reihe, aber es ist zu dunkel, um die Aufschriften zu entziffern, und ich habe mein Handy oben liegen gelassen. Ich nehme einen vom Haken und trete an die Haustür, um ihn ans Licht zu halten. *Arbeitszimmer* steht da in Elspeths geschwungener Handschrift. Ich hänge ihn zurück und versuche es mit dem nächsten. *Dachboden*. Ich runzle die Stirn. Ich wohne doch auf dem Dachboden. Ich habe bei meiner Ankunft einen Schlüssel ausgehändigt bekommen, den ich allerdings nie benutze. Also handelt es sich hierbei um einen Ersatzschlüssel? Welchen Sinn hat es, mir einen Schlüssel zu geben, wenn sie sich jederzeit Zutritt zu meinem Zimmer verschaffen können? Ich hänge ihn wieder an seinen Platz und gehe die verbleibenden Schlüssel durch, bis ich beim letzten angekommen bin. Das muss er sein. Ich will ihn gerade ins Licht halten, um das Etikett zu lesen, als ich ein Räuspern höre.

Ich zucke zusammen, wobei ich beinahe den Schlüssel fallen lasse, und drehe mich mit klopfendem Herzen um.

Elspeth steht im Flur, bekleidet nur mit ihrem liebsten knöchellangen Rheumanachthemd, der Chignon leicht zerzaust. »Was um alles in der Welt machst du da?«

Ich schließe meine Hand um den Schlüssel und mache das Schränkchen zu. »Ich … ich habe die Haustür überprüft. Ich hatte sie nicht doppelt abgeschlossen.«

Selbst in dem Dämmerlicht entgeht mir der zweifelnde Ausdruck auf Elspeths Gesicht nicht. »Ich dachte, ich hätte schon zweimal abgesperrt.«

»Ja. Ja, das hatten Sie auch.«

»Gut.« Sie kommt auf mich zu. In ihrem langen Nachthemd sieht sie aus, als würde sie schweben. »Also, warum hast du dann noch mal geschaut?«

»Weil ich mich nicht mehr daran erinnern konnte, dass Sie es getan haben. Und weil ich weiß, dass es Ihnen wichtig ist, dass das Haus nachts vernünftig abgeschlossen ist. Also dachte ich, ich schaue lieber noch mal nach. Ich konnte nicht richtig einschlafen, weil es mir im Kopf rumging.«

Elspeth lächelt, wobei sie die Hand ausstreckt und mein Haar auf fast schon mütterliche Art und Weise berührt, wie ich es sie noch nie habe bei Kathryn machen sehen. Ihr kleiner Finger streift dabei meine Wange. »Du bist ein braves Mädchen«, sagt sie, und ihr Blick wird sanfter. »Ich bin froh, dass du hier bist und auf mich aufpasst.«

Mir ist unwohl zumute. Also stehe ich einfach nur da und lächle dümmlich, während ich mich frage, wie wohl die passende Antwort lauten sollte. Sie ist mir so nah, dass ich ihren Atem riechen kann: Minze vermischt mit etwas Säuerlichem. Das Endstück des Schlüssels drückt sich schmerzhaft in meine Handfläche.

»Hilfst du mir hoch ins Bett? Du weißt ja, wie schwer mir das Treppensteigen fällt.«

Mir ist nicht entgangen, dass sie offenbar keinerlei Probleme hatte, sie hinabzusteigen, aber ich stimme natürlich zu – mir ist alles recht, wenn sie mir nur nicht mehr ins Gesicht atmet. Sie ergreift meinen Ellbogen und stützt sich schwer auf mich, obwohl sie einen ganzen Kopf größer ist als ich. Nur gut, dass ich stärker bin, als ich aussehe, denke ich, während ich ihr zurück in ihr Zimmer helfe.

Sie tätschelt die Bettkante. »Setz dich doch ein bisschen zu mir«, sagt sie. »Jetzt, da ich wach bin, werde ich nicht mehr so leicht einschlafen können.«

Bisher hat sie mich noch nie darum gebeten, mich zu ihr zu setzen. Normalerweise bringe ich sie ins Bett, und sie schläft auf der Stelle ein. Wie ein Uhrwerk. Jeden Abend exakt um neun Uhr dreißig. Ich frage mich, ob sie auch die anderen Mädchen darum gebeten hat, sich so zu ihr zu setzen, in ihrem makellosen Schlafzimmer mit den massiven Möbeln aus Walnussholz und den Tiffanylampen, wie sie mir erklärt hat. Verlegen hocke ich mich auf die Bettkante, während sie sich mit einem milden Lächeln gegen ihre Kissen sinken lässt.

»Ich kann Ihnen einen Kakao machen«, schlage ich vor, weil sie das in Filmen so machen – mir selbst wird davon übel, und ich muss dann pinkeln.

»Nein, ich trinke keine heißen Getränke vor dem Schlafengehen. Bleib einfach nur da sitzen. Bitte. Leiste mir Gesellschaft. Ich hatte einen furchtbaren Traum. Ich glaube, davon bin ich aufgewacht.«

Vielleicht wird sich Elspeth mir gegenüber doch noch öffnen. Und vielleicht schaffe ich es so, herauszufinden, was mit Una passiert ist.

»Wovon haben Sie denn geträumt?«, frage ich und ziehe meine Beine unter mir heran, so als würde sie mir gleich eine Geschichte erzählen.

Sie wirft einen Blick auf ihre schmalen, fleckigen Hände, die in ihrem Schoß ruhen. Schockiert muss ich feststellen, dass ihre Augen tränenfeucht sind. »Von meiner Tochter.«

»Kathryn?« Warum sollte sie von ihr träumen? Und dann wird mir klar, dass sie die andere Tochter meint.

»Nein. Ich … ich hatte … noch eine andere Tochter. Viola. Sie …«, Elspeth schluckt schwer, »… ging mit achtzehn von zu Hause weg.«

Ich gebe mir Mühe, überrascht dreinzuschauen, sage jedoch nichts.

»Ich weiß auch nicht.« Sie seufzt. »Vielleicht liegt es ja daran, dass ich alt werde. Aber ich habe in letzter Zeit viel an sie gedacht.«

»Haben Sie denn noch Kontakt?«, frage ich, wohl wissend, wie die Antwort lautet.

»Ich habe seit dreißig Jahren nichts mehr von ihr gehört.« Ihre Stimme bricht. Ich habe während der drei Wochen, die ich nun schon für Elspeth arbeite, eine Menge Zeit mit ihr verbracht, und ich habe sie noch nie mit derart viel Gefühl in der Stimme sprechen hören. »Ich war so wütend. So lange Zeit so wütend. Aber jetzt denke ich, was bringt es denn? Wofür war das alles gut?«

»Was ist denn passiert?«, erkundige ich mich sanft.

Sie schüttelt den Kopf und schluckt. Gerade als ich schon glaube, dass sie es mir nicht erzählen wird, und mich frage, ob ich mich entschuldigen und zu Bett gehen soll, spricht sie. »Ich weiß es nicht. Das ist ja das Traurige. Wir haben gestritten. Natürlich. Sie war eine Teenagerin und noch dazu keine, die es einem leicht macht. Ich glaube, sie hat mich gehasst, weil ich Kathryn adoptiert habe. Viola war Kathryn gegenüber sehr gemein. Sie schikanierte sie in einem fort. Und Kathryn war wie ein übereifriger Welpe, der versuchte, Viola alles recht zu machen. Viola hat das ausgenutzt. Huw, mein Mann, und ich, wir …«, sie ringt die Hände, »… wir mussten Kathryn mehr als nur einmal retten. Einmal hat Viola sie nachts im Wald zurückgelassen. Ein anderes Mal lockte sie sie als Streich bei Nacht und Nebel auf die Hängebrücke und fesselte sie an das Geländer. Kathryn zitterte haltlos, als wir sie endlich fanden, weil sie unter Schock stand. Es war … Ich war entsetzt, dass meine Tochter zu so etwas in der Lage war. Und ich stellte mich auf Kathryns Seite. So muss es für Viola ausgesehen haben. Dann lernte sie einen Jungen kennen … einen rohen Burschen, unpassender ging es nicht. Wir stritten in einem fort. Huw war zu jener Zeit schon verstorben, also gab es nur mich und sie, und wir gerieten ununterbrochen aneinander. Und dann, eines Tages, war sie einfach … fort.«

»Ohne etwas zu sagen?«

»Nichts, kein Wort …« Sie zuckt mit den Schultern und wischt sich die Tränen mit einem seidenen Taschentuch ab, das sie stets bei sich zu tragen scheint. »Ich habe nie wieder von ihr gehört.«

»Haben Sie denn je versucht, sie zu finden?«

»Ein Mal. Einige Jahre nach ihrem Verschwinden, als mir klar wurde, dass sie nicht mehr zurückkommen würde. Damals war Kathryn an der Universität, und ich … ich dachte, die Spannung zwischen den beiden müsste doch langsam verpufft sein und dass es ein guter Zeitpunkt für sie wäre, nach Hause zu kommen. Ich habe es mit einem Privatdetektiv versucht, aber …«, sie schüttelt den Kopf, »… nichts. Keine Spuren. Keine Hinweise. Es war, als hätte sie sich in Luft aufgelöst.« Sie bedenkt mich mit einem traurigen Lächeln. »Du erinnerst mich an sie. Ihr alle habt mich an sie erinnert.«

Ich weiß, dass sie dabei an die anderen Mädchen denkt. An Matilde und Jemima und Una.

»Und auch sie sind alle fort. Alle sind weg. Genauso wie sie. Wie meine Viola.« Erneut berührt sie meine Wange. »Du wirst nicht weggehen, nicht wahr? Du wirst mich nicht auch noch verlassen? Versprich mir das.«

Wie kann ich so etwas versprechen, wo ich doch nie lange in einem Job bleibe? Mir wird langweilig werden. Ich habe mich schon an mehreren Tätigkeiten versucht – Krankenpflege, Hunde ausführen, Sekretärin, Kellnerin und jetzt als Gesellschafterin. Ich bin mir meiner Schwächen bewusst. Aber Elspeth sieht so traurig aus, so verzweifelt, dass ich mich dabei erwische, wie ich ihr verspreche zu bleiben. So lange, wie sie mich braucht.

Ich sitze bei ihr, bis sie eingeschlafen ist, dann stehe ich langsam auf, um sie nicht aufzuwecken. Dabei bemerke ich etwas auf dem Boden: ein Stück zerknitterten Stoff. Im Dunkeln sieht es aus wie die Kuscheldecke, die Arlo als Kind immer mit in sein Bett nahm. Ich bücke mich, um es aufzuheben, und da sehe ich, dass es sich um ein rosa Frauen-T-Shirt mit einem glitzernden Stern auf der Brust handelt. Es ist viel zu klein und flippig, um Kathryn oder Elspeth zu gehören. Ich verstecke es unter meinem Pyjamaoberteil und schleiche aus dem Zimmer.

33

Der Kuckuck, 1984

Es war März, als Katy das Kätzchen fand.

Sie ging, wie immer, allein von der Schule nach Hause. Viola war mit ihren schrecklichen Freundinnen abgezogen. Elspeth hatte es aufgegeben, Viola darum zu bitten, Katy zu begleiten. Katy, die mit der qualvollen Angst, wieder ins Heim zurückgeschickt zu werden, lebte, erfüllte das mit Sorge.

Sie versuchte, nicht darüber nachzudenken, während sie über die Wiesen der Downs schlenderte und durch das hohe Gras kickte, wobei der Tau ihre weißen Kniestrümpfe mit den hellblauen Umschlägen durchnässte. Sie konnte sich einfach nicht an die schnieke Uniform gewöhnen. Sie musste sogar einen Blazer und einen karierten Faltenrock tragen. Sie fühlte sich damit wie den *Dolly*-Büchern von Enid Blyton entsprungen, obgleich sie im wahren Leben die meisten Mädchen an ihrer Privatschule hasste. Nur eine hatte Anstalten gemacht, sich mit ihr anzufreunden. Mandy war mit ihrem schlaffen Haar und ihrem dicken Kassengestell genau so eine Außenseiterin wie Katy. Sie war Stipendiatin an der exklusiven Mädchenschule, was bedeutete, dass die Schulgebühren für sie bezahlt wurden, weil sie klug, aber ihre Familie arm war. Katy war auch schon bei Mandy zu Hause gewesen. Es glich demjenigen, in dem sie mit ihrer Mum gewohnt hatte, und Mandys Mum und Schwester waren nett und gastfreundlich, und das Haus war gemütlich und warm. Katy mochte es, dort zu Besuch zu sein, obwohl sie wusste, dass es Elspeth nicht wirklich recht war. Elspeth wäre es lieber gewesen, wenn sie sich mit einem Mädchen aus einer der »wohlhabenderen« Familien anfreunden würde – so eine wie diese fiese Zicke Cassie aus Violas Jahrgangsstufe. Katy war dankbar für Mandy. Sie hatte das Gefühl, dass sie klarkommen würde, solange ihre Freundin ihr zur Seite stand.

Als sie sich der Straße näherte, hörte sie ein leises Maunzen. Sie blieb stehen und lauschte angestrengt über das Rauschen des Verkehrs hinweg. Ja, sie hörte da ganz sicher was. Sie teilte das hohe Gras und war gleichermaßen überrascht wie entzückt, als sie ein kleines Kätzchen sah, das sich zwischen den langen Halmen eingerollt hatte. Es war ganz schwarz bis auf die weißen Pfoten und eine rosa Nase. Zuerst dachte sie, es sei verletzt, doch dann beschloss sie, dass es einfach nur verloren gegangen war. Sie hob es hoch, und wie das Kätzchen sie ansah, mit seinem kleinen flauschigen Gesicht, schmolz ihr das Herz.

Katy trug es den ganzen Weg nach Hause, wobei sie inständig hoffte, dass sie es behalten dürfte. Es schmiegte sein Köpfchen in ihre Armbeuge, und das fühlte sich so natürlich an, dass sie schon das Gefühl bekam, dass sie eine ganz besondere Verbindung hatten.

»Was hast du da?«, rief Elspeth, als Katy mit dem Kätzchen in ihren Armen in die Küche gehüpft kam.

Viola saß an dem großen Kiefernholztisch, ihre Mathebücher vor sich ausgebreitet. Sie sah mit angewidertem Gesichtsausdruck auf. »Würg! Irgendein dreckiges, verlaustes Viech«, jammerte sie.

»Es ist ein Kätzchen«, erwiderte Katy, wobei sie sein Köpfchen schützend streichelte. »Es ist nicht verlaust.«

»Bitte, bring es außer Haus«, verlangte Elspeth, den Mund zu einem missbilligenden Strich verzogen. Ihre Adoptivmutter schrie niemals, nicht so wie Katys echte Mum es getan hatte.

»Darf ich es nicht behalten?«, bettelte Katy.

Just in dem Moment kam Huw mit einer Zeitung unter dem Arm hereinspaziert. »Na, was haben wir denn da?« Er strahlte Katy an und streckte eine Hand aus, um den weichen kleinen Kopf des Kätzchens zu streicheln.

»Ich habe es gefunden«, erklärte sie und gewährte Huw widerwillig, es ihr abzunehmen. Er hielt das Kätzchen empor wie ein Pfarrer, der im Begriff stand, ein Baby zu taufen. In seinen großen Händen sah es winzig aus.

Er kicherte. »Ich glaube, dass es sich bei deinem Kätzchen tatsächlich um eine Sie handelt.« Er kraulte es am Kinn. »Süßes kleines Ding.«

»Darf ich es behalten? Oh, bitte, bitte«, bettelte sie. Sie war den Tränen nahe. Seit ihrer Ankunft aus dem Heim vor acht Monaten hatte sie noch nie um etwas gebeten.

Viola begann auf der Stelle zu protestieren, doch Huw hob eine Hand, um sie zum Schweigen zu bringen. »Ich sehe keinen Grund, der dagegenspricht.«

»Nun, Huw«, schaltete sich Elspeth ein, ihre feinen Augenbrauen zusammengezogen, »ich glaube nicht, dass das eine gute Idee ist. Ich habe keine Zeit, mich um ein Haustier zu kümmern …« Sie rückte von Viola ab und strich Katy das

Haar aus dem Gesicht. »Also wirklich, Kathryn, du solltest einen Haarreif tragen.«

Normalerweise gefiel es Katy, wenn Elspeth ihr Haar berührte, doch gerade war sie voller Ungeduld. Sie wollte das Kätzchen so unbedingt haben. »Ich werde mich um sie kümmern«, versprach sie. Huw hielt das Kätzchen noch immer in seinen Händen, und sein breites fröhliches Gesicht hellte sich auf, als es zu schnurren begann.

»Ich denke, es wird Katy guttun«, sagte er. »So kann sie lernen, Verantwortung zu übernehmen.« Er zwinkerte Katy zu, woraufhin sie die Arme um seine stämmige Mitte schlang. In diesem Moment war es, als hätte sie noch nie jemanden so sehr geliebt.

Elspeth verdrehte die Augen, aber Katy konnte ihr ansehen, dass sie bereits nachgab. »Na schön, solange du versprichst, es zu füttern und …«

Sie wurden von einem wütenden Schnauben unterbrochen. Viola schob ihren Stuhl vom Tisch zurück, warf ihren Stift durch den Raum und stürmte hinaus. Doch ausnahmsweise war es Katy egal.

Katy beschloss, die Katze Mittens zu nennen – wegen ihrer kleinen weißen Pfoten, die wie Fäustlinge ausschauten. Zum ersten Mal erlebte sie echtes Glück. Die Katze schlief oben bei ihr auf dem Dachboden, und jeden Abend – nach einem schrecklichen Tag in der Schule, wo sie entweder ignoriert oder als Streberin verspottet worden war oder aber von allen außer Mandy wegen ihres starken Akzents ausgelacht – kam sie nach Hause, kuschelte mit Mittens und hatte das Gefühl, dass alles gut werden würde.

Mit jedem Tag wurde Mittens größer. Katy las Bücher darüber, wie man sich um Kätzchen kümmert, und nahm sie mit runter in den Garten, damit sie sich an ihre Umgebung gewöhnen und den Weg nach Hause finden würde, wenn sie dann schließlich nach draußen dürfte. Und als der März in den April überging, verbrachte Katy viele Stunden im Garten und spielte mit ihrem neuen Haustier. Viola blickte finster in ihre Richtung, schien sich aber nicht weiter für die Katze zu interessieren. Katy war es unverständlich. Wie konnte man Mittens denn bitte schön nicht für den putzigsten Flauschball überhaupt halten? Vielleicht hatte Viola ja einfach nichts für Tiere übrig, überlegte sie, während sie Mittens bürstete. Katy misstraute jedem, der keine Tiere mochte.

Eines Sonntagabends, als sie runterging, um Mittens zu füttern, hörte sie Viola und Elspeth in der Küche reden. Im Radio liefen die Top Forty, und sie erkannte Nik Kershaws »Wouldn't It Be Good«, das sie liebte. Sie hatte ein Poster von ihm an der Wand.

»Sie ist immer mit dieser blöden Katze beschäftigt«, hörte sie Viola sagen, deren arroganter Tonfall Katy sofort auf die Nerven ging. »Warum hast du Ja gesagt?«

»Das haben wir bereits besprochen. Das arme Mädchen hat viel durchgemacht. Mehr als du dir jemals vorstellen kannst.« Katy verspürte eine Woge tiefer Zuneigung für Elspeth, die sich stets für sie einsetzte.

»Oh, Mutter. Ich finde das allmählich ermüdend, ernsthaft«, klagte Viola, wobei sie wesentlich erwachsener klang als ihre dreizehn. »Warum musst du immer ein Projekt am Laufen haben?«

Sie konnte Elspeth seufzen hören. »Sie ist kein Projekt. Sie ist meine Tochter.«

»*Ich* bin deine Tochter.«

»Das weiß ich.« Sie klang verärgert.

»Aber *mich* solltest du eigentlich mehr lieben«, erwiderte Viola bockig.

»Ich habe genug Liebe für euch beide.«

»Du stellst dich immer auf ihre Seite …«

»Weil du gemein sein kannst, Viola. Der Gedanke, dass mein Kind so boshaft sein kann, schmerzt mich.«

»Das kannst du auch sein, Mutter. Ich sehe doch die Spielchen, die du mit Daddy abziehst. Wie du immer deinen Willen bekommen musst.«

»Oh, jetzt sei bitte nicht so unreif. Davon verstehst du nichts.«

Katy verweilte vor der Tür, während Mittens in ihren Armen zappelte und sich wand, um auf den Boden zu gelangen.

»Nicht so wie die brave heilige Kathryn, nehme ich an.«

»Jetzt reicht es aber.«

»Was kommt als Nächstes? Willst du unser Haus für all die Penner auf der Straße öffnen? Oder lässt du die verarmten Künstler, die du durchfütterst, jetzt auch noch bei uns wohnen?«

»Ich sagte, es reicht. Warum kannst du nur nicht selbstloser und freigiebiger sein, Viola?«

»Ja, so wie *du*, nehme ich an.« Viola lachte höhnisch.

»Ich weigere mich, mit dir zu streiten. Mir ist klar, dass du es darauf anlegst. Aber so weit wird es nicht kommen«, erwiderte sie kalt. »Und mach diesen Müll aus. Mal ehrlich, da gebe ich schon so viel Geld für deine Bildung aus, und dann hörst du dir so ein Gedudel an.«

Rasch zog Kathryn sich in die dunkle Flurecke zurück, als auch schon Viola aus der Küche gestürmt kam und an ihr vorbei die Treppe hinaufpolterte.

Katy hatte Mittens ein Jahr lang. Ein wunderbares, glückliches Jahr. Bis Mittens eines Tages nicht mehr nach Hause kam.

Katy verbrachte jede Stunde, die sie nicht gerade in der Schule war oder schlief, damit, die Straßen in der Umgebung nach ihr abzusuchen. Huw half ihr dabei, Plakate zu machen, die sie an die Laternenpfosten klebten, und jede Nacht weinte sie sich in den Schlaf.

»Es tut mir so leid«, sagte Elspeth einige Wochen später, als Katy abends bekümmert über einem Glas Orangensaft bei Tisch saß. Sie legte ihre Hände auf Katys Schultern und drückte sie sanft.

»Ich wünschte einfach nur, ich würde wissen, was mit ihr passiert ist«, schluchzte Katy. »Ich habe doch alles getan, damit sie hier ein schönes Zuhause hat.«

»Ich weiß, dass du das getan hast, Schätzchen«, sagte Huw und zog einen Stuhl hervor, um sich neben sie zu setzen.

Da sah Katy aus den Augenwinkeln, wie Viola in das Spülbecken hineingrinste. Und in diesem Moment wusste sie es. Sie wusste einfach, dass ihre Schwester etwas mit dem Verschwinden ihrer Katze zu tun hatte.

Katy sprang so abrupt auf, dass sie beinahe ihr Glas umstieß. Sie hörte, wie Huw ein überraschter Laut entfuhr. »Du warst es, nicht wahr?«, schrie Katy. »Du hast ihr etwas angetan! Du willst nie, dass ich glücklich bin.«

Viola sah aus, als hätte man ihr eine Ohrfeige verpasst. Katy war sich unschlüssig, ob das daran lag, weil sie tatsächlich mal für sich selbst eingestanden war, oder aber, weil sie Viola beschuldigt hatte, etwas Unaussprechliches getan zu haben.

»Natürlich nicht«, blaffte Viola. »Meine Güte, ich bin doch kein Monster. Wahrscheinlich hat sie einfach nur eine andere Familie gefunden. Katzen sind keine treuen Wesen, Katy.«

Viola blickte dabei zu Elspeth, doch Katy konnte die Miene ihrer Mutter nicht entziffern.

Später, als Katy am Salon vorbeiging, hörte sie Elspeths klare Stimme auf den Flur hinausschallen. »Ich hoffe wirklich, dass du nicht für das Verschwinden von Mittens verantwortlich bist«, sagte sie.

Katy blieb an der Tür stehen und hielt den Atem an. Sie konnte gerade so Viola sehen, die im Sessel am Fenster saß, die Beine unter dem Körper angezogen, mit einer knallorangenen Ausgabe von *Wer die Nachtigall stört* auf dem Schoß.

»Mutter, warum musst du immer davon ausgehen, dass ich die Böse hier bin?«

Elspeth presste zur Antwort die Lippen zusammen.

Dann hob Viola den Blick, direkt in Katys Richtung, und ein boshaftes Lächeln spielte um ihre Lippen. *Ich war es*, schien ihr Gesicht sie zu verspotten, und Katy überkam ein so heftiger Schwall von Wut, dass sie die Hände an ihren Seiten zu Fäusten ballte und ihre Nägel in die Handflächen grub, bis sie bluteten.

Entweder tat Viola nur so, um Katy aus der Fassung zu bringen, oder aber sie hatte tatsächlich etwas mit Mittens' Verschwinden zu tun. Wie auch immer, Katy wusste, dass sie ihre Rache bekommen würde.

Und sie war gewillt zu warten.

34

Kathryn

»Musst du denn heute gehen?«, fragt Ed und setzt sich dabei im Bett auf. Er trägt seinen Mr.-Lazy-Schlafanzug, und das T-Shirt spannt über seinem Bauch. »Es ist unser Wochenende. Familienzeit. Wir sehen dich samstags überhaupt nicht mehr.«

Kathryn sitzt auf der Bettkante und zieht ihre blickdichte Strumpfhose an. »Sie ist meine Mutter.«

»Adoptivmutter.«

»Und sie hat sonst niemanden.«

»Vielleicht sollte sie zwei Leute einstellen. Es ist viel, was du dir da zusätzlich aufbürdest.« Seine Hände fahren über ihre Schultern, und sie spürt ihre Wärme durch ihre Bluse. »Du hast zwei Söhne und einen Ehemann. Wir brauchen dich auch.«

»Bitte. Mach mir kein schlechtes Gewissen.« Sie löst sich von ihm und schlüpft in ihren Rock.

»Entschuldige. Ich wollte nicht, dass es so rüberkommt. Aber schon wegen Jacob und allem, was er durchmacht …«

»Es ist nur ein Tag pro Woche.«

»Eigentlich ja zwei.«

Sie schnaubt. »Du bist mittwochs auf der Arbeit, und die Jungs sind in der Schule. Ihr merkt doch noch nicht einmal, dass ich nicht hier bin. Ich lasse dir sogar das Essen für die Jungs da – vorausgesetzt, du vergisst nicht, es aufzutauen.«

»Tatsächlich ist es so«, sie kann den Schmerz in seiner Stimme hören, »dass du mir fehlst. Wenn du nicht bei deiner Mutter bist, dann bist du in der Galerie. Wenn ich versuche, dich zu küssen oder zu umarmen, dann entziehst du dich. Ich bin …«

»Du bist was?«, schnauzt sie. »Auf einmal geht es hier nur noch um dich. Mach dir bloß keinen Kopf, weil ich so viel um die Ohren habe, dass ich das Gefühl habe, ich könnte jeden Moment explodieren. Weil ich mir andauernd Sorgen machen muss – wenn nicht wegen Jacob, dann wegen meiner Mutter oder diesen verfluchten geldgeilen Flittchen, die sie da ständig einstellt. Oder weil die Galerie nicht genug einbringt. Oder weil ich nie, niemals auch nur *eine* Minute für mich habe. Und obendrein soll ich auch noch für dich die perfekte Ehefrau sein? Aber weißt du was?« Ihr Tonfall hat sich so gesteigert, dass sie befürchtet, die Jungs zu wecken. »Im Moment bist du nur *noch* eine Person, die meine Zeit einfordert.«

Er sieht sie an, als hätte sie ihn geschlagen.

»Und überhaupt, anstatt hier herumzusitzen und mich vollzujammern – warum kriegst du nicht mal deinen Hintern hoch und hilfst mir zur Abwechslung? Warum kannst du nicht …? Ach, ich weiß auch nicht!« Sie breitet ihre Arme aus. »Ein Mal ein Abendessen kochen, damit ich mich nicht auch noch darum kümmern muss, wenn ich nach Hause komme. Oder du wirfst ausnahmsweise die Waschmaschine an. Oder – noch ein ausgefallener Vorschlag – räumst sogar hier und da mal die Spülmaschine ein.«

Er öffnet den Mund, um etwas zu erwidern, doch es kommt nichts, und seine Lippen hängen schlaff herab wie die eines toten Fisches.

»Tja, das dachte ich mir«, sagt sie trocken, während sie den Reißverschluss ihres Rocks zuzieht. »Kannst du wenigstens dafür sorgen, dass die Jungs heute etwas Vernünftiges zu essen bekommen? Und, nein, damit meine ich nicht, dass du sie in den beschissenen McDonald's schleifst.« Sie ist so wütend, dass das Herz in ihrer Brust hämmert. Sie schnappt sich die Haarbürste vom Schminktisch und rauscht mit einem Schnauben aus dem Schlafzimmer.

Mit der Haarbürste in der Hand bleibt sie vor der Tür stehen, während ihr Herzschlag sich beruhigt. Sie hätte Ed nicht so anfahren dürfen. Er tut sein Bestes und muss schließlich auch damit klarkommen, dass sie ihn seit zweieinhalb Jahren jeden Samstag mit den Kindern allein lässt. Sie erwägt, wieder hineinzugehen und sich zu entschuldigen, doch dann fällt ihr der Saustall in der Küche ein, als sie gestern nach Feierabend nach Hause kam, und sie entscheidet sich dagegen.

Sie fragt sich, wann genau ihre Ehe nur so … so *fade* wurde. War das, als Matilde auf den Plan trat oder schon davor? Es lag nicht an den Jungs. Nein, komischerweise brachte die Geburt der Jungs sie einander nur noch näher und festigte sie als Familie. Noch nie hatte sie sich so geliebt gefühlt wie damals, als sie ihr Baby Jacob in den Armen hielt und er sie aus seinen großen braunen vertrauensvollen Augen ansah oder mit seinen winzigen Fingern eine Strähne ihres Haars ergriff. Es war nicht leicht gewesen damals, insbesondere als sie feststellen musste, dass Elspeth ihr keine Hilfe sein würde, aber sie hatte das Gefühl gehabt, dass Jacob, Ed und sie ein Team bildeten, eine kleine familiäre Einheit. Das erste Mal in ihrem Leben hatte sie so etwas wie Zugehörigkeit verspürt. Eine echte Zugehörigkeit. Sie war kein Kuckuck, sondern Mutter, die wichtigste Rolle, die sie in ihrem Leben je innehaben wird. Und später, als Harry zur Welt kam, fügte er sich perfekt in ihr Leben ein – das Sahnehäubchen auf ihrer herrlichen großen Torte. Gab es einen winzigen Teil in ihr, der sich ein Mädchen gewünscht hätte? Vielleicht, aber sie war glücklich mit ihren Jungs, obwohl ihre Mutter es ganz offensichtlich nicht war.

Kathryn parkt vor Elspeths Haus, wobei sie versucht, ihre Schuldgefühle und den Schmerz hinunterzuschlucken, den sie darüber verspürt, ihre Jungs am Wochenende wieder mal allein zu lassen, nur um die Rolle der pflichtbewussten Tochter zu spielen. Würde sie das alles auf sich nehmen, wenn sie nicht so dringend auf das Erbe angewiesen wäre? Ed verdient recht anständig, aber mit der hohen Hypothek und den Kreditkartenschulden fällt es ihnen dennoch schwer, über die Runden zu kommen. Und obwohl ihre Mutter die Schulgebühren für ihre Enkel bezahlt, fallen die Extrakosten alle auf Kathryn zurück: die absurd teuren Schuluniformen und die Auslandsexkursionen. Außerdem hat sie sich nun schon seit Monaten kein Gehalt mehr ausgezahlt, da die Galerie Verluste macht, was sie ihrer Mutter, nun, da sie die Konten einsehen will, wird gestehen müssen. Noch etwas, das zweifelsohne ganz allein ihre Schuld sein wird.

Es ist ein klarer Frühlingsmorgen, und trotz des strahlend blauen Himmels liegt eine kühle Brise in der Luft. Es ist gerade mal sieben. Dank ihrer Auseinandersetzung mit Ed ist sie nun auch noch zu spät. An den Tagen, da sie nicht über Nacht bleibt, möchte ihre Mutter, dass sie um halb sieben kommt, weil sie um diese Uhrzeit aufsteht. Mit ihrer großen Umhängetasche steht sie vor dem Haus, und ihr wird schwer ums Herz. Sie läge so viel lieber neben Eds warmem, tröstlichem Körper. Sie weiß schon gar nicht mehr, wann sie das letzte Mal ausgeschlafen hat. Der schwarze Nachbarskater umschmeichelt ihre Beine, und sie bückt sich, um ihn zu streicheln. Er heißt Barney und erinnert sie an Mittens. Der Gedanke an die kleine Katze, die sie einst so liebte, versetzt ihr selbst nach all dieser Zeit einen Stich ins Herz. Noch Jahre später hatte Kathryn nach ihrem Kätzchen Ausschau gehalten, wann immer sie draußen unterwegs war oder im Auto saß, immer in der Hoffnung, ihren buschigen Schwanz oder ihre weißen Pfoten zu erblicken, aber sie hat sie nie wieder gefunden.

Im Haus herrscht Stille, als Kathryn die Tür aufsperrt. Sie vermutet, dass Willow noch schläft. Sie zieht ihre Schuhe aus und eilt nach oben ins Zimmer ihrer Mutter. Sie liegt im Bett, obwohl sie wach ist, und starrt zur Decke. Sie dreht den Kopf Richtung Kathryn, die in der Tür stehen geblieben ist. »Das wird aber auch Zeit. Ich warte schon seit einer Ewigkeit.«

»Du könntest auch allein aufstehen, Mutter. Du bist nicht gebrechlich«, erwidert Kathryn, darum bemüht, sich ihren Ärger nicht anhören zu lassen.

»Ich wurde die ganze Woche von Migräneanfällen geplagt.« Sie legt sich die Hand an ihre Stirn, um dem Gesagten Nachdruck zu verleihen. »Ich fühle mich ganz benommen.«

»Vielleicht sollte ich einen Arzt rufen.«

»Du weißt, dass ich Ärzte hasse.«

Kathryn verbeißt sich eine Erwiderung, während sie Elspeth dabei hilft, sich anzukleiden und zu waschen. Als sie sich zum Frühstück nach unten begeben, ist Aggie bereits da und hantiert in der Küche herum, zerdrückt Avocados und löffelt sie auf Toastscheiben. Für Kathryn ist es eigentlich noch zu früh, um etwas zu essen, aber sie knabbert dennoch an ihrem Toast herum, während Elspeth und Aggie sich in nichtssagendem Geplauder ergehen.

»Das war Unas Lieblingsfrühstück«, sagt Elspeth aus heiterem Himmel. Es ist das erste Mal seit Wochen, dass ihre Mutter Una erwähnt. »Sie war ja so ein reizendes Mädchen, nicht wahr, Aggie? So hübsch und so lieb. Und auch so talentiert. Sie hat mir geholfen, diese Decke zu häkeln. Meine Hände sind einfach nicht mehr so agil wie einst.«

Diese verfluchte Decke. Kathryn hatte sich noch ewig ihr Geschwätz darüber anhören müssen. »Una hat ja so ein feines Händchen dafür, sie ist ja so begabt und so nett«, hatte ihre Mutter in einem fort gegurrt. Nach Unas Tod hat Kathryn sich die halb fertige Decke geschnappt und in den hintersten Winkel des Kleiderschranks gestopft. Ihre Mutter hatte sie bis gerade eben nicht mehr erwähnt.

»Es ist so traurig, was mit ihr passiert ist.« Während sie es sagt, wirft sie Kathryn einen Blick zu. *Sie weiß ganz genau, was sie tut*, denkt Kathryn. *Sie versucht, mich auf die Palme zu bringen, mich eifersüchtig zu machen, aber ich werde nicht anbeißen.* Das Gleiche hatte sie damals auch mit Viola getan. Nicht zu Beginn. Aber als ihr klar wurde, dass sie sich niemals vertragen würden, genoss sie es, die beiden Mädchen gegeneinander auszuspielen, da sie wollte, dass jede von ihnen um ihre Zustimmung buhlte, ganz besonders nachdem Huw gestorben war. Doch meistens führte es nur dazu, dass Viola rebellierte. Aber nicht immer.

»Es gab Gerüchte«, sagt Aggie mit grimmiger Miene. »Hier im Ort, ihr wisst schon. Sandra hat mich neulich in der Kirche danach gefragt.«

»Tja, das habe ich nicht anders erwartet«, sagt Elspeth. »Ich hatte schließlich die Polizei im Haus, die allerlei Fragen gestellt hat.«

Das ist Kathryn neu. »Wann? Wann war die Polizei hier?«

Elspeth winkt mit ihrer ringgeschmückten Hand ab. »Ach, nichts, weswegen du dir in die Hose machen müsstest. Aber es macht nun mal keinen guten Eindruck, oder?«, fährt sie nun an Aggie gerichtet fort. »Drei meiner Angestellten sind zu Tode gekommen, während sie bei mir wohnten.«

»Ja«, pflichtet ihr Aggie bei. »Aber alle unter verschiedenen Umständen. Und streng genommen hatte Jemima bereits gekündigt.«

»Ich weiß. Und die Polizei hat ja auch keine Verdächtigungen geäußert. Sie haben bloß nach einer Tasche gefragt. Jemand – es muss Una gewesen sein, bevor sie starb – hat der Polizei gemeldet, dass Jemimas Tasche in unserem Keller gefunden wurde.«

Kathryn legt Messer und Gabel nieder. Das letzte bisschen Appetit, das sie womöglich noch hatte, vergeht ihr. Sie bemerkt, dass Aggie ihrem Blick ausweicht.

»Ich habe ihnen gesagt, dass ein Irrtum vorliegen müsse. Jemima hat schließlich all ihre Sachen mitgenommen, als sie ging«, fährt Elspeth fort. Sie hält einen Moment inne, um einen Happen Toast runterzuschlucken. Aggie wartet geduldig darauf, dass sie fortfährt. Sie steht mit einem Becher

Kaffee in der Hand am Spülbecken, eine graue Schürze um ihre ausladende Taille gebunden. »Und damit schienen sie sich zufriedenzugeben.«

»Weiß Willow von den anderen?«, erkundigt sich Aggie.

Hat Una Aggie von der Tasche erzählt?, fragt sich Kathryn. Das würde erklären, warum Aggie sich in jüngster Zeit ihr gegenüber so seltsam benommen hat.

»Ganz sicher nicht«, erwidert Elspeth bestimmt. »Und ich möchte, dass das auch so bleibt. Ich will nicht, dass sie sich Sorgen macht oder hier unsicher fühlt.«

Aggie schüttelt ihr Kinn. »Ich habe ihr nichts erzählt. Und es ist ja nicht so, als ob im Haus etwas Schlimmes passiert wäre. Das alles entzog sich deiner Kontrolle.« Sie nimmt einen schlürfenden Schluck Kaffee.

»Ganz genau«, pflichtet Elspeth ihr bei. »Das waren alles erwachsene Mädchen. Frauen, besser gesagt. Wie sie ihr Leben außerhalb der Arbeit gestalteten, hatte nichts mit mir zu tun. Wenn sie meinten, unnötige Risiken auf sich nehmen zu müssen, nachts betrunken nach Hause laufen oder sich von der Brücke werfen zu müssen, was hätte ich da schon ausrichten können? Sie waren schließlich nicht mein Besitz. Sie haben nur für mich gearbeitet. Das ist alles.«

Kathryn fragt sich, ob ihre Mutter überhaupt hört, wie unsensibel sie klingt. Sie bemerkt auch, wie Aggie zusammenzuckt und versucht, es zu überspielen, indem sie rasch noch einen Schluck von ihrem Kaffee nimmt.

Sie verfallen in Schweigen. »Trotzdem ist es traurig«, sagt Aggie schließlich. »Ich mochte sie alle wirklich gerne. Ich nehme an, sie sind mir ans Herz gewachsen. Insbesondere Matilde, sie war am längsten hier. Und selbst Una, die nur sechs Wochen hier war … Ich habe unsere kleinen Plaudereien genossen. Ich glaube, ich will mich gar nicht allzu sehr an Willow gewöhnen.«

Elspeth, die dabei war, ihren Toast in winzige Vierecke zu schneiden, hält abrupt inne, und ihr Kopf schnellt empor. »Wie meinst du das?« Ihr Ton ist eisig. »Was denkst du denn, wird wohl mit Willow passieren?«

»Nichts. Ich habe gar nichts gemeint. Ich wollte nur sagen …«

»Dass sie auch sterben wird?«

Aggie blickt nervös drein. »Nein!«

»Dass auf meinen jungen Angestellten eine Art Fluch liegt? Oder meinst du etwa, dass Kathryn oder ich …« Erbost lässt sie ihr Messer fallen, das klappernd auf dem Tisch aufschlägt. »Dass wir irgendwie dafür verantwortlich sein könnten?«

Arme Aggie. Beinahe tut sie Kathryn leid. Sie kann sehen, dass die Köchin nicht weiß, wohin mit sich. Sie wuselt los, sammelt die Frühstückssachen ein, obwohl sie noch gar nicht fertig sind, wobei sie sogar Elspeth den Teller unter der Nase wegzieht, und bringt sie zur Spüle.

»Komm, Mutter, lass uns hoch in den Salon gehen«, unternimmt Kathryn den Versuch, die gespannte Atmosphäre zu zerstreuen.

Aber Elspeth ist heute nicht danach, beschwichtigt zu werden. Sie weigert sich, Kathryns angebotenen Arm zu nehmen, und marschiert stattdessen – ihre Gebrechlichkeit vergessend – zu Aggie hinüber und streckt ihr ungehalten die Tasse vors Gesicht. »Ich hätte gerne noch etwas Kaffee, bitte«, sagt sie.

Aggie nickt, nimmt die Tasse entgegen und füllt ihr aus der Kanne nach. Elspeths Gesichtsausdruck ist dabei höhnisch, ja gemein. Kathryn erkennt ihn nur zu gut und ist daran erinnert, wie schnell Elspeths Stimmungen umschlagen können. Sie sieht aus, als ob sie noch mehr zu Aggie sagen will, als ihre Aufmerksamkeit von jemandem in der Küchentür abgelenkt wird. Es ist Willow, die immer noch in ihrem Schlafanzug steckt und deren blondes Haar ihr lang über den Rücken hängt. In ihrem übergroßen Pyjama wirkt sie geradezu kindlich. Elspeths säuerliche Miene weicht umgehend, und ihr Gesicht hellt sich bei ihrem Anblick auf. »Guten Morgen, Willow«, sagt sie fröhlich. »Du bist aber früh auf.«

Kathryn und Aggie wechseln einen wissenden Blick, wobei die vorangegangene Unbehaglichkeit zwischen ihnen sich verzieht.

»Aggie, könntest du bitte ein Frühstück für Willow machen?« Elspeth geht zu ihrer Gesellschafterin hinüber, legt einen Arm um ihre schmalen Schultern und führt sie dann zu Tisch, als wäre sie eine Prinzessin bei einem königlichen Besuch.

Una schien die überbordende Aufmerksamkeit, mit der Elspeth sie gelegentlich überschüttete, in Verlegenheit zu bringen, Willow dagegen suhlt sich geradezu darin. Sie dreht sich strahlend zu Kathryn um und bedenkt sie mit einem derart selbstzufriedenen Blick, dass Kathryn die Spucke wegbleibt. Dieses Mädchen ist eine weitere Matilde – das spürt sie instinktiv. Wenn sie nicht aufpasst, hat ihre Mutter Willow noch vor Ablauf des Jahres die Hälfte ihres Nachlasses vermacht.

Als Willow bei ihnen anfing, hat Kathryn versucht, mehr über sie herauszufinden, wie sie es auch bei den anderen Mädchen getan hatte. Aber es gab nichts, noch nicht einmal eine frühere Adresse. Sie hatte einen Ausdruck des mickrigen Lebenslaufs in Elspeths Arbeitszimmer gefunden und die von ihr angeführten Referenzen kontaktiert, aber bei beiden Nummern ging niemand ran, und Kathryn wusste, dass sie nicht echt waren.

Kathryn beobachtet, wie sich Elspeths Stimmung ändert, während sie mit Willow scherzt und lacht. Sie könnte jetzt zu Hause bei ihrer Familie sein, denkt sie, und mit Ed und den Jungs im Park spazieren gehen. Oder Rad fahren – Harry liegt ihr ständig damit in den Ohren, eine Radtour mit der ganzen Familie zu unternehmen –, oder sie könnten sich gerade einen Film anschauen, alle zusammen unter eine Decke gekuschelt und Junkfood in sich hineinschaufelnd.

Das plötzliche Gelächter ihrer Mutter ist genauso ätzend wie Willows selbstgefällige Miene. Kathryn hat einiges auf sich genommen, um früh hier zu sein und Elspeth zu helfen, doch sie hätte genauso gut zu Hause bleiben können. Sie stiehlt sich aus der Küche, auch wenn sie bezweifelt, dass es überhaupt jemandem auffällt. Sie wird im Salon warten, bis Willow das Haus verlassen hat. Sie kann das kriecherische Verhalten ihrer Mutter keine Sekunde länger mit ansehen.

Stirnrunzelnd brütet Kathryn im Salon über den Geschäftsbüchern. Es ist lange her, dass sie das letzte Mal einen Blick hineingeworfen hat, aber irgendwas will nicht ganz passen. Sie weiß, dass die Galerie kein Geld abwirft, aber den Konten zufolge sind sie tiefer in den roten Zahlen, als sie selbst berechnet hatte.

Als Elspeth sich endlich zu ihr in den Salon gesellt, klammert sie sich – urplötzlich wieder gebrechlich geworden – an Willows Arm fest.

»Haben Sie es so auch bequem?«, erkundigt sich Willow bei Elspeth, während sie ihr in den Sessel hilft, wobei sie einen gezielten Blick in Kathryns Richtung wirft.

Elspeth tätschelt Willows Hand. »Ja. Danke dir. Du bist brav.«

Es kostet Kathryn alle Selbstbeherrschung, nicht die Augen zu verdrehen.

Willow erklärt, dass sie hochgehen wird, um sich umzuziehen, und spaziert aus dem Raum.

»Ich dachte, heute wäre ihr freier Tag«, murmelt Kathryn.

Elspeth sieht sie finster an. »Ist es auch. Aber du hast mich ja einfach allein unten sitzen lassen.«

»O Herrgott noch mal«, faucht Kathryn. »Du bist bestens dazu in der Lage, selbstständig die Treppe hinaufzusteigen. Das muss aufhören, Mutter.«

»Was genau?«

»Diese Abhängigkeit von anderen Menschen. Wenn es dir so schwerfällt, dann solltest du vielleicht in eine betreute Einrichtung ziehen und das Haus verkaufen.« Sie ist selbst verblüfft, dass sie ausnahmsweise einmal die Wahrheit sagt, statt wie sonst bei ihrer Mutter jedes Wort auf die Waagschale zu legen.

»Das Haus verkaufen? Ausgerechnet du willst, dass ich das Haus verkaufe?«

»Natürlich will ich das nicht. Ich liebe das Haus, das weißt du. Aber …«, Kathryn spricht betont sanft weiter, »… ich mache mir Sorgen um dich. Es ist nun mal ein großes Gebäude. Die Treppen …«

»Darüber habe ich bereits nachgedacht und beschlossen, einen Treppenlift installieren zu lassen.«

Davon hört Kathryn zum ersten Mal. »Wirklich?« Die Vorstellung, dass die schöne Eichentreppe von einem hässlichen Aufzug verschandelt wird, ist ihr unerträglich. »Du hast doch immer gesagt, dass du diese Dinger hasst.«

Sie schürzt ihre Lippen. »Hmm, nun, was muss, das muss.«

Kathryn weiß, dass sie zu weit gegangen ist. Ihre Mutter tut das gerade nur, um sie zu bestrafen.

»Außerdem …«, sagt sie und lächelt Kathryn dabei auf jene Weise an, die sie im Lauf der Jahre zu erkennen und zu fürchten gelernt hat. Es ist dieses Lächeln, das sie ihren nichts ahnenden Opfern zuteilwerden lässt, wenn sie im Begriff steht, etwas zu verkünden, von dem sie weiß, dass es ihr Gegenüber treffen wird. »… habe ich in letzter Zeit viel nachgedacht. Über Viola.«

Eine Woge des Schreckens durchfährt Kathryn. »Was?«

»Schau nicht so überrascht.«

»Aber du wolltest doch nie über sie reden. Du hast alle ihre Fotos entfernt und jahrelang so getan, als würde sie nicht einmal existieren.«

»Das bedeutet nicht, dass ich nicht an sie gedacht habe. Schließlich ist sie meine Tochter.«

Sie äußert die Worte kühl, als wolle sie klarstellen, dass Kathryn es nicht ist.

35

Willow

Als ich gegen zehn Uhr das Haus verlasse, sitzt Elspeth mit ihrem Eisklotz von Tochter im Salon. Kathryn hat die Geschäftsbücher der Galerie mitgebracht. Als ich kurz meinen Kopf hineinstrecke, um mich zu verabschieden, scheinen sie in eine ernste Diskussion vertieft. Ich wusste, dass Kathryn heute hier sein würde. Und ich weiß, warum sie die pflichtbewusste Tochter spielt. Es geht allein ums Geld, das ist mir mittlerweile klar geworden. Geld und Kontrolle. Gott sei Dank hatten meine Eltern weder das eine noch das andere. Ich bin nicht naiv: Mir ist bewusst, dass Elspeths Zuneigung zu mir nicht einer normalen Chef-Arbeitnehmer-Beziehung entspricht. Natürlich habe ich keine Ahnung, wie sie die anderen Mädchen behandelt hat, aber Courtney meinte, Una hätte sich beschwert, wie launenhaft Elspeth sein konnte. Doch mir gegenüber ist sie eigentlich immer supernett: mütterlich, spendabel, freigiebig. Letzte Woche habe ich sie zum Einkaufen begleitet, und da hat sie mir in einer Boutique in Clifton diese Boho-Tasche mit den Quasten gekauft, die ich schon ewig im Auge hatte. Sie lässt mich nie irgendwas bezahlen, obwohl ich von ihr ohnehin schon einen großzügigen Lohn erhalte. Seit meinem Einzug habe ich so gut wie nichts ausgegeben. Natürlich habe ich auch ihre kalte Seite gesehen, ihr Verhalten Kathryn gegenüber ist manchmal ausgesprochen frostig. Mir gegenüber war sie bisher jedoch ausschließlich warmherzig und freundlich. Aber ich bin ja auch noch nicht so lange da.

Es ist wieder ein warmer Frühlingstag. Mehr als eine Jacke über meinem T-Shirt ist nicht nötig. Am Horizont kann ich einen Hauch von Sommer erahnen, verlockend nah. Wo werde ich dann wohl sein? Ich denke immer mehr darüber nach, erneut eine Ausbildung zu machen, vielleicht zur Masseurin. Ich bin nicht so der Typ Mensch, der groß Pläne macht, aber womöglich war genau das in der Vergangenheit mein Fehler. Wenn ich ein, zwei Jahre bei diesem Job hier bleibe, werde ich sogar genug Geld haben, um wieder ans College gehen und mir eine eigene Wohnung leisten zu können.

Courtney hat eine WhatsApp-Gruppe gegründet und mich und Peter eingeladen. Gestern Abend habe ich beiden erzählt, dass ich den Schlüssel für die Galerie gefunden habe. Wir haben uns darauf geeinigt, dass ich heute vorbeischauen werde, um herauszufinden, ob es eine Überwachungskamera gibt. Wenn wir nach Einbruch der Dunkelheit hinwollen, müssen wir sicher sein, dass niemand erfährt, dass wir dort waren. Peter hat heute frei und fährt extra aus London her, damit wir noch heute Abend einsteigen können.

Auf dem Weg zur Galerie lege ich eine kurze Pause ein, um mir einen Kaffee zum Mitnehmen zu holen und mit dem süßen Barista mit den Dreadlocks und den funkelnden Augen zu plaudern, der mittlerweile schon meinen Namen kennt. Ich genieße es, mir auf meinem Spaziergang Zeit zu lassen, und koste es aus, dass ich freihabe und nirgendwohin hetzen muss. Ich denke über die Nachrichten nach, die ich mit Courtney und Peter ausgetauscht habe. Eigentlich ist es schon seltsam angesichts der Tatsache, dass ich sie erst seit wenigen Wochen kenne, aber langsam kommen sie mir wie Freunde vor. Auch wenn es eine verquere Form von Freundschaft ist, die wir drei da geformt haben. Die beiden handeln wegen ihrer Trauer, sie suchen nach Antworten im Namen der Menschen, die sie geliebt und verloren haben. Aber warum tue ich es?

Zuerst habe ich eingewilligt zu helfen, weil es ein bisschen wie ein Spiel war, eine Möglichkeit, der Langeweile meines Jobs zu entfliehen.

Aber dann habe ich das T-Shirt gefunden. Als ich es Courtney beschrieb, war sie absolut überzeugt, dass es Una gehörte. »Ich war dabei, als sie es gekauft hat«, erklärte sie am Telefon. »Warum bitte sollte Elspeth Unas T-Shirt behalten? Nach Unas Tod bin ich doch hin, um ihre Sachen abzuholen.«

»Vielleicht wollte Elspeth ein Andenken an sie haben«, überlegte ich. Sehr zu Courtneys Entsetzen, vor allem als ich einräumte, dass ich es in Elspeths Schlafzimmer gefunden hatte und zudem glaubte, dass sie darin geschlafen hatte.

Unabhängig davon, ob Elspeth nun tatsächlich etwas mit dem Tod der anderen Mädchen zu tun hat oder nicht, es ist mehr als offensichtlich, dass sie eine etwas obsessive Beziehung zu ihren Gesellschafterinnen pflegt, dass sie sehr kapriziös ist und ihre Gebrechlichkeit nur der Aufmerksamkeit halber vortäuscht. Manchmal frage ich mich, ob sie vielleicht dabei ist, den Verstand zu verlieren, und uns alle miteinander verwechselt, sodass wir in ihrer Wahrnehmung verschmelzen und zu Viola werden. Ich komme nicht ganz dahinter, aber selbst wenn dem so wäre – macht sie das schon zu einer Mörderin?

Als ich eintreffe, ist die Galerie wie erwartet leer. Daisy sitzt an Kathryns Schreibtisch, das Handy zwischen Schulter und Ohr geklemmt und pult an ihren rosa Acrylnägeln herum. »Ja, genau deswegen mache ich mir Sorgen«, sagt sie ins Telefon.

Als sie meine Schritte hört, hebt sie ihren Blick, und ein Anflug von Genervtheit huscht über ihr Gesicht, als sie mich bemerkt. »Ich muss auflegen. Wir sprechen später.« Sie legt auf. »Was solls denn diesmal sein?«

»Entschuldige bitte die Störung«, erwidere ich ironisch. »Ich weiß, dass du sehr beschäftigt bist.«

Sie verdreht übertrieben die Augen.

»Ich habe das letzte Mal, als ich hier war, wohl was liegen lassen«, lüge ich.

Sie kneift skeptisch die Augen zusammen. »Ach ja, wirklich? Was denn?«

»Den …« Ich schaue mich in gespielter Verzweiflung im Laden um. »… Wohnungsschlüssel von meinem Bruder.«

»Den Wohnungsschlüssel von deinem Bruder?«

»Ja. Es ist der einzige Ersatzschlüssel, und er bringt mich um, wenn ich ihn nicht finde.«

Sie sieht mich wortlos an, wobei sie eine ihrer perfekt gezupften Augenbrauen wölbt.

»Du weißt ja, wie große Brüder so sind«, plappere ich weiter. »Würde es dir was ausmachen, wenn ich mich schnell mal umschaue? Ich beeile mich auch.«

Sie wendet den Blick ab und zuckt mit den Schultern.

»Ich wollte mir gerade sowieso einen Kaffee machen«, sagt sie und steht auf. Ihr Rock ist so kurz, dass ich das Höschenteil ihrer Strumpfhose sehen kann. »Dann schau dich mal um.« Sie stakst zum Hinterzimmer der Galerie, und ich knie mich auf die kalten weißen Fliesen und tue so, als würde ich auf allen vieren nach dem Schlüssel meines Bruders suchen, wobei ich mir reichlich dämlich vorkomme. Was tue ich da? Der Boden ist doch ziemlich übersichtlich.

Sie kommt mit einer Tasse Kaffee zurück und mustert mich belustigt. »Hast du ihn gefunden?«

Ich stehe auf und klopfe mir den Staub von der Hose. »Nein. Leider nicht. Aber egal, falls du ihn findest, sagst du mir dann Bescheid?«

Sie zuckt zur Antwort mit den Schultern.

»Also dann«, sage ich so locker wie möglich. »Hast du heute Abend was Schönes vor?«

»Ich treffe mich mit meinem Freund.«

»Musst du samstags denn lange arbeiten?«

Sie schüttelt den Kopf. »Nur bis um fünf.«

»Das ist gut.« Ich mache mir eine geistige Notiz, das den anderen zu sagen.

Ich wende mich zum Gehen, bevor ich so tue, als würde mir plötzlich etwas einfallen. »Elspeth hat mir erzählt, dass es vor ein paar Tagen einen Einbruch in der Passage gab.«

Daisy runzelt die Stirn. »Einen Einbruch? Echt jetzt?«

»Anscheinend schon. Zum Glück aber in keinem von Elspeths Läden. Ich frage mich ja, ob die hier überhaupt Überwachungskameras haben.«

»Ich glaube, draußen in der Passage schon. Aber nicht hier im Laden.«

Ich setze ein erleichtertes Gesicht auf. »Super, immerhin. Na ja, dann viel Spaß mit deinem Freund heute Abend.«

»Lewis«, sagt sie, als ich mich zum Gehen wende. »Sein Name ist Lewis.«

Courtney ist bereits im White Hart, als ich wie ausgemacht um sieben dort eintreffe. Ich hatte vorgeschlagen, dunkle Klamotten anzuziehen, damit wir nicht auffallen. Sie trägt eine schwarze Jeans und eine Lederjacke, die aussieht, als würde sie ihrem Freund gehören. Ihr rotes Haar ist zu einem Zopf geflochten, und sie trägt nicht ganz so viel Make-up wie üblich. Dezent. Ich bin froh, dass sie sich die Anweisung zu Herzen genommen hat.

Für mich war es gar nicht so leicht, dunkle Kleidung zu finden, da alle meine Klamotten so knallig sind.

Die geeignetste Kombi war ein alter schwarzer Anorak zu einer tintenblauen Satinhose. Außerdem trage ich eine Strickmütze, die ich bei meinem Auszug von Arlo stibitzt habe, um nun mein blondes Haar darunter zu verbergen.

Courtney hat schon ein Glas Wein vor sich stehen, also gehe ich direkt zur Bar und bestelle mir eine Cola. Ich möchte heute Abend einen klaren Kopf bewahren.

Als ich mich zu ihr an den Tisch setze, blickt sie überrascht auf. »Ich habe dich gar nicht erkannt«, gesteht sie lachend.

Ich muss ebenfalls lachen, da mir klar ist, was für einen absurden Anblick ich abgeben muss. »Meinst du nicht, das ist völlig irre?«, frage ich, während ich auf meinen Platz rutsche.

Sofort wird sie ernst. »Ich muss das tun, für Una.« Ihre

Augen werden feucht. »Aber ich habe auch Bedenken, dich da mit reinzuziehen.«

Ich schüttle entschieden den Kopf. »Nein. Ich *bin* da schon längst mit drin. Du weißt, warum.«

»Ich möchte dich nicht in Gefahr bringen.«

»Es könnte sein, dass ich schon in Gefahr bin.«

»Fühlst du dich denn sicher in dem Haus?«

Ich gestehe, dass ich mich dort wohlfühle. »Kathryn mag mich nicht besonders, so viel ist klar. Und einige Male hatte ich das Gefühl, dass mir jemand folgt.« Ich erzähle ihr auch von dem Abend, als Vince mir nach dem Pub gefolgt ist. »Du glaubst aber nicht, dass er Una etwas angetan hat, oder?«

Sie verschluckt sich an ihrem Wein und prustet. »Vince? Nein. Er hat sie geliebt.«

»Hast du nicht gemeint, dass er sie bestohlen hat? Falls er sie getötet hätte, müsste er ihr die Kohle nicht mehr zurückzahlen.«

»Aber warum sollte er Jemima töten? Oder Matilde?«

Ich lehne mich auf meinem Stuhl zurück. »Stimmt auch wieder.«

»Abgesehen davon kenne ich Vince seit Jahren. Ich kann mir nicht vorstellen, dass er irgendjemandem wehtun könnte. Zumindest nicht körperlich.«

Wir schauen beide auf, als Peter hereinkommt. Er trägt dieselbe senfgelbe Jacke wie beim letzten Mal. Ich bemerke, wie Courtneys Gesicht aufleuchtet. Er sieht aus, als würde er darauf brennen, uns etwas mitzuteilen. Er holt sich erst ein Bier und setzt sich dann zu uns.

Ich bin unschlüssig, ob ich ihn auf seine Jacke ansprechen soll und dass ich von dunklen Klamotten gesprochen hatte.

Aber bevor ich die Gelegenheit dazu habe, platzt er heraus: »Ich hatte Besuch von der Polizei. Ich weiß, was sie zu dir gesagt haben, Courtney, und dass wir dachten, dass sie nichts unternehmen würden, aber dem ist nicht so. Hinter den Kulissen arbeiten sie anscheinend fieberhaft an dem Fall. Sie haben mir gesagt, dass sie mittlerweile Aufnahmen von der Überwachungskamera der Brücke haben.«

»Der Brücke?«, fragt Courtney. »Der Hängebrücke?«

Er nickt wie ein eifriger Erstklässler. Ich habe ihn noch nie so in Fahrt erlebt. »Jepp. Die Brücke wird von Kameras überwacht. Das wusste ich nicht. Wegen des Nebels in jener Nacht hatten sie Schwierigkeiten, das Bildmaterial auszuwerten, aber sie konnten sehen, dass Jemima nicht allein auf der Brücke war. Und wie es aussieht, hat sie sich mit der anderen Person gestritten. Wer auch immer es war, sie kannte denjenigen.«

»Und was ist mit dem Van?«, will Courtney wissen.

»Das Nummernschild war abgedeckt. Daher geht die Polizei davon aus, dass, wer auch immer Jemima getötet hat, das Ganze geplant hatte.«

Ich bin sprachlos. Courtney ebenso. Wir starren ihn beide mit offenem Mund an, und ich verspüre einen Anflug von Panik. Vielleicht befinde ich mich im Haus der McKenzies ja doch in Gefahr.

»Ich wusste es«, fügt er hinzu. »Ich wusste immer, dass sie sich niemals umgebracht hätte.«

»Aber«, wende ich ein, nachdem ich meine Stimme wiedergefunden habe, »sie ist Ende Dezember gestorben. Sie haben ernsthaft drei Monate gebraucht, um das herauszufinden?«

Er schält sich aus der Jacke. »Zum einen wurde sie ja

erst im Januar gefunden, zum anderen erzählten sie etwas vom Blendlicht der LED-Lampen auf der Brücke und den schwierigen Wetterverhältnissen. Sie war zu weit weg von den Kameras, als dass sie genau hätten erkennen können, was sich abspielte, aber die Tatsache, dass sie nicht allein auf der Brücke war, bot Anlass genug, um sich eingehender anzuschauen, was ihr widerfahren war.«

»Und Una und das andere Mädchen. Matilde?«, will ich wissen.

Er schaut unschlüssig drein. »Was Matilde angeht, bin ich mir nicht sicher. Das war möglicherweise wirklich nur ein tragischer Unfall. Die Todesumstände unterscheiden sich deutlich. Aber sowohl Jemima als auch Una starben, als sie auf der Hängebrücke waren.«

»Haben sie denn irgendwas zu Una gesagt?«, fragt Courtney mit hoffnungsvoller Stimme.

»Nein. Das von Jemima haben sie mir auch nur erzählt, weil ich ihr nächster Angehöriger bin.« Er nimmt Courtneys Hand und drückt sie. »Aber sie werden eine Verbindung finden. Nach dieser Erkenntnis können sie auch bei Una nicht von einem bloßen Unfall ausgehen.«

Courtney errötet. »Das stimmt. Aber in der Nacht von Unas Tod war es extrem neblig. Werden sie denn irgendetwas auf den Aufnahmen sehen können?«

»Ich weiß es nicht«, erwidert Peter. Ich registriere, dass seine Hand noch immer auf der von Courtney liegt. Dann, als würde er meinen Blick spüren, nimmt er seine Hand weg und nippt an seinem Bier.

»Konnten sie denn erkennen, ob es sich um einen Mann oder eine Frau handelt?«, frage ich.

Er schüttelt den Kopf. »Jemand Großes. Jedenfalls größer als Jemima. Langer schwarzer Parka und schwarze Hose. Die Kapuze vom Parka war hochgezogen. Sie tippen zwar auf einen Mann, schließen eine Frau aber nicht aus.«

36

Courtney

Courtney folgt den anderen mit klopfendem Herzen. Willow geht voran. Sie liebt es, die Anführerin zu sein, das ganze Drama. Courtney kann nicht umhin, sich Sorgen zu machen, dass Willow das Ganze nicht ernst genug nimmt. Nach allem, was Peter heute Abend erzählt hat, klingt es doch so, als ob sie mit ihren Vermutungen richtigliegen, dass zumindest Jemima und Una ermordet wurden und Willow sich ebenfalls in Gefahr befinden könnte.

Als Peter seine Informationen mit ihnen geteilt hat, bekam sie einen Kloß im Hals, der seitdem nicht mehr wegwill. Sie musste sich sehr darauf konzentrieren, nicht in Tränen auszubrechen, nicht daran zu denken, wie Una allein auf dieser Brücke stand. Verlassen und verletzlich inmitten des Nebels, im Glauben, sie würde sich mit Peter treffen, um stattdessen in ihren Tod gelockt zu werden. Erst kürzlich hatte es sie, wie so oft, wieder eingeholt, mit der gleichen Wucht wie beim ersten Mal. Sie tobte und warf mit Sachen durch die Wohnung, womit sie Kris Angst einjagte, bis sie schließlich weinend in einem zornigen Häufchen Elend auf dem Sofa zusammenbrach. Una war so nett gewesen, so gut. Dabei hatte sie so eine beschissene Zeit hinter sich, in der sie erst ihre Mum und dann Vince verlor, und sie hatte das alles so tapfer gestemmt.

»Sie ist jetzt bei ihrer Mum«, hatte Kris gesagt, sich zu ihr gesetzt und unbeholfen ihre Schulter getätschelt, was nur dazu führte, dass Courtney noch mehr heulen musste. Was wusste Kris schon von alldem? Er hatte noch nie jemanden verloren. Wie könnte er auch nur annähernd die Schwere der Trauer nachvollziehen, die permanent auf ihrer Brust lastet wie eine Krankheit?

Peter geht neben ihr, seine gelbe Jacke hebt ihn wie ein Leuchtfeuer von der Dunkelheit ab. Sie weiß, dass er nur zu gut verstehen muss, wie sie sich fühlt, da auch er einen geliebten Menschen verloren hat.

Es ist Samstagabend, daher herrscht auf den Straßen buntes Treiben, doch Courtney kommt es vor, als gäbe es nur sie drei, vereint in ihrer gemeinsamen Mission.

Willow führt sie durch die menschenleeren Gänge der alten Einkaufspassage. Nachts ist sie unheimlich. Sie müssen sich den Weg mit ihren Handytaschenlampen leuchten: drei Lichtstrahlen, die über die kunstvoll verzierten Decken und Säulen tanzen. »Es ist ein bisschen gruselig«, gesteht Courtney. Ihre Stimme klingt leise und verloren in dem gotisch anmutenden Raum, wo ein steinerner Gargoyle mit seiner grimassenhaften, hässlichen Fratze auf sie herabgrinst.

Peter nimmt ihre Hand. »Alles ist gut«, sagt er. Seine Hand fühlt sich warm und sicher an. Er wendet ihr sein Gesicht zu, und sie kann gerade so sein Lächeln in der Dunkelheit ausmachen. Ihr Magen vollführt einen seltsamen kleinen Purzelbaum.

Willow bleibt vor der Galerie stehen. Auf der weißen Ladenfront steht in großen schwarzen Buchstaben *McKenzie's*.

Im Schaufenster sind zwei große goldgerahmte Gemälde ausgestellt, die, wie Courtney sich vorstellt, ein Vermögen kosten dürften.

»Also gut«, sagt Willow, die mit ihrer Strickmütze und dem zu großen Anorak reichlich albern aussieht. »Die Kamera ist da drüben. Nein, nicht umdrehen und schauen«, zischt sie, als Courtney und Peter sich anschicken, genau das zu tun.

»Streng genommen begehen wir kein Verbrechen«, sagt Peter. »Wir haben einen Schlüssel. Warum sollte also irgendjemand die Kameras überprüfen?«

Willow schnaubt. »Nur für den Fall der Fälle. Obwohl du in deiner Jacke meilenweit zu erkennen bist.«

»Ich hätte das Schloss auch mit einem Dietrich öffnen können«, bemerkt Peter. »Ich mein ja nur. Schließlich bin ich Feuerwehrmann, schon vergessen?«

»Das hättest du auch früher sagen können«, brummt Willow.

»Es ist besser, wenn wir das auf die legale Art machen. So werden wir keinen Verdacht auf uns ziehen. Ein beschädigtes Schloss würde unweigerlich Fragen aufwerfen.«

Willow verschränkt die Arme vor der Brust. »Elspeth hat mich dabei erwischt, als ich den Schlüssel genommen habe.«

»Echt jetzt?«, fragt Courtney entsetzt.

»Na ja, sie hat mich am Schlüsselschrank gesehen, aber sie hat nicht bemerkt, dass ich ihn in der Hand hatte. Gut, dann mal los.«

Sie folgen ihr in den Laden. Courtney erstarrt, da sie wider besseres Wissen erwartet, dass jeden Moment ein Alarm ausgelöst wird, aber nichts dergleichen geschieht, und sie blickt sich ungläubig um. Die Alarmanlage des Friseursalons ist immer angeschaltet, wenn er geschlossen hat.

Willow schaltet einen kleinen mobilen Strahler ein, und sie blinzeln ins Licht wie Säugetiere, die nach dem Winterschlaf aufwachen. »Wir sollten uns lieber beeilen, damit uns niemand sieht«, sagt Willow, die Hände in die Hüften gestemmt. »Wir müssen alle Orte absuchen, wo Kathryn eine Tasche versteckt haben könnte.«

Sie teilen sich auf. Courtney geht nach hinten, wo sich ein kleiner Lagerbereich befindet. Dort traut sie sich, das Deckenlicht einzuschalten. In ihrer Tasche hat sie eine Rolle Veilchenpastillen gebunkert, die sie nervös lutscht. Es ist unheimlich, nach Einbruch der Nacht hier zu sein, und es fühlt sich verboten an, so, wie sich nach Unterrichtsende ins Klassenzimmer zu schleichen. Sie kommt an einem Kühlschrank vorbei, auf dem ein Wasserkocher steht, und betritt dann einen durch einen Vorhang abgetrennten Bereich, wo ein paar Gemälde an der Wand lehnen. Sie vermutet, dass sie gerade erst geliefert wurden oder darauf warten, abgeholt zu werden. Sie sind allesamt in Luftpolsterfolie verpackt, und die meisten von ihnen sind ziemlich groß, einige eingerahmt, andere wieder nur Leinwände, mehr kann sie momentan nicht ausmachen. Genauso wenig wie irgendwelche Ecken und Winkel, wo eine Tasche versteckt sein könnte. Sie begibt sich auf alle viere. Der Linoleumboden ist voller Staub, der ihre Kehle reizt. Die Neonröhre über ihrem Kopf summt, und sie bemerkt eine tote Fliege unter dem Plastikgehäuse. Sie kriecht auf Händen und Knien vorwärts, bis sie eine Tür in der Wand entdeckt. Sie ist klein und lässt sich problemlos öffnen. Dahinter befinden sich mehrere Dosen weißer Farbe. Sie schiebt einige beiseite, aber hinter ihnen ist nicht genug Platz für eine Reisetasche.

»Hast du etwas entdeckt?«

Beim Klang von Peters Stimme dreht sie sich um. Er steht hinter ihr und sucht mit seinem Blick die Wände sowie die Decke ab, wo er an einer Luke hängen bleibt. »Da oben ist ja ein Speicher«, stellt er überrascht fest. Er ruft nach Willow, und sie können das Tappen ihrer DocMartens auf den Fliesen hören, als sie zu ihnen gerannt kommt.

»Was? Habt ihr sie gefunden?«

»Nein, aber schau«, sagt Peter zur Decke deutend. »Ich versuche mal, da raufzukommen.«

Peter ist groß, kommt aber nicht bis an die Luke, ohne sich auf etwas draufzustellen. Courtney flitzt aus dem Lagerraum in den Laden. Was könnte er benutzen? Sie schnappt sich einen Bürostuhl mit Rollen und schiebt ihn zu Peter rüber. »Nimm den«, sagt sie. »Wir halten ihn fest.«

Sie stellen den Stuhl unter die Luke und fixieren ihn, während Peter draufsteigt. Mit ausgestreckten Armen kommt er knapp ran. Er drückt gegen die kleine Tür und klappt sie seitlich auf. Die drei starren hinauf zu dem klaffenden schwarzen Loch über ihren Köpfen.

»Wie kommen wir da hoch?«, fragt Courtney.

»Mach mir die Räuberleiter«, schlägt Willow vor. »Ich bin die Kleinste. Ich kann da durchklettern.«

»Wir können nicht beide auf diesem Stuhl herumturnen«, meint Peter skeptisch. Er steigt hinab und geht in das Büro zurück. Courtney und Willow folgen ihm und sehen, wie er sich an Daisys Arbeitsplatz zu schaffen macht. Es ist im Grunde bloß ein normaler massiver Holztisch, auf dem sich

Akten und ein Laptop befinden, die sie rasch auf den Boden legen. Gemeinsam befördern sie ihn, halb tragend, halb schleifend, in den Lagerraum. Sie brauchen eine Weile, bis sie ihn durch den schmalen, mit einem Vorhang versehenen Durchgang manövriert haben, wobei sie ihn seitlich kippen müssen, aber nach einigem Stöhnen und Fluchen – hauptsächlich von Willow – haben sie ihn endlich unter der Luke in Stellung gebracht. Peter und Willow klettern hinauf. Dann hebt er sie mühelos hoch, und Willow verschwindet in dem schwarzen Loch.

»Hier oben gibt es kein Licht!«, dringt dumpf ihre geisterhafte Stimme durch die Stille. »Ich muss mein Handy an… Autsch …«

»Was ist?«, ruft Courtney.

Peter, der immer noch auf dem Schreibtisch steht, schaut grinsend zu ihr runter und überkreuzt dann die Finger. Eine Strähne seines blonden Haars fällt ihm in die Stirn, und ihr Magen zieht sich zusammen. Warum hat er bloß diese Wirkung auf sie? Auf Kris hat sie nie so reagiert, noch nicht einmal ganz am Anfang.

»Ich habe etwas gefunden … eine Tasche«, ist Willow erneut zu hören.

Courtneys Herz fängt an zu rasen vor Spannung.

»Ich schmeiße sie gleich runter. Achtung …«

Bevor sie die Chance haben zu antworten, kommt eine Reisetasche auf Peter zugeflogen. Er fängt sie geistesgegenwärtig auf und runzelt die Stirn, als er mit seinen langen Fingern über das Logo fährt. Dann zieht er den Reißverschluss auf und starrt eine Weile den Inhalt an, bevor er ein kurzes Kleid mit Blümchenmuster herausholt. Er dreht sich mit verkniffenem Gesicht zu Courtney um. »Ich glaube nicht, dass das ihre Sachen sind«, sagt er und stopft das Kleid in die Tasche zurück. »Meine Schwester hat praktisch in ihren Jeans gewohnt. Ich bin kein Experte, aber …« Er wirft die Tasche in Courtneys Richtung, und sie landet zu ihren Füßen.

Sie kniet sich auf den Boden, um die Sachen durchzusehen. Die Kleidung wirkt total altmodisch – warum ist das Una nicht aufgefallen? Sie liest die Etiketten. *Chelsea Girl. C&A.* Diese Läden existieren in England schon ewig nicht mehr.

Peter hilft Willow aus der Luke. Beide klettern vom Tisch und gesellen sich zu Courtney. »Wem, glaubst du, gehört das?«, rätselt Willow.

Courtneys Finger schließen sich um einen Pass. Sie reicht ihn Peter.

»Das ist Jemimas«, sagt er mit düsterer Miene.

»Aber diese Kleidungsstücke gehörten definitiv jemand anderem«, meint Courtney, wobei sie Willow einen langen Batikrock unter die Nase hält. Er riecht muffig. »Schau, da steht *Chelsea Girl.* Meine Mum hat immer von dieser Kette gesprochen. Die war Ende der Achtziger beliebt.«

Sie starren einander ratlos an, bis Willow schließlich das Schweigen bricht. »Ich glaube, diese Klamotten müssen Violas sein.«

37

Kathryn

Am nächsten Morgen wird Kathryn von einem lauten Hämmern an der Haustür geweckt. Erst ignoriert sie es, denkt, dass es eine Verwechslung sein muss. Immerhin ist es Sonntagmorgen. Der Postbote kommt sonntags nicht. Sie zieht die Decke über den Kopf, aber das Klopfen wird immer penetranter, und sie sieht sich gezwungen, doch aufzustehen. Sie knotet sich ihren grauen Nickibademantel um und geht die Treppe runter.

»Wer ist das?«, ruft Elspeth, als Kathryn an ihrer Schlafzimmertür vorbeikommt, die wie immer einen Spaltbreit offen steht.

»Schlaf weiter, Mutter. Ich kümmere mich darum.«

Mittlerweile ist Kathryn stinksauer. Wie kann jemand es wagen, sie sonntags so früh zu wecken? Dann setzt Panik ein. Was, wenn es die Polizei ist, die sie darüber informieren möchte, dass einem der Jungs oder Ed etwas zugestoßen ist? Sie greift sich an die Kehle, während sie beinahe schon durch den Flur rennt, die Fliesen eiskalt unter ihren Füßen, und die Haustür aufsperrt. Flüsternd verflucht sie Willow, dass sie sie gestern Abend nicht zweimal abgeschlossen hat. Normalerweise vergisst sie es nie.

Kaum dass sie die Tür aufgerissen hat, halten ihr die Beamten ihre Polizeimarken vor die Nase. Bei ihrem Anblick stockt ihr der Atem. Sie sind in Zivil, und die ältere der beiden Frauen tritt vor. Sie erkennt sie wieder: Detective Sergeant Christine Holdsworth, die schon mal da war, um sie wegen Jemima zu informieren. Diesmal kommt sie in Begleitung einer Kollegin, einer jüngeren Frau mit mausbraunem, tief sitzendem Pferdeschwanz und einer schwarz gerahmten Brille mit dicken Gläsern.

»Kathryn Winters?«, fragt DS Holdsworth, immer noch ihre Marke gezückt. »Dürfen wir reinkommen?«

»Ist alles in Ordnung?«

»Wir möchten Ihnen nur ein paar Fragen zu Jemima Freeman stellen.«

Kathryns Gefühle oszillieren zwischen Erleichterung, da sich Ed und die Jungs in Sicherheit befinden, und Furcht, da sie offenbar noch mehr ungeklärte Fragen zu Jemima haben.

»Das ist ein bisschen früh«, erwidert sie frostig. Es wird gerade erst hell, und ein sanfter Nieselregen liegt in der Luft. Die Tröpfchen sammeln sich hell wie Schuppen auf den schwarzen Mänteln der Beamtinnen. Sie seufzt, da sie weiß, dass sie sich dem Unvermeidlichen stellen muss, und tritt beiseite, um sie hereinzulassen.

DS Holdsworth stellt die jüngere Beamtin als Detective Constable Felicity Reid vor. Mit ihrem runden Babygesicht und den Grübchen sieht sie beinahe so jung aus wie Willow. Die drei bleiben einen Moment im Flur stehen, als auch schon Elspeth die Treppe runterkommt, das Geländer fest umklammernd und die Schultern vor Kälte hochgezogen. Sie hat ihren Morgenmantel nicht übergezogen, und Kathryn kann ihre knochige Figur durch das dünne Nachthemd ausmachen. Sie sieht aus wie ein Ghul, so lautet Kathryns herbes Urteil. »Mutter, du solltest im Bett bleiben.«

»Una ist nicht nach Hause gekommen.«

»Mutter, das ist Willow, schon vergessen? Una ist tot.« Noch während sie es sagt, realisiert sie, wie gefühllos und abgestumpft sie sich anhört, und ihr entgeht nicht, dass DC Reid angesichts ihrer Wortwahl leicht zusammenzuckt. Kathryn bemüht sich, einen neutralen Gesichtsausdruck aufzusetzen. »Meine Mutter bringt manchmal die Namen durcheinander«, erklärt sie ihnen. Sie erwidern nichts darauf. DS Holdsworth starrt Kathryn mit steinerner Miene an.

»Ist Willow etwas passiert?«, ruft Elspeth von der Treppe.

Holdsworth schüttelt ihr kastanienbraunes Kraushaar. »Nein. Hier geht es um Jemima Freeman, Mrs. McKenzie. Wir müssen uns nur kurz mit Ihrer Tochter unterhalten.«

»Wieso?«

Holdsworth ignoriert sie und wendet sich stattdessen direkt an Kathryn. »Können wir uns dazu irgendwo hinsetzen?«

Kathryn führt sie in den Salon und bietet an, ihnen ihre nassen Mäntel abzunehmen. Sie kann sich schon lebhaft den Zorn ihrer Mutter vorstellen, sollten Regenflecken auf ihre teuren Polstermöbel geraten. Sie verlässt den Raum, um die Mäntel an die Garderobe zu hängen, während Elspeth langsam ihren Weg die Treppe hinab fortsetzt, als ob jeder Schritt schmerzhaft wäre, wobei sie sich so fest an das Geländer klammert, dass ihre Knöchel weiß anlaufen. »Wo ist Willow? Normalerweise weckt sie mich um diese Zeit.«

»Ich weiß es nicht. Ich habe gerade wichtigere Sorgen«,

faucht sie. »Wie zum Beispiel, warum zwei Polizistinnen zu dieser Uhrzeit hier aufgekreuzt sind, um sich mit mir zu unterhalten.« Als Elspeth die letzte Stufe erreicht hat, geleitet Kathryn sie über den Flur in den Salon, wo sie sie in ihrem Lieblingssessel hinsetzen lässt. Kathryn nimmt den Sessel daneben. Die beiden Beamtinnen hocken auf dem Sofa, die jüngere hat ein Notizbuch in der Hand und kaut am Ende ihres Stifts herum.

»Also, worum geht es hier?«, fragt Kathryn und schlägt ihre Beine übereinander. Ihr fällt ein, dass sie unter ihrem Morgenmantel nur ein T-Shirt anhat. Sie zieht ihn fester um sich zusammen.

»Ich wollte Sie lediglich etwas eingehender zum 19. Dezember befragen, also jenem Tag, an dem Sie Jemima Freeman das letzte Mal gesehen haben«, beginnt Holdsworth.

»Das habe ich Ihnen doch alles schon erzählt.«

»Wir würden es gerne noch einmal hören, bitte.«

Kathryn unterdrückt ein Seufzen. »Ich war noch nicht einmal hier. Sie sollte eigentlich meine Mutter zur Galerie begleiten, nicht wahr?« Sie wendet sich an Elspeth, die nickt. »Aber Jemima blieb hier, weil sie eine Migräne hatte. Meine Mutter hat Ihnen das alles schon beim letzten Mal erzählt.«

Holdsworth setzt sich aufrechter hin und strafft ihre Schultern. »Also, dann lassen Sie uns das zusammenfassen: An dem Nachmittag, als sie hier fortging, waren sie beide nicht zu Hause? Die letzte Person, die sie gesehen hat, waren Sie, Mrs. McKenzie, und das war kurz nach dem Mittagessen? Als Sie gegen siebzehn Uhr nach Hause kamen, war sie fort und hatte all ihre Sachen mitgenommen?«

»Ja. Das ist richtig«, bestätigt Elspeth.

Holdsworth lässt ein dünnes Lächeln sehen. »Warum befand sich dann Jemimas Reisepass in Ihrem Besitz, Kathryn?«

Kathryn hat das Gefühl, als würde ihr Herz stehen bleiben. »Wie bitte?«

»Eine Tasche mit Kleidung, die auch Jemimas Reisepass enthielt, wurde auf dem Revier abgegeben. Sie wurde in der Galerie gefunden. Der Galerie, die Sie betreiben.«

Elspeth wirft Kathryn einen fragenden Blick zu.

»Hätten Sie die Güte, das zu erklären?«, schiebt Holdsworth hinterher. »Oder möchten Sie das lieber auf dem Revier tun?«

Kathryn sackt gegen das Polster zurück. Was solls? Sie kann genauso gut die Wahrheit sagen. Oder zumindest ihre Version der Wahrheit. »Okay … Die Tasche … Sie gehörte Viola. Meiner Schwester.«

Holdsworth setzt sich aufrechter hin. Kathryn fallen die Bügelfalten an ihren Hosenbeinen auf, und sie stellt sich vor, wie die Polizistin in aller Herrgottsfrühe aufsteht, um sie in Form zu bringen. »Ihrer Schwester?«

»Sie ist mit achtzehn von zu Hause weggegangen. Im Jahr 1988. Das waren bloß ein paar alte Klamotten, die sie zurückgelassen hatte. Wir sind nie dazu gekommen, sie zu entsorgen.«

Holdsworth schaut wortlos zu Elspeth.

Elspeth wendet sich an Kathryn. »Du hattest Violas Tasche?«

»Ja, Mutter.« Sie schnaubt abschätzig. »Nur ein paar Kleidungsstücke, die wir vor Jahren gemeinsam weggepackt haben. Erinnerst du dich nicht mehr?«

»Nein«, erwidert Elspeth. »Ich dachte, sie hätte alles mitgenommen.«

Kathryn winkt ungeduldig ab. »Ich bin mir sicher, dass die Polizei nicht hier ist, um sich über Viola zu unterhalten.«

Holdsworth runzelt die Stirn und greift dann in ihre Anzugjacke, um ihr Notizbuch hervorzuholen. Sie klappt es mit einer Hand auf. »Warum hatten Sie Jemimas Pass?«

»Sie hat ihn nach unserem Streit hier zurückgelassen«, antwortet Kathryn ohne zu zögern.

Elspeth lässt den Kopf hängen, äußert sich allerdings nicht dazu. Kathryn bemerkt, dass sich einige weiße Haarsträhnen aus ihrem Chignon gelöst haben. Sie hat sie nie anders als beherrscht und tadellos gepflegt erlebt – bis auf ein einziges Mal.

Holdsworth blickt grimmig drein. »Also, was ist wirklich passiert?«

»Brauche ich einen Anwalt?«

»Wir sind nicht hier, um Sie zu verhaften, Kathryn. Das hier ist lediglich ein informelles Gespräch.«

»Okay. Ich traf mich mit meiner Mutter in der Galerie, weil sie sich dort mit einem der Künstler unterhalten wollte, der seine Werke über uns verkauft. Jedenfalls hatte sie vergessen, ihre Unterlagen mitzunehmen, also sagte ich, ich würde sie ihr bringen. Ich bin hergefahren, um sie aus dem Arbeitszimmer zu holen, und da habe ich Jemima angetroffen. Sie kramte im Schreibtisch meiner Mutter herum und hat ihre Sachen durchsucht. Es kam zum Streit. Ich sagte ihr, ich würde sie feuern … Ja, ich weiß, das war kein feiner Zug von mir, aber Sie müssen verstehen, dass diese … *diese Mädchen* für gewöhnlich nur auf das Geld meiner Mutter aus sind.« Sie ignoriert Elspeths erhobene Hand. »Ich vertraue ihnen schlicht nicht. Wie auch immer, Jemima weinte, flehte mich an, es Elspeth nicht zu erzählen, und tischte mir einige offen gestanden geradezu groteske Ausreden auf, warum sie sich im Arbeitszimmer aufhielt. Ich werde hier nicht lügen: Ich habe sie angeschrien, ihr alles Mögliche unterstellt, woraufhin sie weinend nach oben gerannt ist. Und ehe ich mich versah, verließ sie das Haus mit einem Rucksack.«

»Und Sie haben sie nie wiedergesehen?«

»Nein. Ich fürchtete, dass ich mit meinen Anschuldigungen zu weit gegangen war. Darum war ich auch erleichtert, als sie nicht zurückkam. Ich ging in ihr Zimmer und fand ihren Pass in einer Schublade. Sie muss ihn bei ihrem überstürzten Aufbruch vergessen haben.«

»Aber warum haben Sie ihn versteckt?«, will DC Reid wissen.

»Weil ich nicht wollte, dass meine Mutter von unserem Streit erfährt. Ich wollte, dass sie glaubt, Jemima sei gegangen, weil sie genug von dem Job hatte.«

»Und Sie haben sich nicht gefragt, warum sie nicht zurückkam, um ihn zu holen?«

Kathryn nickt. »Doch, natürlich. Aber ich nahm an, dass ihr klar war, dass ich ihr auf die Schliche gekommen war, dass sie ein anderes Opfer gefunden hatte, das sie ausnehmen konnte, und dass sie ihn nicht dringend brauchte. Es war schließlich nur der Pass. Ihre Handtasche mit ihrem Geld und dem restlichen Kram hatte sie auch noch bei sich.«

Holdsworth schreibt etwas in ihr Notizbuch und schaut dann zu Kathryn auf. »Sie sagen, sie hatte einen Rucksack auf?«

»Ja.«

»Er war nicht bei ihr, als sie starb.«

Kathryn zuckt mit den Schultern. »Ich weiß nicht, was sie mit ihm gemacht hat.« Sie zögert. »Ich habe ihn nicht, falls Sie darauf anspielen. Die Kleidungsstücke in der Tasche gehörten Viola, und den Pass habe ich nur deshalb in die Tasche gesteckt, weil ich davon ausging, dass Jemima ihn irgendwann holen würde.« Sie fragt sich, wer die Tasche wohl gefunden hat. Wahrscheinlich Daisy. Kathryn hatte damit gehadert, sie in der Galerie zu verstauen, aber nachdem Una die Tasche im Keller gefunden hatte, wusste sie auf die Schnelle nicht, wohin damit. Sie hatte geglaubt, dass sie im Speicher sicher verstaut wäre.

»Wo waren Sie am 19. Dezember gegen dreiundzwanzig Uhr?«

Kathryn runzelt die Stirn. »Ich war hier, stimmts nicht, Mutter? Als Jemima nicht zurückkam, blieb ich da, um zu helfen.«

Holdsworth wendet sich an Elspeth, die auf ihrem Sessel dünn wirkt, ihr Gesicht ganz bleich. »Ist das wahr?«

Elspeth runzelt wortlos die Stirn, und Kathryn spürt, wie ihr der Schweiß unter den Achseln ausbricht. »Ich kann mich nicht erinnern«, sagt sie schließlich, ohne dabei in Kathryns Richtung zu blicken. »Ich glaube schon. Ich bin mir sicher, dass es der Wahrheit entspricht, aber es liegt mittlerweile etliche Monate zurück, und mein Gedächtnis ist nicht mehr so gut, wie es einmal war.«

Eine weiß glühende Flamme des Zorns lodert in Kathryn auf. »Du weißt, dass ich hier war«, fährt sie Elspeth an. »Du erträgst es nicht, allein im Haus zu sein.«

Elspeth antwortet ruhig, mit gefasster Miene. »Ich bin mir sicher, dass du recht hast, meine Liebe.«

Holdsworth wirkt keineswegs überzeugt, sie mustert Kathryn, als hätte sie einen Röntgenblick und könnte alle ihre Gedanken sehen. Es erfüllt sie mit Unbehagen. »Wie groß sind Sie?«, fragt die Beamtin schließlich. »Eins achtzig?«

»Nicht ganz.«

»Und Jemima war wie groß?«

Kathryn spürt Gereiztheit in sich aufsteigen. »Ich weiß nicht. Eins fünfundfünfzig vielleicht?«

Holdsworth stößt einen Laut zwischen ihren Zähnen aus. »Wir verfügen über Kameraaufnahmen aus jener Nacht. Von Jemima auf der Brücke. Sie war nicht allein.«

Elspeth beugt sich vor. »Was wollen Sie damit sagen? Glauben Sie, dass ihr jemand etwas angetan hat?«

»Ich fürchte, ja, Mrs. McKenzie. Jemand war mit ihr auf der Brücke in besagter Nacht.«

Kathryn sinkt in ihren Sessel zurück. Als sie wieder das Wort erhebt, klingt ihre Stimme dünn und angespannt. »Bin ich eine Verdächtige?«

»Wir ziehen alle Möglichkeiten in Betracht. Ein Zeuge hat sich gemeldet und ausgesagt, dass er Jemima aus einem weißen Lieferwagen steigen sah. Kennen Sie jemanden mit einem weißen Van?«

Kathryn wechselt einen Blick mit ihrer Mutter. »Nun, ich nehme mal an, einige der Handwerker, die in der Vergangenheit im Haus waren«, erwidert Elspeth. »Vor ein paar Monaten kam ein Schreiner, um Regale aufzustellen. Er hatte einen weißen Van.«

»Könnte es sein, dass er Jemima getroffen hat?«

Ihre Mutter denkt über die Frage nach. »Nein. Nein, das war, bevor sie hier anfing.«

»Falls Ihnen noch etwas einfallen sollte, melden Sie sich bitte bei uns«, sagt Holdsworth. Sie steht auf, und die junge Polizistin tut es ihr gleich. »Vielen Dank für Ihre Zeit. Wir finden alleine hinaus.«

Nachdem die Polizei gegangen ist, schafft Kathryn es einige Minuten lang nicht, sich zu rühren. Ja, sie kann noch nicht einmal sprechen. Ihrer Mutter muss es genauso gehen, wie sie da zusammengeschrumpft in ihrem Sessel sitzt und zerbrechlicher aussieht denn je.

Elspeth bricht das Schweigen. »Ich wusste, dass du dich mit Jemima gestritten hast.«

»Was?«

»Ich habe sie weinend aus dem Haus rennen sehen. Mein Taxi hatte gerade gehalten. Ich habe es der Polizei bei ihrem ersten Besuch nicht verraten, weil …«

»Weil du dachtest, dass ich ihr möglicherweise etwas angetan habe.«

Elspeth senkt den Kopf. Sie verfügt über genug Anstand, um beschämt dreinzuschauen. Dann sieht sie mit ihrem üblichen herausfordernden Blick zu Kathryn auf. »Warum hasst du die Mädchen so sehr?«

Kathryn rutscht unbehaglich auf ihrem Platz hin und her. »Ich vertraue ihnen nicht.«

»Ist das der Grund, warum du nach Jemimas Verschwinden darauf bestanden hast, ein Schloss an meinem Arbeitszimmer anzubringen? Glaubst du wirklich, ich wäre so naiv, mich von einem hübschen jungen Ding ausnehmen zu lassen wie eine Weihnachtsgans? Ist das alles, worum es dir geht? Dein Erbe?«

Kathryn überkommt das schlechte Gewissen. »Nein. Natürlich nicht.« Jetzt wäre ein guter Zeitpunkt zuzugeben, dass sie über das Testament Bescheid wusste und darüber, dass Matilde einen großen Batzen vom Geld ihrer Mutter erhalten sollte. Aber sie kann sich nicht überwinden, es auszusprechen. Elspeth würde lediglich glauben, sie würde sich nur um ihr Vermögen sorgen.

Elspeth steht auf. Sie zittert in ihrem dünnen Nachthemd. »Hilfst du mir nach oben?«, kläfft sie, wobei ihre Stimme über ihre Größe hinwegtäuscht. »Es ist beinahe schon sieben. Ich verstehe nicht, wo Willow bleibt.«

Kathryn leistet ihrer Bitte Folge. Sie hilft ihrer Mutter unter die Dusche, dann assistiert sie ihr beim Ankleiden. Sobald Elspeth in einem eleganten Tweedrock samt Seidenbluse steckt, ist sie wieder ganz die Respekt einflößende Mutter. Elspeth hebt eine Hand und betastet ihr Haar, ihre Finger finden die losen Strähnen ihres Chignons. »Gott sei Dank habe ich morgen einen Friseurtermin«, bemerkt sie und schiebt die weißen Strähnchen hinter die Ohren. »Mein Haar ist eine Katastrophe.«

»Es sieht gut aus.«

Willow ist nach wie vor nicht aus ihrem Zimmer aufgetaucht. »Ich muss nach Hause«, erklärt Kathryn, wobei ihr der gestrige Streit mit Ed einfällt. »Vielleicht hat Willow ja verschlafen. Ich werde nachsehen.«

Sie lässt ihre Mutter, die mit zittriger Hand Lippenstift aufträgt, auf der Bettkante sitzen und erklimmt die Stufen zum Dachboden. Jedes Mal wenn sie hier hinaufgeht, holt es sie ein. Die Jahre lösen sich in nichts auf. Beinahe schon kann sie Viola unten auf dem Treppenabsatz sehen, wo sie ihr widerliche Beleidigungen und Drohungen hinterherruft. Sie klopft an ihre ehemalige Zimmertür. Als Willow nicht antwortet, drückt sie die Klinke runter. Es ist nicht abgeschlossen, also öffnet sie die Tür und betritt das Zimmer.

Willows Bett ist leer und sieht auch nicht so aus, als ob jemand darin geschlafen hätte. Mit klopfendem Herzen geht sie zum Schrank, aber die ausgefallenen Boho-Klamotten des Mädchens sind noch immer da, manche ordentlich aufgehängt, andere in einem wilden Haufen auf dem Boden liegend. Sie schließt den Kleiderschrank und lässt den Blick auf der Suche nach weiteren Hinweisen durch den Raum schweifen. Willows Parfümfläschchen stehen auf dem Schminktisch herum, und ihre Schminksachen quellen aus einem weichen Filzbeutel hervor. Auf dem Bett liegt eine gebatikte Bluse, und neben dem Schreibtisch steht ein klobiges Paar Stiefel. Aber von Willow fehlt jede Spur.

»Mutter!«, ruft sie, rennt aus dem Zimmer und die Treppe hinunter. Als sie bei Elspeth ankommt, ist sie außer Atem. »Willow ist nicht da. Ich glaube nicht, dass sie gestern Nacht nach Hause gekommen ist.«

Du dummes Mädchen. Du dummes, dummes Mädchen. Ich habe mich auf dich verlassen. Ich hatte gehofft, geglaubt, du würdest die Eine sein. Die einzig Wahre. Nicht so wie die anderen. Anders. Besonders. Aber nein. Du musstest ja Detektiv spielen. Du musstest alles ruinieren. Du und deine jämmerlichen Freunde.

Das wirst du noch bereuen.

38

Willow

Als Peter uns vor Courtneys Haus absetzt, brennt in keiner Wohnung ein Licht. Es ist spät, und die Gegend, in der sie wohnt, ist ruhig, nur ein paar Jugendliche in Kapuzenpullis stehen rauchend an einer Bushaltestelle.

Ich steige aus dem Auto und warte auf dem Bürgersteig, bis Courtney sich verabschiedet hat. Sie sitzt auf dem Beifahrersitz, und sie besprechen sich wegen der Tasche. Es ist kalt, und ich ziehe die Strickmütze tiefer über den Kopf. So langsam fühle ich mich von der ganzen Sache komplett überfordert. Endlich steigt Courtney aus, und Peters Mazda fährt davon.

»Er gibt uns Bescheid, was die Polizei dazu sagt«, meint Courtney. »Komm, lass uns reingehen.«

Ich folge ihr eine Gasse entlang, die hinten um eine Apotheke herumführt, dann geht es ein paar marode Stufen zu ihrer Wohnung hinauf. Sie ist klein und riecht nach Febreze-Duftsteckern mit einer muffig-feuchten Note darunter. Schon seltsam, wenn ich daran denke, dass Una hier gewohnt hat. Es ist, als würde ich mich in ihren Fußstapfen bewegen, als würde ich ihr Leben leben. Es fühlt sich seltsam an. Ich erschaudere unwillkürlich und ziehe meinen Parka enger um meinen Körper.

»Du kannst in Unas altem Zimmer schlafen«, sagt Courtney, während sie die kleine Küche ansteuert, die sich in einer Nische hinter dem Wohnzimmer befindet, und den Wasserkocher anwirft. Die ganze Bude ist makellos aufgeräumt: keine auf dem Boden verstreuten Schuhe, keine Zeitschriften, die achtlos auf dem Tisch liegen gelassen wurden. Keine schmutzigen Teller und Tassen im Waschbecken. Ich lehne mich mit dem Rücken gegen die klapprigen Küchenschränke. Es liegen Welten zwischen dieser Wohnung und Elspeths elegantem Stadthaus. »Es ist mit Kris' Sachen vollgestopft, aber ihr Bett ist noch immer da.«

»Bist du sicher, dass es Kris nichts ausmachen wird?«

»Das ist meine Entscheidung«, verkündet sie, ihre Arme trotzig vor der Brust verschränkend. »Und du kannst schließlich nicht zurück ins Kuckucksnest. Du bist dort nicht sicher.«

Ich seufze. Ich weiß, dass sie recht hat. Nun, da wir Violas Tasche und Jemimas Pass in der Galerie gefunden haben, hat die ganze Sache an Brisanz gewonnen. Die Gefahr ist plötzlich real. Kathryn muss auf irgendeine Weise involviert sein, vielleicht sogar Elspeth. Wie weit gehen ihre Verbrechen zurück? Hat Kathryn Viola etwas angetan? Oder war es Elspeth selbst? Trotz ihres fortgeschrittenen Alters ist sie um einiges rüstiger und bei besserer Gesundheit, als sie vorgibt zu sein. Irgendetwas Seltsames geht in dem Haus vor sich. Möglicherweise werde ich nie erfahren, was genau, aber ich bin froh, dass ich dort raus bin. Ich kann nicht leugnen, dass mir das Geld fehlen wird, ja sogar die luxuriöse Umgebung, aber würde ich dorthin zurückkehren, könnte ich keine Ruhe finden, da ich mich ständig fragen müsste, ob ich ihr nächstes Opfer werde.

»Was denkst du, warum sie es getan haben?«, frage ich Courtney, während sie uns Pfefferminztee aufbrüht.

Courtney schüttelt den Kopf. Ich kann ihr ansehen, dass sie versucht, ihre Emotionen im Griff zu behalten, daher bringt sie eine Weile keinen Ton heraus und presst einfach nur die Lippen fest zusammen. Sie reicht mir einen Becher Tee, den ich dankend entgegennehme, dann öffnet sie eine Küchenschublade voller Süßkram, alle möglichen Sorten, die ich seit meiner Kindheit nicht mehr gegessen habe. Sie bietet mir was an, aber ich lehne ab. Courtney krallt sich eine Handvoll Black-Jack-Kaubonbons, was so gar nicht zu dem passen will, was ich über ihre Geschmacksrichtung dachte. Wir gehen zum Sofa rüber, und Courtney macht es sich mit den Süßigkeiten auf dem Schoß bequem. Sie packt ein Bonbon aus und schiebt es sich in den Mund.

»Ich weiß ehrlich nicht, was ich von alldem halten soll«, gesteht sie kauend.

»Ich hoffe, Peter kommt klar.«

»Ich auch.«

Wir verfallen für eine Weile in Schweigen. Dann sage ich: »Ich werde zum Kuckucksnest gehen und meine Sachen holen müssen.«

»Ich kann dich morgen begleiten. Es ist Sonntag, da arbeite ich nicht.«

Ich nicke und nippe an meinem Tee. »Ich fühle mich irgendwie schlecht, weil ich sie einfach so im Regen stehen lasse.«

Courtney schnappt nach Luft. »Willow! Herrgott noch mal! Die beiden haben womöglich Jemima und Una auf dem Gewissen.«

»Aber …« Mir schwirrt der Kopf. »Was, wenn nicht? Was, wenn etwas … *jemand* anderes sie damit in Verbindung bringt?

»Zum Beispiel?«

Ich denke angestrengt nach und rufe mir alle Leute in Erinnerung, denen ich während meiner Arbeit bei Elspeth begegnet bin. »Daisy! Sie arbeitet für Kathryn in der Galerie. Sie ist ein bisschen schräg.«

»Aber was für ein Motiv hätte sie?«

»Ich weiß es nicht. Vielleicht betreibt sie irgendwelche zwielichtigen Geschäfte in der Galerie. Vielleicht haben Una und Jemima davon Wind bekommen.«

Courtney schüttelt den Kopf. »Versteh mich nicht falsch, ich habe eine Schwäche für mysteriöse Fälle, aber das ist dann doch ein bisschen zu weit hergeholt. Menschen sind gestorben. Meine beste Freundin ist ermordet worden. Das hier ist kein Spiel. Vielleicht sollten wir es der Polizei überlassen.«

»Du hast recht.« Meine Finger schließen sich um die Tasse. Plötzlich fällt mir etwas ein, das Daisy bei unserer ersten Begegnung erwähnt hat. »Daisy hat mir erzählt, dass ihr Freund für Elspeth gearbeitet hätte. Sie klang … ich weiß auch nicht … ziemlich stinkig deswegen.«

Courtney sieht mich mit gerunzelter Stirn an. »Wer denn?«

»Louis. Nein. Lewis. Lewis Irgendwas.«

»Lewis?«

»Hat Una ihn etwa erwähnt?«

Courtney beugt sich vor, um ihre Tasse auf dem kleinen Beistelltisch neben dem Sofa abzustellen. Ein Bonbon rutscht ihr vom Schoß auf den Teppich, aber sie kriegt es nicht mit. »Ja, in der Tat, das hat sie. Sie fand ihn heiß. Aber sie kannte ihn kaum. Sie war gerade mal ein paar Tage dort, als er auch schon gefeuert wurde. Peter hat ihr erzählt, dass Jemima in einen Typen verliebt gewesen sei, und Una dachte, dass es sich womöglich um Lewis gehandelt habe, aber dem war nicht so. Lewis meinte, sie wären ein paarmal miteinander ausgegangen, aber es sei nichts Ernstes gewesen, und sie hätten sich getrennt.«

»Erinnerst du dich, was Una sonst noch über ihn gesagt hat?«

Courtney streicht sich nervös das Haar aus dem Gesicht. »Oje, lass mich überlegen … Nein, mehr war da eigentlich nicht. Sie hat ihn ja praktisch nicht gekannt. Ehrlich gesagt glaube ich nicht, dass Daisy und Lewis irgendwas damit zu tun haben, selbst wenn sie zusammen sind.«

Bevor ich etwas darauf erwidern kann, hören wir die Haustür ins Schloss fallen und Männerstimmen im Flur. Ich registriere, wie Courtneys Blick zu der großen Wanduhr in der Küche huscht. Es ist null Uhr, aber es fühlt sich viel später an. »Sieht aus, als hätte Kris Kumpels mitgebracht«, sagt sie, aber es ist dann doch nur Vince, der nach ihm das Wohnzimmer betritt.

»Du bist früh zurück«, stellt Kris mit einem breiten Grinsen an Courtney gerichtet fest. »Ich hatte gedacht, du würdest ewig unterwegs sein und Miss Marple spielen.«

Vince sagt nichts, sondern starrt nur mit geröteten Wangen auf seine Füße.

Courtney ignoriert Kris und wendet sich an Vince: »Erinnerst du dich noch an Willow?«

»Natürlich, hi.« Er schaut auf und lächelt mich schüchtern

an. Mein Herzschlag beschleunigt. Das ist doch absurd – ich kann mich unmöglich in Unas Ex verlieben! Das wäre einfach zu schräg.

Auf dem Sofa ist nicht genug Platz für sie, daher drehen sie die Küchenstühle zu uns herum. Vince trägt eine sperrige schwarze Lederjacke und ein T-Shirt, das für eine Band wirbt, deren Name ich noch nie gehört habe. Seine Jeans ist eng. Er lässt den Blick durch das schäbige Zimmer wandern, über die Raufasertapeten und die graubraunen Vorhänge, bis er an einem gerahmten Bild von Courtney und Una hängen bleibt, auf dem sie die Arme umeinander gelegt haben und eine Schnute für die Kamera ziehen. In diesem Moment wird mir abermals bewusst, wie sehr ich ihr ähnle. »Es ist das erste Mal, dass ich hier bin, seit … seit Una und ich uns getrennt haben«, sagt er gepresst.

Niemand erwidert etwas darauf, und als mir dämmert, dass sie hier bestimmt oft zu viert zusammengesessen haben, komme ich mir unangenehmerweise wie ein Eindringling vor.

Ich beobachte ihn dabei, wie er sich im Nacken kratzt, da, wo sein dunkelblondes Haar den Kragen seiner Jacke berührt, und frage mich, was wohl mit dem Geld ist, das er Una schuldete. Sind seine Schulden mit ihrem Tod getilgt? Fühlt er sich verantwortlich, weil er ihr die letzten Monate ihres Lebens erschwert hat?

Kris springt von seinem Platz auf und hüpft zum Kühlschrank. Ich bin mir sicher, dass er sich irgendwas reingepfiffen hat, so wie er drauf ist. »Will jemand ein Bier?«

Courtney und ich lehnen ab, Vince dagegen nickt und nimmt eine Dose von ihm entgegen.

»Und, habt ihr irgendwas Interessantes vom Polizisten-Peter erfahren?«, will Kris wissen.

»Er ist kein Polizist, sondern bei der Feuerwehr …«, beginne ich, begegne dann jedoch dem Blick von Courtney, die kaum merklich den Kopf schüttelt. Oh, ich verstehe. Kris gibt sich sarkastisch. Das ist gerade total unangebracht, und ich beschließe, dass ich ihn nicht leiden kann.

»Ich möchte nicht darüber reden«, erwidert Courtney spröde.

Kris dreht sich zu Vince um. »Oooh, sie will nicht darüber reden!« Er lacht. »Habe ich schon erwähnt, dass sie glaubt, Una wäre ermordet worden?«

Ich zucke angesichts seiner Gefühllosigkeit zusammen.

»Ja … und … und ich …«, stottert Vince.

»Die Polizei geht mittlerweile ebenfalls davon aus«, fährt Courtney ihren Freund an, wobei ihre großen kastanienbraunen Augen aufblitzen. »Das heißt, ich bin nicht die Bekloppte, als die du mich hinstellen willst. Weißt du, Kris, ein wenig Unterstützung wäre vielleicht ganz nett gewesen.«

Er verdreht theatralisch die Augen. »Unterstützung!« Er kichert, doch es hört sich herzlos und kalt an. »Ich habe doch hier mit dir gewohnt, oder etwa nicht? Und habe dir bei der Miete unter die Arme gegriffen, als Una dich im Stich gelassen hat, um in dieses Kuckuckshaus zu ziehen.«

Vince schüttelt den Kopf. »Alter, das geht zu weit.«

Kris zuckt die Achseln, nach dem Motto: Was soll ich schon dazu sagen?

Mir reichts. »Ich kapiere echt nicht, warum du das hier nicht ernst nimmst«, mische ich mich ein. »Jemand wurde in der Nacht von Jemimas Tod mit ihr auf der Brücke gesehen, daher ist es zweifelhaft, dass es sich um Selbstmord handelte. Und die Polizei geht mittlerweile davon aus, dass Una ebenfalls nicht allein war.«

»Das sage ich doch schon die ganze Zeit«, wirft Courtney ein. »Jemand hat Una auf die Brücke gelockt und sich als Peter ausgegeben.«

Vince erbleicht. »Und wer wusste, dass Una und Peter Kontakt hatten?«

»Kathryn wusste es. Sie war sauer, dass Una mit ihm in Kontakt war und dass sie die Frechheit besaß, sie wegen der Halskette auszuquetschen.« Sie klärt mich rasch über das Medaillon mit Jemimas Foto auf, das Una in ihrem Zimmer gefunden hatte.

»Tja, damit wäre das Rätsel dann ja gelöst, oder nicht?«, sagt Kris mit selbstgefälliger Miene. »Sieht aus, als wärs Kathryn gewesen.« Er klatscht in die Hände. »Möchte jemand noch 'nen Drink?«

Eine schockierte Stille tritt ein. Vince öffnet schon den Mund, um etwas zu sagen, doch da richtet Courtney sich bereits zu ihren vollen ein Meter siebzig auf, wobei die Süßigkeiten von ihrem Schoß auf den Boden purzeln. »Verpiss dich gefälligst aus meiner Wohnung«, knurrt sie leise. »Mit uns ist es aus.«

Der Ausdruck auf seinem Gesicht ist so comichaft perplex, dass ich beinahe lachen muss.

»Was denn? Was habe ich gesagt?«

»Alter, du bist nicht gerade sensibel«, meldet sich nun Vince, der ebenfalls aufsteht. Ein Muskel an seinem Kiefer zuckt, es ist offensichtlich, dass er aufgebracht ist. »Wir mochten … scheiße, Mann, nein, wir haben Una geliebt. Auch wenn sie dir am Arsch vorbeiging.«

»Moment mal …«

»Raus hier«, wiederholt Courtney. »Ich meine es ernst.«

Kris steht widerwillig auf. »Gut. Dann penne ich eben bei Stan. Bis du dich wieder raffst.« Er verschwindet in Unas ehemaligem Zimmer.

»Tut mir leid«, entschuldigt sich Vince leise. »Er ist echt ein Arsch.«

»Dann kapiere ich nicht, warum du mit ihm abhängst.«

»Er ist ein ausgezeichneter Schlagzeuger.«

Courtney lacht, und er zieht sie in seine Arme und drückt ihr einen Kuss auf den Kopf. Als er sich wieder von ihr löst, sagt er entschieden: »Was ihr beide da getan habt, ist unglaublich. Ich hoffe, dass diese Schlampe Kathryn bekommt, was sie verdient.«

Seine Augen blitzen mich über Courtneys Kopf hinweg an, und da ist etwas in seinem Gesicht, eine mühsam zurückgehaltene Wut, die mir nicht ganz geheuer ist.

39

Kathryn

Seit Willows Auszug sind drei Tage vergangen.

Kathryn war am Sonntagnachmittag immer noch im Kuckucksnest, als sie, begleitet von Unas Freundin, vorbeikam, um ihre Sachen abzuholen. Kathryn hatte sich geweigert, mit ihr zu sprechen, aber Elspeth hatte sie, kriecherisch wie eh und je, angefleht zu bleiben. »Die Polizei glaubt nicht, dass Kathryn auf irgendeine Weise in den Tod von Una und Jemima involviert ist«, hatte ihre Mutter mit näselnder, verzweifelter Stimme gesagt. »Und ich glaube es ebenfalls nicht. Bitte, das ist für uns alle eine befremdliche Situation, aber du befindest dich hier nicht in Gefahr.«

Kathryn war verblüfft, wie ihre Mutter sich zu einer solch hochtrabenden Aussage hinreißen lassen konnte, und das in einer Angelegenheit, von der sie keine Ahnung hat. Woher will sie denn wissen, dass Willow nicht in Gefahr ist?

Willow hatte sich daraufhin förmlich entschuldigt und erwidert, dass sie unter den gegebenen Umständen nicht bleiben könne. Sie ging mit Unas Freundin, Courtney, nach oben und packte alle ihre Sachen. Kathryn blieb derweil vor der Tür im Flur stehen, um sicherzustellen, dass Willow nicht etwas mitgehen ließ, was ihr nicht gehörte.

Elspeth weinte beinahe, als sie Willow zum Abschied umarmte. »Es tut mir ja so leid«, sagte sie erneut, während sie dem Mädchen etwas Geld in die Hand drückte. »Ich wollte nicht, dass die Dinge eine solche Wendung nehmen.«

Sollte Willow der Meinung gewesen sein, dass es sich dabei um eine seltsame Formulierung handelte, so enthielt sie sich jedenfalls eines Kommentars. Genauso wenig ging sie auf das Geld ein. Stattdessen wuchtete sie ihren Rucksack – so groß, dass es aussah, als würde sie darunter zusammenbrechen – auf den Rücken und stieg, dicht gefolgt von dieser Courtney, in das wartende Taxi.

»Was soll ich jetzt bloß tun?«, jammerte Elspeth gegen die Eingangstür gelehnt. »Ich kann nach dem, was passiert ist, ja wohl kaum *noch* eine Gesellschafterin einstellen.«

»Du hast mich«, erwiderte Kathryn, wobei sie eine beschwichtigende Hand nach ihr ausstreckte.

Doch Elspeth schlug sie ungehalten weg. »Natürlich habe ich dich *nicht*. Wie kann ich dich haben, wenn du doch einen Mann und zwei Söhne hast, um die du dich kümmern musst?«

Kathryn wusste nicht, was sie darauf antworten sollte. Denn ihre Mutter hatte recht.

Nachdem Willow fort war, rief Kathryn Ed an, um ihm Bescheid zu geben, dass sie ein paar Tage nicht nach Hause kommen würde. »Nur bis ich mir etwas überlegt habe«, versprach sie. Er schrie sie nicht an – so war Ed nicht –, aber sie konnte die Enttäuschung in seiner Stimme hören. Sie ließ ihn im Stich. Und Harry. Aber vor allem Jacob. Sie dachte an die großen braunen Augen ihres ältesten Sohnes, an sein wuscheliges sandblondes Haar. Er brauchte sie gerade mehr denn je.

Doch nun, nach diesen drei Tagen, die sie bei Elspeth verbracht hat, begreift sie, dass das Ganze vergebliche Liebesmühe ist. Denn ganz egal, was sie für ihre Mutter tut und wie sehr sie sich um sie kümmert, sie ist doch nur ein armseliger Ersatz für die Tochter, die Elspeth sich eigentlich wünscht. Die Tochter, die sie jahrelang vorgegeben hatte zu vergessen.

Erst am Mittwochmorgen hat Kathryn genug Mut gesammelt, um ihrer Mutter mitzuteilen, dass sie nach Hause gehen wird.

Harry und Jacob hatten sich am Vorabend via FaceTime bei ihr gemeldet. Harrys strahlendes Gesicht füllte den Bildschirm, während Jacob sich hinter ihm hielt und lässig tat, solange sein Bruder lang und breit von seinem Tag berichtete. Im Hintergrund konnte sie Ed sehen, der sich eine ihrer karierten Schürzen umgebunden hatte. Es sah aus, als würde er irgendwas kochen, obwohl er nicht vors Handy kam. Er hatte das Radio laufen, und die Szene vor ihr entsprach genau dem, was sie sich als Kind erträumt hatte. Ein liebevolles familiäres Zuhause. Und Ed, der offenbar tatsächlich eine richtige Mahlzeit zubereitete.

Sie konnte nicht aufhören, darüber nachzudenken, als sie letzte Nacht allein in dem Zimmer lag, das nie das ihre gewesen war. Als sie endlich einschlief, träumte sie, dass Ed ihr beichtete, dass er sich in eine andere verliebt hatte und sie verlassen wolle. Kaltschweißig und mit hämmerndem Herzen war sie aufgewacht.

Ihr Kopf ist immer noch wie in Watte gepackt, als sie sich an den Frühstückstisch setzt. Elspeth hält sich an einem von Aggies frisch gebackenen Croissants gütlich, während sie wie üblich ihre Reden schwingt. Sie ist gerade dabei, Aggie zu erzählen, wie Kathryn heute früh dabei versagt hat, ihr die richtigen Kleidungsstücke bereitzulegen. »Das war das Gute an Willow«, sagt sie mit durchdringender Stimme. »Sie wusste instinktiv, was ich anziehen wollte. Sie hatte Stil. Zugegebenermaßen nicht mein Stil, aber sie wusste, wie man Sachen zu kombinieren hat. Im Unterschied zu der da.« Sie lacht. Es klingt spöttisch und humorlos.

Alles, woran Kathryn denken kann, ist, dass Ed und die Jungs gerade ohne sie in ihrer gemütlichen Küche frühstücken. Und mit einem Schlag wird ihr klar, dass sie nicht hierhergehört, in dieses noble Haus mit ihrer kaltherzigen Mutter. Vielleicht hat sie das noch nie. Sie hätte Jacob an die Drogen verlieren können. Ed könnte beschließen, dass es ihm reicht, und sie verlassen. Und wo stünde sie dann? Sie würde in diesem seelenlosen Haus feststecken, das sie in ihrer Jugend so begehrt hatte. Dabei hat es ihr nichts als Unglück und Freudlosigkeit gebracht, mit dieser Mutter, die sie immer nur runtermacht, indem sie ihr (und auch sonst jedem, der es hören will) ständig unter die Nase reibt, dass sie nicht gut genug ist.

Sie erträgt es keine Sekunde länger. Abrupt erhebt sie sich vom Tisch, sodass ihr Stuhl in ihrer Hast quietschend über die Fliesen schrammt. Elspeth hebt verdutzt den Blick. »Wohin gehst du?«

»Heim, Mutter. Ich gehe heim. Zu meinem Ehemann. Zu meinen Kindern.«

»Aber …« Elspeth lässt ihr Croissant auf den Teller fallen, sodass die Blätterteigflocken über den Rand fliegen. »… wer wird sich um mich kümmern?« Sie wirft Aggie einen Blick zu, die sich rasch abwendet und an den Abwasch macht.

»Du kannst dich um dich selbst kümmern. Du bist bestens dazu in der Lage. Es ging schließlich ohnehin nie wirklich darum, eine Betreuerin zu haben. Habe ich nicht recht?«

»Was redest du da? Du weißt, dass ich jemanden brauche, der nach mir sieht.«

»Dann wirst du wohl für eine professionelle Vollzeitpflegekraft zahlen müssen. Du hast genug Geld. Es tut mir leid, Mutter, aber ich kann das hier nicht mehr tun. Es ist weder Ed gegenüber fair noch den Kindern gegenüber. Ich muss sie ausnahmsweise einmal an erster Stelle setzen.«

Elspeth richtet sich zu ihrer vollen Größe auf. Eine zornige Röte breitet sich von ihrem Nacken bis in ihre Wangen aus. »Ich habe für diese Jungs mehr als genug getan. Sie besuchen die Privatschule, weil ich dafür bezahle. Ich habe dir einen Job in meiner Galerie gegeben – die du im Übrigen gerade in den Ruin treibst. Ich habe die Anzahlung vorgestreckt, damit du dein erstes Haus kaufen konntest.«

»Ja, das weiß ich. Du erinnerst mich oft genug daran.«

»Wie kannst du es wagen? Du undankbare kleine Göre.«

Kathryn schluckt ihre Tränen hinunter. Genau darum ist es in dieser Beziehung schon immer gegangen. Die Klappe halten, parieren und dankbar sein. Und daran hat sie sich auch gehalten. So viele Jahre lang. Sie holt tief Luft. »Ich möchte mich nicht streiten, aber du musst auch verstehen, warum ich nicht bis in alle Ewigkeiten hierbleiben kann.«

»Das hast du mir aber angeboten. Also, was ist jetzt los? Die Mädchen sind weg, und du willst mich auch nicht mehr?«

»Sei nicht albern. Ja, ich habe dir angeboten, deine Vollzeitbetreuung zu übernehmen, woraufhin du mir – und das vollkommen zurecht – erklärt hast, warum das nicht funktionieren würde. Aber mit den Gesellschafterinnen hat es auch nicht so recht geklappt, nicht wahr?«

»Tja«, zischt Elspeth, »dafür hast du ja gesorgt.«

Kathryn entgeht nicht, wie sich Aggies Schultern verkrampfen, aber sie kommt ihr nicht zu Hilfe. Ist es das, was sie alle denken? Dass alles ihre Schuld ist?

»Denkst du etwa, ich hätte diese Mädchen getötet?«, fragt sie ungläubig.

Elspeth verschränkt die Arme. »Ich habe dir trotz deines schlechten Starts versucht, ein gutes Zuhause zu bieten. Aber du bist immer so eifersüchtig und besitzergreifend, was mich betrifft, Kathryn. Erst Viola und dann meinen Gesellschafterinnen gegenüber. Willst du etwa, dass ich alleine sterbe? Ist es das?«

Kathryn fehlen die Worte. Entsetzt starrt sie ihre Mutter an.

Elspeth sinkt auf ihren Stuhl zurück. Sie wirkt klein und verletzlich, und trotz Kathryns gerechtem Zorn holt sie das schlechte Gewissen ein. »Hör mal, wenn du alleine nicht zurechtkommst, warum ziehst du dann nicht zu mir, Ed und den Jungs? Nur für eine Weile.«

Elspeth reißt schockiert die Augen auf. »Und verlasse mein schönes Haus? Ganz sicher nicht!«

Kathryn seufzt. Dieses verfluchte Haus. Es hängt wie ein Mühlstein am Hals aller Beteiligten. »Dann musst du dir alternative Arrangements überlegen. Ich muss gehen. Tut mir leid.« Sie beugt sich vor, um ihre Handtasche vom Boden aufzuheben, wobei ihr das Herz bis zum Hals klopft. »Ich vermisse meine Jungs. Ich möchte sie vor der Schule noch sehen.«

Elspeth glotzt sie an, als sei ihr die Vorstellung, ihre eigenen Kinder zu vermissen, völlig fremd.

Das schrille Klingeln des Flurtelefons unterbricht die Anspannung. »Kannst du auf dem Weg nach draußen rangehen?«, fragt Elspeth wie nebenbei, greift nach ihrem Croissant und isst weiter, als hätte ihre Auseinandersetzung nie stattgefunden. Aggie hat ihnen nach wie vor den Rücken zugewandt und tut so, als wäre sie durch den Abwasch vollkommen in Anspruch genommen.

»Na schön«, erwidert Kathryn, wobei sie den Riemen ihrer Tasche über die Schulter schiebt.

Elspeth erwidert nichts, und Kathryn geht die Treppe hinauf in den Flur, wobei ihr Puls so sehr rast, dass ihr schwindlig wird. Sie geht zum Telefon, das auf der kleinen halbrunden Art-déco-Konsole steht, und nimmt den Hörer ab. »Hallo?«

»Ist da Elspeth McKenzie?«, will eine barsche Stimme wissen.

Kathryn fragt sich, ob es die Polizei ist. Sie schaut auf die Uhr. Wenn sie sich jetzt nicht beeilt, wird sie es nicht mehr schaffen, die Jungs vor der Schule zu sehen. »Dürfte ich wissen, worum es geht?«

»Mein Name ist Jim Sutton, und es geht um Ihre Tochter. Viola.«

Kathryn erstarrt. Bevor sie auch nur darüber nachgedacht hat, antwortet sie: »Mrs. McKenzie am Apparat.«

»Wie Sie wissen, habe ich, wie vereinbart, zahlreiche Nachforschungen zum Verbleib Ihrer Tochter durchgeführt.«

»Ja«, lügt sie. Sie hatte bis zu diesem Augenblick keine Ahnung gehabt, dass ihre Mutter nach Viola sucht, und der Verrat trifft sie wie ein Faustschlag in den Bauch. Aus den Augenwinkeln kann sie Elspeth mit fragendem Ausdruck im Gesicht auf sich zukommen sehen. Kathryn dreht ihrer Mutter den Rücken zu und presst den Hörer an ihr Ohr. Sie kann über das Hämmern ihres Herzens kaum noch etwas hören.

»Es tut mir leid, Ihnen mitteilen zu müssen, dass sie …« Er räuspert sich, und Kathryn wird bewusst, dass sie den Atem anhält. Sie weiß, was jetzt kommt. »Ich fürchte, sie ist tot.«

40

Willow

Courtney sitzt auf dem Sofa und hält ihr Handy, als ob Peter noch dran wäre, obwohl sie ihr Gespräch schon vor einer Weile beendet haben.

»Gibt es irgendwas Neues?«, frage ich.

Sie schüttelt den Kopf. »Er weiß es nicht. Die Polizei verrät ihm nichts. Ich weiß noch nicht einmal, ob Kathryn verhaftet wurde. Was ist, wenn sie den Mörder von Una und Jemima niemals schnappen?«

»Kathryn wird einen Fehler begehen«, sage ich mit einer Zuversicht, die ich nicht verspüre. Ich bin nach wie vor nicht gänzlich überzeugt, dass Kathryn hinter dem Tod der Mädchen steckt, und es überrascht mich selbst, dass mir das Arbeiten dort jetzt schon fehlt. Ich hatte da eine gute Sache am Laufen. Und jetzt habe ich keine Ahnung, was ich als Nächstes tun soll.

»Scheiße, ich hoffe es. Und ich frage mich nach wie vor, warum.« Courtney lässt sich gegen die Polster fallen, wobei sich ihr langes kupferrotes Haar über ihre Schultern ausbreitet.

»Eifersucht. Vielleicht auch Geld. Wer weiß?«

Courtney wirft ihr Handy aufs Sofa und springt auf. Sie beginnt, in dem winzigen Raum auf und ab zu gehen. »Als ich in diesem Haus war und dein Zimmer gesehen habe –

Unas Zimmer … Ich weiß auch nicht. Ich kann nicht aufhören, über all das nachzudenken. Ich ertrage die Vorstellung nicht, dass wir womöglich nie erfahren werden, was wirklich passiert ist.«

Wir verfallen in Schweigen, beide tief in Gedanken versunken. Dann stehe ich ebenfalls auf. Ich kann es nicht länger vor mir herschieben. Ich muss los. Ich schnappe mir meine geblümte Bomberjacke von der Lehne des Küchenstuhls und schlüpfe hinein. Es waren ein paar schräge Tage, die ich bei Courtney gewohnt habe. Ich war da, als Kris am Montag kam, um seine Sachen zu holen. Er wurde wütend, als er feststellen musste, dass es Courtney ernst meinte, dass sie ihn nicht mehr zurückwollte. In der einen Minute nannte er sie noch kaltherzig, in der nächsten flehte er sie an, es sich anders zu überlegen. Es erfüllte mich mit Stolz zu sehen, wie sie standhaft blieb. Sie zieht ebenfalls aus. Sie wird eine Weile bei ihren Eltern wohnen, bis sie wieder ihren Kopf beisammenhat, wie sie es ausdrückt. Sie meint, die Wohnung würde zu viele traurige Erinnerungen bergen. Ich glaube, sie tut damit das Richtige.

Und ich hoffe, dass sie und Peter nicht allzu lange brauchen, um zu kapieren, dass sie perfekt füreinander sind.

Courtney kommt zu mir und zieht mich in eine Umarmung. »Pass auf dich auf. Versprich mir, dass wir in Kontakt bleiben.«

»Ich verspreche es.« Nun, da der Job bei Elspeth geplatzt ist, habe ich keine Ahnung, was ich mit meinem Leben anfangen soll. Ich bin zurück auf Start. Arlo habe ich die frohe Nachricht bisher noch nicht überbracht. Er wird von mir enttäuscht sein. Er hatte sich so gefreut, als ich die Stelle bekam. Ich weiß, dass er sich seit Mums Tod große Sorgen um mich macht, und mir ist nicht entgangen, wie beruhigt er war, dass ich endlich etwas Festes gefunden hatte. Ich glaube, er hat es auch genossen, dass ich aus dem Weg war. Mir ist schon klar, dass es dem Ruf nicht gerade zuträglich ist, mit seiner kleinen Schwester zusammenzuwohnen.

»Sicher, dass du klarkommst?«, erkundigt Courtney sich, und ihr hübsches Gesicht ist voller Sorge.

»Natürlich. Ich komme immer klar.« Ich lache, um meine tatsächliche Angst zu verbergen, denn ich habe keine Ahnung, ob es stimmt. »Ich ziehe erst mal wieder bei meinem Bruder ein – er wird ganz bestimmt hocherfreut sein –, und dann, na ja, das werden wir sehen.«

Sie legt eine Hand auf meinen Arm, und was sie dann sagt, lässt mich am ganzen Körper erschauern. »Ich glaube, du bist glücklich davongekommen.«

Es ist noch hell, als ich Courtneys Wohnung verlasse. Mir ist unerwartet schwer ums Herz. Ich kenne Courtney nur wenige Wochen, aber diese ganze Geschichte hat uns eng zusammengeschweißt. Ich habe das Gefühl, als ob wir richtige Freundinnen werden könnten. Außerdem liebe ich Bristol. Vielleicht werde ich ja zurückkehren. Wenn ich entschieden habe, was ich mit meinem Leben anfangen soll.

Ich gehe durch die unbekannten Straßen Richtung Bushaltestelle. Es ist hier viel ruhiger als in Clifton, doch während ich den Gehweg entlangschlendere, überkommt mich das vertraute Gefühl, dass jemand hinter mir ist. Ich beschleunige mein Tempo und ermahne mich, bloß nicht paranoid zu werden. Die Schritte nähern sich, aber ich wage es nicht, mich umzudrehen. Wahrscheinlich ist es nur jemand, der ebenfalls zur Bushaltestelle geht, sage ich mir. Doch abgesehen von mir und der Person hinter mir ist die Straße menschenleer. Ich höre, wie die Schritte hinter mir beschleunigen, und alles in mir spannt sich an. Ich kann die Bushaltestelle vor mir sehen. Zu meiner Bestürzung wartet dort niemand anderes, und obwohl es noch nicht dunkel ist, hat der Vorort doch etwas von einer Geisterstadt. Während ich mich der Haltestelle nähere, werde ich langsamer, und wie ich so mein Tempo drossle, streift jemand an mir vorbei und verpasst mir dabei einen heftigen Stoß gegen die Schulter. Erschrocken schreie ich auf, aber die Person, die eine Kapuze über den Kopf gezogen hat, geht zügig weiter. Dem Aussehen nach ist es ein Kerl. Ich möchte ihm hinterherschreien und ihn einen Wichser nennen, aber ich fühle mich unsicher, und ich habe Angst, dass er kehrtmacht und mich anfällt. Ich bin erleichtert, als der Bus Richtung Temple Meads Station am Bordstein hält.

Die Gegend mag ruhig gewesen sein, aber der Bus ist voll von Pendlern und Menschen aller Art, sodass ich den Großteil der Fahrt stehend verbringen muss. Am Bahnhof Temple Meads ist sogar noch mehr los, und ich muss rennen, um meinen Zug zu erwischen. Ich gehe von Waggon zu Waggon, bis ich einen freien Platz neben einem Mann in schniekem Anzug mit Laptop finde. Sein Blick schweift zu mir, und ich kann ihn förmlich die Nase rümpfen sehen, während er meine Haare und meine Klamotten taxiert. Ja, ich mag zwar etwas exzentrisch aussehen, möchte ich ihm sagen, aber ich stinke nicht.

Als wir in den Bahnhof von Weston-super-Mare einfahren, ist es dunkel. Trotzdem beschließe ich, die zehn Minuten zur Wohnung meines Bruders zu Fuß zu gehen. Jetzt, da ich nicht länger in Bristol bin, fällt die Angst, verfolgt zu werden, von mir ab, und ich atme die frische Seeluft ein, während der Rucksack schwer auf meinen Schultern lastet.

In den Straßen herrscht geschäftiges Treiben, und in der Ferne sieht man noch die Sonne untergehen, die den Himmel mit einem matten Rosa und Ocker streift. Ich verstehe schon, warum Arlo sich hier niedergelassen hat. Es hat einen gewissen Charme. Nicht sehr viel anders als die Gegend, in der wir aufgewachsen sind. Seit unsere Mutter vor zwei Jahren gestorben ist, hingen wir beide praktisch im luftleeren Raum, planlos, was wir aus unserem Leben machen sollten. Nicht dass wir je Anlass gehabt hätten, Mum vorzuwerfen, eine Helikoptermutter zu sein. Ihre Philosophie bestand darin, uns so autonom und unabhängig wie möglich zu machen und das tun zu lassen, was uns Freude bereitet. Das Problem ist, dass Arlo und ich immer noch damit beschäftigt sind, genau das herauszufinden.

Arlo wohnt in einer Dachgeschosswohnung in einer Reihe gleich schäbiger Gebäude, denen der Küstenwind mit der Zeit böse zugesetzt hat. Leider hat man von seiner Straße aus keinen Blick aufs Meer; alles, was man zu sehen bekommt, sind graue Dächer und überfütterte Möwen, die einen morgens viel zu früh mit ihrem Gekreische wecken. Es ist das genaue Gegenteil zu der Gegend, in der Elspeth wohnt. In Arlos Fenster brennt kein Licht, was nicht ungewöhnlich ist. Er sitzt oft im Dunkeln. Manchmal meditiert er bloß mit einer flackernden Kerze und einem Joint zwischen den Fingern. Obwohl das normalerweise nur der Fall ist, wenn er einen Kater hat. Womöglich ist er aber auch mit seinen abgedrehten Hippiefreunden aus – immerhin ist Freitagabend.

Ich sperre mit dem Ersatzschlüssel auf, den ich bei meiner Abreise nach Bristol mitgenommen habe. Arlo weiß nicht, dass ich ihn habe. Ich fand ihn in der Küchenschublade zwischen Gummibändern und Bindfadenrollen und steckte ihn ein, nur für den Fall, dass es mit dem Job nicht klappen sollte. Ein für mich recht ungewöhnlicher und cleverer Schachzug, denn hier stehe ich nun, keinen Monat später.

Die Wohnung ist in ziemlich dem gleichen Zustand, wie ich sie verlassen habe. Sie ist sogar noch kleiner als die von Courtney: ein Schlafzimmer, ein kleines Wohnzimmer mit einem Futon und eine winzige Kochnische. An den Wänden hängen Poster von Bob Marley, und der Duft nach Marihuana liegt in der Luft. Plötzlich verspüre ich so etwas wie ein leichtes Heimwehgefühl nach dem eleganten Stadthaus in Clifton, in dem es immer nach alten Büchern und Bienenwachs gerochen hat. Ich *schwebte* – es gibt wirklich kein anderes Wort dafür – durch das Haus, als wäre ich in einem Jane-Austen-Film, und ich kann nicht verleugnen, dass ich, trotz fehlender Behaglichkeit, jede Minute, die ich dort wohnte, begierig ausgekostet habe. Ja, der Job war langweilig, aber das Haus und die Umgebung hatten das mehr als nur wettgemacht. Ich bezweifle, dass ich jemals wieder irgendwo auch nur annähernd so glamourös wohnen werde.

Ich lasse meinen Rucksack neben den Tisch plumpsen und durchstöbere dann den Küchenschrank. Es ist kaum was zu essen da – eine Dose mit gebackenen Bohnen, ein Glas eingelegte Gurken und eine seit drei Tagen abgelaufene Milch und etwas Margarine im Kühlschrank. Na toll. Mein Magen knurrt. Ich öffne die Bohnen und esse sie mit einer Gabel direkt aus der Dose, wobei Arlo das Kotzen kriegen würde. Er bekommt keine Bohnen runter, wenn sie nicht zuvor erhitzt wurden. Ich denke wehmütig an Aggies hausgemachte Mahlzeiten. Freitags kocht sie normalerweise ein köstliches Fischgericht.

Hier drin ist es eiskalt. Ich esse die Bohnen auf und gehe dann zur Abstellkammer in dem winzigen Flur, um die Heizung anzuschmeißen. Der Schalter befindet sich hinter dem Boiler, weshalb ich mich ziemlich vorbeugen muss, um ihn zu erreichen, wobei ich mir beinahe die Schulter auskugle. Meine Hand streift etwas. Es handelt sich um eine gepolsterte Versandtasche, die seitlich neben den Boiler geklemmt wurde. Ich weiß, dass ich die Finger davon lassen sollte, aber ich bin so neugierig, dass ich sie herausziehe. Sie ist oben mit braunem Klebeband verschlossen. Bevor ich darüber nachdenken kann, was ich da tue, reiße ich das Klebeband mit den Zähnen auseinander. Als ich in den großen Umschlag hineinspähe, muss ich nach Luft schnappen. Da ist Geld. Bündelweise Kohle. Zwanzigpfundnoten, die mit Gummibändern zusammengehalten werden. Ich blättere sie durch. Das müssen problemlos mehrere Tausender sein. Vielleicht fünf. Wo zur Hölle hat Arlo so viel Geld her?

Hinter den Scheinen steckt noch ein Handy. Ich fische es aus dem Umschlag. Es sieht alt aus, und das Display hat Risse. Es muss ein Wegwerfhandy sein. In was für eine Scheiße ist Arlo da verwickelt?

Warum habe ich nur das Klebeband zerrissen? Jetzt wird Arlo wissen, dass ich gesehen habe, was sich im Inneren befindet. Aber möglicherweise ist es nicht, was ich denke, das es ist. Ich lasse das Handy in die Tasche gleiten und verstaue die Versandtasche wieder da, wo ich sie gefunden habe. Ein Geräusch im Treppenhaus lässt mich zusammenschrecken.

Ich höre, wie der Schlüssel ins Schloss geschoben wird, mache schnell die Tür der Abstellkammer zu und flitze in die Küche, um einen Kaffee aufzusetzen.

Arlo pfeift vor sich hin, als er hereinkommt. Er sieht ungepflegter aus als je zuvor. Sein Haar ist lang und schmuddelig, und sein Parka hat einen Riss im Ärmel. Als er mich sieht, zuckt er zusammen. »Was tust du denn hier?« Er klingt nicht erfreut, mich zu sehen. Er hat eine Reisetasche bei sich, die er auf das Sofa schmeißt. Mein Blick fällt auf sie, und ich frage mich, was sich in ihrem Inneren befindet. Noch mehr Geld? Drogen? Ist mein Bruder in etwas Illegales verstrickt?

Wir hatten eine unkonventionelle Kindheit in der Kommune, und normale Regeln schienen für uns nicht zu gelten. Arlo, einige der anderen Kinder und ich wurden zu Hause unterrichtet. Den Rest der Zeit konnten wir nach Belieben wild durch die viele Hektar umfassenden Felder streifen und an den Wochenenden auf dem Bauernhof mithelfen. Es war in vielerlei Hinsicht idyllisch, doch insbesondere Arlo schien in seinen späteren Teenagerjahren Schwierigkeiten zu haben, vor allem mit Autoritäten. Die Folge war, dass er es nie lange in einem Job aushielt. Nicht dass ich da groß Reden schwingen dürfte. Aber Arlo hat trotz allem immer schon gesagt, dass er sich wünschen würde, dass ich etwas aus mir mache und nach unserer Kindheit eine sichere Zukunft habe. Er räumt dabei auch freimütig ein, dass er selbst ziemlich verkorkst ist. »Aber du«, sagt er dann immer mit trauriger Stimme, »hast deinen Kopf am rechten Fleck.«

»Ich bin bei den McKenzies ausgezogen«, verkünde ich.

Er reibt sich mit der Hand übers Kinn. Er sieht aus, als habe er sich seit Tagen nicht mehr rasiert. »Was? Warum?«

»Weil dort etwas Seltsames vor sich geht, darum. Ich möchte nicht ihr nächstes Opfer sein.«

»Scheiße noch mal«, presst er hervor, während er sich an mir vorbei zum Kühlschrank schiebt. Als er feststellt, dass er so gut wie leer ist, schließt er ihn wieder. »Du hattest da etwas Gutes am Laufen. Du bist verrückt. Wie oft habe ich dir schon gesagt, dass du dich nicht auf mich verlassen kannst!«

Er wurde stinksauer, als ich ihm damals gestand, dass ich die Uni geschmissen habe, und ebenso wütend, als ich ihm eröffnete, dass ich für ein paar Monate nach Indien gehen würde. Ich glaube, dass ich ihn seit dem Tod unserer Mum kontinuierlich enttäuscht habe.

»Ich weiß ja, dass die Bezahlung gut war, aber …«

»Aber du hast es vermasselt.«

Entrüstung macht sich in mir breit. »Nein, habe ich nicht. Zwei, wenn nicht drei meiner Vorgängerinnen wurden bei diesem Job ermordet.«

Er seufzt. Er hat Tränensäcke unter seinen blutunterlaufenen Augen. »Darüber haben wir doch schon gesprochen.«

Ich erzähle ihm, wie wir Jemimas Pass in der Galerie gefunden haben.

Er zuckt unbeeindruckt mit den Schultern. »Dafür könnte es viele Erklärungen geben.« Er lässt sich auf das Sofa fallen. Er wirkt erschöpft. »Ich habe jede Menge um die Ohren. Ich kann das jetzt nicht brauchen.«

Ich setze mich neben ihn. Er riecht nach kaltem Rauch. »Tut mir leid. Mir fällt schon etwas ein. Aber darf ich jetzt erst mal nur für ein Weilchen hierbleiben?«

»Du bist zwanzig Jahre alt. Ich kann nicht ewig den Babysitter für dich spielen.«

»Tust du doch gar nicht.«

»Ich habe rund um die Uhr gearbeitet und Nachtschichten in der Fabrik geschoben. Und du kannst keine fünf Minuten einen Job halten.«

Beschämt lasse ich den Kopf hängen. Seit dem Tod meiner Mutter habe ich gar nichts mehr auf die Reihe bekommen. »Ich habe bei Elspeth Geld gespart. Ich kann dir Miete bezahlen.«

»Die Wohnung ist zu klein.«

»Nur ein paar Nächte. Vielleicht kehre ich wieder nach Bristol zurück.«

Er dreht sich zu mir um und sieht mich eindringlich aus seinen blauen Augen an. »Ich dachte, du würdest dich mit dieser Elspeth verstehen.«

»Tat ich auch. Ich glaube, sie mochte mich.«

Sein Gesicht hellt sich auf. »Dann wird sie dir bestimmt vergeben, dass du gekündigt hast. Ich denke, du solltest zurückgehen.«

»Aber …«

»Du bist echt albern. Eine alte Frau kann dir doch nichts antun. Was erwartest du denn, was sie macht? Dich nachts mit ihren Stricknadeln abstechen?«

»Na ja, nein, aber …«

»Und, ja, okay, die Tochter klingt ein bisschen komisch, aber sie wohnt nicht dort. Sei einfach auf der Hut, damit hat sichs. Lass dich halt nicht von ihr auf die Brücke locken, wenn du glaubst, dass sie es so mit den anderen gemacht hat.«

»Aber Courtney denkt …«

»Wer zum Henker ist Courtney?«

»Unas beste Freundin. Sie hat mich gewarnt, dass ich vorsichtig sein soll und dass ich …«

Aufgebracht steht er auf, sein Gesicht ist gerötet. »Ich glaubs ja nicht. Du hast da auf irgendwelche Verschwörungstheorien gehört. Das ist total kaputt.« Seine Züge werden wieder weicher. »Das war ein guter Job. Du hattest ein schönes Zuhause und ein super Gehalt. Es klang, als wäre die Alte stinkreich. Wenn du deine Karten richtig ausgespielt hättest, dann wärst du in ihrem Testament bestimmt mit einem ordentlichen Batzen bedacht worden.«

»Wie bitte? Geht es dir hier eigentlich nur ums Geld?«

Er seufzt. »Es geht immer ums Geld.«

»Ach ja? Hast du deshalb einen ganzen Umschlag voll davon in der Abstellkammer?«

Seine Miene verdüstert sich. »Hast du etwa in meiner Bude herumgeschnüffelt?«

»Nein, ich habe nur die Heizung angemacht, als ich angekommen bin, und es dabei gefunden.«

»Ich arbeite ein bisschen schwarz nebenher. Ich hatte noch keine Zeit, zur Bank zu gehen.« Die Erklärung geht ihm leicht über die Lippen, aber ich nehme sie ihm nicht ab. Wenn ich es mir recht überlege, dann benimmt er sich schon seit Monaten heimlichtuerisch. Eigentlich seit ich von meiner Reise zurückgekommen bin.

Er senkt seine Stimme. »Ich sorge mich doch nur um dein Wohlergehen. Das würde Mum auch wollen. Du brauchst diesen Job. Oder willst du tun, was ich tue, hm? Den ganzen Tag Waschmaschinen in der Fabrik umherschleifen? Du hast dort eine echt ruhige Kugel geschoben.«

Vielleicht hat er recht. Vielleicht habe ich mich vorschnell von Courtney in das ganze Drama hineinziehen lassen, wo es eigentlich keinerlei Grund gab, davon auszugehen, dass ich in Gefahr bin. Das Einzige, was Kathryn mit Jemima in Verbindung bringt, ist dieser Pass – und es könnte jede Menge logischer Erklärungen geben, warum er sich in ihrem Besitz befand. Womöglich hat sie ihn nur versteckt, weil sie wusste, dass es sonst verdächtig aussehen würde.

Ich lehne mich auf dem abgewetzten Sofa zurück. »Okay. Ich rufe morgen früh bei Elspeth an und bettle darum, dass sie mich wieder nimmt.«

Er grinst mich breit an, sein gesamtes Gesicht erstrahlt. »Das ist genial. Du hast die richtige Entscheidung getroffen. Ich gehe nur schnell los und hole ein paar Bier, um das zu feiern.«

41

Der Kuckuck, 1988

Viola hasste Katy nach wie vor, so viel war klar. Seit Mittens' Verschwinden hatte Katy es aufgegeben, eine Freundschaft mit ihr zu knüpfen, und wie die Jahre vergingen, verfestigte sich die Erkenntnis, dass sie einander niemals nahestehen würden, dass Viola nie die Schwester sein würde, die sie sich so sehnlichst gewünscht hatte. Katy war nun schon seit fünf Jahren bei den McKenzies, und mittlerweile fühlte sie sich ihrer selbst sicherer und hatte nicht mehr solche Angst, dass man sie ins Heim zurückschicken würde. Und obwohl sich Viola ihr gegenüber immer noch boshaft und abweisend verhielt, schien es doch so, als wäre sie der gemeinen Streiche müde geworden. Die meiste Zeit strafte sie Katy mit verächtlichem Schweigen.

Zumindest bis sie Danny O'Connor kennenlernte.

Er war ein Landstreicher. Einer vom fahrenden Volk. Katy war sich nie so ganz sicher, wie sie sie nennen sollte. Alles, was sie wusste, war, dass er mit diesen Leuten abhing, die ihre Wohnwagen auf dem Grundstück fremder Leute abstellten, bis man ihnen sagte, dass sie weiterziehen sollten. Katy hatte ihn schon beim Zeitungsladen um die Ecke herumstehen sehen, meist mit einem räudigen Hund im Schlepptau. Auf den sauberen, breiten Straßen von Clifton wirkte er fehl am Platz. Aber er sah gut aus – selbst Katy mit ihren sechzehn Jahren konnte das sehen – mit seinem langen dunklen Haar, dem olivfarbenen Teint und den strahlend blauen Augen. Obwohl sie es noch nicht einmal wagte, sich vorzustellen, einen Freund zu haben. Elspeth war strikt dagegen, und sowohl Viola als auch sie hatten eingetrichtert bekommen, dass sie es nicht dulden würde, dass sie Jungs mit nach Hause brachten. Dass sie die Schule beenden mussten, bevor sie eine ernsthafte Beziehung auch nur in Betracht ziehen durften, und selbst dann müsste es »die richtige Sorte Junge« sein. Katy wusste, dass die »richtige Sorte« jemanden meinte, der eine gute Schule besucht hatte und aus einer »anständigen Familie« stammte. Nicht irgendeinen Dahergelaufenen ohne festen Wohnsitz.

An einem frischen Samstag Anfang März, als sie vom Einkaufen am Zeitungsladen vorbeikam, sah sie, wie er sich mit einem hübschen blonden Mädchen in einem Ballonrock und Overknee-Strümpfen unterhielt. Mit einem Schreck erkannte sie, dass es Viola war. Und an der Art, wie Viola kicherte und ihre Haare zwirbelte, erkannte sie sofort, dass ihre Schwester total verknallt war.

Katy konnte sich ein Grinsen nicht verkneifen, als sie an ihnen vorbeihastete. Elspeth würde das niemals gutheißen. O nein. Elspeth hatte Pläne für Viola, die eine Universität und ein Jurastudium beinhalteten und bestimmt keine Beziehungen zu einem arbeitslosen Vagabunden.

Die Tage vergingen, und Katy hütete das Geheimnis fest in ihrem Herzen, wobei sie es auskostete, dass sie ausnahmsweise einmal Viola gegenüber im Vorteil war. Sie sah vom Dachfenster aus zu, wenn Viola sich davonschlich, um sich, wann immer sie konnte, mit ihm zu treffen. Elspeth trauerte zu der Zeit immer noch um Huw und versuchte, sich mit der Tatsache zu versöhnen, im jungen Alter von siebenundvierzig Jahren Witwe geworden zu sein. Katy war nach Huws Tod förmlich am Boden zerstört gewesen. Sie hatte ihren einfühlsamen, zuverlässigen Vater lieben gelernt. Ohne ihn kam ihr das Haus riesig und leer vor. Und obwohl Elspeth eine neue Köchin und Haushälterin namens Aggie eingestellt hatte, deren warmes Lächeln und freundliche Augen dazu beitrugen, dass Katy sich wohler fühlte, vermisste sie Huw schmerzlich. Er war ihr Beschützer gewesen, und sie plagte die Angst, dass Violas Boshaftigkeiten nun, da er tot war, noch einmal Fahrt aufnehmen würden. Elspeth hatte sich seit seinem Tod ebenfalls verändert, sie war noch kühler und schwerer zufriedenzustellen als zuvor.

Doch zum Glück wurde Viola von diesem fremden Jungen abgelenkt.

An einem warmen Maiabend saßen Elspeth und Katy gerade in der Küche – nachdem Huw gestorben war, hatten sie aufgehört, das Esszimmer zu nutzen –, als Elspeth die Augen zu Schlitzen verengte und fragte: »Kathryn, wo ist Viola?«

Katy rutschte unbehaglich auf ihrem Stuhl umher, während Aggie Fisch und Salat auftischte. Sie wusste ganz genau, wo Viola war. Sie könnte es jetzt ihrer Mutter anvertrauen und dafür sorgen, dass Viola Ärger bekam, oder sie könnte sie decken. Auf diese Weise würde Viola in ihrer Schuld stehen. »Ich glaube, sie ist noch in der Bibliothek. Am Lernen. Bald stehen die Abschlussprüfungen an.«

»Ach ja«, sagte Elspeth, eine Stoffserviette auf ihrem Schoß ausbreitend. »Dessen bin ich mir durchaus bewusst, danke dir, Kathryn.« Sie weigerte sich beharrlich, ihren Namen abzukürzen. Dann warf sie einen Blick auf die elegante Cartier-Uhr an ihrem Handgelenk. »Doch um diese Uhrzeit sollte sie während der Woche längst zu Hause sein.«

Genau in dem Moment kam Viola mit geröteten Wangen in die Küche gesprungen, einzelne Haarsträhnen hatten sich aus ihrem Pferdeschwanz gelöst. Sie sah schöner aus, als Katy sie je zuvor gesehen hatte.

»Du bist zu spät«, sagte ihre Mutter schneidend, ohne von ihrem Essen aufzublicken.

»Tut mir leid, ich …«

»Ich habe Mutter schon gesagt, dass du in der Bibliothek warst«, warf Katy ein, und ihr Blick suchte den von Viola. »Ich ging davon aus, dass du geblieben bist, nachdem ich gegangen war.«

Violas große blaue Augen weiteten sich überrascht. »Ich … ja, war ich auch. Ich habe gelernt.«

Später, als sie sich gerade bettfertig machten, stellte Viola Katy in ihrem Dachzimmer zur Rede. »Warum hast du für mich gelogen?«, zischte sie. »Du musst mir keinen Gefallen tun.«

Kathryn zuckte mit den Schultern und empfand die Situation ausnahmsweise einmal als amüsant. »Okay. Na schön. Dann erzähle ich ihr eben, wo du wirklich warst.«

»Wo ich wirklich war? Was weißt du schon darüber, du kleine Arschkriecherin?«

»Du warst mit diesem Vagabunden zusammen. Du schleichst dich doch Abend für Abend davon, um dich mit ihm zu treffen.«

Sie wurde kreidebleich. »Was?«

»Du hast mich schon verstanden«, erwiderte Katy, wobei

sie sich mutiger anhörte, als sie sich fühlte. »Ich habe alles gesehen.«

Die Streitlust schien Viola zu verlassen, und sie sank stöhnend, den Kopf in ihren Händen haltend, auf den Boden. »Mutter würde mich umbringen, wenn sie es erfährt. Sie würde mir verbieten, ihn weiterhin zu sehen.«

Katy setzte sich im Schneidersitz zu ihr auf den Boden. Zaghaft streckte sie die Hand aus, um Violas Schulter zu berühren, als stünde sie im Begriff, einen Löwen zu streicheln. Aber weder zuckte Viola zurück, noch biss sie ihr die Hand ab, wie sie erwartet hatte. Stattdessen saß sie einfach nur mit dem Kopf in ihren Händen da. Als sie endlich aufblickte, waren ihre Augen gerötet. »Ich liebe ihn«, sagte sie leise. »Ich kann es nicht ertragen, von ihm getrennt zu sein. Wirst du mir helfen?«

Ihr Blick begegnete dem von Katy, in ihren tiefblauen Augen, die so sehr denen von Elspeth glichen, stand die Verzweiflung geschrieben. Katy zögerte und tat so, als würde sie darüber nachdenken. Die Luft um sie herum schien stillzustehen, so als wäre der Raum hermetisch abgedichtet. »Natürlich«, antwortete sie schließlich.

Während der folgenden Monate gab Katy Viola Rückendeckung, wann immer sie konnte, was zur Folge hatte, dass ihre Schwester nett zu ihr war. Nachdem Elspeth ins Bett gegangen war, schlich sich Viola gern in Katys Dachzimmer, hockte sich auf die Bettkante und erzählte ihr alles über ihre geheimen Rendezvous mit diesem Danny. Und obwohl Katy nicht umhinkam, ein bisschen eifersüchtig zu sein, weil Viola einen so hübschen, sexy Freund gefunden hatte, fühlte sie sich doch auch geehrt, dass sie, die streberhafte, schüchterne Katy, die sonst Stunden allein mit ihren Büchern auf ihrem Zimmer verbrachte, nun die Vertraute der beliebten, wunderschönen und temperamentvollen Viola war. Allmählich löste sie sich auch von ihrer jahrelang gehegten Überzeugung, dass Viola Mittens etwas Schreckliches angetan haben musste.

Viola legte ihre Abschlussprüfungen mit Bravour ab, und danach standen die großen Ferien an. Zum ersten Mal freute sich Katy richtig auf den vor ihr liegenden Sommer. Sie stellte sich vor, wie sie ihre Zeit mit Viola und vielleicht sogar mit Danny verbringen würde. Vielleicht könnte sie ja vorschlagen, dass die beiden sie mit einem aus Dannys Clique verkuppeln könnten. In ihren Tagträumen malte sie sich aus, wie sie mit einer jüngeren Version von Danny durch die Wiesen der Downs spazierte, im strahlenden Sonnenschein mit ihm picknickte oder wie sie alle zusammen ins Kino gingen. Endlich würde sie ein Sozialleben neben ihrer einzigen Schulfreundin Mandy haben. Viele neue Bekannte. Und vielleicht sogar einen festen Freund.

Die Sommerferien flogen nur so dahin, und ganz, wie sie gehofft hatte, nahm Viola Katy in ihrer Clique auf und erlaubte ihr mitzukommen, wenn sie shoppen oder in den Park gingen. Cassie beäugte Katy nach wie vor skeptisch, so als könne sie nicht verstehen, warum sie plötzlich mit ihnen abhängen durfte, aber sie machte keinen Ärger, und Katy aalte sich in Violas Aufmerksamkeit. Eines Tages nahm Viola sie mit zu Chelsea Girl und half Katy, eine Stone-Washed-Jeans auszusuchen. Katy hatte sich nie so schick gefühlt.

Elspeth schien entzückt, dass ihre »zwei besten Mädchen« sich so gut verstanden, und jedes Mal wenn sie shoppen gingen, gab sie ihnen noch etwas mehr Geld mit. »Wenn ich gewusst hätte, dass mit dir befreundet zu sein, Mutter so großzügig machen würde, dann hätte ich es schon vor Jahren getan«, lachte Viola und hakte sich bei Katy unter, während sie in den Bus stiegen. Manchmal schlichen sie zu den Downs, um sich mit Danny zu treffen. Viola verschwand mit ihm in den Büschen, während Katy Wache schob. Eines Tages fragte Katy auf dem Heimweg: »Glaubst du, Danny hat vielleicht einen Kumpel, mit dem ihr mich verkuppeln könntet?«

Viola warf ihr langes Haar über die Schulter, während sie die Lippen vor ihrem kleinen Taschenspiegel schürzte, um ihren neuen perlrosa Lippenstift aufzutragen. »Vielleicht«, hatte sie vieldeutig geantwortet, und Katy verbrachte den Rest ihres Weges damit, sich zu fragen, wie er wohl aussehen würde.

An einem drückend heißen Freitagabend im August, als Elspeth gerade zu einer Wohltätigkeitsveranstaltung wollte, bat Viola Katy um einen weiteren Gefallen.

»Ich möchte Danny ins Haus schmuggeln. Wirst du mir dabei helfen?«

Katy zögerte. Das war anders als sonst. Es kam ihr gefährlich vor. Falls Elspeth sie erwischte, würde nicht nur Viola in Schwierigkeiten geraten. Die Furcht, wieder ins Heim zurückgeschickt zu werden, flackerte erneut auf. Diese Bedrohung blieb unterschwellig immer da. Sie war spürbar in der subtilen Art und Weise, in der Elspeth von Katy erwartete, stets dankbar und die perfekte Tochter zu sein. Als Huw noch lebte, war er Katy meist zur Seite gesprungen, wenn sie denn ganz selten etwas getan hatte, das Elspeth missbilligte, und die tief verwurzelte Angst, zurückgeschickt zu werden, hatte nachgelassen. Aber seit Huws Tod schien Elspeth es sich zur Gewohnheit gemacht zu haben, immer mehr Dinge aufzutun, mit denen Katy sie enttäuschte. Der jüngste Vorwand war ihr Schulzeugnis gewesen. »Ach, du liebe Zeit«, hatte Elspeth, die Katy in jenem Zimmer gegenübersaß, das einst Huws Arbeitszimmer gewesen war und nun ihr gehörte, mit kühler Stimme bemerkt. »Dieses Zeugnis ist nicht annähernd so gut, wie ich erwartet hatte. Nach allem, was wir für dich getan haben, all dem Geld, das wir ausgegeben haben. Bitte, lass mich nicht bereuen, dass wir dich ausgewählt haben, Kathryn.« Katy hatte sich entschuldigt und versprochen, die Noten zu verbessern, bis Elspeth wieder besänftigt war.

»Bitte«, bat Viola und sah unter ihren unfassbar langen Wimpern zu ihr auf. Wie konnte Katy da Nein sagen? »Du musst dich auf die Lauer legen. Gib mir Bescheid, sobald Mutter zurück ist. Und wenn sie im Bett ist, schmuggle ich Danny durch die Küche raus. Okay?«

Allein bei der Vorstellung wurde Katy schlecht, sie stimmte dennoch zu.

Sie drückten sich in der Küche herum, während Elspeth ewig brauchte, um sich zu frisieren und zu schminken. Als sie endlich in ihrem Taftabendkleid herunterkam, wobei das dauergewellte Haar sich bis zu ihren Schultern bauschte, brachte Katy keinen Ton heraus, so nervös war sie.

»Was ist heute Abend bloß los mit euch beiden?«, fragte Elspeth, die in eine Wolke Chanel No. 5 gehüllt zu ihnen herüberschwebte, damit sie ihr zum Abschied folgsam die rosigen Wangen küssen konnten.

Viola kicherte nervös. »Nichts, wir freuen uns nur.« Sie hakte sich bei Katy unter. »Wir schauen uns heute einen Mädchenfilm an und bestellen Pizza.«

Elspeth bedachte sie mit einem nachsichtigen Lächeln, informierte sie, dass sie ihnen etwas Geld hingelegt habe, und ermahnte sie, »brav zu sein«.

»Es ist ja so wundervoll zu sehen, dass meine zwei besten Mädchen sich endlich verstehen«, bemerkte sie und tupfte sich mit den Fingern die Augenwinkel. Sie trug blaue Wimperntusche. »Das hätte eurem Vater gefallen.«

Katy hatte einen Kloß im Hals. Ihre Mutter vertraute ihnen, dabei waren sie drauf und dran, sie zu hintergehen. Als Elspeth fort war, drehte Katy sich zu Viola um. »Ich weiß nicht wegen der Sache … Ich fühle mich schlecht.«

Viola winkte ab. »Jetzt mach mir hier bloß nicht auf braves Mustermädchen.«

»Aber …«

Viola legte einen Finger an ihre Lippen. »Pssst. Er ist da!« Sie hüpfte auf und ab, rannte dann zur Terrassentür und riss sie auf. Danny trat in einer lässigen Jeans und engem T-Shirt hinter der großen Eiche hervor. Draußen war es noch hell. Wie lange hatte er sich dort wohl versteckt?

Viola schnappte sich Dannys Hand und zog ihn in die Küche. »Danke, dass du das getan hast«, sagte er und warf Katy ein charmantes Lächeln zu, das alle ihre Zweifel dahinschmelzen ließ. »Du hast echt was gut bei uns.«

»Komm schon.« Viola hielt kichernd Dannys Hand. »Wir haben nicht viel Zeit, lass uns gehen.« Und damit verschwanden sie aus der Küche.

Katy fragte sich, ob sie wohl Sex haben würden. War es

das, worum es hier ging? Ein bequemes Bett, nicht so wie die Orte, wohin sie sich sonst verdrückten.

Sie sah ihnen nach, als sie Hand in Hand und sprühend vor Aufregung die gewundene Treppe hochrannten. Dann schlenderte sie in den Aufenthaltsraum, schaltete den Fernseher ein und war wieder allein.

Sie fläzte auf dem Sofa und zappte sich deprimiert durch die Sender, da nichts Sehenswertes zu finden war, als ihr Magen zu knurren begann. Sie hatte ganz vergessen, die Pizza zu bestellen. Elspeth hatte extra Geld dafür dagelassen. Wenn sie zurückkam und feststellte, dass sie keine Pizza bestellt hatten, würde sie misstrauisch werden. Katy sprang auf und hastete die Treppe hinauf. Sie würde Viola fragen, was sie wollte – sie konnte ihre Pizza ja mit Danny teilen. Sie konnten es nicht riskieren, drei Pizzen zu bestellen, da das ebenfalls Fragen aufwerfen würde.

Katy blieb zögernd vor Violas Tür stehen, die nur angelehnt war. Sie sollte wohl zuerst klopfen, nur für den Fall, dass sie es jetzt taten. Sie hob gerade die Hand, als sie hörte, wie ihr Name fiel.

»Echt? Dann siehst du Katy gar nicht als deine Schwester?« Das war Dannys Stimme. Stark und sexy.

Ihr Magen krampfte sich zusammen. Warum redeten sie über sie?

Viola lachte. Es klang verächtlich. »Nein, natürlich nicht. Ich kann die kleine Schlampe nicht ausstehen. Seit sie hergekommen ist, hat sie mir das Leben zur Hölle gemacht. So eine Speichelleckerin. Immer versucht sie, mich vor meinen Eltern schlecht dastehen zu lassen. Ich hasse sie.«

Katy hatte das Gefühl, sich übergeben zu müssen. Also hatte sich nichts geändert? Viola verabscheute sie wirklich dermaßen? Nach alldem? Nach all den Shopping-Ausflügen und sonnigen Nachmittagen im Park, den vertraulichen Gesprächen und Fahrten mit dem Bus, dem Schminkunterricht und den Ratschlägen zu Klamotten und Jungs? Die Verbundenheit mit Viola hatte sich so echt angefühlt. Sie hatte begonnen, sich ihretwegen Gedanken zu machen, ja, sie sogar richtig zu mögen. Und sie als die große Schwester zu betrachten, die sie sich immer gewünscht hatte.

»Warum bist du dann so nett zu ihr?« Im selben Moment lachte Danny. »Oh, sag nichts. Damit sie dich deckt und du dich mit mir treffen kannst?«

»Ja klar. Ich meine, sie ist so erbärmlich, die würde doch alles tun, worum ich sie bitte. Sie …«

Katy ertrug es nicht, mehr zu hören. Taumelnd wich sie von der Tür zurück – wütend, gedemütigt, mit brennenden Tränen in den Augen. Wie konnte Viola es wagen, sie derart zu benutzen, ihr vorzugaukeln, dass sie eine echte schwesterliche Beziehung haben könnten? Heißer Zorn flutete durch sie hindurch, während sie über die Treppe nach unten floh. Das konnte sie Viola nicht durchgehen lassen. Sie riss die Haustür auf. Es war erst neun Uhr, und draußen war es noch hell. Sie rannte den ganzen Weg zu dem Gemeindesaal, wo der Benefizball stattfand, zu dem Elspeth gegangen war. Sie flehte den Türsteher an, sie reinzulassen, weil es sich um einen Notfall handle, und sie schritt ruhelos in der Eingangshalle auf und ab, während jemand losging, um ihre Mutter zu holen.

»Was ist los? Was ist passiert?«, rief Elspeth. Der Saum

ihres Taftkleids raschelte über den Boden, als sie auf sie zugeeilt kam.

»Viola! Es geht um Viola! Sie hat einen Mann in ihrem Zimmer. Sie hat mich gezwungen, für sie zu lügen. Er ist ein Landstreicher. Ich glaube, er nutzt sie aus. Du musst schnell kommen!«

Elspeth wurde kreidebleich, sie presste den Mund zu einem Strich. Ohne ein weiteres Wort raffte sie den Saum ihres Kleides und stürmte, dicht gefolgt von Katy, aus dem Gebäude.

Elspeth erreichte das Haus gerade rechtzeitig, um die beiden in flagranti zu ertappen. Katy hatte sie noch nie so wütend gesehen. Sie drohte damit, Viola zu verstoßen, sollte sie Danny je wieder zu Gesicht bekommen. »Und sollte ich dich jemals wieder mit meiner Tochter sehen, dann werde ich die Polizei rufen«, tobte sie an Danny gewandt weiter. Katy verkroch sich in ihrem Zimmer und wartete darauf, dass das Geschrei und die Anschuldigungen endeten. Was hatte sie getan? Viola würde ihr das nie verzeihen.

Eine Stunde später kam Viola zu Katy, ihre Augen waren rot und geschwollen. »Wie konntest du mir das bloß antun? Du hattest es versprochen. Mutter sagt, du hast sie geholt. Wie konntest du mich nur so hintergehen? Sie hat mir verboten, ihn jemals wiederzusehen.«

»Wie konntest *du* nur?«, schleuderte Katy ihr entgegen. »Ich habe gehört, was du über mich gesagt hast. Du hast mich nur benutzt. Die ganze Zeit über. Ich dachte …« Sie begann zu weinen. »Ich dachte, wir wären Freundinnen.«

Viola verstummte. Als sie schließlich sprach, war ihre

Stimme leise, aber jedes Wort gespickt mit Zorn: »Dann bist du noch dämlicher, als du aussiehst. Ich hasse dich. Ich habe dich immer schon gehasst. Misch dich noch mal in mein Leben ein, und ich werde dich umbringen.«

Katy, die schon immer einen leichten Schlaf hatte, hörte in den frühen Morgenstunden, wie Viola aus ihrem Zimmer schlich, und da wusste sie Bescheid. Sie wusste, dass Viola dabei war durchzubrennen, um bei Danny sein zu können. Sie lag auf dem Bett und konnte sich nicht rühren, gelähmt vor Unentschlossenheit. Wenn Viola davonlief, würde es zwar Katys Leben um einiges einfacher machen, aber es würde Elspeth das Herz brechen. Das konnte sie nicht zulassen.

Sie warf die Decke zurück, schwang sich aus dem Bett und schlich gerade noch rechtzeitig die Treppe hinunter, um zu sehen, wie Viola die Haustür öffnete.

»Geh nicht«, flehte sie.

Viola wirbelte herum, der Schock stand ihr ins Gesicht geschrieben. Ihre Augen waren noch immer verquollen. »Nicht …« Ihr versagte die Stimme, und sie hielt nur eine Hand empor.

»Bitte. Es tut mir leid, dass ich dich verraten habe. Aber du wirst ihr das Herz brechen.«

Viola zuckte die Achseln. »Sie hat doch dich.«

»Sie liebt dich.«

Sie schüttelte den Kopf. »Ich kann hier nicht bleiben. Ich fühle mich wie in einem Käfig.«

Katy durchquerte ganz langsam den Flur, um Viola nicht zu verschrecken. »Ich weiß, dass du mich hasst …«

»Ich hasse dich nicht. Nicht wirklich. Es ist …« Sie schluckte schwer und sah auf den Boden. »Es ist kompliziert. Mutter und ich sind noch nie miteinander klargekommen, schon bevor du herkamst. Es ist dieses Haus … Hier zu sein.« Sie seufzte. »Ich weiß auch nicht. Wenn ich mit Danny zusammen bin, dann bin ich ein besserer Mensch. Sobald ich hier bin, bin ich voller Hass.«

Katy ließ den Kopf hängen. Das alles war ihre Schuld. »Es tut mir leid.«

»Nein«, erwiderte Viola zu Katys Überraschung. »Mir tut es leid. Wirklich. Auch wegen dem, was ich zu Danny gesagt habe. Ich weiß nicht, warum ich mich die ganze Zeit wie eine fiese Zicke aufführen muss.« Dann schloss sie Katy kurz, aber fest in ihre Arme. »Versprich mir, dass du mich dieses Mal nicht verrätst.«

Katy nickte, wobei sie ihre Tränen wegblinzelte. »Ich verspreche es.«

»Und pass auf Mutter auf. Sie wird dich brauchen.«

»Das werde ich.«

Viola wandte sich um und verschwand durch die Eingangstür, die sie mit einem sanften Klicken hinter sich zuzog.

Viola hinterließ eine Nachricht für Elspeth, in der sie schrieb, dass sie verliebt sei. Dass es nichts gab, was irgendwer dagegen unternehmen könne. Und dass sie keinen von ihnen je wiedersehen wolle.

Elspeth nahm es sehr schlecht auf. Sie entfernte jegliche Hinweise auf Viola, nahm alle Fotografien von den Wänden ab und räumte, glühend vor Zorn, ihr Zimmer aus. »Was mich betrifft, so ist Viola gestorben«, verkündete sie. Auf der einen Seite war Katy froh, Viola und all die Streitereien hinter sich lassen zu können, doch sie sah auch, wie verletzt Elspeth war. In den darauffolgenden Jahren fragte sie sich oft, ob Viola ihre Abschiedsworte an Katy so gemeint hatte oder ob sie sie nur beschwichtigen wollte, sodass sie abhauen konnte, ohne dass Katy es Elspeth verriet.

Elspeth wurde mit der Zeit immer unzugänglicher und kühler, so als würde sie Katy die Schuld dafür geben, ihre echte Tochter fortgeschickt zu haben. Es kam vor, dass sie sich tagelang weigerte, mit ihr zu sprechen, wobei sie nie einen Grund angab. Aber Katy wusste um den Groll, der unter der Oberfläche brodelte und hin und wieder seine gemeine Fratze zeigte.

Erst viel später, als Katy zu einer erwachsenen Frau heranwuchs und zu Kathryn wurde, als sie selbst Kinder bekam, begann sie, das Verhalten ihrer Mutter zu hinterfragen. Wie war es ihr nur möglich gewesen, ihre eigene Tochter so leicht aus ihrem Leben zu streichen?

Und nun sind sie also hier, dreißig Jahre später, und Viola ist tot. Elspeth wird niemals die Gelegenheit haben, sich zu entschuldigen.

Kathryn starrt Elspeth an. Als der Detektiv anrief und sagte, dass Viola tot sei, hatte sie den Hörer wortlos an ihre Mutter weitergereicht. Jetzt ist Elspeths Gesicht aschfahl, und ihre Lippen zittern.

»Da, komm, lass uns hinsetzen.« Kathryn nimmt behutsam den Hörer aus Elspeths Hand und führt sie in den Salon.

»Sie ist tot«, wiederholt Elspeth mit bebender Stimme.

»Ich weiß«, erwidert Kathryn besänftigend. »Aber … das muss du doch sicher erwartet haben?«

»Natürlich nicht«, faucht sie. »Warum auch? Sie war erst siebenundvierzig.«

»Ich weiß … Aber es ist doch so, dass du nie was von ihr gehört hast, und ich dachte mir, das konnte nur einen Grund haben.«

»Sie ist erst vor zwei Jahren gestorben. All die Jahre hätte sie sich melden können.« Sie legt sich eine Hand ans Herz. »Ich hatte wohl gehofft, dass ich sie noch einmal sehen würde, bevor ich …« Sie verstummt.

»Bevor du was?«

Sie richtet sich auf, sodass sie wieder mehr jener Respekt einflößenden Frau gleicht, vor der Kathryn als Kind solche Ehrfurcht hatte. »Ich bin beinahe achtzig. Mit meiner Gesundheit steht es nicht zum Besten.« Ihre Hand liegt immer noch auf ihrem Herzen. »Ich weiß, dass ich nicht uralt werde.«

»Unsinn!«

»Kathryn, ich habe eine Herzerkrankung.«

Kathryn weiß nicht, was sie sagen soll. Sie schluckt. Was bedeutet das? »Willst du damit sagen … dass du stirbst?«

»Wir sterben alle.« Ihre Augen schimmern feucht. Laut Jim starb Viola an einem Herzinfarkt.

»O Gott.« Kathryn weiß nicht, was sie sonst sagen soll. Wenn doch nur alles hätte anders laufen können. Wenn Viola doch nur nett zu ihr gewesen wäre, als Kathryn in die Familie aufgenommen wurde. Kathryn hatte eine Schwester gewollt, eine Freundin, keine Feindin. Dann wäre nichts von alldem passiert.

Kathryn greift nach der Hand ihrer Mutter. Sie fühlt sich schmal und zerbrechlich an in der ihren, sie kann sämtliche Knochen spüren. Wenn sie die Zeit zurückdrehen könnte, würde sie alles ändern. Sie würde die Reifere sein, diejenige, die Großmut zeigt, denn letztendlich hat sie all diesen Kummer zu verantworten.

Elspeth sieht mit blassen, wässrigen Augen zu Kathryn auf. »Es gibt noch etwas, das Jim mir erzählt hat.«

Kathryn wappnet sich innerlich.

»Viola hatte Kinder. Eine Tochter. Eine zwanzigjährige Tochter.«

Diese Nachricht trifft sie härter als die von Violas Tod, und der Raum beginnt sich zu drehen. Eine Tochter. Und damit die langersehnte Enkelin für Elspeth. Wahrscheinlich auch noch wunderschön und blond und zierlich so wie Viola selbst.

Aber Elspeth ist noch nicht fertig. Jetzt packt sie ihre Hand und sagt ihr, dass es da noch mehr gebe. Kathryn dreht sich der Magen um, denn sie glaubt zu wissen, was Elspeth ihr gleich sagen wird. Sie umklammert die Hand ihrer Mutter, als wäre sie wieder elf, und will sie nicht mehr loslassen. Will ihre Mutter nicht verlieren, will nicht alles verlieren, wofür sie so hart gearbeitet hat. Sie möchte die Worte nicht hören, aber sie schweben dennoch in dem typischen knappen Tonfall ihrer Mutter auf sie zu.

»Nachdem Viola mit Danny weggelaufen war, lebten sie in einer Kommune irgendwo in Norfolk. Irgendwann trennten sie sich, und Viola lernte einen anderen Mann kennen, Dominic Green. Sie hatten eine Tochter. Eine Tochter namens Willow.«

Ich kann dich durch das Fenster sehen. Du hast das Licht angelassen, und die Vorhänge sind geöffnet – ein wunderbarer Einblick in deine schäbige kleine Wohnung. Du solltest vorsichtiger sein. All diese potenziellen Spanner. Aber du brauchst dir keine Sorgen zu machen. Heute Abend bin da nur ich. Und beobachte dich. Warte. Deine Trauer steht dir gut. Weniger Make-up, nicht ganz so nuttig. Unter all der Schminke bist du eigentlich recht hübsch mit deinem kupferroten Haar. Wenn auch nicht ganz so wie die anderen. Aber das ist mir egal. Denn, weißt du, ich habe mittlerweile Gefallen daran gefunden. Am Töten.

Und ich habe entschieden, dass du die Nächste bist.

42

Courtney

Nun, da Willow weg ist, fühlt sich die Wohnung leer an, unwohnlich. Die Wände sind nackt, sämtliche Fotos von Courtney und Una fort; da sind nur noch die helleren rechteckigen Flecken auf der Raufasertapete zu sehen, wo die Rahmen hingen. Courtney mustert die Wohnung, die sie einst als Zuhause betrachtet hatte. Es war nie viel, aber sie und Una hatten das Beste daraus gemacht. Doch jetzt – ohne Una und ihre Wärme, ohne Willow und ihr Geplapper – ist sie nur noch eine leere Hülle. Kris hat sein Zeug glücklicherweise schon weggebracht, und sie hat begonnen, ihre Habseligkeiten in Kartons zu verpacken. Ihre Eltern werden morgen mit dem Auto kommen, um sie und ihre Sachen zu ihrem Haus nach Filton zu fahren.

Gestern erst hat sie einen von Unas Haarreifen hinter dem Sofa gefunden. Sie hat ihn ewig in den Händen gehalten und die langen blonden Haare angeschaut, die sich darin verhakt hatten.

Unas Tod hat sie härter getroffen, als sie es sich jemals hätte vorstellen können. Sie hat das Gefühl, dass ihr altes Ich – das auf Instagram postende, Selfies schießende Mädchen, das von Frisuren, Make-up und kindlichen Retrosüßigkeiten besessen war – der Vergangenheit angehört. Die Dinge, die sie früher liebte, erscheinen ihr angesichts des

Mordes an Una so … so *belanglos*. Denn trotz mangelnder Beweise für ihre Theorie, glaubt sie nach wie vor, dass Una ermordet wurde.

Sie kniet auf dem kratzigen braunen Teppich, um den letzten Karton fertigzupacken, als ihr Handy vibriert. Erschöpft steht sie auf und geht zum Küchentisch. Kathryns Nummer leuchtet auf dem Display auf. Sie haben ihre Nummern getauscht, als Courtney nach Unas Tod ihre Sachen abgeholt hatte, nur für den Fall, dass Kathryn noch etwas finden sollte. Aber sie hat sich nie gemeldet. Was will sie jetzt? Warum sollte Courtney nach allem, was Kathryn getan hat, mit ihr sprechen wollen? Sie ignoriert das Handy und fährt mit dem Packen fort. Sie weiß nicht, was sie mit Unas Sachen anfangen soll. Sie hatte sich überlegt, sie an einen Wohltätigkeitsladen zu spenden – Una hätte das so gewollt –, aber sie schafft es nicht, sich von ihren Klamotten zu trennen. Manchmal holt sie den bordeauxroten Mantel mit dem schwarzen Samtkragen hervor, den Una von ihrer Mutter zum achtzehnten Geburtstag bekommen hatte, und atmet den Duft ein, der noch immer an dem Stoff haftet.

Das Handy klingelt erneut, hört auf, klingelt wieder. Courtney ignoriert es beharrlich. Was sie betrifft, kann Kathryn zur Hölle fahren. Falls sie herausfinden möchte, wo Willow steckt, kann sie das anderweitig versuchen.

Mittlerweile ist es draußen dunkel, und obwohl es April ist, ist die Wohnung kalt. Es ist ihre letzte Nacht hier. Wahrscheinlich hätte sie eine kleine Auszugsfeier oder dergleichen organisieren sollen, aber nun, da sie nicht mehr mit Kris zusammen ist, fragt sie sich, ob der Rest der Band überhaupt weiter mit ihr befreundet sein will. Vince hat sich zwar ein paarmal gemeldet, doch von den anderen kein Ton.

Ein Scheppern von draußen zerreißt die Stille. Sie schreckt zusammen. Was war das? Sie steht auf und geht zu dem kleinen Fenster, das auf die Gasse hinausblickt, die an ihrer Wohnung entlangführt. Eine alte metallene Mülltonne, die dem alten Mann aus der Wohnung nebenan gehört, ist umgekippt. Mit rasendem Herzen presst sie ihre Nase gegen das Fenster. Da ist jemand und kauert neben der Mülltonne. Ein Mann in dunkler Kleidung. Sie eilt zu dem anderen Fenster, von dem aus man einen Blick auf die Straße hat. Dort ist ein weißer Van geparkt. Es ist nach sieben, die Apotheke hat schon zu. Wem gehört er? Reglos steht sie da und weiß nicht, was sie tun soll. Ist es ein Einbrecher? Warum drückt er sich vor ihrer Wohnung herum? Sie geht wieder zu dem kleinen Seitenfenster. Der Mann ist nicht mehr da. Aber der weiße Van steht noch immer draußen.

Courtney schnappt sich ihr Handy vom Küchentisch. Sie hat sechs verpasste Anrufe von Kathryn. Sie will gerade die Nummer ihres Bruders, Tim, wählen – er wohnt in der Nähe –, als ihr Handy erneut klingelt. »Hallo«, sagt sie atemlos, ihr Herz hämmert immer noch.

»Endlich. Ich dachte, Sie würden niemals rangehen«, sagt Kathryn. »Ich muss Sie unbedingt treffen. Ich habe etwas herausgefunden. Über Viola. Und Willow …«

Courtney begreift nicht, was sie da sagt. Alles, woran sie denken kann, ist der Mann, der dort draußen vor ihrer Wohnung lauert.

»Courtney? Hören Sie mir zu?«

»Ich habe Angst.«

»Ernsthaft, wie oft muss ich mich noch erklären? Ich habe Una nie etwas getan. Auch nicht Jemima oder Matilde. Bitte. Wer auch immer das tut, ich bin es nicht. Es …«

»Nein, ich meine, da ist jemand vor meiner Wohnung. Ein Mann …« Sie wird durch einen weiteren Knall unterbrochen. Sie lauscht angestrengt. Sie kann Schritte auf den Betonstufen vor der Tür hören. »Da ist jemand«, flüstert sie, und ihr Herz wummert so laut, dass sie sich nicht konzentrieren kann.

»Gehen Sie nicht an die Tür. Ich komme zu Ihnen.« Kathryn klingt so autoritär, dass Courtney ihr automatisch zustimmt. Hastig gibt sie ihre Adresse durch und legt dann auf. Dann geht sie rasch zur Eingangstür und dreht zweimal den Schlüssel um. Kathryn müsste in fünfzehn Minuten eintreffen. Bis dahin wird sie einfach nicht öffnen.

Ein Schatten huscht vor der Milchglasscheibe in der Eingangstür vorbei. O Gott. Da ist jemand. Jemand ist direkt vor ihrer Tür. Sie bleibt in dem kleinen quadratischen Flur stehen, der nach Füßen müffelt. Hektisch sieht sie sich nach einem Gegenstand um, den sie als Waffe benutzen könnte, als ihr Blick auf einen Regenschirm fällt, den Una sich im Zoo von Bristol gekauft hatte. Sie schnappt ihn sich. Er ist groß und hat oben eine Metallspitze. Die wird sie dem Typen ins Auge rammen, sollte er es wagen, hier einzubrechen, überlegt sie, während sie den Schirm vor sich ausstreckt.

Trotz ihres Wagemuts entweicht ihr unwillkürlich ein Schrei, als eine Faust gegen die Tür schlägt.

Bumm. Bumm. Bumm.

Scheiße. Ihre Hände zittern, aber sie rührt sich nicht. Was

soll sie tun, wenn er die Tür eintritt? O Gott, sie kann nicht glauben, dass das wirklich passiert.

Und dann ertönt eine vertraute Stimme durch das Glas. »Courtney?«

Sie steht aufrecht da, den Regenschirm noch immer in den Händen. »Vince?«

»Ist bei dir da drin alles in Ordnung? Ich habe einen Schrei gehört?«

»Was tust du hier?«

»Mach auf.«

Sie zögert. Sie kennt Vince seit Jahren, kannte ihn schon, bevor er was mit Una anfing. Er würde ihr doch nichts tun, oder? Er ist sanftmütig. Nett. Aber warum hat er sich dann draußen im Dunkeln bei den Mülltonnen herumgedrückt? Gehört ihm der weiße Van? Jemima wurde dabei gesehen, wie sie in der Nacht ihres Todes aus einem weißen Van stieg.

»Courtney? Hier draußen ist es scheißkalt. Ich muss mit dir reden. Bitte, lass mich rein.«

Sie verhält sich wirklich albern. Das ist Vince. Unas Ex-Freund. Er hat praktisch bei ihnen gewohnt, als er und Una noch zusammen waren.

»Warte kurz.« Sie lässt den Regenschirm auf den Boden fallen und sperrt die Tür auf, um ihn hereinzulassen.

43

Willow

Arlo ist schon eine Ewigkeit außer Haus, und obwohl ich die Heizung bei meiner Ankunft angemacht habe, ist es in der Bude eiskalt. Ich setze mich auf das rissige Ledersofa, das mir heute Nacht als Bett dienen wird, und warte, während im Hintergrund der Fernseher läuft. Für halb acht ist es ziemlich dunkel, der Himmel mondlos und pechschwarz, als hätte jemand eine Löschdecke über die Stadt gelegt.

Ich krame in meiner Tasche nach meinem Handy. Ich habe den ganzen Tag keinen Blick darauf geworfen und bin überrascht, als ich sehe, dass ich zehn verpasste Anrufe von ein und derselben Nummer habe. *Kathryn.*

Scheiße. Ruft sie mich an, um mich rundzumachen, weil ich ohne Vorankündigung abgezogen bin? Oder um mich zu bitten, zurückzukehren? Ich zögere und rufe mir in Erinnerung, was Arlo vorhin gemeint hat: dass ich versuchen sollte, meinen Job wiederzubekommen. Ich rufe zurück, und sie geht sofort ran. »Willow?« Sie klingt außer Atem.

»Ja?«

»Ich habe stundenlang versucht, dich zu erreichen. Wo steckst du?«

»Ich bin bei meinem Bruder.«

»Du hast einen Bruder?« Sie klingt überrascht. Habe ich Arlo ihr gegenüber nie erwähnt? Ich kann mich nicht erinnern. Ist ja auch nicht so, als ob wir gemütliche Pläuschen gehalten hätten. Sie hat keine zwei Worte mit mir gewechselt.

»Ja. Arlo. Er lebt in Weston.«

»Weston in Bath?«

»Nein. Weston-super-Mare.«

»Oh.« Es folgt eine Pause, dann ein Rascheln. Es hört sich an, als würde sie schnell laufen, aber ihr Atem kommt in kurzen, scharfen Zügen. »Ich muss mich wirklich mit dir unterhalten. Kann ich vorbeikommen?«

Ich runzle die Stirn. Bristol ist wenigstens vierzig Minuten entfernt. »Wenn Sie wollen, aber …«

»Es ist dringend«, unterbricht sie mich.

»Ist alles in Ordnung mit Elspeth?«

»Ja. Nein. Hör zu, ich werde dir alles erklären, wenn ich da bin. Kannst du mir deine Adresse geben?«

Ich sage sie ihr. »Großartig. Bis gleich.« Sie legt auf. Ich starre einige Augenblicke verwirrt mein Handy an. Warum die Eile? Sie hat mich noch nicht einmal gefragt, warum ich gegangen bin. Immerhin wird Arlo hier sein. Sollte von Kathryn Gefahr ausgehen, so wird sie mir trotzdem nichts anhaben können, wenn ich meinen fast ein Meter neunzig großen Bruder bei mir habe.

Doch die Zeit verstreicht, und Arlo kommt nicht heim. Ich rufe ihn auf dem Handy an, aber es springt sofort die Mailbox an. Wahrscheinlich hat er ein paar Kumpels getroffen, und sie haben ihn überredet, was trinken zu gehen. Das wäre nicht das erste Mal. Und warum zur Hölle ist es hier drin immer noch so scheißkalt?

Ich gehe erneut zur Kammer im Flur, um nach dem Heizschalter zu sehen. Das kleine rote Licht leuchtet, warum also laufen die Heizkörper nicht? Hat Arlo seine Rechnungen nicht gezahlt? Mein Blick fällt auf die gefütterte Versandtasche. Sie befindet sich unverändert da, wo ich sie vorhin hingepackt habe, aber ich kann nicht anders und ziehe sie noch mal hervor. Irgendwas an Arlos Geschichte will so gar nicht passen. Ich weiß, es ist sein Leben, ich sollte nicht herumschnüffeln, aber … Ich greife in den Umschlag und fische das Handy heraus. Warum hat er überhaupt ein geheimes Handy?

Ich nehme es mit ins Wohnzimmer und setze mich mit dem Handy und dem Umschlag aufs Sofa. Das Handy ist ausgeschaltet, also mache ich es an, wobei ich schon halb erwarte, dass es nicht geladen ist. Doch das Display leuchtet auf, und das Blut rauscht mir in den Ohren, als ich das Hintergrundbild sehe. Es ist ein Foto von Una und Courtney, Arm in Arm und breit lächelnd. Sie sehen jung aus auf dem Bild, vielleicht fünfzehn oder sechzehn. Das gleiche Foto habe ich schon an der Wand in Courtneys Wohnung gesehen. Meine Hände beginnen zu zittern, mein Gehirn versteht nicht so recht, was ich da gerade sehe. Ist das etwa Courtneys Handy?

Oder – und bei dem Gedanken muss ich mich beinahe übergeben – ist es das von Una?

In meinen Ohren pulsiert es, mein Gesicht ist ganz heiß vor lauter Panik. Es muss Unas Handy sein. Was zur Hölle macht es bei Arlo?

Ein Geräusch im Treppenhaus verpasst mir beinahe einen Herzinfarkt, ich stopfe das Handy in die Versandtasche, hetze zu der Kammer und packe sie hinter den Boiler. Ich komme gerade noch rechtzeitig zum Sofa zurück, bevor die Haustür aufgeht und Arlo pfeifend hereinspaziert. Er trägt eine Plastiktüte in der Hand, die er mir mit einem reumütigen Lächeln entgegenstreckt. »Hab was eingekauft. Sorry, dass es so lange gedauert hat.«

»Bist du irgendwelchen Kumpels begegnet?«, frage ich möglichst ruhig, wobei ich versuche, das Kreischen in meinen Kopf zu unterdrücken.

»Jepp. Bin zufällig Gaz begegnet. Waren kurz einen heben. Ich hoffe, das ist nicht schlimm.«

»Überhaupt nicht.« Ich klinge wie eine erstickende Katze, und ich huste, um es zu überspielen. Fährt Kathryn deswegen den ganzen Weg hierher? Um mir zu sagen, dass sie meinen Bruder verdächtigt? Aber am Telefon klang sie überrascht darüber, dass ich einen Bruder habe, also kann es das schon mal nicht sein. Arlo geht in die winzige Küche. Er hat mir den Rücken zugewandt, aber dem Klang einer sich öffnenden Dose entnehme ich, dass er sich ein Bier genehmigt. Mir bietet er keins an. Ich starre seinen dunklen Hinterkopf an. Ich kann nicht glauben, dass er Una etwas antun würde. Er kannte sie doch gar nicht. Und soweit mir bekannt ist, treibt er sich nicht in Bristol herum. Vielleicht hat ihn ja einer seiner zwielichtigen Freunde darum gebeten, das Telefon aufzubewahren. Vielleicht ist das Geld ja ein Mittel, um sich sein Schweigen zu erkaufen. Aber ich kann mir auch nicht so recht vorstellen, dass es sich bei seinen Kumpels um verkappte Psychos handelt. Die meisten von ihnen sind viel zu dumm und dauerdicht, um einen Mord begehen zu können.

Arlo war immer ein bisschen rätselhaft. Ein Freigeist. Fünf

Jahre älter als ich, hat er schon immer nur nach seiner eigenen Pfeife getanzt. Aber trotzdem. Als er in der Kommune aufwuchs, war er ein braves Kind, wenn auch hier und da vielleicht ein bisschen anstrengend, besessen von bestimmten Dingen, bestimmten Leuten. Einmal verbrachte er einen ganzen Sommer damit, einen Motor in einem uralten Auto zu reparieren, und wollte ums Verrecken nicht aufgeben, bis er wieder funktionierte. Er war meist ein Einzelgänger. Aber er sah gut aus, und die Mädchen standen auf ihn. Er kümmerte sich um Mum. Und um mich. Nachdem Dad fortging, war er der Mann in der Familie. Er könnte keiner Fliege etwas zuleide tun. Ich habe ihn noch nie auch nur eine Spinne töten sehen. Nein, es muss eine logische Erklärung dafür geben, warum er Unas Handy hat.

Mit der Dose in der Hand lässt er sich neben mich plumpsen. Er trägt noch immer seinen Parka, und auf seiner Wange ist ein Schmutzfleck. Er strahlt eine gewisse Energie aus, und seine Beine zucken in einem fort. Hat er was genommen? Ich weiß schon eine ganze Weile, dass er gerne Gras raucht, aber er sagt immer, dass er keine harten Sachen anrühren würde. Und trotzdem ist er komplett aufgedreht.

»Geht es dir gut?«, frage ich.

Er zuckt die Achseln und nimmt einen Schluck von seinem Bier.

»Du hattest übrigens recht mit dem Job«, sage ich. »Ich war voreilig. Ich glaube nicht, dass Kathryn etwas mit dem Tod dieser Mädchen zu tun hat.«

Er dreht sich mit viel zu krass leuchtenden Augen zu mir. »Super Idee.«

»Dann hast du die Wohnung wieder für dich allein.«

Er knufft mich spielerisch in den Arm. »Hey, willst du etwa sagen, ich würde versuchen, dich loszuwerden?«

Ich ringe mir ein Lachen ab. »Nein!«

Früher war es so einfach zwischen mir und Arlo, aber nun ist die Leichtigkeit verloren. Ich habe das Gefühl, als würde ich den Mann, der da neben mir sitzt, nicht kennen. Ich weiß nicht, wie ich ihm sagen soll, dass Kathryn auf dem Weg hierher ist. Ich weiß nicht, wie ich die Sache mit dem Handy ansprechen soll. Zum ersten Mal überhaupt habe ich ein bisschen … *Angst* vor Arlo.

Ich öffne gerade den Mund, um etwas zu sagen, irgendetwas, nur um die unbehagliche Stimmung aufzulockern, aber ich werde durch ein Klopfen an der Tür unterbrochen.

Arlos Augen flackern beunruhigt auf.

»Das muss Kathryn sein«, sage ich und stehe auf.

»Kathryn?« Er setzt sich kerzengerade hin, die Panik steht ihm ins Gesicht geschrieben. »Die Tochter von Elspeth? Sie kann hier nicht reinkommen.«

Ich runzle die Stirn. »Warum nicht? Du wolltest doch, dass ich meinen Job zurückbekomme, oder nicht?«

Er steht jetzt ebenfalls auf. Er sieht aus, als wolle er wegrennen. »Was geht hier vor sich?« Ich höre Furcht in seiner Stimme. Das müssen die Drogen sein, die ihn paranoid machen.

»Das ist doch nur Kathryn.« Ich lache. »Du siehst aus, als würdest du gleich verhaftet oder so.« Ich greife nach der Türklinke, doch er wirft sich mit seinem gesamten Körper dazwischen.

»Arlo? Was soll der Scheiß?«

»Ich will keine Besucher.«

»Geh da weg.« Ich versuche ihn wegzuschieben, aber er ist so stark, dass er keinen Millimeter weicht. »Sei kein Idiot!«

Ich kapiers nicht. Warum möchte er verhindern, dass ich Kathryn treffe? Wir geraten in ein Handgemenge, dann tritt er plötzlich widerwillig zur Seite, damit ich die Tür öffnen kann. Er seufzt beinahe schon resigniert.

Ich lasse Kathryn in die Wohnung. Sie ist allein. Sie lächelt nicht und sagt auch nichts, sondern folgt mir ins Wohnzimmer, wo Arlo, den Kopf in die Hände gelegt, auf dem Sofa sitzt. Als er spürt, dass wir im Raum stehen, hebt er den Blick, und ich sehe, wie sich der Schock auf Kathryns Gesicht abzeichnet.

Einige Augenblicke starren sie einander an, und Kathryn nickt kaum merklich. »Natürlich.« Sie schüttelt den Kopf, so als hätte sie es immer wissen müssen. »Ich dachte gleich, dass du mir irgendwie bekannt vorkommst. Hallo, Lewis.«

44

Kathryn

Wie Kathryn diesen Lewis mustert, ergibt plötzlich alles einen Sinn. Er erwidert ihren Blick aus Violas trotzigen Augen. Kein Wunder, dass ihre Mutter Willow so umschmeichelt hat. Sie war Viola von allen am ähnlichsten, da sie buchstäblich aus ihrer DNA gemacht ist.

»Warum nennst du ihn Lewis?«, fragt Willow verdutzt.

»Weil er mir gegenüber behauptet hat, dass er so heißt.«

»Was?« Willow wirbelt zu ihrem Bruder herum. »Du hast für Elspeth gearbeitet?«

»Bis Anfang dieses Jahres«, fährt Kathryn fort. »Als unser Gärtner. Bis Elspeth ihn feuerte, weil er Gras geraucht hatte.«

Lewis starrt sie ein paar Sekunden an. »Wann hast du es herausgefunden?«

»Was herausgefunden?«, wirft Willow mit rot gefleckten Wangen ein. »Kann mir mal bitte jemand sagen, was zur Hölle hier los ist? Arlo, warum hast du ihnen erzählt, dein Name wäre Lewis?«

Er zuckt mit den Schultern. »Ich wollte nicht, dass sie es erfahren.«

»Was erfahren?«, ruft Willow und wirft die Hände in die Luft.

Kathryn dreht sich zu Willow um. Weiß sie es etwa wirklich nicht? »Dass Viola – Elspeths Tochter – deine Mutter ist.«

Willow glotzt Kathryn an, und der Schock steht ihr ins Gesicht geschrieben. Für Kathryn ist offensichtlich, dass sie keinen blassen Schimmer hatte. »W… was? Aber das kann nicht sein. Meine Mutter hieß Lily.«

»Sie hat ihren Namen geändert.«

»A… aber …« Willows Mund steht sperrangelweit offen.

»Und unser Arlo hier gab vor, ein Gärtner namens Lewis zu sein, damit er für meine Mutter arbeiten konnte.« Sie dreht sich zu ihm um. »Ich weiß nicht, was du dir davon erhofft hast.«

Er verschränkt die Arme vor seiner breiten Brust. Er hat noch immer seine Jacke an. »Ich wollte die alte Schachtel sehen. Immerhin ist sie meine Großmutter.«

Willow lässt sich neben Arlo aufs Sofa fallen. »Aber warum hast du mir nichts davon erzählt? Warum hast du es Elspeth nicht gesagt?«

»Sobald ich dort anfing, war klar, dass sie Männer nicht ausstehen kann. Sie war total vernarrt in diese Mädchen. Die hübschen kleinen blonden Mädchen. Ich vermutete, das lag daran, dass sie sie an Mum erinnerten, also dachte ich, du wärst perfekt für den Job. Es hätte so einfach sein können. Du solltest für sie arbeiten, sie würde sich in dich verlieben, und dann …«

»Und dann hätten sich deine Geldsorgen erledigt. Ist es nicht so, Arlo?«, führt Kathryn den Faden zu Ende.

Arlo erhebt sich, die Hände zu Fäusten geballt. Kathryn ist zwar groß, aber er überragt sie um einen ganzen Kopf. »Rechtmäßig gehört alles mir. Und Willow. Nicht dir«, schleudert er ihr entgegen. »Du bist adoptiert. Du bist nicht von unserem Fleisch und Blut.«

Zunächst erwidert Kathryn nichts. Sie könnte sich täuschen. Furchtbar täuschen. Aber sie spürt, dass dem nicht so ist. »Ist das der Grund, warum du Una aus dem Weg geräumt hast?«

»Was?«, presst er hervor und schaut sie perplex an. »Du bist wohl übergeschnappt. Ich kannte das Mädchen kaum. Wenn du dich recht erinnerst, dann weißt du, dass sich unsere Zeit dort nur ein paar Tage überschnitten hat, bevor ich gefeuert wurde. Das Schlimmste, was ich ihr angetan habe, war, dass ich ihr das Frühstück mal weggefressen habe.« Er zögert und mustert ihr Gesicht. »Was? Du brauchst gar nicht über mich zu urteilen. Ich war am Verhungern, und das Zeug stand dort in der Küche unter einem Geschirrtuch.«

Kathryn spielt ihren Trumpf aus. »Und warum habe ich dann gesehen, wie ihr euch geküsst habt? Nur wenige Tage bevor sie starb?«

Den Kopf in ihre Hände gelegt, stöhnt Willow auf. Als sie ihren Blick hebt, hat sie Tränen in den Augen. »Warum hast du es getan?«, fragt sie ihren Bruder. Er öffnet den Mund, um zu protestieren, doch Willow fügt hinzu: »Ich habe Unas Handy gefunden.«

In dem Moment verändert sich etwas in Arlo. Da ist eine eisige Kälte in seinen Augen, und die Zeit scheint stillzustehen. Plötzlich stürzt er sich auf Kathryn, packt sie am Hals und drückt sie gegen die Wand.

»Nein!«, schreit Willow. »Bitte, Arlo! Nicht!«

Kathryn bekommt kaum noch Luft. Seine Hände pressen sich fest um ihre Kehle. Willow schreit ihn an, doch er drückt ihr weiter die Luftröhre zu. Sie versucht, nach ihm zu treten und zu schlagen, aber es nutzt nichts. Sie spürt, wie sie schwächer wird. »Du penetrante Schlampe«, zischt er, wobei ihm die Spucke aus dem Mund fliegt und auf ihrem Gesicht landet. »Warum konntest du dich nicht raushalten?«

Willow wirft sich auf ihn, aber sie ist so klein, dass er sie einfach abschüttelt wie ein lästiges Insekt.

Vor Kathryns Augen beginnt alles zu verschwimmen, ihr Gesichtsfeld wird an den Rändern schwarz. Das ist es also. So wird sie nun sterben. Sie denkt an Ed und die Jungs. All die Reue und die Schuldgefühle des letzten Jahres senken sich schwer über sie. Jetzt wird sie nie mehr die Gelegenheit haben, alles richtigzustellen.

Unvermittelt lässt er sie los. Sie fällt schlaff zu Boden wie eine Stoffpuppe, wobei sie sich an den Hals greift und nicht fassen kann, dass er von ihr abgelassen hat. Und dann sieht sie auch, warum. Arlo wird von zwei Polizisten flankiert, von denen einer seine Rechte verliest. »Wir verhaften Sie wegen Verdacht des Mordes an Una Richardson …« Courtney steht mit kreidebleichem Gesicht in der Tür und hält ihr Handy umklammert, Vince hinter ihr. Willow sitzt schluchzend auf dem Sofa.

Eine Beamtin in Zivil, die sie als DS Holdsworth wiedererkennt, kniet plötzlich neben ihr. »Geht es Ihnen gut?«, fragt sie, wobei sie eine Hand ausstreckt und Kathryn behutsam vom Boden aufhilft.

Kathryn sagt nichts. Sie schaut einfach nur zu, wie Arlo mit hinter dem Rücken gefesselten Händen, zur Tür hinausgeführt wird. Sie kann das alles nicht fassen. Es fühlt sich unwirklich an, so als würde sie einen Krimi im Fernsehen anschauen.

Arlo blickt nicht zurück. Und das Einzige, was sie hören kann, ist Willows leises Weinen.

Sie greift erneut nach ihrer Kehle. Sie fühlt sich wund an.

»Ich verstehe das nicht«, wimmert Willow.

Plötzlich tut sie Kathryn leid – das Mädchen hatte keine Ahnung, was vor sich ging. Willow dreht ruckartig den Kopf und erblickt Vince und Courtney in der Tür. »Was macht ihr zwei hier? Bitte …«, sagt sie, während ihr Blick verloren von Kathryn zu DS Holdsworth wandert, »… kann mir bitte jemand sagen, was zur Hölle hier los ist?«

45

Willow

Die Polizistin, die sich als Detective Sergeant Christine Holdsworth vorstellt, setzt sich zu mir aufs Sofa. »Ich werde gleich aufs Revier müssen, um Arlo zu verhören«, sagt sie mit freundlicher Stimme. »Aber ich werde einen Kollegen herschicken, der bei Ihnen bleibt.«

»Ich brauche niemanden, der bei mir bleibt«, heule ich. »Ich bin kein Kind.«

»Sie kann heute Nacht bei mir schlafen«, meldet sich Courtney zu Wort. Sie steht immer noch mit Vince an der Tür.

Warum habe ich den Eindruck, dass ich die Letzte bin, die erfährt, was hier vor sich geht?

»Ich werde in absehbarer Zeit die Aussagen von Ihnen allen aufnehmen müssen«, sagt die Polizistin. »Ich melde mich dann.«

Ich nicke und blinzle die Tränen zurück. Arlo ist ein Mörder. Ich weiß immer noch nicht, ob ich das glauben kann. Wie er sich heute Abend auf Kathryn gestürzt hat, sah ihm so gar nicht ähnlich, und doch muss ich mich nun fragen, ob ich meinen Bruder je wirklich gekannt habe. DS Holdsworth erhebt sich, klopft ihren langen dunklen Mantel ab, als ob das Sofa voller Keime wäre – was, so muss ich fairerweise zugeben, wohl auch der Fall ist. »Haben Sie das Handy angemacht?«, will sie plötzlich wissen.

»Das Handy?«

»Unas Handy?«

»Ja. Ich wusste nicht, dass es ihr gehörte. Ich habe es …« Ich stehe auf und zeige ihr die Abstellkammer im Flur. »Hier drin habe ich es gefunden.«

Kommentarlos streckt sie ihre Hand aus, und ich greife nach der Versandtasche und überreiche sie ihr, wohl wissend, dass dieses Beweisstück dabei helfen wird, Arlo wegzusperren.

Mit einem Mal fühle ich mich vollkommen hilflos und allein.

DS Holdsworth bedenkt mich mit einem mitfühlenden Lächeln, dann verlässt sie, die Versandtasche unter den Arm geklemmt, die Wohnung und schließt hinter sich die Tür. Als ich in das Wohnzimmer zurückkehre, sitzt Kathryn zusammen mit Vince und Courtney auf dem Sofa. Sie alle schauen mit bedrückter Miene zu mir auf.

»Woher wusstet ihr es?«, frage ich, während ich auf einen Hocker neben dem Fenster sinke.

Kathryn ergreift als Erste das Wort. »Meine Mutter hatte einen Privatdetektiv angeheuert, um Viola aufzuspüren. Er fand heraus, dass sie vor zwei Jahren gestorben ist, aber auch, dass sie eine Tochter namens Willow hatte und mit einem Mann namens Dominic Green verheiratet war.«

Ich nicke. »Das ist mein Vater. Aber …« Ich runzle die Stirn, und dann fällt mir ein, was sie vorhin am Telefon gesagt hat. »Du wusstest nicht, dass ich einen Bruder habe?«

»Zu diesem Zeitpunkt noch nicht.«

»Kathryn hat mich vorhin angerufen«, meldet sich Courtney.

»Ich wollte herausfinden, wie weit sie dich kannte«, fügt Kathryn hinzu. »Denn mir war klar, dass es kein Zufall sein konnte, dass du dich um eine Stelle im Haus deiner Großmutter beworben hast.«

»Aber als ich ans Handy ging, hatte ich Panik, weil ich einen Mann vor meiner Wohnung hatte lauern sehen«, ergänzt Courtney.

»Also bin ich auf direktem Weg dorthin gefahren«, erklärt Kathryn.

»Ich war auch auf dem Weg zu Courtney«, meldet sich nun Vince. Es ist das Erste, was er heute Abend sagt, und seine männliche Stimme klingt rau in diesem kleinen Raum. Sie erinnert mich an Arlo. »Es war vielleicht albern, aber ich wusste, dass es ihr letzter Abend dort war, und ich wollte mich … von der Wohnung verabschieden. Von Una verabschieden.«

»Vince ist dem Eindringling offenbar in die Quere gekommen, denn als er auf meine Wohnung zuging, hat der Mann sich urplötzlich an ihm vorbeigedrückt, ist in seinen Van gestiegen und davongebraust«, berichtet Courtney.

»Und als ich in die Straße einbog, sah ich den Van auf mich zurasen«, fährt Kathryn fort. »Und da meinte ich, Lewis hinter dem Steuer zu erkennen. Ich habe mir nicht viel dabei gedacht. Bis Courtney mir erklärte, was passiert ist.«

Ich verlagere unbehaglich mein Gewicht auf dem Hocker. »Also war Arlo Lewis?«

»Ja.«

»Was auch heißt, dass er was mit Daisy hat. Die für dich arbeitet.«

Kathryn zieht die Augenbrauen hoch. »Ach so? – Ja, das würde sich ins Bild fügen. Jemand hat die Geschäftsbücher der Galerie manipuliert. Aber das ist eine andere Geschichte.«

Ich lasse den Kopf hängen. Mein gesamter Schädel schmerzt. »Ich verstehe es einfach nicht.«

»Es gibt vieles, was ich ebenfalls nicht verstehe«, pflichtet Kathryn mir bei. »Aber Lewis – entschuldige, Arlo – nahm wohl den Gärtnerjob bei meiner Mutter an, weil er in Kontakt treten und sich mit ihr gutstellen wollte. Er muss gewusst haben, dass sie Viola enterbt hatte. Wenn ich auch nicht weiß, woher. Er muss geglaubt haben, dass es sein Eintrittsticket wäre. Aber als ihm klar wurde, dass meine Mutter nichts von ihm hielt …«

Ich bin verwirrt. »Moment! Deine Mutter wusste, wer er ist?«

Kathryn schüttelt den Kopf. »Nein. Das hat er ihr nie verraten. Er hatte einen viel besseren Plan. Er wollte dich in dem Job unterbringen. Wenn man es sich genau überlegt, dann ist es ganz offensichtlich: Er wusste, dass meine Mutter einen Narren an dir fressen würde.« Sie wirkt peinlich berührt. »Jeder kann doch sehen, dass meine Mutter eine Schwäche für junge hübsche blonde Mädchen hat.«

»Ja … und was dann? Hat er etwa die anderen ermordet, damit ich den Job bekomme?«

»Ich denke, er hatte geplant, dass du die Stelle direkt nach Matilde antrittst. Zu der Zeit fing er an, für uns zu arbeiten. Doch als sie starb, stellte meine Mutter recht schnell Jemima ein.«

»Aber als Jemima im Oktober den Job antrat, war ich gerade verreist. Ich bin erst nach Weihnachten zurückgekommen.«

»Ich glaube, er hat Jemima getötet in der Hoffnung, dass du den Job bekommst, aber meine Mutter stellte Una ein, bevor er dazu kam, dir das Jobangebot zu zeigen. Offenbar sah er keine andere Lösung, als Una ebenfalls zu töten«, erklärt Kathryn.

Ich schlucke den Kloß in meinem Hals hinunter. Mein Bruder hat drei Menschen getötet. Einfach so. Und wofür? Geld?

»Ich kann das nicht … Es will mir einfach nicht in den Kopf.«

Courtney rutscht auf dem Sofa vor. »Willow, es tut mir ja so leid. Als Kathryn bei mir war, bekam ich einen Anruf von Peter. Die Polizei hatte ihn kontaktiert, um ihm mitzuteilen, dass sie ein Signal von Unas Handy an einer Adresse in Weston-super-Mare lokalisiert hatten. Und da Kathryn erfahren hatte, dass du Violas Tochter bist, da dachten wir … Wir kamen her in dem Glauben, dass du es vielleicht warst.«

Ich starre sie fassungslos an, als wäre ihr ein zweiter Kopf gewachsen. »Wie meinst du das? Dass ihr dachtet, ich hätte die Mädchen getötet?«

»Nur ganz kurz. Als wir dann vor der Wohnung hielten und den weißen Van sahen, wurde uns klar, dass du es nicht warst.«

»Ich wusste, dass die Polizei schon unterwegs war«, führt Kathryn weiter aus. »Darum war ich mutig genug anzuklopfen.« Sie berührt ihre Kehle. »Obwohl ich für einen kurzen Moment dachte, dass er mich ebenfalls töten würde.«

»Es tut mir so leid«, bringe ich hervor, und wieder kommen mir die Tränen.

»Mir tut es ebenfalls leid«, sagt Kathryn. »Dass ich so

schrecklich zu dir war. Und auch zu Jemima und Una. Ja, sogar Matilde. Wenn ich doch nur Jemima früher als vermisst gemeldet hätte, dann hätte die Polizei – ich weiß auch nicht – Arlo früher geschnappt. Una wäre womöglich noch am Leben.«

»Warum hast du Jemimas Pass versteckt?«, fragt Courtney scharf.

Kathryn blickt beschämt drein. »Ich bin nicht stolz auf das, was ich getan habe. Es ging ums Geld. Das macht seltsame Dinge mit einem. Ed und ich, wir haben Probleme. Ich hatte Angst, dass meine Mutter sich so sehr in eines dieser Viola-Abziehbilder vernarren könnte, dass ich am Ende als die Blöde dastehe. Sie kann so unerbittlich sein. Immerhin hatte sie Viola verstoßen, nur weil sie nicht mit ihrem Freund einverstanden war. Nachdem Matilde zu uns kam, änderte Mutter ihr Testament. Sie wollte ihr einen riesigen Betrag vermachen – einem Mädchen, das sie praktisch kaum kannte!« Ihre Stimme wird lauter, und als sie es selbst merkt, dämpft sie sie wieder. »Jedenfalls hatte ich einen Streit mit Jemima. Ich habe ihr nicht vertraut. Ob zu Recht oder zu Unrecht, kann ich nicht sagen. Als sie mit ihrer Tasche, aber ohne ihren Pass abzog, dachte ich, sie würde vielleicht am nächsten Tag zurückkommen. Als sie dann nicht wieder auftauchte, war ich erleichtert. Meine Hoffnung war, dass sie einfach abgehauen und womöglich bei ihrem geheimnisvollen Lover eingezogen war – bei dem es sich wohl um Arlo gehandelt haben muss. Also nahm ich den Pass an mich und behauptete meiner Mum gegenüber, sie hätte gekündigt. Den Pass vergaß ich ganz. Als dann herauskam, dass sie tot ist, hatte ich Angst, ihn wegzuwerfen. Ich fürchtete, dass man ihn fand, mit mir in Verbindung brachte und ich dadurch in Verdacht geriet. Wie blöd von mir, ich hätte ihn ja einfach verbrennen können.«

»Und die Halskette?«, frage ich. »Hat die Jemima gehört?«

Kathryn schüttelt den Kopf. »Nein, sie gehörte meiner Mutter. Das Bild darin war von Viola. Nachdem Viola gegangen war, fand ich sie im Mülleimer. Ich habe sie herausgefischt und behalten. Ich hatte sie ganz vergessen, bis Una sie fand.«

Es folgt ein kurzes Schweigen, bevor Courtney sich zu mir dreht. »Hattest du jemals den Verdacht, dass Arlo zu so etwas wie Mord fähig sei?«

Ich schüttle vehement den Kopf. »Nein, nie. Aber er war schon immer ein bisschen besessen von Geld und Reichtum. Er hasste es, in der Kommune zu leben, wo alle gleich viel besaßen. Er hasste es, ›bettelarm zu sein‹, wie er es nannte. Aber ich …« Mein Magen zieht sich schmerzhaft zusammen. »… ich hätte nie gedacht, dass er zu einem Mord fähig wäre.«

Werde ich je wieder einem Menschen vertrauen können?

46

Drei Monate später, Willow

Wir befinden uns mitten in einer schlimmen Hitzewelle. Die gesamte Stadt scheint stillzustehen. Es geht nicht die leiseste Brise, die Luft ist geschwängert von Auspuffgasen und dem Duft von geschnittenem Gras. Ich kann noch nicht einmal bis zum Ende der Straße gehen, ohne dass mir der Schweiß über den Rücken läuft.

Dennoch, Clifton im Juli ist ein herrlicher Anblick, und ich liebe es, hier zu sein. Ich liebe die kleinen Straßencafés, die Boutiquen und die wunderschönen alten Gebäude, die in der Sonne gleißen. Ich liebe die Sicht auf die Hängebrücke, obgleich ich weiß, was sich dort zugetragen hat, und ich liebe die bunten Heißluftballons am wolkenlosen kornblumenblauen Himmel.

Während ich unterwegs bin, spüre ich, zum ersten Mal seit Arlo verhaftet und des Mordes an Matilde, Jemima und Una angeklagt wurde, so etwas wie Beschwingtheit in meinem Gang. Natürlich streitet er alles ab. Aber die sich häufenden Beweise gegen ihn sind in ihrer Schwere unbestreitbar. Sein Van wurde beschlagnahmt und untersucht. Im Heck wurden Fasern gefunden, die von Jemima stammten. Unas Smartphone befand sich in seiner Wohnung, hinzu kam ein Wegwerfhandy, das die SMS enthielt, in der er vorgab, Peter zu sein. Darüber hinaus hatte er auch einen Rucksack mit Jemimas Kleidung. Außerdem sind da noch die Aufnahmen der Überwachungskamera von einem Mann, der sich zur gleichen Zeit wie Jemima auf der Brücke befand und von der Beschreibung her auf ihn passt. Zudem laufen weitere Klagen gegen ihn wegen der manipulierten Geschäftsbücher in der Galerie sowie des Angriffs auf Kathryn.

Kurz nachdem offiziell Anklage gegen ihn erhoben wurde, stattete ich ihm einen Besuch im Gefängnis ab. Mit ungewaschenem Haar und einer Schnittwunde im Gesicht, die wohl von einer Prügelei stammte, saß er vor mir. Er hatte mir gegenüber nie auch nur das Geringste zugegeben, und wie ich ihm da gegenübersaß, konnte ich ihn kaum anschauen, ohne Abscheu zu empfinden. »Warum kannst du dich nicht einfach schuldig bekennen und allen den Stress einer Verhandlung ersparen?«, zischte ich.

Aber er lächelte nur stumm und weigerte sich, irgendwas zu sagen. Weigerte sich zuzugeben, dass er Matilde mit seinem Van überfahren hatte, dass er sich Jemimas Zuneigung erschlichen hatte, nur um sie zu töten, dass er sich als Peter ausgegeben hatte, um Una auf die Brücke zu locken. Und warum hatte er sich vor Courtneys Wohnung herumgetrieben? Hatte er geplant, sie ebenfalls zu töten?

Mein Bruder mag geglaubt haben, dass er gute Gründe für sein Tun hatte, aber wenn man es genau betrachtet, waren das in Wahrheit lediglich Ausreden, denn sein eigentlicher Antrieb war bestialischer Art: sein Instinkt zu töten, der irgendwann in ihm erwacht war. Und mit jedem Mord wurden seine Gelüste unersättlicher.

Als ich aufstand, um zu gehen, sagte er: »Ich habe dabei

nur an dich gedacht. Warum sollten wir nichts abkriegen? Verfickt noch mal, wir sind ihre Familie.«

Die Ironie ist doch, dass er für das Geld nicht hätte morden müssen. Wenn er Elspeth einfach nur gesagt hätte, wer er in Wahrheit ist, hätte sie ganz bestimmt Kontakt mit ihm gewollt. Er war aufgewachsen mit den Geschichten unserer Mutter – darüber, was für eine bösartige, gemeine alte Frau Elspeth doch war, reich, aber herrschsüchtig, mit ihrem kleinen Kuckucksvogel, der Viola aus dem Nest getreten hatte. Mum hatte sich geschworen, nie wieder etwas mit ihrer Mutter zu tun haben zu wollen. Ich selbst hatte von alldem keine Ahnung. Mum hat mit mir nie über ihre Kindheit gesprochen. Ich wusste noch nicht einmal, dass sie steinreiche Eltern hatte. Mir erzählte sie, sie wären tot. Und das wars. Arlo, der um einiges älter ist als ich, muss eine andere Geschichte gehört haben. Die wahre Geschichte. Und vielleicht war Elspeth damals tatsächlich eine hartherzige Frau. Woher sollte er auch wissen, dass sie auf ihre alten Tage weicher geworden war und sich danach sehnte, sich mit ihrer leiblichen Tochter zu versöhnen? Woher sollte er wissen, dass Elspeth damit zu lange gewartet hatte?

Elspeth hat mich unter ihre Fittiche genommen. Ich bin bei ihr eingezogen, und sie weist mich in ihre Geschäfte ein. Seit sie und Kathryn dahintergekommen sind, dass Arlo und seine Freundin Daisy die Galerie bestohlen hatten, wirft sie wieder einen anständigen Umsatz ab. Kathryn hat eine Pflegefachkraft eingestellt, die jeden Tag vorbeikommt, um Elspeth mit dem Nötigsten zu helfen, den Rest teilen wir unter uns auf – obwohl wir uns einig sind, dass Elspeth bestens dazu in der Lage ist, sich um sich selbst zu kümmern, und wir ihr, trotz ihrer Herzerkrankung, nicht allzu sehr in allem nachgeben sollten. Am Anfang fiel das gerade Kathryn furchtbar schwer – ihre ständige Furcht, »abgesägt« zu werden, ist nach wie vor präsent. Aber sie beginnt zu verstehen, dass, sosehr sie ihre Mutter auch braucht, dieses Gefühl auf Gegenseitigkeit beruht. Es hat den Druck von ihr genommen, und ich möchte gerne glauben, dass sie sich nicht länger durch meine Anwesenheit bedroht fühlt.

Kathryn und ich haben uns gleich bei meinem Einzug ausgesprochen. Sie schilderte mir, wie mies meine Mutter sie behandelt hatte und wie sehr Kathryn wiederum sie verraten hatte, indem sie Elspeth ihre Beziehung mit einem Jungen namens Danny steckte. Ich verspürte Scham darüber, wie meine Mutter gewesen war. Sie klang verzogen und egoistisch, mit einer fiesen, sadistischen Ader. Vielleicht hat Arlo es ja daher. Aber nein. Ich werde keine Entschuldigungen für ihn suchen. Soweit ich weiß, war unsere Mum keine Mörderin. Sie war mir eine gute Mutter. Ich stelle mir gerne vor, dass ihr Davonlaufen und das Anschließen an eine Kommune sowie die Tatsache, dass sie ein bescheidenes Leben führte, bedeuteten, dass sie ein besserer Mensch sein wollte. Und auch wenn unsere Kindheit unkonventionell war, so war ich doch glücklich mit dem Leben, das wir auf einem großen Bauernhof mit zwanzig anderen Leuten führten. Selbst als Dad etwas mit einer anderen Frau aus der Kommune anfing und uns sitzen ließ, vermisste ich ihn nicht wirklich. Er war nie besonders väterlich gewesen. Und manchmal habe ich mich gefragt, ob das Leben in einer Kommune für ihn eine Möglichkeit war, sich vor seiner elterlichen Verantwortung zu drücken, da er wusste, dass dort immer jemand anderes wäre, der ein Auge auf uns hätte, uns einen Ratschlag geben oder uns maßregeln könnte. Mum dagegen vermisse ich ganz fürchterlich. Aber ich bin auch froh, dass sie nicht mehr mitkriegen muss, was aus Arlo geworden ist.

Mir gefällt die Arbeit mit Kathryn in der Galerie, und ich hoffe, dass sie weiß, dass sie mir vertrauen kann. Ich habe kein Interesse daran, ihren Platz einzunehmen oder an das Geld meiner Großmutter heranzukommen. Ich bin einfach nur froh, dass ich so etwas wie eine Familie habe, nachdem meine auf eine so katastrophale Art auseinandergebrochen ist.

Großmutter, wie Elspeth nun gerne von mir genannt wird, hört sich amüsiert die Geschichten aus meiner Kindheit an. Von Arlo jedoch möchte sie nichts hören. Für sie ist es, als würde er nicht existieren – und wir wissen ja, dass sie gut darin ist, denn genauso hat sie es auch gemacht, als meine Mutter sie verließ. Aber nun löchert sie mich endlos mit Fragen über Viola.

»Hat sie mich je erwähnt?«, wollte sie einmal wissen. Ich log und sagte, ja, natürlich. Und Elspeth – Großmutter – lehnte sich mit einem seligen Lächeln auf den Lippen in ihrem Sessel zurück, mit dem Gedanken, dass ihre Tochter sie doch nicht ganz vergessen hatte.

Am Sonntag ruft Courtney mich an, und wir schlendern zum Mittagessen Richtung Zentrum.

Courtney und ich sind gute Freundinnen geworden. Zunächst hatte ich befürchtet, dass sie mir den Mord an Una zum Vorwurf machen würde, dass ich irgendwie stellvertretend verantwortlich wäre, da es nun mal mein Bruder war, der ihre beste Freundin getötet hatte. Doch im Gegenteil, es hat uns nur zusammengeschweißt, und das Gleiche gilt auch für sie und Peter. Sie sind mittlerweile zusammen, und sie hat vor, nach London zu ziehen, um näher bei ihm zu sein.

»Wann geht es los?«, frage ich sie, während wir uns beieinander unterhaken und unser Lieblingscafé ansteuern.

»Nächstes Wochenende. Ich habe eine Stelle in einem Salon am Covent Garden gefunden und ein WG-Zimmer in Streatham. Gar nicht weit von Peter entfernt.« Sie errötet, als sie seinen Namen erwähnt. Es hat sie voll erwischt. »Weißt du, du könntest auch kommen. Wir könnten uns zusammen eine Bude suchen.«

»Ich habe schon daran gedacht. Aber ich kann Elspeth – äh, Großmutter – nicht verlassen. Es fühlt sich echt immer noch schräg an, sie so zu nennen. Noch bin ich nicht so weit, ich habe sie ja gerade erst gefunden. Ich bin in den letzten Jahren so viel umgezogen, es wird mir guttun, eine Weile Wurzeln zu schlagen.«

»Ich verstehe. Aber du wirst zu Besuch kommen, oder?«

»Worauf du dich verlassen kannst.« Wir verfallen in ein angenehmes Schweigen, bevor ich sie frage: »Wie läuft es denn mit Peter?«

»Wirklich gut.« Sie grinst. »Ich habe noch nie für jemanden so viel empfunden.« Dann blickt sie traurig drein.

»Was ist los?«

Sie zuckt mit den Schultern. »Ich weiß nicht. Ich schätze, ich habe irgendwie das Gefühl, Una zurückzulassen. Und ich weiß, dass ich dich da um einen großen Gefallen bitte, aber wirst du ihr Grab für mich besuchen? Sie ist auf dem gleichen Friedhof begraben wie ihre Mum.«

Obwohl ich Una nie kennengelernt habe, kommen mir die Tränen. »Natürlich werde ich das.«

»Ich glaube, Vince besucht es manchmal.« Sie schenkt mir einen wissenden Blick. Ich weiß, dass sie versucht, uns zu verkuppeln, aber das wäre dann doch zu schräg. Ich habe so schon das Gefühl, Unas Leben zu leben, da ich in ihrem Zimmer wohne und mich mit ihrer besten Freundin angefreundet habe. Ihren Ex zu daten, ginge dann doch einen Schritt zu weit.

Mittlerweile haben wir das Café erreicht. In der Innenstadt herrscht heute eine festliche Atmosphäre. Ein Straßenmusikant klimpert an der Ecke auf einer Gitarre herum, während eine Gruppe junger Leute draußen herumsitzt, Eiskaffee trinkt und plaudert.

Wir finden einen Tisch. Courtney geht los, um uns die Getränkekarten zu holen, während ich mich schon hinsetze und dem Treiben zusehe. Heute weigere ich mich, über Arlo nachzudenken, über die Mädchen, die er getötet hat, oder den Gerichtstermin, der immer näher rückt. Ich weigere mich, mich von der Schuld seiner Verbrechen erdrücken zu lassen. Stattdessen danke ich dem Universum für mein Leben, für Courtney und meine neue Familie. Und für die Zukunft, die Una, Jemima und Matilde nie gewährt wurde.

47

Kathryn

Die Sonne knallt herunter, und Kathryn spürt bereits, wie ihre Schultern anfangen zu brennen, während sie durch die historische Parkanlage des Tyntesfield National Trust flanieren – Ed an ihrer Seite, die Jungs vor ihnen her rennend. Ihr wird ganz warm ums Herz, ihre Söhne so fröhlich und unbekümmert zu sehen, insbesondere Jacob. Zur Abwechslung benimmt er sich wie ein ausgelassenes Kind und nicht wie ein mürrischer Teenager, wie er so seinen Bruder neckt, ohne sich darum zu scheren, wie er dabei aussieht, als er ein Wettrennen mit Harry macht und ihn dabei umschubst. In einem spielerischen Kampf rollen sie auf dem Rasen herum.

»Es ist wunderschön hier«, sagt Ed und holt tief Luft. Er ergreift ihre Hand, und sie lächelt zu ihm empor. Ihr lieber, zuverlässiger, umgänglicher Ed. In gewisser Weise erinnert er sie an Huw. Vielleicht hat sie sich deshalb in Ed verliebt, als sie ihn das erste Mal sah. Huw hatte ihr immer ein Gefühl von Sicherheit und Geborgenheit vermittelt, und Ed tut das ebenfalls. Sie befinden sich mit ihrer Ehe in einem neuen Stadium, fast so, als würden sie sich frisch ineinander verlieben. Nachdem sie an jenem Abend aus Weston-super-Mare zurückgekehrt war, setzte sie sich mit Ed hin und erzählte ihm alles – na ja, fast alles. Von Arlo und Willow und der Rolle, die sie selbst bei Violas Verschwinden gespielt hatte. Sie gestand, wie ihr der Job und ihre Rolle als pflichtbewusste Tochter über den Kopf gewachsen waren. Sie erklärte Ed auch, dass sie darauf angewiesen sei, dass er sich etwas mehr ins Zeug legte und damit aufhörte, sie als selbstverständlich zu betrachten. Er war schockiert, dass sie so empfand, und am nächsten Tag, als sie spät von der Arbeit nach Hause kam, bemerkte sie, dass er die Küche geputzt und die Spülmaschine angeworfen hatte. Die kleinen Dinge.

Ihr ist zudem bewusst, dass ihr neu gefundenes Glück daher rührt, dass sie schlussendlich ihre Unsicherheiten abgestreift hat. Nun, da Willow hinzugekommen ist, muss sie sich nicht mehr ganz allein für ihre Mutter verantwortlich fühlen. Und sie muss auch nicht mehr befürchten, dass ihre Erbschaft gefährdet ist – obwohl sie es ironischerweise mehr ist als bei den Mädchen zuvor. Immerhin hat Elspeth nun eine Enkeltochter, die sie nach allen Regeln der Kunst verhätscheln kann, sodass nach Elspeths Tod bestens für sie gesorgt sein wird. Doch es erscheint Kathryn nicht mehr so wichtig. Vielleicht weil sie nun endlich begriffen hat, dass es im Leben mehr gibt als Geld. Da ist zum einen ihre Familie: Ed und die Jungs. Sie war Gefahr gelaufen, all das zu verlieren, weil sie so vom Reichtum besessen war, immer hadernd und zweifelnd, was ihre Mutter wohl mit dem Geld anstellen würde. Dazu kamen die Schuldgefühle, weil sie glaubte, die Galerie in den Ruin zu treiben, wo doch in Wahrheit Arlo und Daisy für die Einbußen verantwortlich waren. Elspeth folgt nur ihren eigenen Gesetzen. Sie benutzt Geld dazu, die Menschen um sie herum zu kontrollieren, aber Kathryn weigert sich, dieses Spiel weiterhin mitzuspielen. Von nun an kommen Ed und die Jungs an erster Stelle.

Die ganze Sache mit Willow hat eine unerwartete Wendung genommen. Kathryn hatte immer solche Angst gehabt, Viola könnte zurückkehren und ihren Anteil am Haus für sich beanspruchen, oder eines der Mädchen, in die ihre Mutter so vernarrt war, könnte nach ihrem Tod alles vermacht bekommen. Aber in Willow hat sie das neue Gegenteil ihrer Ängste gefunden. Sie hat eine Verbündete. Willow ist klug, viel cleverer, als sie ursprünglich gedacht hatte. Sie kapiert ganz genau, wie Elspeth tickt, und die beiden haben beschlossen, gegen Elspeths teils absurde Ansprüche und Forderungen zusammenzuhalten. Bisher scheint es zu funktionieren. Zwar ist Willow ihre Nichte, aber sie ist auch alles, was Kathryn sich jemals von einer Schwester erhofft hat.

Zum ersten Mal seit Jahren kann Kathryn wirklich entspannen. Nun ja, beinahe.

Denn da gibt es noch immer etwas, das ihr Leben überschattet. Und niemals wird sie jemandem die Wahrheit darüber erzählen können, noch nicht einmal Ed.

Und das bezieht sich auf die Nacht, in der Matilde starb.

Es war eine regnerische Augustnacht, und Ed war bei einem Junggesellenabschied. Es ereignete sich inmitten all der Probleme, die sie zu der Zeit mit Jacob hatten. Das permanente Ausbüchsen und der Drogenkonsum. Sie hatte Jacob erlaubt, zu seinem Kumpel Wilf zu gehen – einem Jungen von seiner Schule, dem sie vertraute –, da sie gemeinsam an einem Projekt arbeiten sollten. Doch als er um elf noch nicht zu Hause war, obwohl sie zehn Uhr ausgemacht hatten, begann sie, sich Sorgen zu machen. Sie rief bei Wilf an, nur um zu erfahren, dass Jacob schon um neun gegangen war. Ganze zwei

Stunden her. Sie war verzweifelt, da sie wusste, dass er zu der Sozialsiedlung gegangen sein musste, um sich mit seinen Drogenkumpels zu treffen. Sie wollte Harry nicht wecken, also schlich sie sich runter und schnappte sich die Autoschlüssel aus der Schale auf der Flurkonsole. Doch als sie die Haustür öffnete, musste sie überrascht feststellen, dass die Einfahrt leer war. Ed war mit seinem Wagen zu dem Junggesellenabschied in Manchester gefahren, aber wo war ihr Golf? Er war über fünfzehn Jahre alt, daher bezweifelte sie, dass jemand ihn stehlen würde. Und dann traf sie die Erkenntnis. Hatte Jacob den Golf genommen? Sie versuchte, ihn auf seinem Handy zu erreichen, aber es ging sofort die Mailbox ran. Und gerade als sie schon überlegte, ob sie nicht die Polizei einschalten sollte, rief er an. Zunächst verstand sie nicht, was er sagte, da er so sehr weinte. Sie vernahm lediglich einzelne Wortfetzen: »Ich habe jemand angefahren … ist einfach auf die Straße gelaufen … Was soll ich tun?«

Und auf einmal dämmerte ihr, was er da sagte. Übelkeit machte sich in ihrer Magengrube breit.

Sie wies ihn an zu bleiben, wo er war. Er war zu den Downs gefahren, wo er mitten im Nirgendwo geparkt hatte. Dann rief sie ein Taxi, das sie in der Nähe absetzte. Als sie ihn schließlich keuchend und vom Regen durchnässt erreichte, hing er hysterisch schluchzend über dem Lenkrad.

Sie schob sich auf den Beifahrersitz. Ihr Sohn roch nach Alkohol. »Was zum Teufel hast du getan?«, fuhr sie ihn an.

Er erzählte ihr, von Schluchzern geschüttelt, dass er ihren Ersatzschlüssel und das Auto für eine Spritztour geklaut hatte. Dass einer seiner neuen »Kumpels« einen Fahrer gebraucht hätte, um Drogen zu organisieren – es überraschte sie, wie offen er darüber sprach – und dass er vor diesem Typen »hart« rüberkommen wollte. Also hatte er ihr Auto genommen, da er dachte, er könnte es zurückbringen, bevor sie es überhaupt bemerkte.

»Du dummer, dummer Junge!«, rief sie. »Du kannst doch noch nicht einmal richtig fahren.«

»Es tut mir leid. Es tut mir ja so leid. Es hat geregnet. Und ich konnte nichts sehen, und ich hatte was getrunken. Und dann war da plötzlich was auf der Straße, und ich habe es gerammt. Ich …«

»Es war wahrscheinlich ein Tier«, sagte sie und hoffte inständig, dass sie recht hatte.

Das sorgte dafür, dass er nur noch heftiger weinte, als wäre das die schlimmste Möglichkeit.

Daraufhin stieg er schnell aus, weil er sich übergeben musste, und sie wartete im Wagen, wobei ihr selbst nicht klar war, ob sie nun mehr Wut oder Mitleid empfand. Was, wenn er jemanden überfahren und sterbend zurückgelassen hatte? Als er endlich aufhörte, sich zu übergeben, forderte sie ihn auf, sich auf dem Rücksitz hinzulegen, während sie langsam nach Hause fuhr. Die Straßen waren leer, keinerlei Anzeichen eines Unfalls. Vielleicht war er auch einfach nur verwirrt. Sie brachte ihn ins Bett, stellte einen Eimer auf den Boden neben ihn und betete, dass niemand zu Schaden gekommen war. Dann ging sie wieder nach draußen, um das Auto zu inspizieren. Es hatte kaum was abgekriegt, lediglich eine Delle an der vorderen Stoßstange. Man hätte doch sicherlich mehr gesehen, wenn er einen Menschen überfahren hätte.

Aber nur wenige Stunden später erhielt sie einen Anruf

von ihrer Mutter, die ihr mitteilte, dass man Matilde auf der Straße direkt vor ihrem Haus tot aufgefunden habe und dass die Polizei von einem Unfall mit Fahrerflucht ausgehe. Und da wusste sie es. Sie wusste, dass Jacob sie umgebracht hatte.

Sie hatte zwei Möglichkeiten. Die Polizei anrufen und alles gestehen. Oder es zu vertuschen. Wenn sie Jacob an die Polizei auslieferte, wäre sein Leben ruiniert. Er würde in eine Jugendstrafanstalt kommen, und mit seinem Hang zu Drogen und Kriminalität würde er womöglich nie wieder in die Normalität zurückfinden. Sie musste ihren Sohn beschützen.

Also ließ Kathryn die Jungs schlafen und fuhr den Wagen zu dem kleinen Lager, das sie manchmal benutzten, um dort Gemälde zu deponieren. Sobald Gras über die Sache gewachsen wäre, würde sie das Auto verkaufen. Aber bis dahin würde sie es wegsperren. Außer Sicht. Für Ed dachte sie sich eine Geschichte aus, dass sie eine schlimme Panne gehabt hätte und sie es hatte loswerden wollen.

Spät in der Nacht dann weckte sie Jacob und erzählte ihm die Wahrheit. Es war ausgeschlossen, dass sie es vor ihm verheimlichen könnte.

»Du musst dich zusammenreißen«, redete sie auf ihn ein, während sie auf seiner Bettkante saß, so wie früher, als er noch klein war. »Du kannst so nicht weitermachen. Dein rücksichtsloses Verhalten hat einem Mädchen den Tod gebracht.«

»Ich glaube nicht, dass ich damit leben kann«, schluchzte er. »Was, wenn es Zeugen gab? Oder wenn ich auf einer Kamera aufgezeichnet wurde?«

»Wenn du dich der Polizei stellst, wirst du ins Gefängnis

kommen. Du kannst einen Weg finden, es wiedergutzumachen, Jake. Du kannst ein besseres Leben führen.«

Und das war es dann auch, was er ihr versprach.

Hin und wieder kam er mit schreckgeweiteten Augen und voller Panik zu ihr, da er befürchtete, dass man es herausfinden würde. Und auch sie lebte in andauernder Angst, dass eines Tages die Polizei an die Tür klopfen könnte. Aber nun, da Arlo verhaftet und angeklagt wurde, können sie Ruhe finden. Arlo ist böse. Er hat diesen Mädchen vorsätzlich das Leben genommen. Jacob hingegen hat einen Fehler begangen. Es war ein Unfall. Er verdient nicht die gleiche Strafe wie Arlo. Sie verspürt kein schlechtes Gewissen, alle Welt glauben zu lassen, Arlo hätte auch Matilde umgebracht.

Und wie sie jetzt Jacob mit seinem Bruder herumalbern sieht, hofft sie, dass er damit leben kann und dass er ihr die Wahrheit sagt, wenn er behauptet, dass er seitdem keine Drogen angefasst habe. Es bleibt ihr nichts anderes übrig, als ihm zu glauben.

Ed hätte sie dazu bewegt, ihn der Polizei zu melden. Dessen ist sie sich bewusst. Er war schon immer der Meinung, sie wäre den Jungs gegenüber zu nachgiebig. Aus diesem Grund muss sie es auch vor ihm geheim halten.

Es ist Jacobs und ihr Geheimnis. Es bindet sie aneinander.

Sie betet einfach nur, dass es sie nicht zerstört.

Aber sie würde alles tun für die Menschen, die sie liebt. Für ihre Familie.

Anmerkungen der Autorin

Obwohl der Schauplatz von *Schönes Mädchen – Alle Lügen führen zu dir* am Sion Hill in Clifton, Bristol, angelegt ist, wobei es sich um einen realen (und sehr schönen) Ort handelt, so ist Elspeth McKenzies Haus, das *Kuckucksnest*, lediglich ein Produkt meiner Fantasie und keinem der Häuser in der Straße nachempfunden.

Die Figur der Sozialarbeiterin im ersten Kapitel aus dem Jahr 1983 wurde nach Fiona benannt, die eine Spendenauktion für *Ärzte ohne Grenzen* gewann. Vielen Dank, Fiona.

Danksagung

Dieses Buch wäre ohne das wundervolle Team von Michael Joseph nicht möglich gewesen, insbesondere nicht ohne meine brillante Lektorin Maxine Hitchcock, die mich bei meinen Ideen immer ermutigte und stets ruhig, freundlich und so klug ist. Ich liebe unsere Treffen und unsere Gespräche über einfach alles, vom Schreiben bis hin zu Netflix-Dokus, die man gesehen haben muss. Dank ihrer beständigen Arbeit und ihrer Aufmerksamkeit als Lektorin ist dieses Buch so viel besser geworden, als es sonst wäre. Ein riesiges Dankeschön auch an Rebecca Hilsdon, Emma Plater, Olivia Thomas, Sriya Varadharajan, Bea McIntyre sowie alle aus Marketing, Vertrieb und Grafik für ihre harte Arbeit, ihren Einsatz und ihre Kreativität. Ich bin so dankbar für alles, was ihr tut – von den tollen Coverentwürfen bis hin zum letzten Schritt: dass das Buch in die Regale gelangt. Ich habe ein solches Glück, mit so einem tollen Team zusammenzuarbeiten.

Wie immer auch ein Riesendankeschön an Hazel Orme für ihre sorgfältige Redaktion, in der sie sich meine inhaltlichen wie grammatikalischen Fehler vorknöpft, als auch für ihre Begeisterung für meine Geschichten.

So viel Liebe an meine Familie: meine Mum, meinen Dad, meine Stiefeltern, meine Schwester Sam und Stiefschwester Sharon sowie meine Schwager Mark und Jeff. An meinen wunderbaren Mann, Ty, für seine anhaltende Geduld und seine endlose Unterstützung und an meine großartigen Kinder, Claudia und Isaac, die vielleicht gerade alt genug werden, um meine Bücher zu lesen – nicht dass sie es wollen! An meine Schwiegerfamilie, Lu, Steve, Tam, Rick, Teresa und meine süßen kleinen Nichten. An meine wundervollen Freunde: insbesondere Alex (die mir lieberweise erlaubte, ihren Namen in diesem Buch zu verwenden), Elizabeth, Jacq, Nicky, Esther, Tanya, Magda, Verity, Jeanine, Claire und Liz. Und ein besonderer Dank geht an Justine für die fieberhafte Wörtersuche. Ich weiß nicht, was ich ohne euch alle tun würde.

Danke auch an die West-Country-Autorencrew, Tim und Gilly für all die Treffen, die Gespräche und das Lachen. Und an meine anderen Schriftstellerfreunde, Liz, Jo, Fiona, Gilly, Fleur und Sarah, für ihre Unterstützung, ihre Hilfe bei der Wortfindung und ihre WhatsApp-Nachrichten.

Ein großes Dankeschön an all die fantastischen Leser für das Kaufen, Ausleihen, Besprechen und Empfehlen meiner Bücher. Ohne eure Unterstützung wäre ich nicht hier. Ebenso an all die Blogger, die sich die Zeit nehmen, meine Bücher zu lesen und zu besprechen: Ihr leistet solch eine tolle Arbeit. Und an die Supermärkte und Buchhandlungen und Büchereien. Ich bin so dankbar.

Und schließlich an den Menschen, dem dieses Buch gewidmet ist, meine Agentin Juliet Mushens.

Juliet bot mir 2013 an, mich zu vertreten, nachdem ich einen Romanwettbewerb des *Marie Claire*-Magazins gewonnen hatte, bei dem sie Teil der Jury war. Zu der Zeit gab es keinerlei Garantie, dass mein Buch auch nur veröffentlicht werden würde, aber sobald ich sie kennenlernte, war mir klar, dass sie jemand ist, dessen Kraft man nicht unterschätzen durfte. Seitdem hat sie unermüdlich daran gearbeitet, dass jenes Buch, das zu *The Sisters* wurde, das Sprungbrett für eine Schriftstellerkarriere bildete. Sie war dafür verantwortlich, dass ich fantastische Verträge für Veröffentlichungen im In- und Ausland bekam. Sie ist nicht nur eine brillante Agentin, sondern auch eine fabelhafte Person: eine Modeikone, lustig, superklug, stets eine Stütze und treu. Und sie liebt Katzen! Ich danke dir so sehr, Juliet! Sechs Bücher! Das wäre ohne dich nicht möglich gewesen.